林语堂

著

平心论高鹗

湖南文艺出版社
HUNAN LITERATURE AND ART PUBLISHING HOUSE

博集天卷
CS·BOOKY

图书在版编目（CIP）数据

平心论高鹗 / 林语堂著 . — 长沙：湖南文艺出版
社，2019.4
ISBN 978-7-5404-8934-2

Ⅰ . ①平… Ⅱ . ①林… Ⅲ . ①《红楼梦》研究 Ⅳ .
① I207.411

中国版本图书馆 CIP 数据核字（2018）第 299673 号

著作权合同登记号：图字 18-2019-004

上架建议：名家经典·文化

PINGXIN LUN GAO E
By Lin Yutang
This edition arranged with Curtis Brown Group Ltd.
through Andrew Nurnberg Associates International Limited

PINGXIN LUN GAO E
平心论高鹗

作　　者：林语堂
出 版 人：曾赛丰
责任编辑：薛　健　刘诗哲
监　　制：蔡明菲　邢越超
特约策划：王　维
特约编辑：蔡文婷
版权支持：辛　艳
营销支持：张锦涵　文刀刀　傅婷婷
装帧设计：利　锐
内文排版：百朗文化
出版发行：湖南文艺出版社
　　　　　（长沙市雨花区东二环一段 508 号　邮编：410014）
网　　址：www.hnwy.net
印　　刷：三河市兴博印务有限公司
经　　销：新华书店
开　　本：880mm × 1230mm　1/32
字　　数：275 千字
印　　张：11
版　　次：2019 年 4 月第 1 版
印　　次：2019 年 4 月第 1 次印刷
书　　号：ISBN 978-7-5404-8934-2
定　　价：52.00 元

若有质量问题，请致电质量监督电话：010-59096394
团购电话：010-59320018

目录
Contents

弁言

本年正月起，陆续在"中央社"特约专栏发表了七篇文章，表示个人向来的意见，认为高鹗续书证据不能成立。从晴雯的头发说起，一直说到俞平伯及近人对此说的怀疑。只因高鹗续书的话已经为一般人所接受，翻案文章，必有读者疑信参半，所以不惮辞费，说明原委。况且《红楼梦》是中国文学史上第一本有结构、有想象力的奇书，其后四十回真伪之辨，非常重要。这七篇文章，比较为一般读者而写的，把这论辩的要点指出来。文虽陆续发表，大体上有互相印证之处。《平心论高鹗》一文长六万言，曾登载"中央研究院"历史语言研究所集刊第二十九本，一九五八年发表，是比较给专家看的考证文字。这是一篇比较有系统的、全面的研究。对于最近新书的材料的研究，大略可见于《跋曹允中文》《论大闹红楼》及《俞平伯否认高鹗作伪原文》三篇。

关于这问题，最重要的新材料，就是一九六三年上海影印的《乾隆抄本百廿回〈红楼梦〉稿》，即所谓《高鹗手定本》。我怀疑这稿本，高鹗是"阅过"，但不像是普通编辑略加修补字句的加工而已。其所添补，是真用功夫，绘形绘声，添出许多故事情节和细末的描写，似是原作者用心血写的，而不是高鹗在七十多天所写得出来的。倘是这抄本里面所改的不是出于高鹗，而是出于曹雪芹的手笔，其价值更不待言了。我们还得慢慢的研究一下，若真出于曹氏手笔，这手稿可使我们研究这伟大作者易稿、改稿的功夫，其宝贵自不必说。现在我们所知可能是曹雪芹的笔迹，只有"空空道人"四字（吴恩裕所藏，是题篆书"云山翰墨，冰雪聪明"八字的署名，见吴恩裕《有关曹雪芹十种》，上海中华书局一九六四年）。吴注此四字是否雪芹所写"不能十分肯定"。此笔迹与《高鹗手定本》添改的字笔迹很相似。我们希望再有雪芹的笔迹可以发现。这稿本卷前题又是高鹗题"阅过"，又不是高鹗在程甲本与程乙本相差七十多天中间所能为力添补的，那么，这添补出于何人，就成为不能不求解答的问题。

一九六六年七月一日林语堂序

论晴雯的头发

今日阅"中央副刊",看看自己所做《论碧姬芭杜的头发》一文,忽然想起晴雯的头发,不禁有些话要说。晴雯被王夫人撵出大观园,就是因为她的一堆乱发及衣冠不整,衣纽不扣,大有法兰西所谓 negligee 意味。此中关系甚大,不可以不说。原来晴雯也是小品文一派的打扮。小品文在英文,亦称为不扣纽扣的意境(unbuttonde mood)。

晴雯坏处,在其野嘴烂舌,好处在其烂漫天真,也近小品文笔调。近来看到"中副"常刊文寿先生所作论文要点(《论自然》《说生动》等等),实获我心。文寿君不知何许人,大概与誓还诸君常相往来的。其所言,大致能发行文及文人培养的秘奥。曰自然,曰生动,曰生力,都是由真字一字出发。

文章有典雅的,有闲适的。女人打扮有浓妆的,有淡抹的。做人有规矩的,有天真的。处世有认真的，有飘逸的。谁也知道，晴雯是黛玉的影子，而袭人是宝钗的影子。读《红楼梦》的人，或偏于黛玉，或偏于宝钗。偏于黛玉的人，也必喜欢晴雯，而恶宝钗，兼恶袭人。女子读者当中，做贤妻良母好媳妇的人，却常同情于宝钗，而深恶晴雯，完全与王夫人同意。这里头就有人生处世的真理存焉。大抵而论，阮籍、嵇康之辈，必喜欢黛玉，喜欢晴雯；叔孙通、二程之流，必喜欢宝钗，而兼喜欢袭人。袭人后来嫁蒋玉菡，许多男人读者唾骂，那是另一件事，是理学妖孽之所为，因为与理学之贞节观念冲突。大概袭人若终身不嫁，或学鸳鸯上吊自尽，必博得那些儒者的恭维。这是话外不提。我认为袭人之行为人品，比大观园任何男子还强。何以《红楼梦》的男子，都那样不行，都是泥做的（贾政在内，贾赦、贾琏，更不必说），这又是话外。

宝钗与黛玉相对的典型，或者依个人的好恶，认为真伪之别，但是不是真伪二字可了。飘逸与世故，闲适与谨饬，自在与拘束，守礼与放逸，本是生活的两方面，也就是儒、道二教要点不同所在。人生也本应有此二者的调剂，不然，三千年叩头鞠躬，这民族就完了。讲究礼法，待人接物，宝钗得之，袭人也得之。任性孤行，归真返朴，黛玉得之，晴雯也得之。反对礼法，反对文化，反对拘束，赞成存真，失德然后仁，失仁然后义——这些话，不能说全无道理。但是人生在世，一味任性天真，无所顾忌，也是不行的。此黛玉及晴雯之所以不得不死，得多少读者挥同情之泪。若晴雯撕扇，晴雯补裘，我们犹念念不忘。所以读者爱晴雯的多。但是做人道理，也不能以孤芳自赏为满足。我想思想本老庄，行为崇孔孟，差为得之。托洛（Thoreau）有一句沉痛的话："我们在过成年人的生活，想要说出童年时的梦境，但是未找到怎样说法以前，这梦境已经幻灭了。"（他日记里的话）这也是《归去来辞》，勿以身为形役，何以存真，何以养生，何以保身的根本处世问题。蘧伯玉行年五十，而后知四十九年之非，也是迷梦中的幻觉吧。

所谓黛玉与宝钗的相对典型，通常以为真伪之别。在好晴雯、好黛玉的人，爱晴雯、黛玉之"真"，而恶宝钗、袭人之"伪"。自首至尾，宝钗所说，无一句不是"得体"的话（宝钗的头发，也必是光滑夺目的），黛玉无一句不任性率真，晴雯无一句不撒娇撒痴。难怪贾母及王夫人都喜欢宝钗、袭人，而逼死黛玉与晴雯。晴雯撕扇，晴雯补裘，何以可爱？爱其天真。因其天真，故不得不死。这所谓"真""伪"的辨，最明显的例，是宝玉被父亲重打一段。事后宝钗来看宝玉，实实在在正言规劝宝玉一番，所说头头是道，真是大家女子的风度，你也不能说她是"伪"。但是终不如黛玉来看他，静悄悄坐在旁边饮泣，一句话不说，只哭得眼红。所以黛玉成为宝玉的知己，可宝姐姐永远未能。

这里我们可以进一层，说说后四十回的问题。人性是复杂的，真中有伪，伪中有真，不是那么简单。曹雪芹懂得这人性之复杂。像袭人写来，也有好处，也有伪处。在这真伪糅杂之中，黛玉之尖利敏感，宝钗之浑厚宽柔，宝玉之聪明颖悟及好说呆话，都能写出各人活现逼真复杂的个性来。所以曹雪芹可以称为世界第一流大小说家。这性格的完整性，在文学创作中最难，而《红楼梦》后四十回，各人的性格之符合及统一，不但能保持一贯，并且常常真能出色发挥出来。

这一点，适之及俞平伯都没有看到。紫鹃最出色二事，都在后四十回。一为宝玉要把玉还给和尚，紫鹃一听见跑出来，连同袭人两人硬把宝玉抱住不放。一为黛玉死后，宝玉夜中求见紫鹃，紫鹃还是不肯原谅，连开门请他进来都不肯。紫鹃无此二事，则亦平平人品而已。贾母在前八十回，只会享福作乐寻开心，到了贾府被抄，处患难时，才看出她的人品伟大。这是个性的深入，不然，贾母只是享福老太婆而已。柳五儿是后四十回后起之秀。五儿闹夜一回，比起袭人不在家时晴雯闹夜一回，写来更是细腻可爱。这是我最佩服的一回。那夜宝玉专等黛玉的芳魂入梦，宝钗、袭人在隔屋子防着，五儿在房里调情，及第二天早晨宝钗怎样旁敲侧击，说到适可而止，都是化工之笔。妙玉那个好洁神经变态的色情狂家伙，到底落了粗汉之手。诸如此类的妙文很多，而这么大规模的小说，千里灰蛇之线，真不容易下笔。且前八十回，故事尚未发展，剧情尚未紧张。到了八十回末为止，宝玉的婚事犹未定，凤姐的骗局犹未决；黛玉未死，尚未焚稿断痴情；宝玉未因黛玉之死而发疯，及因黛玉之死看破世情，出家做和尚；大观园未抄，潇湘馆萧条未见，贾赦未赶鬼除妖；探春在大观园请道士未出阁；惜春未削发；平儿未救凤姐之儿去投刘姥姥。这样单赏菊吃蟹，赋诗度日，成什么小说？

适之已承认曹雪芹确有未定稿，曹死之时，去前八十回脱稿九年。适之曾问过，这九年间，他干什么呢？这已见于适之的考证文字。我问适之："他写不出来吗？"适之说："大概也是穷到潦倒不堪了。"我说："这样他不能算为小说大家。"适之说："其实他不能算为小说大家。大概他描写人物，的确是天才本领，但若真正只写八十回，在故事结构上，伎俩实太差了。"但适之是认为必有未定稿的。我想雪芹死后，家中必有残稿，家破人亡，自然没人去理，或者遗失散佚都难说。二三十年后，琉璃厂程伟元留心文献，搜求残稿，由高鹗补订而成一百二十回本，都在情理之中，有什么不可能？

至如俞平伯怪最后收场，宝玉要做和尚，大雪途中遇见父亲，作揖一下，以为辞别，认为肉麻，令人作恶。俞平伯意思，这宝玉决不应赴考得功名，以报父母养育之恩，又在雪途中，在出家以前，最后一次看父亲，与他诀别，应当不拜，应当是掉头不顾而去，连睬都不一睬，这样写法，才是打倒孔家店《新青年》的同志，才是曹雪芹手笔。何以见得十八世纪的曹雪芹，必定是《新青年》打倒孔家店的同志？假定与老父诀别一拜是肉麻，何以见得高鹗可以肉麻，曹雪芹便决不会肉麻？我读一本小说，可以不满意故事的收场，但是不能因为我个人不满意，便"订"为小说末部是"伪"。这样还算科学的订伪工作吗？

适之的考证，最要是张问陶说后四十回高鹗所"补"一句话。我想这"补"字，是说"补订""修补"之补，与高序所言相符，却不能拿定说是"增补"。这不能说是什么新证据。其余只是关于后四十回的发展，有四五处与前八十回所暗示不符（雪芹曾有一百二十回的回目），如史湘云的"金麒麟伏白首双星"的话等。谁也应该知道，文人自初稿至杀青的时候，尤其在这样的巨幅，经过十年苦心经营，易稿再四，作者到了收场，应当与初稿拟定略有不同，或有删削。作者应有此权利。这不足为后四十回为高鹗"作伪"之证。脂砚斋本"畸笏"已经明明说有几回，因人家借阅而散佚，当时的情形可见。残稿一定有散佚，经过高鹗的整理补订才有个眉目连贯。这真是文学史上一件大事，我们不应作求全之毁，因为有些小出入而断定后四十回是"伪"。况且所谓脱节不符的，不是大处，是比较不重要人物（小红狱神庙等小节）。重要人物收场，都有极精细的，有根据的脉络可寻（贾府被抄的原因，原为极小的事，读前八十回者，谁也不会注意。李纨为黛玉死时惟一陪她的人，又后来说"车也有借得的吗？"也是极精细之笔）。所以说高鹗做曹雪芹的应声虫，作伪才补成一百二十回，证据是不充足的。这与科学的所谓"证明"显然不同。我们从大体观之，不应把曹雪芹斥为第三流、无结构、不能完稿的小说家，而把《红楼梦》最动人的情节归功于高鹗。《红楼梦》的伟大，就在结构，好像米兰大天主教堂，十二金钗，刻为十二神像，左右辉映，堂皇无比。

这样讲起来，程伟元及高鹗才是曹雪芹的功臣，天下万世爱《红楼梦》的读者，应该感激他们保存这名著残稿及补订编勘刊印流传之功。不然连宝玉是娶黛玉或娶宝钗，我们还不知道。程伟元甲本畅销，不到一年又肯再排印乙本。这是普通牟利的书商所肯为的吗？

八年前（一九五八）我曾做《平心论高鹗》一文（登"中央研究院"历史语言研究所集刊第二十九本），文长六万言，结末作〔终身误〕一首，用《红楼梦》第五回关于雪（薛）林二位的曲文本韵。照录于此，以结本文：

都道是文字因缘，俺只念十载辛勤。空对着奇冤久悬难昭雪，终惹得曲解歪缠乱士林。叹人间是非难辨今方信。纵然糊涂了案，到底意难平。

再论晴雯的头发

　　两月前我在纽约写一篇《论晴雯的头发》，下半牵涉到《红楼梦》后四十回的问题。大概是说，四十回中诸人的性格，不但与前八十回连贯，天衣无缝，并且能在性格上做出出人意表的发挥及深入（若紫鹃之出色行为，五儿之异军突起），不只是勉强顾到前后呼应而已。千里灰蛇之笔，本是《红楼梦》全书一百二十回读者所最佩服，千条万端，皆有前后照应，未尝遗漏。这已经不容易。若单有八十回，则灰蛇去处，全无着落。倘使曹雪芹尚活在人世九年间，收拾不起来，补作之人，若无曹氏残稿做依据，反能使灰蛇重见于千里之外，便是奇迹，为古今中外文学史上所无之事。大抵是从文学伎俩及想象力为出发点，评判其不可能。就事实讲，到底曹氏有无残稿未定稿，高鹗是否只作补辑工夫而非续作的问题，非常重要。我想再谈一谈。

一、"补"与"续"问题。

胡适之、俞曲园都根据张问陶诗中小注后四十回为"兰墅所补"之一"补"字。鲁迅《中国小说史》遂改用"续"字；谭正璧《中国小说发达史》竟用"作"字。如此以讹传讹，致使普通人以为后四十回真是高鹗所作。"补"之原义，甚明。此为张问陶（高鹗亲戚）及高鹗时人所周知，不能据为新证据。高鹗自己早就明说："坊间缮本，及诸家所藏秘稿，简繁歧出，前后错见……此有彼无，题同文异。"乃"广集核勘，准酌情理，'补'遗订讹。"（见程本高序）高鹗所补，正是"修补""补辑"，可能在断稿残篇未能衔接处，加一两行，使相联贯，却万不能就此断为是"增补""续补"。胡适之指程伟元所叙在鼓摊上购得十几回说这是高鹗作伪之"铁证"，这是倒果为因。必须先证明当时并无残稿、佚稿缮本在外流传，才能说是作伪。

二、曹氏残稿、散稿问题。

曹雪芹死前三年，一七六〇年，就有《脂砚斋四阅重评》的庚辰本，作者最亲的"畸笏叟"，在二十回眉批："余只见有一次誊清时，与狱神庙慰宝玉等五六稿，被借阅者迷失，叹叹！丁亥夏。"又甲戌本第二十六回眉批："惜卫若兰射圃文字迷失无稿，叹叹！丁亥夏，畸笏叟。"这狱神庙及射圃文字，就正是胡适之所引为程本与前八十回不符的可疑重要证据，但是确已"迷失"。这不能作为高本作伪之证。

一七六二年三月（曹逝世前一年），畸笏已看见末回"情榜"（见庚辰本第十八回、十九回、廿七回，皆有关于情榜之眉批）。情榜末回当在佚稿之中。

庚辰本第四十二回前总评说："今书至三十八回时，已过三分之一有余。"（原稿三十八回，所书是四十二回之事）以此推之，三四一十二，可定原稿约一百二十回，至少一百多回。若是全稿仅八十回，应说是一半。

当时一七六〇至一七九一年，约三十年间抄本极多。或此有彼无（如庚辰本缺六十四回及六十七回），题同文异，或者漫漶舛谬，这是事实。因为据程序："好事者每传抄一部，置庙市中，昂其值，得数十金，可谓不胫而走矣。"

当时除戚本、庚辰本外，尚有苏大司寇本及吴润生本。倪鸿《桐阴清话》卷七引《樗散轩丛谈》："《红楼梦》实才子书也……巨家间有之，然皆抄录，无刊本。乾隆某年，苏大司寇家，因是书被鼠伤，付琉璃厂书坊装订，坊中人藉以抄出，刊板刷印渔利。"惜未言乾隆某年。但是清清楚楚乾隆年间刊印是书的是程伟元。而且据近人所考，这正是苏大司寇在京中的年间。我们不敢肯定，但是很可能琉璃厂之"坊中人"，即程伟元其人，而程所据即苏大司寇本，加以鼓掇所得，成为高鹗补辑本。蒋瑞藻引《续阅微草堂》说"闻吴润生中丞家尚有真本"。（鲁迅《中国小说史略》引）

胡适之承认曹氏残稿不止八十回。"如果甲戌本已有八十回稿本流传于朋友之间，则他以后十年间续作的稿本，必有人传观抄阅，不至于完全失散……但我仔细研究脂本的评注，和戚本所无而脂本独有的'总评'及'重评'，使我断定曹雪芹死时，他已成的书稿，决不止现行的八十回。虽然脂砚斋说'壬午除夕，书未成，芹为泪尽而逝'，但已成的残稿确然不止这八十回。"（《〈红楼梦〉的新材料》一九二七年所作）

当时社会，已有《红楼梦》狂，抄本不一，富贵"巨家"，像苏大司寇、吴中丞也有秘本。程伟元也是《红楼梦》迷,也知道一般读者求读全稿者甚多。所以于曹雪芹逝世后三十年间,留心搜集残稿及"诸家所藏秘稿",发现补足一百二十回,是合情合理,有什么不可能?曹氏死后,家散人亡,大概稿也散佚,家中人若畸笏者,可以慢慢发现传抄。胡适之于曹雪芹逝世后一百六十四年后(一九二七年)能发现脂砚斋抄本,为什么程伟元在曹氏过去后三十年间便一定不能发现其他抄本?胡发现敦诚赠雪芹诗写本,也是在一百六十年后(一九二二年)。程伟元地近时近,更是可能。

三、高鹗作伪之证据不能成立。

曹雪芹写到八十回,血未呕尽,泪未流尽。《红楼梦》故事,尚未入主题,尚在人世,决无不写下去之理。《红楼梦》主题,不是风花雪月,儿女私情。他的主题,一是通灵宝玉之失而复得,是斩断情缘,还复慧根灵性,看破警幻仙姑之梦,又一是富贵无常,人生若梦,即贾府之败落("落了片白茫茫大地真干净")。《红楼梦》感人处在此不在彼。故未流雪芹未尽之泪,未呕雪芹未呕之血,不能止笔。必须写到结局,才能写出黛玉死后未死者无可奈何之哀痛。

胡适之问:"如果甲戌以前雪芹已成八十回书,那么,从甲戌到壬午这九年之中,雪芹做的什么书?难道他没有继续此书吗?如果他续作的书是八十回以后的书,那些文稿又在何处呢?"(《考证〈红楼梦〉的新材料》)我也发这大疑问。如果有续完,程伟元该不该找到呢?

这样统观全局,客观的证据都不能成立了。"补"字是误解。后四十回未备的,畸笏已明明说已散佚,不能怪高鹗。末回情榜,我也认为散佚。书之散佚，常在卷末。雪芹必把故事写入主题，才能完他著书的本意。而且结局早已有成竹在胸，何难写去？

清朝汉学家，最好订伪，至康有为以孔子为集作伪托古改制之大成。这是今文家无聊的门户之见。但是风气已成，一听某书疑伪，读书人便喜欢取其伪，而不取其真。如果今文家对，我们不但古文《尚书》不必读，连《左传》《毛诗》也不必读，去读《公羊》《谷梁》《韩诗》《齐诗》好了。这话很长。像英国的莎士比亚，就有好事者谓莎士比亚不会著书，自己的名字也写不好，莎氏所著的作者，应是培根（Francis Bacon 英国哲学家，一五六一至一六二六）或马逻（Christopher Marlowe 英国剧作家（一五六四至一五九三）（*Bacon is Shakespeare* 一书，我五十年前就念到）。他们也考出许多证据，但是西方学者，态度谨慎。在不能客观证明培根就是莎士比亚以前，还是认为莎士比亚是莎士比亚。我不能不判定高鹗有功而无罪。

说高鹗手定的《红楼梦》稿

叹一枝仙笔生花，偏生得美玉有瑕。若说没续完，万千读者迷着他。若说有续完，如何学者说虚话？这猜谜啊，教人枉自嗟呀，令人空劳牵挂。一个是泮官客，一个是傲霜花。想此人能有多少笔杆儿，怎经得秋挥到冬，春挥到夏？

〔枉凝眉〕用《红楼梦》曲文原韵改作

新近购到《乾隆抄本百廿回〈红楼梦〉稿》。这本稿本，是《红楼梦》考证中一件重要新材料，使我们看到高鹗改稿补辑的实在情形。以前高鹗"伪作"后四十回的话，到此又得重新估价，或甚至根本动摇。

此稿应称为"杨继振本"，或为"高鹗手定稿"。一九六三年中华书局上海编辑所编辑，分订十二册，商务印书馆上海印刷厂石印。原为杨继振所藏。

封面里头原题签作《红楼梦稿本》，下双行题"佛眉尊兄藏，次游签"。据此翻印本的跋，次游是秦光第的字，杨继振的幕客。"佛眉"何人未详，可能就是杨继振以前的藏书人。再下一页，是《红楼梦稿——己卯秋月堇堇重订》。再下一页，是杨所题大字："兰墅太史手定《红楼梦》稿百廿卷，内阙四十一至五十卷，据排字本抄足□记。"据范宁的跋："杨继振，字又云，号莲公，别号燕南学人，晚号二泉山人，隶内务府镶黄旗，著有《星风堂诗集》。他是一位有名的书画收藏家……"书中每册首末都盖"又云""又云考藏"等图章。最重要是第七十八回末朱笔题"兰墅阅过"四字。

今程刻乙本，就是完全照这手稿所改的。比如这七十八回，改得厉害，是关于林四娘《姽婳词》及祭晴雯《芙蓉诔》那回。好几段删改得一塌糊涂。且举一二例。中有一段底本一百多字批评功名举业的文章被删去。《姽婳词》中有一次换韵也是他所改。

底本：贼势猖獗不可敌，柳折花残实可伤。魂依城廓家乡隔，马践胭脂实可伤（即阳唐韵，与上节同）。

改稿：贼势猖獗不可敌，柳折花残血凝碧。马践胭脂骨髓香，魂依城廓家乡隔。

又如今程本同回宝玉说必用"长篇歌行，方合体式，或拟李长吉《会稽歌》，或拟白乐天《长恨歌》……。"其中或拟李长吉一句，系高手定本在夹行中所加。现在程刻乙本，就是经过这样修改过的文字。回回都是如此。

杨继振鉴定此稿为兰墅的"手定"稿。七十二回（也删改得厉害）末页有杨氏附记云："第七十二回末，墨痕沁漫处，响明覆看，有满文□字影迹，用水擦洗，痕渍宛在；以是知此抄本出自色目人手，非南人所能伪托。己丑又云。"又一行小字云："旗下抄录纸张文字皆如此。尤非南人所能措言，亦惟旗人知之。"己丑当系道光九年，一八二九年（不会是一七六九年），去程甲本三十八年。三十七回首，也有朱笔批语："此处旧有一纸附粘，今逸去。又云记。"

此稿情形大概如下：底本前八十回是所谓脂本，文字近甲辰本（一七八四），而改了以后则变成程刻本的面目。稿中两种笔迹："一是手抄的，笔迹平常；一是批改的，书法秀丽老到，在密行蝇头小字改处，犹间架分明，笔笔遒劲可喜。删时也有单字点去的，或上下直杠删去的，也有用勾勒把几行一段勾掉。细行密补，纸位不够时，用另纸二三行至十余行粘上。石印本都用单页另行印出，以存其旧。也有全回不改，或极少改的，看来是改后重抄正的。凡与批改者笔迹相似的抄本章回，都没有改，可见得是改后誊清。平常修改是使句读读来顺口，转节处分明，正像塾师改作文一样。现在通行的一百二十回本，就是根据这"高鹗手定本"原稿。

这一点，真比脂本初稿高明。如第一回底本，开头就有许多文句太随便，高手定本改得好。如底本"虽我未学，下笔无文"，（甲戌本缺）高本改为"我虽不学无文"。又"故曰贾雨村云"后转一段"此回中凡用梦用幻等字"，改为"更于篇中凡用梦用幻等字"，"更"字改得好。所谓几回删改得一塌糊涂的，就是又把几行涂去，再在行中用行书细字密密添补，有时一页之中补写的字跟底本一样多。补写不足，再用另纸粘上。大概删改最多的是以下几回：廿四、廿五、廿九、卅六、五十八、五十九、六十五、六十六、七十三、七十四、七十五、七十八。真是密密删改的，大半在后四十回，如八十一、八十二、八十三、八十四、八十五、八十九、九十，及一百十七至一百廿回。（九十一至九十五，无改字谅系誊正；一〇八至一百十一，亦如此）纸张地位不够，另纸粘上的，前八十回仅两条，后四十回，从八十一回起，共廿一条，单一百十六回至一百廿五回中，共十五条。八十二回末，又云批记："目次与原书异者十七处，玩其语意，似不如改本。以未经注写，故仍照后文标录，用存其旧。"

最重要的，此改后的文字，大体上全与程伟元的刻本符合。据跋文作者范宁说："这本子上修改后的文字，百分之九十九都和刻本一致……"范氏说："杨继振说，这个抄本是高鹗的手订'红楼梦稿'，不是最后的定稿……乃高鹗和程伟元在修改过程中的一次改本，不是付刻底稿。"如此稿第七回回目便全留空白。

关于高鹗是"作伪"或是"修补"的大问题，范宁先生跋语中有一段如下："其次，通过这个抄本，我们大体可以解决后四十回的续写作者问题。自从有人根据张问陶《船山诗草》中的赠高鹗诗《艳情人自说红楼》的自注：'《红楼梦》八十回后皆兰墅所补。'认定续作者高鹗，并说程伟元刻本序言，是故弄玄虚，研究《红楼梦》的人，便大都接受这个说法。但是近年来许多新的材料发现，研究者对高鹗续书日渐怀疑起来，转而相信程、高本人的话了。这个抄本在这方面，提供了一些材料，我们看到后四十回也和前八十回一样，原先就有底稿。高鹗在这个底稿上面，做了一些文字的加工。这底稿的写作时间，应在乾隆甲辰（一七八四年）以前。因为庚辰（一七六〇）抄本的二十二回末页，有畸笏叟乾隆丁亥（一七六七）夏间的一条批说：'此回未成而芹逝矣。'仍保留着残阙的形式。但到甲辰梦觉主人序抄本时，就给补写完整了。……可见这补写的人，对宝钗后期生活是清楚的。这就是说，后四十回所写宝钗生活的文字，这位补写的人见到过。或者后四十回竟是出于他一人的手笔，也很可能。因此，张问陶所说的'补'，只是修补而已。"这正与我的解释"补"字相符。

紧接这段，下一段开头说："后四十回既大致可以确定不是高鹗写的，而是远在程、高以前的一位不知名姓的人士所续。这样一来，我们前面提到周春的话，就得到实物的证明了。"周春的话，是说"乾隆庚戌秋"（一七九〇年，即程刻前一年），有人"用重价购抄本两部，一为《石头记》八十回，一为《红楼梦》一百二十回"。（见《阅〈红楼梦〉随笔》）

这高鹗手定本，于我的意见有六条。

一、这证明高鹗的冤枉。至少他不是"写"，而是"补"。他未尝作伪，而有底本做依据，前八十回及后四十回一样。又高鹗所题仅说"阅过"而已，所题又是在七十八回末，这事尚待慢慢地研究。

二、我很怀疑，此稿虽称为"高鹗手定本"，但是详看所添补，确为于红楼本事极熟悉的人。那么讲，所谓添补又非出高鹗手。我倾于相信，很可能是雪芹自己的手笔。况且稿本卷前题"己卯秋月董董重订"。己卯是庚辰前一年。"董"字典解为"土芹"，生于水者为芹，生于土者为董。这个假定，关系太大了。笔迹与我们所知或是雪芹手迹的"空空道人"四字相似。又高鹗所题仅说"阅过"而已，所题又是在七十八回末。这事尚待慢慢地研究。

三、一七六四年至一七九一年间抄本的情形极混乱，而且缮本也非常的多。正如程乙本高鹗的引言所说："是书沿传既久，坊间缮本及诸家所藏秘稿，繁简歧出，前后错见……此有彼无，题同文异。"这些话是实。所以说："按其前后关照者略为修辑，使其有应接而无矛盾。"又说："广集核勘，准酌情理，补遗订讹。"这话也是实。

四、在这混乱抄本中，大家已经承认，明明畸笏看见"后三十回"，明明有一百廿回目，八十回以后明明有雪芹的未定稿。在未有发现作伪的真证以后，我们应该信程、高序言中的话。相反的，我们没有实物的证据，证明曹家的后三四十回散稿，全部散佚，不可复得。曹死后，朋友中有敦敏、敦诚、张宜泉、裕瑞、明义、畸笏等。

五、大家囿于成见，由于高鹗作伪续书，到高鹗核勘修补底稿的不同的假定，这一转变的太大，所以仍要假定，如有补续者必不是雪芹，而是另一某不知名姓的人。绕这大弯，真可不必。胡适考定后四十回与前八十回些小不符之处，正是畸笏所谓原稿散佚五六回。曹氏未经整理的后三十回佚稿中，有未尽符合处，不足为奇。大家排除先入之见，当认为后四十回不但不坏，而且异常精密，异常合理，不失本书大旨。

六、我们今日有文化比较清顺可念的《红楼梦》本可读，应该感谢高进士这样细心校勘的功夫。

跋曹允中《红楼梦》后四十回作者问题的研究

　　曹允中女士将研究《红楼梦》后四十回稿寄示，阅来甚喜，知道对此问题关心者大有人在。大家实事求是，自然慢慢地可以得到真相。这十年来新出的材料越来越多，诚如范宁先生（高鹗手定《红楼梦》稿本跋的作者）所说："近年来许多新的材料发现，研究者对高鹗续书日渐怀疑起来，转而相信程、高本人的话了。"陈受颐先生（现在美国）曾见我的《平心论高鹗》，对我表示同意，并谓想为文发表，至此尚未着笔。到底还是曹家女士先来。曹女士研究此事多年，观点论断与我不约而同。此篇系旧稿，这回看见我新近所发表文章，才又鼓起勇气，略加整理发表。曹女士是律师，文中判决高鹗作伪证据不能成立。此层公案，将来当上诉到大理院去，大理院便是天下后世爱好《红楼梦》的读者。所以我不惮辞费，在此再说几句话。

一、新出材料，使我倾向相信大家所已承认的雪芹未定的后三四十回，确然存在。最重要的材料还是曹氏生前手定庚辰本八十回中畸笏及脂砚一百七十九条的评语。又有周春所记程刻之前有人购到一百廿回本的话。庚辰本中第七十五回前单页甚重要："乾隆二十一年五月初七日对清，缺中秋诗，俟雪芹。"这乾隆二十一年便是丙子（一七五六），在甲戌本之后二年，去雪芹死前七年又七月。又吴恩裕在一九五四至一九五七年间发现敦诚《四松堂诗抄外集》《鹪鹩庵杂诗》《鹪鹩庵笔尘》，及他的哥哥敦敏的《懋斋诗抄》，明义（我斋）的《绿烟琐窗集诗选》等（俱见吴氏《有关曹雪芹八种》），使我们更明了敦诚、敦敏及雪芹的生平事迹及往来关系。别的不说，单说一样。敦诚是与曹雪芹最亲熟的人。鹪鹩杂诗中《挽曹雪芹》二首，第二首（《四松堂集》所无）起句是："开箧犹存冰雪文。"他自然是热心爱护《红楼梦》稿的人。别人可能没有看到雪芹的残稿，敦诚应当看过。明义（我斋）也说在"书未流传"之时"曹子雪芹出所撰《红楼梦》一部，……余见其抄本焉"。这时候很早（约曹死前一二年）。又脂砚（个人相信是史湘云）在雪芹死后十年（一七七四）尚在，后四十回稿，不能完全遗失。明义的《绿烟琐窗集诗选》题《红楼梦》诗竟有二十首。据吴恩裕说："其中前十七首，描写《红楼梦》里面的事实，大致不出前八十回。第十八首提到黛玉的'葬花词'，说是'似谶成真自不知'。"吴恩裕依所见的曹稿仅八十回的假定，对此句就费解了。因此他说："但黛玉死的成'真'在八十回以后，而当时尚无高鹗续书……因此明义写此诗时，当系结合着八十回以外的雪芹原来的回目。……也可能结合雪芹和朋友们口述全书的未完内容而写的。"若假定所见有后四十回稿，就无须这样周折的解释了。

二、曹女士所列胡适列举前后情节不符和脱漏五点。我在此简单附寄数语。大概适之本心是要考四十回的真伪，对于后四十回雪芹未定稿，未免有求全之毁，落了穿凿二字。适之是我的畏友，但是此等处穿凿实是穿凿。

1. 小红被丢开。小红既为凤姐看上调用，后来无影无踪。须记得这是第二十七回花生日的事。从此一直到八十回，共五十三回，未见有小红。凡是凤姐的事都是平儿在场裹理。这丢开小红是在前八十回，不关高鹗，我们并不能据此"证"明前八十回是伪作。倒是到了八十八回，高鹗"作假"，倒没有忘记小红，又提起小红与芸哥来。同样的，史湘云据三十七回"自是霜娥偏爱冷"，应该早寡，但据第三十一回"因麒麟伏白首双星"，又应当白发偕老。又要拆散，又要偕老，这是前八十回自身的矛盾，是不可能的事，不关高鹗。所以我看湘云寡后，躲在脂砚斋中与雪芹批阅《红楼梦》稿，便应"白首双星"之义。此等处适之正不应穿凿，借为证据。

2. 香菱不应谶。据谶语，香菱应被夏金桂磨折死。（自从两地生枯木，致使"香魂返故乡"）。第八十回香菱得宝钗领过去，得避金桂，但仍写她："今后加以气怨伤肝，内外挫折不堪，竟酿成干血之症，日渐羸疲。"这样一直拖两年，到了一百二十回难产而死，实亦是因为身体熬煎不过，由金桂磨折致成虚弱所致。这不能算不应谶，不应如此穿凿。假如金桂没有误毒自己，简简单单把香菱毒死，就太没有文章波澜了。

3. 凤姐应曲文，但拆字谶语未明。凤姐晚景凄凉，被丈夫冷淡，又办贾母丧事，大观园用人调动不灵，与铁槛寺弄权，炙手可热，遥遥相衬，是好文字。那副情景，倒叫人可怜。在此点，后四十回是大成功。"一从二令三人木"猜字谜，吴恩裕友人解"二令"为"冷"，"人木"为"休"，"哭向金陵事更哀"，总算与曲文相符。只"一从"未明。曹女士"一从"的解法可取。

4. 和尚送玉一段，"文字笨拙"。这正是补稿实情。但与后四十回几十段精彩文字相较，愈可证明高鹗修补，而未尝作伪，并且证明作伪至足以乱真，真不容易。

5. 宝玉做八股，考举人。这项关于书中主人翁宝玉的人格，最为重要，也最表示俞平伯的穿凿。人家看破世情，要出家做和尚了，还要骂人家"禄蠹"。宝玉到后四十回，所以能深深动人，就是因为他已不似前八十回专说呆话吃口红而已。他读八股，取功名，是专为报答父母养育之恩，尽了人子之道，才遁入空门。这时宝玉年纪较大了，人品也较成熟了，不是永不成器，谤僧骂道一个茜纱公子而已。宝玉聪明，处此难关，求得两全之计，一面遁入空门，又一面想报答父母，中个科名。（"母亲生我一世，我也无可报答，只有这一入场……出来时，太太喜欢，便是儿子一辈子的事也完了，一辈子的不好也都遮过去了。"）这是曹雪芹最高明的手笔，也是雪芹所以寄其悲愤哀痛于宝玉身上。怎么可以似陈独秀横冲直撞做法，一味捣蛋到底，这还可以论人么？宝玉赴考场的用心，一出场便遁迹空门，书中写得再清楚没有，何得含血喷人？话长了，不多说。

《红楼梦》人物年龄与考证

最近胡基峻先生在"中副"发表一文，《论〈红楼梦〉人物的年龄问题》，指明其纰谬矛盾之处甚多。这是事实，前二十二回为尤甚，前人已屡指出，但与后四十回真伪问题无关，因为毛病都出在前八十回。其纠缠情形过甚，叫高鹗想整理而无法整理。胡基峻先生结论，大抵不错，但是夹入一句谓可能为反驳我所著《平心论高鹗》的证据之一。这虽是偶然夹入的话，却须说明，以免读者看错问题。胡先生的结论是：

> 上文所举的，都是些大而且是较严重的矛盾。此外像王夫人的年龄，也有问题，后四十回引述往事的地方特别多（这很可能成为反驳林语堂先生《平心论高鹗》的证据之一），而且明明是几年前的事，其中人物都往往只说

"去年""上年"及"前年"等语；探春出嫁后不到两年，贾政却说"……将小女配与统制少君，结褵已经三载……"，要纠正这些矛盾，像高鹗、汪原放那样，仅仅更改几个数字，是解决不了的问题……

一、人物年龄呈极混乱情形，是前八十回。像脂批四阅的庚辰八十回本，总算是真的了，恐怕没有人敢说他是伪的，这些矛盾，王希廉本早已指出，程高二位真正没法修补订正，护花主人的眉批及大某山民每回末加评，最注重这各节年月问题，就如第十七回，"七月大开杏花"的荒谬，我们也没法说不是曹氏的手笔。又如第十二回云，"这年冬底林如海病重"，十四回又云"九月初三没"。昭儿回来，谓黛玉、贾琏赶年底回来，还要带大毛衣服。护花主人眉批谓："作者不顾前后如此，吾不能为之原谅也。"除非我们假定前二十二回通通是伪的（连甲戌本，庚辰本，戚蓼生本在内），我们只得接受这个事实：前八十回甚溷乱，而其中最胡闹的是在第一至第廿二回中。

单说宝玉及钗黛的年龄，就没法整理。我姑引《平心论高鹗》一段。"以外大观园各人岁数矛盾重重，至今无法整理。取此必弃彼，取彼必背此。护花主人假定大观园初年宝玉十五岁，周汝昌假定为十三岁，都是勉强折中定的。大某山民依八十六回元妃没于第三年甲寅（一七三四）。周汝昌移后四年，以一七三六丙辰为初年（到第三年当为一七三八）。这且不去讨论，单说黛玉六岁来贾府（见第二回），到了四年或六年后壬子，自己已说她十五岁了（四十五回）。况且她少宝玉一岁（第三回），则宝玉已十六。但宝玉在同年说看来只有十二三岁（二十三回）。宝钗大宝玉两岁，应是十八了。事实又不如此简单，因为第廿二回宝钗只明说只十五岁，若依第四回薛蟠已有十五岁，到了壬子，薛蟠应是廿一岁，而第四回明说宝钗少他只两岁，宝钗便应十九岁。周谓："'少两岁'不实之辞，不应死看，但亦不应将七岁之不同，说'少两岁'。但是事不止此。六十三回，大家算宝钗、袭人、晴雯、香菱四人是同庚，是只十四岁，若说袭人大宝玉两岁（据第六回），宝玉应缩回十二岁。但又不然，因第十九回，袭人姨妹已十七岁，则袭人至少也十七，宝钗与之同庚，又应十七。薛蟠若比宝钗大两岁，又变十九岁，若依薛蟠来府时只十五岁（第四回），宝钗又须缩回为十三。后四十回高本（曹氏残稿）第九十回贾母又说黛玉少宝玉两岁，不是少一岁，高本也乱在一起。其余英莲、贾兰、贾蓉各人岁数都有矛盾。可见高鹗校书时对此等处，也真无办法，姑存其本来面目。"我想这些错乱，都是"易稿五次"所致。

二、俞平伯的歪缠。这些矛盾既不足为前八十回作伪的证据，则后四十回真有什么矛盾，也不是高鹗"恶劣""俗笔""笨拙"行诈的证据。俞平伯一味歪缠，连黛玉之死也叫肉麻无味；连黛玉之病，几月好几月坏，本是痨病的人常有的事，也看做恶劣；连贾府衰败，也必须如探春所言"自相残杀"，才叫作满意。我说这些话，是指出我们考伪的方法，太随便了，太不够标准，大家不可长此风气，也不必受那类考证方法的欺骗。

在此我举平伯论巧姐年龄忽大忽小一事，来指出这类考证的一斑。这事是颇费平伯笔墨的。我再引《平心论高鹗》文中一段。我说："后四十回巧姐之岁数，平伯以为忽大忽小。岁数混乱，本是全书的毛病。但巧姐忽大忽小，完全是故意曲解，不是作者的荒谬矛盾。"原来作者一百十七回说："巧姐儿年纪也有十三四岁了。"平伯举出一〇一回的话："大姐哭。李妈狠命的拍了几下，向孩子身上拧了一把，那孩子哇的一声大哭起来。"就在这些话头上做文章。他先加上"巧姐被拧，连话都不会说"的推想，然后评曰："巧姐被拧，连话都不会说，只有大哭一法，看这光景他不过三岁，最多亦以四岁为限。若在四岁以上，决不至于被拧之后，连话都不说的。况且巧姐能说话，婆子决不敢平白地拧他一把，可见巧姐确是不会说话的。"我说："谁家十一二岁的小姐被老嬷狠命的拍了几下（时凤姐大病），又在身上拧了一把，会不哇的一声大哭起来？又谁家小姐必先说话而后算一、二、三，而后哭哉？"作者并未尝说巧姐不说话，是时凤姐大病，向谁说呢？哇不哇，是看拧的重不重。若是"狠命"的拧一下，平伯也是先哇而后说话也。

这是捣鬼，不是考证。

论大闹红楼

我想凡人好瑰异立说，望文生义，歪缠曲解，穿凿附会，一时可以耸动视听，结果必纠纷愈甚，扑个落空。此《红楼梦》之所以闹得满城风雨，天翻地覆也。我想在此略为指出，大家不可标新立异，假此假彼，来挑剔这"十载披阅，增删五次"及"漶漫不可收拾"矛盾重重的书，名为考证。要是下死劲望文生义，推其所必有，敲其所必无，将来纠缠必愈甚。

因为雪芹未定稿，与前必有不符，庚辰本出后，雪芹还在三年中拼命"易稿"，要挑剔是容易的。结果必如俞平伯的招供："我尝谓这书（《红楼梦》）在中国文坛上是个'梦魇'，你越研究越觉糊涂。"（这是平伯一九五〇年十二月在《红楼梦研究》自序的话）终于在《影印脂砚斋重评〈石头记〉十六回后记》平伯把自己高鹗续书的话完全放弃推翻了。那末，以前在梦魇中所发望文生义的话，还不是梦呓吗？

《红楼梦》是四大奇书之一，所以二百年来费了多少文人的题词考证，本是应该的。自从瑞裕、袁枚的笔记，以至俞曲园臆测此书为纳兰性德而作，引起张问陶说他妹夫高鹗"补"红楼的话，后四十回之来源及作者，遂成一大猜谜，至今尚未解决。胡适之出，而红楼所叙为雪芹曹家身世之事乃大明。这是适之的功劳。可惜适之受了清人考伪的风气，强订高鹗续书，以致在脂批及后四十回文字中讨债，推其必有，敲其必无，这事情遂大蹊跷起来。不料近二三十年间，由于大家热心搜集内府及外间流传版本，曹氏家世越来越清楚，连曹雪芹的西山家居在健锐营后的地点也找出来。因此又增加二十年来多少讨论红楼的文章。此中当以周汝昌考证新材料最多，用功最勤，收获最大；而吴恩裕、李玄伯、邓文如诸先生也发现不少材料。最近又发现高鹗手定稿本，使我们看见高鹗删补八十回前及八十回后的详情。胡适之晚年对于明我斋（明义）及懋斋（敦敏）的一些材料，都不乐谈。在一九六一年影印甲戌本的跋文中，也只谈各版本，只曾引周春所说在程刻以前有人以重价购到百廿回本的话。适之考证文章，一是一，二是二，极少废话。但是适之是相信雪芹家中有百廿回的残稿，而且动起发问，雪芹在去世以前十年间不将全书写完在干嘛呢？适之是第一发疑问的人。

总而言之，由新材料的发现，高鹗作伪之说，已经打破了。

俞平伯：已经放弃高鹗续书之说（可见于《中华文史论丛》第一辑）。

容庚：向来就不主张高鹗续书那一套。

范宁：跋高鹗手定本"近年来许多新的材料发现，研究者对高鹗续书日渐怀疑起来，转而相信程、高本人的话了"。高鹗只有"修补"，未尝作伪。

吴世昌：新著英文《红楼考证》，相信后四十回一部分是曹氏原稿。

赵聪：友联版《红楼梦》序言认高鹗"实是一大功臣"。这是一篇极公允详明介绍红楼的文章，但对后四十回还存疑态度，因为受了俞平伯的影响，尚有胶泥的意见。

潘重规：不相信高鹗作伪，但仍持以前蔡元培诸人的意见，把红楼视为明清夺国玺的政治暗讽小说。

赵冈：相信后四十回不是高鹗作伪，也不是雪芹原稿，是另一位雪芹的堂兄所续。说高鹗作伪是"绝对的冤枉"。

曹允中：就红楼第五回十二支曲文，证明后四十回完全与雪芹计划的"写作大纲"相符，而且高鹗未尝作伪。

我看最近后二者的文章，认为曹允中的态度是公允的，其方法就红楼本书研究立论，是正确的。赵冈的文章表面上是客观的、逻辑的，实际上仍是他七年前《〈红楼梦〉考证拾遗》（一九五九年所作）那一套，主观的、矛盾的理论很多很多，不足取人相信。他专做这一类与平伯相同推敲字句望文生义的考证，所以将来必更多纠纷。他看不起吴世昌的英文书说："我认为这本书应该全部改写。"难免有"老王卖瓜"及王麻子剪刀之嫌。他批评及教训曹允中应该看什么书，什么书。自然我知道赵冈既有王瓜可卖，也委实看了不少书，有话要说，但是始终不能因新材料的发现，指出曹允中一个破绽。所指关于脂评的话，托为近人所考脂砚系雪芹的堂兄曹天佑，其实就是赵冈自己所考。文字上那样确定，使人疑心真是新近的定案，这个太不应该了。

其实脂砚是何人，还没有定案。我以为"脂批"是史湘云、畸笏及曹雪芹本人三位所作，见我八年前所作《平心论高鹗》。赵冈翻箱倒箧，一意要证明脂砚非女人，即非史湘云，把周汝昌的证据，或曲解，或设法曲解，便腰斩为二。看过赵先生"拾遗"一书的人，处处看见他的强词夺理。就如脂批"余则将欲补出枕霞阁中十二钗来"。枕霞阁即史家，书中正文史湘云就是枕霞阁，赵冈断为"种种假想的口吻，都是脂砚批书时玩的花样"。所有的理论都是如此，没有证明什么。

我所以要说这些话，就是赵冈文中根本否认曹君及我文中的方法。"那就是根据《红楼梦》后四十回的文字优美与否，是否与前八十回的伏线相吻合，来推断后四十回是否雪芹原著。这是最脆弱的一种证据。"赵先生根本不懂我及曹君的意思。所谓文字精彩，不是说高进士的诗文，是指着小说者刻骨描写个性及细微体会人物情节的"内功"。我可以引俞平伯、戚蓼生及王希廉的话，来说明这续书的不可能。赵冈未曾记得我们所考是一本创作小说。他把续书看得太容易了。他说："这就像由人起题目，我们来作文章，文章作得切题，并不能证明这文章不是我们所作，而是出题人自己所作。续《红楼梦》是个比较不容易作的题目，但是并非不可能。"赵先生此点看法，实太欠聪明了。

须记得《红楼梦》是四大奇书，妙处不在文笔措词上的优美，而在描刻个性及入微体会个中的情节。俞平伯尚有这一点聪明。他在一九二二年早就说（此文收入一九五〇年的《红楼梦》研究书中）："我以为凡书就不能续。不但《红楼梦》不能续，凡续书的人都失败，不但高鹗诸人失败而已。"又说："如读者觉得续书一事，并不至于这样困难、绝望，疑心我在'张大其词'。那么不妨给读者诸君一个机会试试。"他出的题目是第卅五回黛玉在院内说话，宝玉叫快请，下文便没有了，叫读者试补。"这不过一页文章，续补当然极容易的，仅不妨试验一下。"平伯又说："凡好的文章，都有个性流露，越是好的，所表现的个性越是活泼泼的。因为如此，所以文章本难续，好的文章更难续。为什么难续呢？作者有他的个性，续书人也有他的个性……"以后发挥这个意思的文很长，可以参考。难不在文字优美，难在叫高鹗做曹雪芹的应声虫。

雪芹文笔所以能写出四大奇书之一，在于兔起鹘落的工夫。戚蓼生序写得最好："夫敷华掞藻，立意遣词，无一落前人窠臼，此固有目共赏，姑不具论。第其蕴于心而抒于手也，注彼而写此，目送而手挥，似谲而正，似则而淫，如春秋之有微词，史家之多曲笔……其恰稗官野史之盲左腐迁乎？"后四十回所谓"精彩"文字之难得，就在此不在彼，双美护玉之文便是。五儿闹夜之文亦是。

王希廉也有这样的眼光："有谓此书只八十回，其余四十回，乃出另手。是何言欤？但观其通体结构，如常山蛇首尾相应，安根伏线，有牵一发全身动之妙……觉其难有甚于作书万倍者，虽重以父兄命，万金赏，使谁增半回不能也。何以随声附和之多耶？"（增评补图《石头记》卷首"读法"）。

这就是赵冈所认为补《红楼梦》"比较不易的题目，但是并非不可能"。也就是他认为最"脆弱证据"。这样讲，他的见解比王希廉还不如了。

俞平伯否认高鹗作伪原文

我在《大闹红楼》一文中提到今日一些研究红楼的人怀疑高鹗续书之说。这自然是与我八年前研究的结果相合。我着重文学的观点，认为后四十回除曹氏旧稿流传出来由高鹗整理补辑以外，任何人不能续。内中故事脉络之连贯及人物个性口吻之密合，非出于曹氏不可。若有人续此书得到今日后四十回的成绩，其人之才必在曹氏之上。须知《红楼梦》"字字看来皆是血"，正如张潮所云："天地间之至文，皆血泪所写成。"胡适说此书是自叙，乃合西洋文学研究眼光。今以无此血泪之人，续此血泪哭尽之书，决不可能。胡适以后，研究者专在这"增删五次"抄本矛盾补凑漶漫不可收拾的今本中吹毛求疵，捕风捉影，作求全之毁，来证明高鹗作伪。大家随声附和，闻高鹗之伪，而不考察胡、俞诸人所谓订伪的证据。诚如王希廉所感叹："何以随声附和者之多耶！"幸而新材料发现日多，高鹗整理各不同抄本的困难日明，大家知道当时抄本之混乱情形，对于高本的小疵，都能原谅了。如此奇冤大白，我自然是大快于心。

上文说俞平伯也否认他高鹗作伪之说，我想读者要看平伯的原文。他本来是支持适之高鹗作伪说最有力的人，也可以说是毕生致力于此的专家。他的《脂砚斋〈红楼梦〉辑评》及"八十回校本"都是极有帮助《红楼梦》研究者的专书。他最近肯幡然改他向来的主张，非常重要。文字见于：一、《影印脂砚斋重评〈石头记〉十六回后记》一文，载于《中华文史论丛第一辑》三三九页；二、《谈新刊乾隆抄本百廿回〈红楼梦〉稿》（即《高鹗手订稿本》），载于《中华文史论丛第五辑》，四三七至四三八页。

一、此文见于该篇所附"红楼梦年表"后之"说明二"。

> 从上表后段看出一百廿回本的兴起，约在甲辰、己酉之间，一七八五至一七八九。离雪芹之死已二十多年。脂批已凋零了，殆另是一回事。程氏刊书以前，社会上已纷传有一百二十回本，不像出于高鹗的创作。高鹗在程甲本序里，不过说"遂襄其役"，并未明言写作。张问陶赠诗，意在归美。遂夸张言之耳（语按：张系高之妻舅）。高鹗续书之说，今已盛传，其实根据不太可靠。程乙本对程甲本，以七十天的工夫，却修改得如此之易且快，或者（语按：疑漏不字）是高鹗的成绩罢。

二、平伯校《高鹗手订稿本》（即杨继振本）的前八十回，不涉及后四十回，推敲高鹗所改的底本，作此抄本或在程刻本之先或在之后两个假定。其在其第一假定中说：

我们不妨先说那人（语按：底本作者）在高氏之先。两本有相同处，是乙本从它，而非它从乙本。这可能不可能呢？上已说过，程第二排本乙，必须就第一排本来改字，但并不排除采用他本作为参考，以至于直抄一些文字的可能性。因甲乙两本，从辛亥冬至壬子花朝，不过两个多月，而改动文字据说全部百二十回有二万一千五百余字之多，即后四十回较少，也有五九六七字（语按：根据汪原放计算）。这在《红楼梦》版本上是一个谜。文字之多且不管它，为什么要改，怎样改，也都是问题，难道刚排出一部新书，立刻有所依据？反面看来，若无依据，像他们这样多改，快改，非但不容易办到，且也似少必要——这里不妨进一步说，甲乙两本，皆非程、高悬空的创作，只是他们对各本的整理加工的成绩而已。这样的说法本和他们的序文引言相符的，无奈以前大家都不相信它，据张船山的诗，一定要把这后四十回的著作权塞给高兰墅，而把程伟元撇开。现在看来，不大合理。从前我们曾发现即在后四十回，程、高对于甲乙两本的了解也好像很差。在自己的著作里会有这样的情形，也是很古怪的。今谓有所依据，则甲本从某某来，乙本从某某来，两本即不免互相打架，也不甚奇，至多也不过说校者如程高二人失于检点罢了。

我不想再多说了，来写别的题目。就这么一句话，在各抄本文字异同极混乱的情形中，程高两人"广集核勘，准情酌理，补遗订讹"及因"燕石莫辨"，"惟择其情理较协者，取为定本"，我们不能再挑剔异同，以为订伪的证据，或另立诡异之说。校书难，校订《红楼梦》尤难。抄本有的错得离奇（见《平心论高鹗》第十一章），有的出于天然的遗漏，排本可有鲁鱼亥豕之嫌，即改本也可能有本人改错，然后看见改错，再为复原，改稿人也可有失检的地方。甲戌本的开头"旨义"文字就欠通。甲辰本文字不好，越抄越离曹氏旧本。程、高所据后四十回底本，也可能已有文字毛病。但是我详看程、高所依据的底本，第九十七回叙黛玉由傻大姐听见宝玉订婚的消息一路来贾母处要问宝玉那种疯疯癫癫的一段，及第一百十七回双美护玉那紫鹃抱住宝玉一段，还是底本的原文，并非高鹗所添改，我就相信这底本还是经过几次过录的曹氏原稿。恕我"许子之不惮烦"就此而止。

平心论高鹗

甲、立论大纲

一、本文立论主旨，计十三点。

1. 曹雪芹有时间可以续完《红楼梦》全书，且必已续完。因为此书至八十回中止，只有"风月繁华",而无沉痛故事。其时宝玉尚未提亲,骗局未成,黛玉未死,故事尚未转入紧张关头(黛死、钗嫁、玉疯);中心主题尚未发挥(宝玉斩断情缘,贾府繁华,成为幻梦);全盘结构(贾府败落,各人下场)尚未写出;初回伏线,未见呼应。倘使草蛇灰线,只有伏笔,而不见于千里之外,则《红楼梦》一书,不能成其伟大。假使曹雪芹所写仅是风花雪月,吃蟹赏菊,饮酒赋诗之事,而无世情变化沉痛经验,雪芹之才,只见一半(闺阁闲情之细致描写),未见匠才(结构之大,伏线之精),难称为第一小说大家。书中主人翁也不过是一个永不成器,纵情任性的多情茜纱公子而已,无甚足观。(详下第四十七节)

2. 胡适早已推定雪芹所作必不止八十回,必有八十回以后的"残稿"。最清楚确定的事实有二:

①在一七五四年(甲戌)已有《脂砚斋重评〈石头记〉》,最少有二十八回(可能已成四十回或八十回)。

②在一七五六年(乾隆二十一年,丙子)五月初七日,《红楼梦》已有誊正本,"对清"至七十五回(见庚辰七十五回前单页)。雪芹逝世之时(一七六三,癸未除夕,据周汝昌考定)去甲戌是九年,去丙子五月是七年又七个月。在这八九年期间,雪芹非续完全书故事,成后四十回不可。在一七六〇年(庚辰),写稿至少当有一百回,所以庚辰本第四十二回前总评说"今书至三十八回时已过三分之一有余"。若仅一百回,后来因故事收场方面太大,伏线太多,以二十回写出黛玉之死及贾府之败和各人下场,定然不够,故必延长至一百二十回。但是此批附四十二回之前,所说钗黛二人悉捐前嫌,又正是四十二回之事,而原稿作三十八回,故以四十回这"三分之一",则全稿应是一百二十回。又一七六二年壬午三月畸笏批书,确已见过"末回情榜",是全书初稿已成之证。高本作伪之最重要证据,倒不在张问陶

一句话中之一"补"字，而在另一事实。就是我们所见一百二十回程本未出以前的各抄本，仅有八十回。八十回以后残稿之说出，作伪之说，根本动摇。（详下第八、第十二节）

3. 甲戌抄本已有"披阅十载，增删五次"字样，时是书已有五种书名：①《石头记》，②《情僧录》，③《红楼梦》，④《风月宝鉴》，⑤《金陵十二钗》。退一步说，以一七五六年五月初七日已对清七十五回为起点计算，雪芹也有七年半工夫，可以写成以后四十五回之未定稿。一七六二年那年壬午九月，雪芹似乎还忙于披阅增删，似乎索还借阅批稿甚迫。由于甲戌以后传抄伪误迷失之经验，雪芹似已学乖。八十回以后之稿，未更校正，不肯随便传抄。后四十回既是散稿，雪芹一死，家中更无心进行书稿之传阅，总是家藏旧稿，经过相当长的时间，才慢慢传布出来。且凡编小说，初回各人性格未清，布局未定，下笔每或游移不定，（今本事实最混乱的是未入大观园以前之头二十二回）。及至故事收场成急转直下之势，正如骥马下坡，欲罢不能，故写作必愈速（详第八节）。况且细玩册文，各人下场早已定好了。

4. 雪芹陆续成书，屡次增删改易，"书未成泪尽而逝"。所留的是适之所谓"残稿"。既有残稿，必有回目。此后数十回残稿，脂评屡屡说到（"后三十回""后半部"等等）。其中有已迷失者，有易稿中自行删去者。畸笏在雪芹死后四年批书时所见已迷失了五六稿。（第二十一回庚辰本眉批云："余只见有一次誊清时，与狱神庙慰宝玉等五六稿，被借阅者迷失，叹叹，丁亥——一七六七——夏，畸笏。"）

畸笏是雪芹的家里人，连他所藏的都迷失一部分，而这迷失部分（狱神庙，射圃），却成了高本的罪过。程伟元所得两三种残稿，有迷失者仍然迷失，有正文迷失而为畸笏所未见者（悬崖撒手）复为程氏所得。（详下第三十四至四十一节）

5. 迷失诸稿，或属前八十回，或属后四十回（狱神庙及射圃文字），无法可考。但"情榜"文字，确应属后四十回，（其中榜上宝玉是"情不情"，黛玉是"情情"），高本缺。此节及《十独吟》为可以确指高本缺漏或未备唯一的两段文字。（详三十四至四十一节）

6. 高本四十回大体上所有前八十回的伏线，都有极精细出奇的接应，而此草蛇灰线重见于千里之外的写作，正是《红楼梦》最令人折服的地方。在现代文学的口语说来，便是结构上的严密精细。这是评高鹗者（适之、平伯、鲁迅）所公认。（详第四十八至五十六节）

7. 高本人物能与前部人物性格行为一贯，并有深入的进展，必出原作者笔下。（详第五十九至六十二节）

8. 高本作者才学经验，见识文章，皆与前作者相称。（详第六十三节）

9. 高本文学手眼甚高，有体贴入微，刻骨描绘文字，更有细写闺阁闲情的佳文，似与前八十回同出于一人手笔。（详所引佳文，第五十二节"强欢笑"，五十五节"双美护玉"，第六十二节"五儿承爱"等）

10. 程伟元所得的残本，确是雪芹原作的散稿抄本。得之并不算稀奇。畸笏、脂砚所谓已经迷失文字，不可强其复得。并不得据以为作伪不接应之证。（详第十三、十四节）

11. 裕瑞开漫骂之风，周汝昌继之（第十七、第十八节）。俞平伯攻高本故事收场应如此不应如彼，全是主观之见，更以"雅俗"二字为标准，不足以言考证。天地之大，人犹有所憾，平伯喜欢不喜欢红楼结局，与书之真伪无干。平伯除有成心外，又犯曲解事实，掩灭证据，故事铺张的毛病。（详第十九至三十三节全段）胡适依正当的考据材料疑高本之伪，皆可以上第四及第十项求解答。（详下第三十四至四十四节）

12. 时人传说，只有张问陶后四十回"俱兰墅所补"一句话，此"补"字出了不少毛病。高鹗所作，系"修补"、"补订"之"补"，而非"补续""增补"之"补"，更非"补作""续补"之"补"，更非"作"，更非"作伪"。胡适明言，"因为高鹗不讳他补作之事，故张船山直说他补作后四十回的事"（中国章回小说，大连版，二二九页）。张氏所言，正是程乙本高序所自述，是当时公开事实。俞樾不察，未见过程乙本，遂引为高氏补续之据。换言之，高氏之补，是因为"坊间缮本，及诸家所藏秘稿，繁简歧出，前后错见……此有彼无，题同文异"，乃"广集校勘，准情酌理，补遗订讹"的工作，"至其原文，未敢臆改"。"至其原文，未敢臆改"八字不确，其余是实。高鹗补前八十回与补后四十回的功夫相同，（依汪原放校读记，前八十回，改一五、五三七字；后四十回，改五、九六七字）。愚意第一回至第二十二回还应多"补"几下。因为经过此次"补订"工作之后，今日通行本之前二三十回错见差谬之处，仍然很多，而后四十回除了平伯不喜欢黛玉死，不喜欢宝玉拜别其父一类所谓"俗"处之外，倒没有前二三十回的纰谬。我们可以推知，平伯认为宝玉出家，途上遇其父亲，将永远诀别，连看都不一看，才是"雅人"。（详下第四十三节）

13. 续《红楼梦》书是不可能的事。这是超乎一切文学史上的经验。古今中外，未见过有长篇巨著小说，他人可以成功续完。高鹗是个举人（后成进士），举人能当编辑，倒不一定能写小说。除非我们见过高鹗有自著的小说，能有相同的才思笔力外，叫他于一二年中续完四十回，将千头万绪的前部，撮合编纂，弥缝无迹，又能构成悲局，流雪芹未尽之泪，呕雪芹未呕之血，完成中国创造文学第一部奇书，实在是不近情理，几乎可说是绝不可能的事。（详下戊全段第四十五至六十三节）

二、高鹗是否作伪，今本后四十回是否雪芹原著，这问题是中国文学史上一重公案。鲁迅中国小说史已取胡说，说后四十回是高鹗所"续"，虽然"所补或俱未契于作者本怀，然长夜无晨，则与前书伏线不背"（二五二页）。谭正璧《中国小说发达史》也说，"其后四十回为高鹗所作"，连补字丢开。很多人未能检复证据，闻其伪而未知何所指而为伪，觉其真，又未敢言其真。谓雪芹第一才子之笔，竟不能自完其书，只能写风花雪月的散品，而不能成体大思精的巨著，未免冤枉，故不敢不辩。再者，中国小说名著，若《三国》，《水浒》，向来弱于结构，《金瓶梅》稍有紧凑的布局。这样一讲，最富于匠心经营的《红楼梦》，也是没有能力写完了。

三、适之首发后四十回高氏伪作之论，而始终能保持存疑客观态度。他得甲戌脂砚斋重评本后，修改前案，断定雪芹所作断不止八十回，又因为看见在雪芹未去世之前九年（雪芹卒年，脂砚误记为壬午，周汝昌考当在下一年癸未，九年应作十年）已有此重评本，成书二十八回，或四十回，他尝发出一个重要疑问。在《考证〈红楼梦〉的新材料》（一九二八）一文中，他发疑问："如果甲戌以前雪芹已成八十回书，那么，从甲戌到壬午这九年之中雪芹做的是什么书？难道他没有继续此书吗？如果他续作的书是八十回以后之书，那些文稿又在何处呢？"（胡，二八六页。以下是讲必有八十回后的散稿）这一疑问，读者不甚注意，于我却有极大影响。这一动疑，是我论据的出发点，始终不相信，八九年中雪芹不能或者不曾续完四十回书之说。

雪芹此书，"字字看来皆是血，十年辛苦不寻常"。其灵魂深处，无限的抱恨，无限的啼痕，无限的血癥所寄托，皆在八十回后黛玉已死与未死者无可奈何的哀痛。我们对于雪芹这种还泪之债，应当慎重鉴别，才不负他十年辛苦之用心。

乙、《红楼梦》之写作评阅及流传情形

四、曹雪芹——雪芹是一位谈笑风生，神采奕奕的人，不是多愁善病，萎靡慵懒的人。他能诗能画，好饮如狂（敦诚、敦敏诗），且高声阔谈（敦敏《懋斋诗抄》"隔院闻高谈声，疑是曹君"）。在逝世之前一年，犹与敦诚纵饮作长歌，似非病体缠身者。且据裕瑞《枣窗闲笔》，雪芹自谓作书不难。"又闻其尝作戏语云：'有人欲快睹吾书不难，惟日以南酒烧鸭享我，我即为之作书云。'"裕瑞去雪芹未远，虽未见其人，亦不详其家世，但他曾记，"闻前辈姻戚有与之交好者（言），其人身胖头广而色黑，善谈吐，风雅游戏，触景生春。闻其奇谈，娓娓然令人终日不倦"。想见其为人，精神饱满，是能续完自己的书的人。《红楼梦》作者批者，处处言"字字皆是血"，"一把辛酸泪"，有意要写树倒猴狲散的大收场。雪芹既然于一七五六年已写完八十回，假定他在此后八九年间，后四十回仍然不能交卷，那么，我就不得不把雪芹小说家的身份贬低了。因为他真写不出来，而所写的，只是一本没有紧张关头、故事焦点的小说。

五、作书与评阅——考证《红楼梦》历史，必明其评阅转抄情形，因为考证真伪的材料，一大部分是出于所谓"脂批"，即"脂砚斋""畸笏叟"的夹批眉批。这些批书人所见的是真本，所以他们的材料极为重要。这种材料，前人考证甚详（胡适跋庚辰本一文及其他，周汝昌《红楼梦新证》等等）。我们按迹寻踪，比较方便。我由适之处借来甲戌本，并由钱阶平先生借得北平影印的庚辰本，用以对照俞平伯编的《脂砚斋红楼梦辑评》。我发觉辑评这书，庚辰本抄录甚好，而甲戌本材料却靠不住，或以无为有，或以有为无，有全条遗漏者，有甲戌文异而以为同者，有回末认为开始总评者，全失其本来面目，不足为学问工具。这是因为编书人无原书，所据的甲戌评语，

是过录在己卯本上的，也不能怪他。《红楼梦》作者与评者之关系，胡、周诸书俱有详论。我只举出一例，可以看出当日作书人一面写，评书人一面评的情景。第廿七回末葬花诗后，甲戌本有朱批，辑评一书全然未录，而所录庚辰评本原脱"有客曰"三字，最关重要。兹录甲戌本原文如下：

> 余读《葬花吟》，至再至三四，其凄楚感慨，令人身世两忘，举笔再四，不能下（庚辰作加）批。有客曰（庚辰无此三字），"先生身非（庚辰脱非字）宝玉，何能下笔？即字字双圈，批词通仙，料难遂颦儿之意。俟看玉兄之后文再批"。噫唏，阻余者，想亦《石头记》来的（庚辰作"化来之人"），故停（庚辰作掷）笔以待。

这是雪芹叫批书人暂时勿批诗，等看下回。第二天，第二十八回初页乃又批一段：

> 不言练句练字，词藻工拙，只想景，想情，想事，想（庚辰脱第四想字）理，反复追求，悲伤感慨（庚辰作悲感），乃玉兄一生天性。真颦儿不（庚辰作之）知己，则实无再有者（庚辰作玉兄外实无一人）。昨阻余（庚辰作"相昨粗"，辑评改正为"想昨阻"）批《葬花吟》之客，嫡是玉兄之化身无疑。余几（庚辰作"几作"）点金成铁之人，笨甚（庚辰作"幸甚幸甚"）！

由此可以明白看出雪芹写成第二十七回时，批者欲批，雪芹劝他勿批，及第二天才续批的情形。因此种密切关系，我们不得不认凡脂批所言所见后部文字皆系真本。其中零零碎碎关于作者的材料非常重要。

六、脂砚斋是何人——脂砚斋是何人的笔号？我相信如周汝昌所考，是史湘云本人。此人很好玩，看他评二十六回末黛玉尝闭门羹一段："须得批书人唱大江东（去）的喉咙嚷着'我是林黛玉'方可……看官以为是否？"又因为甲午泪笔一条说：

> 今而后，惟愿造化主再出一芹一脂，是书何本（语按：当作"何幸"），余二人亦大快遂心于九泉矣。

可知脂砚不可能是雪芹本人。但是脂砚斋可能是雪芹、湘云共用的笔号（见下第七节）。至于脂砚是史湘云，周汝昌所考，理由颇充足，难以致辩。他是女人，又是史家人，又是自幼丧母，又受婶娘欺负，又自幼与雪芹亲近，等等，都与湘云身世相符。最清楚的是第三十八回一条批，"余则将欲补出枕霞阁中十二钗来"。枕霞阁当然是史家，又同用"枕霞旧友"笔名作诗的是史湘云。读者可就周氏原书检阅一下，兹不赘。脂砚之间，周氏以为"此人定当是用胭脂研汁写字"（周：五〇三页）。我以为图章之石有名鸡血者，亦可为砚。但是更好的解说，是"砚上常见到脂痕"（见下节6）。我们只好盲猜。"脂砚重评"后来成为《石头记》真本招牌，故庚辰本每册目录上写"脂砚凡四阅评过"，而书名仍题为《脂砚斋重评〈石头记〉》，他是再评，三评，四评，与《红楼梦》相终始，出"庚辰秋定本"的人。

七、畸笏叟及其他——又一重要批书人，署名"畸笏叟""畸笏老人"。此批书人名，据有年月可考者，最早为壬午（一七六二），而脂砚所批有年月可考者，最晚的一条在己卯（一七五九），除了甲午一条记雪芹逝世，非批书，不算。因此情形，周汝昌疑畸笏亦即湘云之化名。"畸笏"之义，周汝昌解为"簪笏名门"的"畸零之人"，稍牵强。我想甄士隐解《好了歌》之诗中，有"当年笏满床"之句，是指世代做朝官情形，后来曹家、史家衰落，此批书人在家里检得一校畸零的朝笏，不胜今昔之感，故用为号。（敦诚家园中有五笏庵，盖敦诚始祖为英亲王，祖父为定庵公，故亦有此物。事见《四松堂集》其兄敦敏所作小传。又敦诚《答养恬书文》中，有"与一二枯衲子作十笏中谈吐也"，语见《四松堂集》卷三页十七。）我相信畸笏是另一人，所批的好几处有长辈口气，是雪芹至亲长辈。最清楚一条是十三回末，为天香楼事，"老朽"（畸笏常自称如此）"命芹溪删去"。闲当专论畸笏、脂砚及各种书批的内容，兹不赘。

我极注意诸批有年月可考的材料，而这些材料，除二条见于甲戌本外，余尽见于庚辰本眉批。尝将此本眉批分别年月研究，得以下结果。此项统计，包括庚辰全本八十回的眉批，但鉴堂、梅溪等所批数条，及脂砚见于双行批注者不列入。甲戌本仅有的二条（甲午及丁亥春）并列入于此。

	无年月	1759己卯	1762壬午	1765乙酉	1767丁亥	1774甲午	共计
畸笏	10	0	11	1	24	0	46
无款	77	23	30	0	3	0	133
脂砚	0	1	0	0	0	1	2
共计	87	24	41	1	27	1	181

兹仅将重要各点列举如下：

1. 无款识之批中，丁亥三条确应算为畸笏所批，而壬午之卅条，大半也是畸笏所批，因为这两年所批未见过他人署名，而常见的署名就是畸笏。所以畸笏所批为七十九条。

2. 丁亥所批起自第一回，壬午所批起自十二回，己卯所批起自二十回。三项皆止于二十八回。二十八回后多条，系不记年月的。

3.除以上所说甲午记雪芹逝世事知确为脂砚所记一条外，署名脂砚的批，系见于庚辰本双行夹注中。这些当是根据他本抄入双行批注的。甲戌本的行旁夹注，本无款识，常抄入庚辰本的双行批注，而加"脂砚"字样于末。庚辰本初十回全无批注，而甲戌本又是残本，两本可以参校的，是十三至十六回，又廿五至廿八回。此项加上脂砚字样于双行注中，有可参照的注，大半可见于甲戌本的夹批，总计庚辰本批注署"脂砚"的：

十六回	十三条
十七十八回	无
十九回	五条
二十至四十三回	无
四十四回至五十三回	十一条

4.脂砚重评是当时真本的招牌。故庚辰本八册，每册十回目录下题，"脂砚斋凡四阅评过"，而后四册又加《庚辰秋定本》，《庚辰秋月定本》，但是全书却仍题为《脂砚斋重评〈石头记〉》。

5.据甲戌及庚辰两本，常有最重要、最长的评语，并不在上列的眉批，而在双行夹注中或总评。里头好几条，是作者自批的，说他用心用意所在，而是作者的口气。最清楚的如：

续庄子事（二十一、二十二回）写了四条（辑评页三五三，三五六，三七○，三七六），并有"余何人耶，敢续庄子？"之语。

平儿理妆事（四十四回，辑评页五一二），说作者"特为此费一番笔墨，故思及借人发端，然借人又无人"悉合条件，"故思及平儿一人方如此"。

香菱入园事（第四十八回，辑评页五二三），"欲令入园，终无可入之隙，筹画再四"云云。

6. 史湘云当然甚合许多条件，若说及史家事，又一读人家自幼丧母，即不禁恸哭，及遭人白眼事等等。但是我的看法，脂评也有雪芹写的，也有湘云写的，二者实分不清。我甚至猜想"脂砚"是二人共用的斋名，所以脂评二字可贵，可为真本招牌。若第十八回说梨香院事双行批注，批者谓"三十年目睹身亲之人"，又谓"余历梨园子弟广矣"，固不必咬定是湘云所批。所以"脂砚"二字解释，不是"研胭脂汁写字"，乃砚上常见脂痕也。凡己卯冬夜所批多是作者口气，想是作者自批的。以上所举续庄子事，便是一例。

八、写书及评书年表——雪芹起稿年月最难推定。我们所确知的起点，就是甲戌年已有重评本，至少二十八回。我倾向于相信一七五四年，雪芹已成书四十回，已有初评；一七五六年，已成八十回；一七六〇年大约已成书约一百二十回；一七六二年，确定已写完全书（详见本节年表各年下事）。又一七五四年，已有四十回后初稿；一七五六年，已有八十回后初稿。雪芹稿是这样陆续写成的，中经披阅十载，增删五次之多。兹将可以推知的写书评书进行之经过年代，列表如下，以便对照。

一七五二年，壬申——最迟大约此年已有初评的二十八回，因为后二年，已有重评。

一七五四年，甲戌——有"脂砚斋甲戌抄阅再评"本，胡适藏。此本为各本中之最早者，虽系抄本而非底本，却有庚辰本好几条"凡四阅"的批语尚未见于此本，可见较早。庚辰本是脂砚第四次重新整理评阅的，所以同一条批语，过录时自己修正，文字有时比甲戌所批的较通顺。

一七五六，丙子——此年至少已成书对清至七十五回。庚辰（八十回）本中第七十五回前单页甚重要。"乾隆二十一年五月初七口对清，缺中秋诗。俟雪芹。"这是所有有关材料中记年月日最清楚确定，而最难得的材料。此条居然抄上后四年的庚辰本。

一七五九，己卯——本年冬夜为脂砚最忙于批阅之时，大概是一芹一脂正在一同整理下一年庚辰"凡四阅评过"的定本。

一七六〇年，庚辰——本年不但出《庚辰秋定本》，而且由评语中屡次言及情榜事，可以推知全书末回大约已经写就。

1. "情榜"是书末总评书中各人人品高下的榜文。庚辰本第十八回妙玉出场后批曰："处处引十二钗，总未的确，皆系漫拟也。至末回警幻情榜，方知正，副，再副，及至三四副芳讳。壬午季春，畸笏。"这条在考证上最为重要，有年月可考，证明在曹氏去世之前一年，在一七六二年三月，批书人确已看过曹氏原稿的末回。但是我们推想，在一七六〇年，大约已经有这末回情榜。因为书中屡见引有"情榜"的评语，可惜这几条没有记年月。第十九回有批："后观情榜评曰，'宝玉情不情，黛玉情情'。"第二十七回有批，"了却情情之正文"指黛玉。第二十八回有批，"情情衷肠，本来面目也"，也指黛玉。第三十一回总评，谓晴雯撕扇，"所谓情不情"；又曰，"故颦儿谓'情情'"。所以我推想这些条，可能见于庚辰底本。至少我们可以推知，自此年起至雪芹去世（一七六〇—六三）三年间，雪芹正在忙于八十回后的稿（见下年事）。最末回的情榜，当是今本第一百二十回空空道人复出，携玉到青埂峰下时，甄士隐复遇警幻仙姑所见的事，后来遗失或删去。末卷末页破失，是抄稿常有的事。（庚辰本二十二回末朱笔眉批，"此后破失俟再补"。）此条辑评未录。

2. 此本四十二回有关于全书分量在一百回以上的重要批语。（见本文第一节第二项），大约一百二十回。平伯假定是一百一十回，回可有大小，相差不远。

3. 甲戌残本缺第二十二回。庚辰本二十二回有重要批语：

暂记宝钗制谜。

朝罢谁携两袖烟（诗略，全文见今本）

此回未成而芹逝矣。叹叹。丁亥夏。畸笏叟。

又本回末行朱笔眉批谓"此后破失俟再补"，可见在一七六〇年脂砚四阅之时，此回仍待补。甲午一条所谓"壬午除夕书未成，芹为泪尽而逝"参照此文，可以证明所谓"未成"，系指未有完善抄就的定稿，非谓全书初稿尚未写完，正如此回仅短少一段而已。该条所记诗谜，系射更香，有"焦首朝朝还暮暮，煎心日日复年年"之句，今本归黛玉所作，甚合。今本宝钗另一诗谜，射竹夫人，有"恩爱虽浓不到冬"之句，亦合。

4. 本年秋有四阅评过的定本，书中却无记明本年年月的批语。又次年辛巳，也全无批，当是定本出后休息情形。

一七六二年，壬午——

①本年初见有记年月署名畸笏的评语。

②壬午去雪芹逝世时一年。本年所批可考的至四十一条之多。又由春、季春、夏、孟夏、夏雨窗、重阳，以至九月，记得非常清楚。那年九月，雪芹似乎大忙起来，有索还批阅稿甚急情状，可见正忙于修改全书。庚辰本第二十一回眉批，记一条极有趣的事件。此条眉批，先抄一段杜子美祠堂被毁事，然后说："固（因）改公《茅屋为秋风所破歌》数句……（诗略）渎（读）之令人感慨悲愤，心常耿

耿。壬午九月因索书甚迫，始志于此，非批《石头记》……"推想此条或为雪芹所作，其歌乃其友所作，雪芹改之；或系畸笏所记，雪芹作此歌，而畸笏改之，又因雪芹催批阅之红楼书稿甚迫，遂书于书眉上，连书奉还。杜子美毁祠和秋风破屋略有关系，故抄上。总之，情状似甚忙迫。

③是年壬午季春畸笏确已见到全书最末情榜一回，在百回以上，看到末回，就是看到全书。这等于说该年雪芹已成书，约一百二十回。

一七六三年，癸未除夕——雪芹卒。据陈垣推算，当时在公历一七六四年二月。（见胡适《考证〈红楼梦〉的新材料》第二节所引关于壬午除夕之推算）。甲午一条脂批，作前一年壬午除夕，经周汝昌考证，当系批者记错，证据甚明。书未成泪尽而逝，是指全书稿，尤其后数十回稿，尚在删改中。

一七六五年，乙酉——畸笏批一条。

一七六七年，丁亥夏——

①畸笏批可考者多至二十七条，亦多感慨语。（适之所考仅二十六条，所差或系因我加入删天香楼有"老朽"字样一条）

②最重要一条，见第二十二回，如下：

凤姐点戏，脂砚执笔事，今知者聊聊（寥寥）矣。

不怨夫？（胡考：应作"宁不悲乎"，盖宁字脱而怨字误）。

此条无款识年月，但下行紧接一条：

前批书（知）者聊聊（寥寥），今丁亥夏，只剩老朽一物，宁不痛乎？

意思是说，以前能知道脂砚为凤姐执笔点戏的人本无多，现只剩畸笏一人。畸笏常自称"老朽"，故此地又自称"朽物"。

一七六九年，己丑——戚蓼生中进士。此年左右得一抄本，是为戚本。后为狄平子所得，石印刊出，题为《国初抄本原本红楼梦》，八十回，是为有正书局本。批注已经狄氏删改，情形较乱，亦已失本来面目。有正本回前的诗，类皆佛语。第十九回（辑评页三二九）"凡我众生"尤明。又第十三回回末，（辑评页二一四）竟有"情之变态"四字。

一七七四年，甲午——本年八月脂砚记雪芹去世之事，并谓："余尝哭芹，泪亦待尽，每意觅青埂峰，再问石兄，余（奈）不遇獭（癞）和尚何？怅怅！"下言愿造化主再生一芹一脂"是书何本（幸）"。所谓幸者，八十回后残稿未尽订正修改，二人再生即可"补"完也。

一七九一年，辛亥——程甲本一百二十回出（详下第十三节）。

一七九二年，壬子——程乙本出。

九、雪芹生卒及《红楼梦》本事年表——雪芹生年，胡适考定为一七一七年；周汝昌考定为一七二四年，相差七年。大观园初年，大某山民推算为壬子，宝玉十五岁，周汝昌移后四年，宝玉仅十三岁。卒年一七六三，依胡适推算，当为四十六岁，依大某山民推算壬子年入大观园时十三岁，当为四十五岁；又依周汝昌考，当为正四十岁。按周氏原据敦诚诗"四十年华付杳冥"，"四十年华"诗句，不必死看。

1. 据胡周二人所推算，雪芹生年最早为一七一七，最迟为一七二四，总在此七年之间。

2. 大某山民据第八十六回元妃生辰八字推算；又据元妃册文所言"虎兔相逢大梦归"之语，推定元妃死于甲寅与乙卯之会。元妃死于大观园第三年末，甲寅，故大观园第一年为壬子，即一七三二年。黛玉死在乙卯年初，死时名为十七，实未满十六岁。

3. 细看本书故事，周汝昌定宝玉于十三岁、黛玉于十二岁入大观园，黛玉死时才十四岁足，又宝玉初试云雨时方八岁，皆不合理。八岁试云雨甚难，（见周书第一七六页），因此非儿戏，见第六回第一页，袭人"伸手与他系裤带时"所见便知。我倾向于相信大某山民所推算。

4. 本书初二十二回时间最为矛盾混乱（详下四十三节第八事）。依大某山民细查，黛玉来府至入大观园为四年，周氏则为六年。

5. 毛病专在第三回黛玉来贾府，而该回末"次早"便紧接薛家将进京消息，薛家也于数月后即来，与后回不斗榫（详下第四十三节6条）。只此二字，各人岁数大乱，"次早"二字，高鹗应"补"为"一日"。若自宝钗来府计算至搬入大观园，比较清楚。自第七回至十八回省亲，经过三个冬天，当是三年。第一冬天在薛家谈冷香丸，适大雪；第二冬天，秦氏病，贾瑞在大寒夜被凤姐恶作剧；第三年秋冬之交秦氏出殡；是年林如海病，应作夏秋之间；如海九月病故，年底贾琏和黛玉回府；同年大观园已修造将竣，过春正月十五元妃省亲。自黛玉六岁来贾府，去宝钗来时，应当相差几年。书中紧迫为差几个月之事。（详下第四十三节7条），此大观园人物岁数之所以矛盾混乱原因之一，叫高鹗无法补订，详见第四十三节。

6. 兹依大某山民计算宝玉于十五岁时壬子入园居住，倒推生年当为一七一八，虽未确定，料相差不远。假定第三回末"次早"王夫人得金陵来信之"次早"二字，改为"一日"，便比较衔接。其中入学、与秦钟私情及初试云雨等节，为十一岁至十四岁年间事，比较合理而无矛盾。兹列表如下：

《红楼梦》所记十九年事（自宝玉一岁至十九岁）

一七一八年戊戌——宝玉生，一岁。

一七一九年己亥——黛玉生，一岁。

一七二四年甲辰——黛玉六岁来贾府。

一七二八年戊申至 ⎫
　　　　　　　　　⎬——宝钗来贾府，时十三岁，宝玉
一七三一年辛亥 ⎭十一岁。此首尾四年为《红楼梦》第四回至十七回事。

一七三二年壬子——姊妹入大观园。时宝玉十五岁，黛玉十四岁。《红楼梦》第十八回至五十三回事在此一年。

一七三三年癸丑——《红楼梦》五十四回至六十九回事。

一七三四年甲寅——《红楼梦》第七十回至九十五回事。是年年末元妃薨。

一七三五年乙卯——《红楼梦》九十六回至一百〇七回事。是年正月黛玉死，时十七岁。又宝玉完婚，贾府抄家。

一七三六年丙辰——《红楼梦》一百〇八回至一百二十回事。宝玉出家，时十九岁。

一〇、抄本情形——我们可以推知的六条，可以用最简单形式举出如下。

1. 雪芹著书，是经过屡次增删，有一部分在八十回中，确经雪芹自己删去的。第十三回天香楼秦氏淫事，由畸笏发大慈悲，为秦氏留情，"因命芹溪删去"，是明显的例。又原书有良儿、篆儿窃物事，皆不见今本，并未见庚辰本。关于此节，第二十七回有极重要眉批二条相接：

奸邪婢岂是怡红应答者（语按：答字应系容字之误），故即逐之。前良儿，后篆儿，便是却（确）证。作者又不得可也（语按：可字当作已字）。已卯冬夜。

下又一条：

　　此系未见"抄没""狱神庙"诸事，故有是批。丁亥夏，畸笏。

由此二条可知：

①五十二回正文所言良儿窃玉事，确已被删去。

②五十二回所言良儿窃玉，坠儿窃金，皆怡红院内事，而篆儿变为坠儿，疑雪芹所改（详见下第四十一节）。

③畸笏言，前已卯冬夜所批言及红玉应当被逐，系尚未见到狱神庙一回文字，故有此言，同回甲本有批，"且红玉后有宝玉大得力处"，故谓前批未免冤枉红玉（即小红）。

2. 原批者脂砚以外尚有他人，甲戌本第二回脂批："且诸公之批，自是诸公眼界。脂斋之批，亦有脂斋取乐处。"（辑评页五八）

3. 原本评注有被删去者。甲辰本十九回批："原本评注过多，未免旁杂，反扰正文，删去以俟观者凝思入妙，愈显作者之灵机也。"（辑评二九七页）按今存甲戌本，实有此种情形，幸用朱笔，不然更乱。

4. 书为借阅者所迷失者有五六稿。狱神庙一回在其中。庚辰本二十回眉批："茜雪至狱神庙，方呈正文。袭人正文标昌（胡考，当作'标目曰'）'花袭人有始有终'。余只见有一次誊清时，与狱神庙慰宝玉等五六稿，被借阅者迷失，叹叹！丁亥夏，畸笏叟。"（辑评三三二页）卫若兰射圃一回文字亦已迷失。庚辰，甲戌二本第二十六回眉批："惜卫若兰射圃文字迷失无稿，叹叹，丁亥夏，畸笏叟。"（辑评四三六页）

读者应注意，所言迷失各条，皆指雪芹死后四年（丁亥）家里的藏稿。

5.雪芹八十回后未定稿，有与今本（即高本）绝合者；如袭人出嫁（见辑评三三五页），宝玉娶宝钗，夫妇"无旧话可谈"（辑评三三九页），有黛玉死事（辑评五〇三页）。此外甚多。高本应前评的是正常，不应的是例外。但是也有评中所言回目，未见于今本前八十回或后四十回的，如"花袭人有始有终"（辑评三三五页，大概对茜雪诸人事），"王熙凤知命强英雄"（辑评三四三页）。也有评书人说未见的"悬崖撒手"文字，只见回目，今本反有。

6.雪芹于逝世时，八十回以后稿尚未定，或屡经改易，但是畸笏老确已看到末回的情榜。也可能不是末回，而是很近书末的一回。前言家藏已迷失五六稿，若射圃、狱神庙等节，或可在前八十回，或可在后四十回。但情榜应在书末。

7.所谓"书未成，芹为泪尽而逝"一语，由以上情形已可概见。应当解为作者去世时，有未定散稿，非谓这部小说尚未写完也。

一一、各抄本错误百出——抄本常有错字、脱字情形。例如第五回黛玉曲文，甲戌本作"如何心事终口化"，后经涂改，墨笔改为"终虚话"。庚辰本作"虚化"，戚本作"虚花"，程本仍作"虚话"。元春册文，甲戌及戚本俱作"三春争及初春景"，庚辰本作"三春好"，程本仍作"三春景"。又探春册文，前三本皆作"才自精明志自高"，独程本作"才自清明"。精明较贴合探春性格，而清明文句较顺。宝钗曲文，前三本俱作"都道是金玉良姻"，程本作"金玉良缘"较叶韵。此系有意改作。甲戌本史湘云曲文，"从未将儿女私情略萦心上"，甲辰本作"从来将"，显系抄错。诸如此类，不胜枚举。庚辰抄本七十二回末页有一条有趣的例，双行夹注如下：

| 妙文又写出贾老儿女 | 写贾老则不然又若不如此写 |
| 之情细思一部书总不 | 则又非贾老 |

抄本无当中横画，这是我所加的。若照注念下去，简直不成话。原因是横画之处，是底本行末。谁想抄的人会这样抄法？又同页有相反的例，是这样的：

| | | 这是使 |
| 第一行末 | 贾政 | 却是大 |

| | 想不到之文 | |
| 第二行开始 | 家必有之事 | 贾政 |

若将此注念完两半截的右行，再续念两半截的左行，自然文义甚明。但谁想会看到这种异想天开的抄法？影印的庚辰本涂改增字，添字行旁，每页触目即是，读者随便翻阅便知。甲戌本抄得整齐，但仍有错字及偶然涂改处。再如庚辰本八十回中，只有第十一至二十八回有朱批；其第一册，第一回至第十回，全然无批注，当是抄时未得脂评之初十回做底本。又庚辰本缺六十四回及六十七回，正如高序所言"即如六十七回，此有彼无"的情形。可见当时各种抄本极不一致，且多漫漶舛谬，实有厘剔补正之必要。

一二、曹氏有后三十回本，俞平伯由戚本眉批看出，其说最早（一九二二）。主张曹氏八十回外尚有残稿最有力、最坚定的是胡适之。兹引胡氏《考证〈红楼梦〉的新材料》一文（得甲戌本后一九二七所作）的重要词句：

如果甲戌本已有八十回稿本流传于朋友之间，则他以后十年间续作的稿本必有人传观抄阅，不至于完全失散……但我仔细研究脂本的评注和戚本所无而脂本独有的"总评"及"重评"，使我断定曹雪芹死时，他已成的书稿决不止现行的八十回。虽然脂砚斋说："壬午除夕，书未成，芹为泪尽而逝。"但已成的残稿确然不止这八十回书。（二八七页）

一三、传抄与刊印——前八十回何以传抄？因为大家争阅，有人肯出重金购买。程序谓："好事者每传抄一部，置庙市中，昂其值得数十金，可谓不胫而走矣。"故同样情形，后四十回亦必如此传抄流传，必有抄本。说不定嗜酒如狂酒常赊之曹雪芹，自己抄一本易数十金还酒债亦难说。雪芹朋友中，有敦诚弟兄，亲戚中有脂砚（史湘云），雪芹弟棠村（疑即梅溪），松斋（敦诚朋友），（由庚辰本第十三回二人所署名眉批，可知为亲阅"三春去后诸芳尽"而感慨的亲人）。这些人便是借抄传阅人之一部分。适之谓可惜此残稿，虽已流传，现已遗失，只是臆断语。以当日情形而论，不可能完全遗失。当日就有人见及"后三十回""后半部"（脂砚就是其中之一），又当时有二事。

1.《倪鸿桐阴清话》卷七引樗散轩丛谈云："《红楼梦》实才子书也……巨家间有之；然皆抄录，无刊本。乾隆某年，苏大司寇家，因是书被鼠伤，付琉璃厂书坊装订，坊中人藉以抄出，刊版刷印渔利。"所谓乾隆某年，惜未言明，或者"苏大司寇本"即程伟元所得转抄之一本，刷印渔利，即程伟元其人。不然，又是程刊本外另有刊本。照这样讲，当时确有书坊刻本，但除程刊本外，我们尚未发现有更早的刊本。或者刻苏大司寇本者，便是程伟元，很有可能。若不是程伟元便是其同时人，而那人得书、刊书情形，与程序所言求书、得书的情形相同。

2.鲁迅《中国小说史略》引蒋瑞藻小说考证引《续阅微草堂

笔记》云:"戴君诚夫见一旧时真本,八十回之后,皆与今本不同,……宝钗亦早卒。宝玉无以为家,至沦于击柝之流,史湘云则为乞丐,后乃与宝玉成夫妇……闻吴润生中丞家尚藏有真本。"此即所谓吴润生家藏本。程伟元若非作伪,则其所据数种不全的逸稿,亦如苏大司寇本、吴润生本。不得谓苏本、吴本必有,而程据本必无;吴本必真,程所得本必伪也。所以订其真伪,唯有审察其内容而已。

总而言之,当日抄本极多,但大都只有八十回(如今流传之戚本,庚辰本)。曹氏八十回后之残稿,则传录见者比较少,但是我们无理由可以说必完全散失,因为雪芹死后,诸亲友尚在,而脂砚本人至少尚活十年,才能写甲午(一七七四)那条重要批语。

一四、在当日传抄盛行情形之下,程伟元觅得残稿,是合于情理。不得谓如何"奇巧"至不可相信。世上每见有"踏破铁靴无觅处,得来全不费工夫"之巧事。程伟元求书,或者为渔利,或者为通常读者欲窥全豹之好奇心,或者是特具眼光,留心文献,欲为曹氏功臣,以觅得全书为己任。动机难说,而求书之热诚,则是真正的。曹氏既有残本,必有回目,而程氏又有此求稿的热诚,则其得书于雪芹卒后二三十年间,甚合情理。不得因假定商人牟利动机,故其所得必伪,而吴本、苏本必真。

以近人二事为证。胡适尝谓程序详述求书恰得四十回经过,即为程氏作伪之"铁证"。"后四十回是高鹗补的,这话自可无疑。我们可约举几层证据如下……第三,程序说先得二十余卷,后又在鼓担上得十余卷。此话便是作伪的铁证,因为世间没有那么奇巧的事。"(胡,二二九页)。适之此话,系说于一九二一年,在未得敦诚《四松堂集》付刻原抄底本及甲戌脂砚斋重评之海内孤本之前。

但是次年一九二二,跋《红楼梦考证》文中,适之有一段惊人文字如下:

今年四月十九日我从大学回家，看见门房里桌子上摆着一部褪了色的蓝布套的书，一张斑剥的旧书笺上题着《四松堂集》四个字！我自己几乎不信我的眼力了，连忙拿来打开一看，原来真是一部《四松堂集》的写本！这部写本确是天地间唯一的孤本。因为这是当日付刻的底本，上有付刻时的校改、删削的记号……"（惊叹号为胡氏原文所有）

尾云：

"我寻此书近一年多了，忽然三日之内两个本子一齐到我手里！这真是"踏破铁鞋无觅处，得来全不费工夫"了。十一，五，三。

时为一九二二年，去敦诚作诗赠雪芹时，约已一百六十年。

谁知道过了五年，有更奇巧之事发现，即适之购得现存最古最早海内孤本甲戌《脂砚斋重评〈石头记〉》。时为一九二七年，去甲戌共一百七十三年。适之可得残本于一百七十年后，程氏自亦可得残本于曹卒二三十年后。但是谁也不能引此为胡适作伪之证。"奇巧"之论不能成立。

一五、综观《红楼梦》初出时流传情形及时人记述，皆不能成立程氏作伪之证。

1.唯一的记载，是张船山赠其妹夫高鹗诗注之一"补"字。此补辑之事，高鹗并不讳言，而是当时公开的事实。俞樾未见到程乙本的高序，遂引张语以为高鹗续书之证据。后人不察，遂谓高氏所作系补续，而非补辑工作。

2.曹氏确已写完全书，但尚未定，尚在删易中而逝，而因为雪芹逝世，家中存留旧稿，后四十回出较晚，流传较少。但是脂批诸人确看见"后半部""后三十回""后数十回"稿本。又言四十二回为全书三分之一有余。且批书人已经于曹氏未逝世之前一年（壬午）看到"末回情榜"。此本必有人辗转抄阅，收为秘藏。

3. 程伟元以二十年苦心，求《红楼》全书，果然求得。时去曹未远，由鼓担上或由私藏求得后四十回散稿，乃合理合情可信之事。故欲知高鹗是否作伪，抑系仅负厘剔补辑修改之任，当完全由后四十回之内容去求解答。

丙、攻高鹗主观派之批评

一六、以文字考证内容而言，主要问题为后四十回与前八十回，文字是否匀称，故事是否吻合，人物性格是否一贯，写情写景能否有雪芹游龙莫测之笔。不应作为标准的是，作者所写故事之下场，是否合于所谓批评家之脾胃。可惜攻高鹗者，除适之外，都犯这毛病。比如黛玉焚稿、焚手帕以至于绝粒而死，俞平伯认为"使人肉麻讨厌，没有悲恻怜悯的情怀"。这是平伯好人之所恶，而恶人之所好，何足为高鹗作伪之证？平伯又见到宝钗嫁后数月，见宝玉与五儿调情，露出不稳，又看他终日郁闷想念已死的黛玉，乃首次与其夫团圆，以为移花接木之计。这一遭，平伯又认为这是"献媚"，是"污蔑闺阁了"，是"不应如此不堪"，是使宝钗成为"庸俗的中国妇人"。这是平伯个人的歪见，不必以平伯见识，测雪芹之高深，更不必强雪芹与平伯一般见识，尤断断不能以为雪芹须与平伯一般见识，其书才叫做"真"，不然便是"伪"。我认为宝钗与其夫团圆之一段，轻描淡写，不但为后来有孕应有之伏笔，而且欲其夫绝情于已死的黛玉，正是宝钗所应有的心理，是合于人伦大端，也正是雪芹深懂妇人心理之妙处。平伯认为宝钗凝重，"此事更为情理所必无"，应请女读者评判。此等处何可骂别人"笨拙""恶拙"？岂以为不庸俗而非中国的妇人便无此心理见识哉？平伯在一九五〇年的《红楼梦研究》，"中国妇人"改为"旧式妇人"，余同。可惜平伯之批评都是这类的，攻高鹗的批评，也都是这类的。真正讨论矛盾或前后不应接者寥寥几条，留下段（丁）讨论。

因为这个情形，所以要讨论攻高之证据，必须牵涉到后四十回内容正面之意义及匠心经营（详下戊段）。这便引入文学的批评。倘使作者之命意，甚至文章主题，看不清楚，何足以谈考证？况且平伯硬要黛玉不死，宝玉不疯，凤姐不毒，宝钗不俏，因而生气，为什么曹氏不依俞氏的意见去编下半，因而连黛玉之死也看不下去，主见一入，所见皆非。但是这三角恋爱，应如何下场，平伯始终说不出来。三人合体自然合某种人脾胃，无奈脂批卷廿六后总评早已说过："倘三人一体，固是美事，但又非《石头记》之本意也。"凡批评文学美术，不应问作者的解决是否合我个人脾胃，只应问何者为作者之本意，本意发挥得出否，方是止经。

以上不过是随举一条例。看出这种考据的肤浅、不科学。实在后四十回迷失无稿者也有几件，却有相当解释或理由。但我们须先谈这主观派的批评。这主观派的批评，以个人之好恶，定书之真伪，或强作者同其私意完成某种故事，是最低级、最靠不住的批评。北平诸公，攻击平伯，自身却犯此毛病，必欲宝玉及雪芹都变成被压迫阶级反抗封建社会之代表，而要宝玉学北平诸公做颂圣诗，写党八股。你想宝玉这种人真会看得起这些人吗？

攻高最力者共四人。一、《枣窗闲笔》作者裕瑞。二、周汝昌。三、俞平伯。四、胡适之。裕周二人，骂高鹗无理可言，故一人一段可以了结。平伯攻高最可代表主观式考证之可笑及一般所谓证据之薄弱。适之所攻系高本与八十回正文及脂批不符之处，这才是真正的考证工作。兹依次讨论。

一七、裕瑞恶骂高鹗伪作为"一善俱无诸恶备具之物"，见周汝昌书四三七至四三九页，读者可以复校。裕瑞所言，无一条不是脾胃问题。大概他不喜后四十回悲剧之"忍心害理"，认为"大杀风景"。所举后四十回：1.叙甄宝玉与李绮结婚，则"同贾府俨成二家，嚼蜡无味"；2.贾母为忙办姻事，遂忘黛玉，重病至死，永不看问……（此不符事实，请查九十七回）"此岂雪芹所忍作者"？以下一直不忍作下去。"王夫人因惜春非亲生女，有忙事遂将惜春略过云云，又岂雪芹所忍作者？……不善管长随，遂致声名狼藉……又岂雪芹所忍作者？和尚送通灵玉来……甚觉贫俗可厌，黛玉屡写病垂危不起……妙玉走入魔，潇湘鬼哭等处，皆大杀风景。结束，贾雨村归结《红楼梦》，愈蛇足无谓。呜呼……似此恶劣者多不胜指。"原来这就是高鹗作伪之"证据"。裕瑞名为不忍，实只不喜大杀风景，只配读有情人皆成眷属的小说。

在此我要举出一点，是所有批评《红楼梦》的人应注意的，就是关于雪芹书中人物性格之描写。裕瑞、平伯诸人没有明白这点，心目中常有才德十全的人物的观念，遇见不合适观念的，便说"情理之所必无"。本节裕瑞认定雪芹不忍这个，不忍那个，王夫人不应该听惜春为尼，贾母不应该冷淡黛玉，以下几节平伯论黛玉不应该妒宝钗，以金玉姻缘之拆散为幸，骂为"毫无心肝"，宝钗不应该"笼络"其夫，望宝玉回心转意，不要留恋忘情于已死之黛玉，骂为"污蔑闺阁"，都是这类尖酸的批评，以道学之岸貌评人情之有无。所以结论黛玉不该如此，宝钗不该如彼……雪芹之大成功，正在于描写性格，各人有各人之长处，也有他的短处，脂评中最常见的，就是"最恨"当时小说写出来都是才如子建、貌似潘安那些十全十美的人物。第四十三回脂评有一段最重要的话：

> 尤氏亦可谓有才矣。论有德比阿凤高十倍，惜乎不能谏夫治家，所谓人各有当也。此方是至理至情。最恨近之野史中恶则无往不恶，美则无一不美，何不近情理之如是也？

《红楼梦》写来，黛玉、晴雯、宝钗、袭人都有短处，不是十全十美的人，而其所以成为活泼泼的人物，就在此点。其中大观园诸姊妹及丫头，行为人品都有可佩服之处，但同时各人也有私心，袭人为袭人自己打算，探春为探春自己打算，紫鹃为紫鹃自己打算，惜春为惜春自己打算。结果，雪芹写来，《红楼梦》无一坏人。鲁迅最有见地的评语说："或谓作者本以书中无一好人，因而钻刺吹求，大加笔伐。但据本书自说，则仅乃如实抒写，绝无讥弹，独于自身，深所忏悔，……此足见人之度量相去之远，亦曹雪芹之所以不可及也。"所以结果他写来，无一全德之人，或其所作之事虽恶，而其人仍可明白了解也。这是第一流小说家若托尔斯泰、休罴所同臻的境地。惜春说一句话，我最佩服（第七十四回）："我看如今人一概也是入画一般，没有什么大说头儿。"这是说世人也没有十分全德或十分刁恶的人，你我都是一样。这是悲天悯人的情怀。明此点，就不会再作尖酸道学的议论去评书中人物了。

一八、周汝昌在红楼考证，获新材料，整理之勤，用心之细，自有他的地位。周书确有很多宝贵材料，有新收获。但是周是不配谈高鹗的人，因为他是裕瑞一系统来的，只是恶骂，不讲理由，而所恶骂，又完全根据平伯，不加讨论的。第八章四节云：

> 有人赞扬过高鹗保持了全书悲剧结局的功劳，但我总觉得我

们不该因此便饶恕高鹗这家伙；先不必说他技巧低劣，文字恶俗；单就他假托"鼓捣"淆乱真伪的卑鄙手段一层来说，这家伙就不可饶恕，更不用说什么赞扬不赞扬了。而况他保持的"悲剧结局"又是怎样呢？不是"沐天恩贾家延世泽"〔平伯语〕吗？不是贾宝玉中了高鹗想中的"举人"，披着"大红斗篷"雪地里必定要〔平伯语〕向贾政一拜之后才舍得走的吗？看他这副丑恶的嘴脸充满了"禄蠹"〔平伯语〕（贾宝玉平生最痛恨的思想）"礼教"〔平伯语〕（在贾宝玉思想中全部瓦解的东西）的头脑！他也配续曹雪芹的伟大杰作吗？现在是翻身报仇雪冤的时代，曹雪芹被他糟蹋得够苦了，难道我们还要为了那样一个"悲剧结局"而欣赏这个败类吗？我们该痛骂他，把他的伪四十回赶快从《红楼梦》里割下来扔进字纸篓去，不许他附骥流传，把他的罪状向普天下读者控诉，为蒙冤一百数十年的第一流天才写实作家曹雪芹报仇雪恨！（页五八三至四）

这哪里是考证，这是斗争大会斗争高鹗的文章。所以紧接上文之下段便开头说："离开曹雪芹的真《红楼梦》，我们就不屑为骂高鹗的伪《红楼梦》而多费笔墨……我们要撇开这败类给我们的混淆印象。"所以到了要写全书结末，要做党八股，说曹雪芹是"能背叛自己的阶级站在被压迫者的立场去看事情"的人之时，又得开口恶骂"高鹗是我们该深恶而痛绝的东西"。此种文章甚类"亲爱的钢"一派的颂圣诗。虽然未必如高鹗之"恶劣"，倒也是无甚足观了。

周之态度如此，可知与辩是无用的。假使高鹗生于今日，周汝昌必是在斗争大会附和群众喊着"把这败类活活打死"的一个人。奇怪的，乃兄周绪堂在该书跋最后一句，仍然脱离不了"礼教"的遗毒。乃兄说，现书要出了，"惟有父亲母亲竟不加等待，先后溘然谢世，只有嘱作者以一册为献，在坟前焚化了"。这情景颇像贾宝玉披着大红斗篷在大雪中必定要向贾政一拜才舍得走的情景。未知曹雪芹在已经爬上代表被压迫阶级反对礼教的立场上，应否鼻子里哼一声，骂周缉堂为"败类"的"家伙"否？

人类是可怜的。吠影吠声，人类也是不能免的。胡适、俞平伯尚保存学者就事论事态度，斥其作伪，却同时称赞高鹗补作之极端细心审慎。到了周汝昌，又变成了高鹗一味糟蹋曹雪芹到不可收拾田地。将来考证之考证，也必很有趣的。

一九、攻高鹗文章之中心是俞平伯《红楼梦辨》一书。攻一说易，立一说难。以前清朝作家，看见那里后人增窜一二句，便说全书是伪。譬如《庄子》，"学者"以为内篇七篇以外，"多不可靠"，并没有证据。只有田成子弑齐君独立，去庄子几世，后代抄手加了几世，便认为全书是伪托，但若《秋水》《胠箧》之佳文，不是庄子写的，是谁做的，连讨论也不讨论，就此交账。此风之长甚快甚盛。因说伪为雅事，有人说伪之后再说真的人便俗。清朝风气委实如此。譬如所谓古文尚书伪作称为"定谳"，然而古文作伪出于何手，却不易成立。起初是说东晋梅赜所作，后来越考越糊涂。阎若璩说作伪罪人是东晋梅赜，丁晏便认为西晋已有，而作伪者是王肃，且谓孔安国未尝作传。到了魏源，连马郑之注都怀疑起来，且谓孔安国自身即今文一派中人。结果今古文之界限愈辩愈糊涂，而"定谳"仍然是"定谳"。治《红楼梦》也是攻人易，立说难。俞平伯攻红楼后四十回结局，以己意揣作者本意，结果还是嚷着黛玉不应该死，虽有死之可能。"八十回中的黛玉还好好活着"，不必后人起死回生哩！

二〇、我们只能举平伯因为不合俞意而认为伪的几项大题目。据平伯自己总括高本所未能悉合俞意编书者有五条。（上卷一〇五页），且分为 ABCDE 在以下各节讨论：

A.宝玉不得入学中举。（第二十一节）

B.黛玉不得劝宝玉读时文。（第二十三节）

C.宝钗嫁后，不应如此不堪。（第二十六节）

D.凤姐、贾母太毒，且凤姐对于黛玉无害死她的必要。（第二十八节）

E.宝玉出家不得写得如此神奇。（第三十二节）

读者一目了然，这五条全是关于故事应当如何收场才合私意的问题，不是狭义的"考证"问题。平伯评书毛病全在此。以上五条是平伯所举他所谓不合理二十条中之"最大毛病"。其余十五条中，十条平伯合并讨论，是言四十回中多鬼怪，如除妖、见鬼、鬼哭、鬼附身等事。剩下五条：一、宝玉最后不应在雪中拜别贾政，谓"不在情理之中"；二、贾府沐皇恩，延世泽，有背作者原意，原意是两家"自杀自灭，一败涂地"；三、七十四回已说凤姐因为见过字条多，颇识得几个字，故不应说他不识，而为已认三千多字已会看《列女传》（第九十二回）的巧姐所哄得来；四、凤姐之死不应谶语；五、巧姐的年纪忽大忽小。（见以下第三十节E）从这些条，可以看出俞平伯所指出续书毛病的大概性质。兹先就平伯所认为大毛病者，分别讨论。

二、A中举人问题——这问题是平伯所认为他最有深见的，由此可以看出续书者与原作者性格不同。后来若周汝昌一般人攻高鹗，也是以此为中心，说宝玉是"禄蠹"，是有功名思想，有礼教遗毒。由这问题，可以看出平伯不但存心取闹，歪曲事实，而且没有看到作书之要意，硬要裁他"禄蠹"的罪名。至其说后四十回，预备应试的文字占了六回，更是粉饰事实，他只算回目，但他何尝不知道这六回中每回十几页只有两三页写预备应试之事？这更是治学者所不应该有的。

平伯说：

①宝玉向来骂这些谈经济文章的人是"禄蠹"，怎么会自己去学做"禄蠹"……谬一。

②宝玉高发了，使我们觉得他终于做了举人老爷……有何风趣。这是使人不能感动。谬二。

③雪芹明说"一技无成，半生潦倒""风尘碌碌""独自己无才不得入选"等语，怎么会平白地中了举人呢？难道曹雪芹也和那些滥俗的小说家一般见识，因自己的落薄，写书中人大阔特阔，以作解嘲吗？既决不是的，那么高氏补这件事，大反作者底原意……谬三。

平伯断定这是高鹗"不知妄作"，是一件"蠢事"。但请看他如何掩灭证据，故意曲解原书。平伯何以见得好好的宝玉成"禄蠹"呢？他举出："（宝玉对王夫人说）'只有这一入场，用心作了文章，好好的中个举人出来……便是儿子一辈子的事也完了。'他明明说道，只要中一个举人，一辈子的事就完了。这是什么话？他把这样的胸襟来续《红楼》，来写贾宝玉，安得不糟，又岂有不糟之理！"

《红楼》为曹氏自传小说，然而自传小说，又非为自己做传，不必逐事认真适合作者身世，此条且不必讲，单说他故意曲解歪缠。雪芹为宝玉想出一条路，顾到公私两全，中举后即出家；至少贾宝玉入场应举之心地环境，高本写得十分清楚。高本所写的事实如下：宝玉那时早已决意逃禅，是极冷的人。他老早做一准备，借入场离家，于出考场时，就此混入众人队中，溜掉出家。后来朝廷遍求此举人之踪迹而不得。他的再入学，是贾政命令的，回来还向黛玉发牢骚，骂作八股是"诓功名混饭吃"。所以他决意于出家之前混一功名，完全是了却对父母养育之恩作一次还报，是尽人子对父母之孝道，然后五根清净，各自管各自的了。这是宝玉由极热转入极冷之时，是他要找和尚，推倒袭人而不顾，袭人、紫鹃两人死力抱住之时，亦正是他读《南华经》之时。曹氏何曾要写宝玉不孝？何曾要写他始终不成器，要和女人打交便打交，一日不遂心意，便匆匆忙忙，什么也不顾，逃出家来也不告别，就此下场？这便是一副花花公子的形象，真真不能得我们的同情了。曹氏既不曾，也无意写宝玉这样一团糟，这就是曹氏用心，使想得公私两全之唯一出路，至少高本的写法，确是如此。宝玉主意既定，口里不说，读者却甚清楚，他一时治时文，学八股，都非出于本心，不是他看得起功名，只是略尽人子之道，冀以遮过以前的荒唐。这是高本写来最清楚的事实。人家要遁入空门了，还要说人家热衷名利；又从而铺张扬万，说宝玉是"福寿全归"，是全贾府"最是全福"的人。连他有遗腹子，也算在宝玉的账上，人家弃妻抛子，背乡离井去做和尚，还要骂他"禄蠹"，还不许他路上相逢对父亲一拜，作一长别，才是完人。这是不是穷秀才的酸文章？

且看高本原文："待王夫人说完，走过来，给王夫人跪下，满眼流泪，叩了三个头，说道：'母亲生我一世，我也无可报答。只有这一入场，用心作了文章，好好的中了举人，出来时，太太喜欢，便是儿子一辈子的事也完了，一辈子的不好也都遮过去了。'"这取功名为报母恩，再清楚没有。当日一人得了功名，社会的确认为可把一切不孝的罪过都遮过了。平伯把上下文勾掉，再引时，把"儿子一辈子的事完了"，删为"一辈子的事完了"（即暗指自身的事），遮过之语也不提了，然后问"这是什么话"？这是真正看不懂，或者是有意曲解？

二二、这条是《红楼》一书主人翁下场出路之总收束，关系至大。曹氏之书，不是仅谈风花雪月的小品消遣读物，乃是寄托一人由色入空，斩断情缘之大经验，是故事中心人物性格演化的焦点。故

《红楼》是一部情书，也是一部悟书，是描写主人翁由痴而愁，由愁而恨，由恨而悟之过程。尝谓是书可分为八段：一至十五回为无猜时期，十六至三十五回为定情，三十六至五十四回为快意，五十五至六十九回为纵情，七十至八十一回为新愁，八十二至九十八回为长恨，九十九至一〇九回为苦劫，百一十至百二十回为悟禅。在此过程中，宝玉的心理大大改变，由古今来对女子第一温柔的宝玉，变为看破红尘的宝玉。其反应之烈，正是见其爱黛玉之情之深。所以《红楼梦》遂成为感人甚深，叙述情变的小说，绝与他书不同。这时候，他哪里有什么功名利禄思想？他看不起功名，鄙弃八股，说得举人不值一文钱，曾为此事发生两次口角，一与黛，一与钗。在此辩论中，宝玉厌恶功名的意念，更加显然，看下节便明白。

二三、B 黛玉劝读时文问题——这条是平伯最有把握，自谓立在最稳田地，欲起高鹗于泉下而问之，料定高鹗必无法回答的一条。这也是平伯读书粗心最不知而作的一条。

平伯原文说：

（15）黛玉赞美八股文字，以为学举业、取功名是清贵的事情。（上卷页九一）

又云：

这节文字，谬处且不止一点。（1）黛玉为什么平白地势欲熏心起来？（2）黛玉何以敢武断宝玉要取功名？八十回中，黛玉几时说过这样的话？（3）以宝黛二人底知心恩爱，怎么会黛玉说话，而宝玉竟觉得不甚入耳，在鼻子眼里笑了一声？在八十回中曾否有过这种光景？（4）宝玉既如此轻蔑黛玉，何以黛玉竟能忍受？这些疑问，如高鹗再生，我必要索他底解答，为高氏作辩护士的人，也必须解答了这些疑问，方能自圆其说。如有人以为《红楼梦》原有百二十回的，也必须代答一下才行。如不能答，便是高鹗无力续书的证据，便是百二十回不出于一手的证据。

平伯是这样的自信。读者须明原来所谓高鹗作伪的证据，就是这一类寻章摘句的推敲。

我先解答，再论其余。这是八十一回的事。事情是这样的。那年夏天贾政回家，秋后又迫宝玉再入家塾，亲自带宝玉到贾代儒处，面嘱代儒教他放弃诗词，专"读书讲书"（即四书），以为前途发达之正路，并嘱"认真"管教他，不可有名无实。那时父命不可不从，宝玉成为"野马上了笼头了"（贾母戏语）。头一天早放学，宝玉赶紧来潇湘馆。请看曹氏妙文，我加圈点。

刚进门口，便拍手笑道，"我依旧回来了。"猛可里倒吓了黛玉一跳。黛玉道，"我恍惚听见你念书去了。这么早就回来了。"宝玉道，"啊呀，了不得！我今日不是被老爷叫了念书去了么？"……云云。后来黛玉微微的一笑，因叫紫鹃，"把我的龙井茶给二爷泡一碗。二爷如今念书了，比不得头里。"紫鹃笑着答应去拿茶叶，叫小丫头泡茶。宝玉接着说："还提什么念书，我最讨厌这些道学话，更可笑的，是八股文章，拿他诓功名混饭吃也罢了，还要说代圣贤立言！好些的，不过拿些经书济搭也罢了。更有一种可笑的，肚子里原没有什么，东拉西扯的牛鬼蛇神，还自以为博奥。这哪里是阐发圣言的道理？目下老爷口口声声要我学这个，我又不敢违拗。你这会子还提念书呢。"黛玉道，"我们女孩儿家，虽然不要这个，但小时跟着你们雨村先生念书，也曾看过。内中也有近情近理的，也有清微淡远的。那时候虽不大懂，也学得好，不可一概抹倒。况且你要（语按：意思'你如要'）取功名，这个也清贵些。"（语按：比祖荫或捐衔清贵，是真考场考出来的）宝玉听到这里，觉得不甚入耳。因想黛玉从来不是这样人，怎么也这样势欲熏心起来？又不敢在他跟前驳回，只在鼻子眼里笑了一声。

正说着秋纹来了，此段话至此收束。

二四、我们看这段话：

1. 宝玉憎厌八股、憎厌经济文章与前是一贯的。入学是听父命不敢违拗的。

2. 作书人真看不起八股文字，并看不起科举。早时人习举业，所看的书极有限，甚有未听见《公羊传》名字的。这确是事实，给雪芹说穿了。同时八股文中也有清微淡远文字，不可一概抹杀，这是最公平之论。谁也不能否认作者见识。所以后来宝玉对宝钗说其实取功名"并不难"，也是真话。

3. 宝玉真不想诓功名混饭吃。

4. 黛宝二人时已十六七岁，各人已长大，见面虽若知己，却也稍存体统，没有像小时之一味厮缠。这是最令人佩服的一点。若于此时与宝黛两小无猜时同一写法，才真无谓。

5. 黛玉在此时看见宝玉日受父命，不得不从，想再助纣为虐，明知无益，应该安慰他几句。作者顺便借黛玉口中，替八股说两句公道话。"清贵"二字，是谓功名未必都清贵。科甲出身，比世袭祖荫，令人看得起。贾珍父子之流，虽有功名，并不清贵；贾珍是世袭，贾蓉是托太监捐衔的，士人看不大起。黛玉父亲林如海，第二回说他"更从科甲出身，虽系世禄之家，却是书香之族"，便是此意。雪芹作书，用心良苦，遣词用字，极为精细，乱加批驳，是无用的。在贾家，宝玉原不必读书，才得功名。第七十五回本文，贾赦明明说："想来咱们这样人家，原不必寒窗萤火……可以做得官时，就跑不了一个官儿的。何必多费了工夫，反弄出书呆子来？"这是黛玉"清贵"二字的注脚。愿意懂的人，自然可懂。

6. 黛玉怎样会势欲熏心，是作书人先问的。因明知是劝慰语，不复驳下去，是省笔处，亦是看得起读者，不都是低能，不必细细分说。想不到真有人以为黛玉真势欲熏心起来。

7. 宝黛两位冤家吵嘴，前八十回多至不可胜数。此时各人长大，各应自制，只鼻子眼里一笑而止。宝玉不入耳是事实，因他并非"禄蠹"。起雪芹于地下而问之，亦是如此解答。

须知黛玉此岁数时，最为可爱，虽然是妒，却聊存体统。这段中有极可爱极含蓄文字：

> 黛玉道："你上头去过了没有？"
>
> 宝玉道："都去过了。"
>
> 黛玉道："别处呢？"（这是留心宝钗。）
>
> 宝玉道："没有。"
>
> 黛玉道："你也应该去瞧瞧他们去。"

这是极含蓄、耐人寻味的文章。记清这是高本的文字，要归功于高鹗，便不得不承认高氏之善体会儿女闺情，不在雪芹之下。除非使我看过高鹗自著小说有此奇文，有此笔力，有此含蓄，我不相信他会杜撰出来。作书难，续他人书更难，续具想象力之创造文学为尤难。此千古所未有之异才，而高鹗竟有之，则其才必又在雪芹之上。上天既生霑，使作《红楼》，又使不能作完，而又生鹗，使具一副同样天才同样眼光同样笔力而后续之，何苦来！天地之大，人犹有所憾。《红楼》巨著，读者或者以不合己意而引为憾。然因不合己意而憾，可也。因憾而斥其伪，何其不自量耶？此岂评书人所应有之态度？

二五、且真举人才看不起举人，真博士才看不起博士。宝玉做和尚，说者无可非议，因前部伏笔甚明。雪芹欲使宝玉出家之前，既改爱红之癖，又聊补背父母教育之恩之过，使入场应举，与宝钗约，"只此一次而止"，明明并非因慕功名而图享富贵，遂得评者挂以"禄蠹"之罪名。评书人未免把中举一事看得太重，作书人不如此也。宝玉虽中举，而弃家做和尚去，遁入空门，普通说来，仍不能不说是悲剧下场。同样的，贾氏曾沐皇恩，延世泽，且亦是曹頫确做过主事事实，结局仍是树倒猢狲散，固不必曲解，令人得后半部树不倒而猢狲不散之印象，以为贾府真又享"荣华富贵"。后四十回书俱在，何必强拉皇恩世泽，为作者前后矛盾不应接之罪？又何必两家"自杀自灭，一败涂地"而后始符作者原意？

绝想不到平伯居然除曲解之外，还会造谣。他说："他（高）以为一个人没有中举而去做了和尚，实在太可惋惜了。我们只看宝玉一中举后便走，高氏的心事真是路人皆见了。高氏除写了十二钗还有些薄命气息，以外便都是'福寿全归'的。最是全福的是宝玉了。他写宝玉底结局，括举三项：1. 宝玉中第七名举人。2. 宝玉有遗腹子，将来兰桂齐芳。3. 宝玉超凡入圣，封文妙真人。他竟是富贵神仙都全备了。神仙长生不老，寿考是不用说的了。高氏写贾氏，亦复如此，虽抄了家，依然富贵荣华，全然不脱那些小说团圆迷的窠臼，大谬于作者底本意。"（上卷一一四页）

这是后四十回的事实吗？是我们读者的印象吗？其实贾府之败作者写得恰到好处，这是作者本领。贾府里面好收场的，只有一个李纨寡妇之子贾兰，这是合理而应该的，但并非十二钗"有些薄命气息"

073

而已。大概使平伯满意很难，因为雪芹对这种批评，实在没法。平伯对于全书的态度，是处处代作者设心处虑，某人应该如此，某人又应该如彼，如何如何才"最惬我意"（宝玉做乞丐，此非诬，有原书可证）。假使后四十回果如平伯意写得贾府"自杀自灭""一败涂地"，文如平伯所指示，应注意"运终数尽"之"终"字、"尽"字，真杀得片甲不留，（俞：下卷，一六页）那时平伯又可不满意，如评黛玉焚稿断痴情一节，说是写得"太露"了，既"讨厌"而"肉麻"。我们对这种穷秀才的议论，真是没有办法。平伯听适之谈"悲剧"遂附和之，以为必一败涂地，而终而尽，而做乞丐，才叫做悲剧。我疑心平伯未真懂得西洋文学之所谓悲剧。

二六、C宝钗是否庸俗中国妇人问题——此问题有语病，妇人就是妇人，中国西洋一样。平伯在一九五〇年修订本，把"中国"二字，改为"旧式"，意思是新式妇人，便不会想法使丈夫移转爱情到自己身上。宝钗为新妇数月始与其夫初次敦伦。书中只说他想宝玉"是个痴情人，要治他的病，少不得仍以痴情治之"，轻描淡写，并没有说他淫浪。平伯遂谓"宝钗不应如此不堪"，岂西洋或新式妇人便皆坐床褥谈哲学、谈上帝哉？推平伯之意，西洋或新式妇人之所以不庸不俗，因为他们并没有想计"笼络"其夫。殊不知妇人欲保恩爱，中外原无二理。宝钗一贤妇也，不得因他看见宝玉尚想念已死的黛玉，"恐他思郁成疾，不如假以词色，使得稍觉亲近，以为移花接木之计"。而断他思死者之心，遂谓其"庸俗"，遂谓其"污蔑闺阁"。此亦是穷秀才酸见，不足以论深知人情世故之曹雪芹。以平伯意，必使宝钗于夜阑人静之时，见宝玉有所动心，遂起而推之于闺门之外，又从而锁之，隔窗"端凝"的与其夫谈曹大家故事，而后不污蔑闺阁，而后不庸不俗而成其"雅"。

此话原可不再说下去了。但恰巧曹雪芹却曾现身说法，专论此事，不要说读者为书所欺，以为宝钗、袭人都是以"女君子"自居。庚辰本二十回宝玉为麝月篦发，麝月说全屋子就是晴雯"磨牙"。正巧晴雯跑来帘外，麝月在镜中向宝玉示意。晴雯泼辣起来，责问麝月，"我怎么磨牙了？咱们倒得说说。"在这一段有双行的注，是作者极痴爱晴雯的口气。注中说：

> 自古及今愈是尤物，其猜忌妒愈甚，若一味浑厚大量涵养，则有何可令人怜爱护惜哉？然后知宝钗、袭人等行为，并非一味蠢拙古板，以女夫子自居。当绣幙灯前，绿窗月下，亦颇有或调或妒，轻俏艳丽等说。不过一时取乐买笑耳，非切切一味妒才嫉贤也，是以高诸人百倍。不然，宝玉何甘心受屈于二夫子哉？看过后文则知矣。故观书诸君子，不必恶晴雯，正该感晴雯（为）金闺绣阁中生色方是。

此雪芹之所以为雪芹，而不为笨伯乎？

后四十回之宝钗……确有贤德，有胆识，与前一贯，血脉相通，确是曹氏手笔。宝钗处境最难。七十八回早已避嫌出园，这是何等眼光！因家长主婚，嫁给一个心爱黛玉之半疯半傻的夫婿，叫她如何做人？但"心里只怨母亲办事糊涂，事已至此，不肯多言"，这是何等大方？那时大家尚对宝玉瞒着黛玉已死消息，恐怕他的病转剧，独宝钗违贾母、王夫人的意旨，冒大不韪，把他说穿，因此引起宝玉昏倒做梦。当时贾母、王夫人倒为此焦虑，后来才知宝钗见识超人一等。这是宝钗之识力，与前八十回一贯。后来"不堪"一段，亦是宝钗之所以为宝钗，而不是迎春、邢夫人一班糊涂东西。

二七、因上节宝黛论八股，顺便在此也引钗玉二人论功名一段，一以见宝钗性格长于议论，与前一贯，曹氏笔力议论，一点不减从前，一以重新肯定，后四十回并没有把宝玉写成"禄蠹"。

我引原文，请读者读此时注意，是否与前八十回宝钗议论口调完全一致。这已是一百十八回的事了。宝钗看见宝玉看秋水篇看得入神，心里着实烦闷，因引出以下的议论来。"宝钗道：'你我既为夫妇，你便是我终身的倚靠，却不在情欲之私。论起荣华富贵，原不过是过眼烟云。但自古圣贤，皆以人品根底为重。'宝玉也没听完，把那书本搁在旁边，微微的笑道：'据你说，人品根底，又是什么古圣贤。你可知古圣贤说过不失其赤子之心（略），我们生来，已陷溺在贪嗔痴爱中，犹如污泥一般，怎么能跳出情网？'宝钗道：'你既说赤子之心，古圣贤原以忠孝为赤子之心，并不是遁世离群，无关无系，为赤子之心……尧舜禹汤夏周孔时刻以救民济世为心。所谓赤子之心，原不过是"不忍"二字。若你方才所说的，忍于抛弃天伦，还成什么道理？'宝玉点头笑道：'尧舜不强巢许，武周不强夷齐……'宝钗不等他说完，便道：'你这个话，益发不是了（中略），况你自有生以来，自去世的老太太以及老爷太太，视如珍宝，你方才所说，自己想一想，是与不是？'宝玉听了，也不答言，只是仰头微笑。宝钗因又劝道：'你既理屈词穷，我劝你从此把心收一收，好好的用功，但能博得一第，便是从此而止，也不枉天恩祖德了。'宝玉点头，叹了口气说道：'一第呢，其实也不是什么难事。倒是这个从此而止，不枉天恩祖德，却还不离其宗。'"于是宝玉收起《参同契》《元命苞》等书，专心看语录时文名稿，其预备应举的动机，"只此一第，从此而止，不枉天恩祖德"，为尽孝道，不是为功名利禄，至此更明白了。

二八、D 黛玉之死及凤姐之毒——黛玉之死一段动人文章，是全书之顶点。第九十六、九十七二回，是全书写来最精采最动人一段，尤其是从黛玉听到傻大姐透露消息，说"我要去问宝玉去"，一直到回来未至潇湘呕血昏倒一段，令人不忍卒读。这都不必引例，单看他利用傻大姐无心失言（以前拾香囊那一位），就看见草蛇灰线贯穿之细。平伯不喜欢，不觉有"悲恻怜悯的情怀"，而认为"肉麻"，是平伯好恶与人不同罢了，没有什么可辩。所可辩者，是凤姐之毒及贾母之冷。

此地我只引平伯几处怪论，如下：

（a）关于黛玉之病死。

①黛玉不应死，应活着——就事论事，宝走黛死，都是高氏造的谣言。雪芹只有暗示，并未正式说到的。而百年来的读者，都上了高氏这个大当。……他们（续《红楼梦》诸人）可惜不知道原本只有八十回，而八十回中黛玉是好好的活人……高鹗这个把戏，可谓坑人不浅。（上卷，一一九页）

②黛玉之死于情，写得肉麻——黛玉心事写得太显露过火了，一点不含蓄深厚，使人只觉得肉麻讨厌，没有悲恻怜悯的情怀。（上卷，九四页）。按：此指黛玉之病及焚稿断痴情事。

③写黛玉做梦，写她绝粒，都是毫无风趣的文字。（九六页）

④黛玉以拆散金玉为乐事。这样的幸灾乐祸，毫不替宝玉着急，真是毫无心肝，又岂成为黛玉？（九六页）

⑤黛玉临死一节……只用极拙露的话头来敷衍了结。（同上）

这几条已很够代表平伯的批评及论断，而且委实很"够"了。我们无须再辩。但只一端，可见平伯之偏狭及故意曲解事实。以上④条是指九十五回事。何以高鹗会写到黛玉要以拆散金玉缘为乐事，幸灾乐祸，而毫无心肝呢？高鹗何至如此恶劣？原来是海棠花妖，宝玉失玉，由是高本有写儿女柔情极曲致的文字：

黛玉先自回家，想起金石的旧话来，反自欢喜。心里说道，和尚道士的话，真信不得。果真金玉有缘，宝玉如何能把这玉丢了呢？或者因我之事，拆散他们的金玉，也未可知。想了半天，更觉安心，把一天的劳乏，竟不理会，重新倒看起书来，……黛玉虽躺下，又想到海棠花上，说这块玉原是胎里带来的，非比寻常之物，来去自有关系。若是花主好事呢，不该失这玉呀！看来此花开的不祥，莫非他有不吉之事，不觉又伤心来。又转想到喜事上头，此花又似应开，此玉又似应失。如此一悲一喜，直想到五更方睡着。

那是失玉初日，宝玉尚未疯。黛玉那夜一则以喜，一则以悲，喜者是为自己，悲者是为宝玉。这是如何入情入理，描写闺女私情的好文字。想到花开应是喜事便喜，想到玉失应是不利于宝玉便悲。何尝"不替宝玉着急"？又暗想因自己婚事未定，又无父母可出主意，未知到底天从人愿与否。如道士金玉之缘的话不可信，自然在情场上自己是胜利了，"更觉心安"，这是儿女常情，与幸宝玉之灾何涉？何尝是"毫无心肝"？这也是裕瑞一派，所谓雪芹必"不忍作"，而要求雪芹写出"一味浑厚大量涵养"，而为雪芹所最恨十全十德的美人来。这种责人以求全之毁，古文里倒常看见。这是鲁迅所谓"人之度量相去之远"。雪芹碰见这种读者，实在无话可说了。

二九、（b）至于凤姐之毒，平伯似无读悲剧文章之肠胃。原来贾政将要出门，须急急完成宝玉婚事。是钗是黛，早应决定。在作者之意，凤姐是大奸雄，是笑里藏刀敢作敢为不亚男子的女人，亦即是贾府败落之媒介。大家主意既属意宝钗，对于黛玉甚难处置，惟一妙计出于"瞒"。迫不得已，唯出此策，而且不但瞒黛玉，且须瞒宝玉。但是凤姐何尝如平伯所言，存心要"害死黛玉"？说他"无害死黛玉之必要"是刻薄的话。贾母虽心疼黛玉，到了此种关头，要宝钗做媳妇来冲喜，自然要对不住黛玉，但也是心里清楚，无可奈何之事。当时社会大家儿女，不容有私情的，如有私情，当做羞辱门楣的天大事情，所以贾母难免有在旁责黛玉傻情的话。其时实无为钗黛两全之计；看薛家、林家门第家风，也无断使钗黛之中一人屈为簉室之理。贾母明知屈了黛玉，所以到了听见黛玉之死，自责曰："是我弄坏了他。"后来去潇湘看灵，托王夫人道："你替我告诉他的阴灵，并不是我忍心不来送你，只为有个亲疏。你是我的外孙，是亲的了。可是宝玉比你更亲些。倘宝玉有些不好，我怎么见他父亲呢？"说着又哭起来。如此说来，贾母也能自圆其说。平伯乃断为"情理所必无"（九一页）。未知平伯为贾母设身处地，应如何才可打出难关？

三〇、E巧姐岁数问题——平伯之论调，已可概见。我此地只再举一项，颇费平伯笔墨的，就是后四十回中巧姐之岁数，平伯以为忽大忽小。岁数混乱，本是全书的毛病。但巧姐忽大忽小，完全是平伯故意曲解，不是作者的荒谬矛盾。原来作者一百十七回，说"巧姐儿年纪也有十三四岁了"。平伯先举出一〇一回的话："大姐哭了。李妈狠命拍了几下，向孩子身上拧了一把。那孩子哇的一声大哭起来了。"就在这些话上头作文章。他先加上"巧姐被拧，连话都不会说"的推想，然后评曰："巧姐被拧，连话都不会说，只有大哭的一法，看这光景他不过三岁，最多亦以四岁为限。若在四岁以上，决不至于被拧之后，连话都不说的，况且巧姐能说话，婆子决不敢干白地拧他一把，可见巧姐确是不会说话的。"这真叫做歪缠。我所指的几句，更加是鬼话。谁家十一二岁的小姐被老嬷狠命的拍了几下（时凤姐大病），又在身上拧了一把，会不"哇"的一声大哭起来？又谁家小姐必先说话而后等一、二、三，而后哭哉！何必咬定巧姐是不会说话以证明他"最多四岁"，然后从而骂高鹗荒谬，写得使巧姐"长得奇，缩得更奇，长得更快，缩得更快，这又算怎么一回事"？（上卷，一○三页），然后慨叹除了平伯，"没有一人敢提出来加以疑惑"，有之自平伯始。

如此无事生非，哪一本书哪一页上，不可以请缠夹二歪缠下去？更显明的，如第二十回宝玉奶妈已经告老退休，龙钟老态，第七十五回贾环突然做起诗来，都可以照样批驳，而斥其伪。但是要如平伯做法，不必这些显然错误，任何一页，我可以照样加以己意歪缠，八十回中，我可以做出一百条。我倒想贡献一点私见：如此读书方法，《红楼》一书，读之固好，不读更佳。

三一、总之，我所要证明的是平伯所引为高鹗作伪的证据的性质。一般承认后四十回为高鹗伪作，都是因为平伯这些话头，（如周汝昌便是一例），应该用一次功夫，研究此说之所本，证据之所在，属何性质，能否成立。他所反对的是后四十回之谬与俗，而把俗看得比谬更重。这是把辨伪看做雅人的雅事，拜别父亲也俗，夫妇敦伦也俗，儿女妒忌他人姻缘也俗，可以自由随处指斥。这是平伯方法上的错误。

> 且高作之谬，还在其次，因为谬处可以实在指出；最大毛病是"文拙思俗"。拙是不可说的，俗是不可医的，至于怎样的拙和俗，我也难以形容，读者自己去审察罢。（上卷，页八九）

平伯所以认为高本是俗人所作的，因为有三种偶像：

> 1.功名富贵的偶像，所以写"中举人"，"复世职"，"发还家产"，"后世昌盛"。2.神仙鬼佛的偶像，所以四十回中布满这些妖气。3.名教的偶像，所以宝玉临行时必哭拜王夫人，既出家后，必在雪地中拜贾政。

这便是在高鹗之所以"俗"。平伯既然说不出，教读者去体会，所以上节我写长一点，引出原文，使读者体会，原来贾宝玉为"禄蠹"，不过这么一回事。雪芹又骂八股为诳功名混饭吃（宝玉），又谓八股不可一概抹倒（黛玉），正如莎士比亚写来，各人有各人意见。使你看不出莎士比亚自己是哪一派主义。原来功名思想，出于名教——第三偶像。但是四十回有名教思想，也不足辨其伪。因为雪芹虽不想在庙堂上吃冷猪肉，到底还是知道中国社会上确有名教的忠孝思想，宝玉有，宝钗有，一家人都有，当时读者也都有。所以这点不足证其不出于雪芹之手。又写宝玉出家时拜父母作诀别，亦是古今中外为人子者之至情，不足为作伪之证。说是"名教"，其实西洋女子要去做尼姑，离别父母兄弟时，才哭得利害呢。喜欢不喜欢这一拜作长别是由你，或者高明不俗排脱名教思想之平伯，以为宝玉要与父母永诀，连拜别都不必，路上相逢，连看都不一看，连泪也不流，才是宝玉的真本色，才够得上"雅"。这是平伯之自由，但这与书之真伪无关。平伯谓"宝玉临行时必哭拜王夫人……必在雪地中拜贾政"，是清楚的说，与他不如此行为，才文不"拙"而思不"俗"，而宝玉遂成一个平伯心目中所认为惬意贵当的"雅人"了。由宝玉之拜，成其"庸俗"，遂可证明四十回之伪了。写到此地，忽忆秦钟临死时对宝玉的赠言：

> "以前你我见识，自谓高过世人。我今日才知自误了。以后还应该立志功名，以荣显达为是。"说毕便长叹一声，萧然而逝了。

俞平伯、周汝昌应当据此证明曹雪芹未能排脱礼教思想，真是俗人。否则甲戌本、庚辰本、有正本有此第十六回文字，可以证明确是伪本，而高本删去此节，可算真本了。

三二、F至于第二偶像，神仙鬼佛，平伯也不喜欢。因为平伯写此，是在新潮时代，表示他非常前进。以上他综括第五条宝玉出家后，拜别贾政不应如此"神奇"，也应属此。但也与辨伪无关。不信佛不一定雅。全书宝玉出路是做和尚，谈佛谈禅。第二十二回，"听曲文宝玉悟禅机"，早已谈得利害，为后四十回伏笔。此何足怪？妖呢？第廿五回，"魇魔法叔嫂逢五鬼，通灵玉蒙蔽遇双真"，马道婆就妖的利害。海棠花祟七十七回早有伏线。鬼呢？第十三回，秦氏之鬼，就能发大道理；第十六回，秦钟还跟鬼争辩。不但有小鬼，且有鬼判。第七十五回，也有中秋闻鬼哭。仙呢？开头空空道人，及第五回警幻仙姑就是。依平伯意，都应删掉，四十回有此四者，不足为作伪之证。若癞道人、空空道人之重出，都与八十回有呼应，不是闲文。若要前进，前八十回后四十回全删好了。至于后四十回贾家失败，死亡病疾相继而来，见鬼自然也是败家之兆。若贾赦大观园除妖，正所以见出凄凉，与往日作反衬。潇湘闻鬼哭更显得大观园之萧条，及宝玉抚今追昔之情怀，都是可有而应该有的文章。

三三、平伯之评后四十回，纯以自己的聪明，乱加批驳。这种在书本上乱钻，吹毛求疵的工作（即鲁迅所讥"钻刺吹求大加革伐"，见上第十七所引），以个人之好恶，定出书之真伪，必然找到许多似是而非的论断。有的是成心之言（黛玉之死肉麻讨厌）；有的是曲解原文（黛玉幸灾乐祸，巧姐岁数）；有的是无知妄作（黛玉说科甲出身比捐官或世袭清贵，是势欲熏心）；有的是掩灭证据（宝玉应试是为自己一辈子大事）；有的是故事铺张（贾府长享荣华富贵，后嗣昌盛，十二钗只有些薄命气息）；有的是造谣生事（凤姐无害死黛玉之必要）；有的是含血喷人（宝玉是"禄蠹"）；有的是无理取闹（宝玉拜别贾政，巧姐应先说话再哭）；有的是道学尖酸（宝钗污蔑闺阁，黛玉毫无心肝）。

这些毛病，总其名谓之歪缠。

《红楼梦辨》一书，专为辨伪而作。一人做了一部十三万七千言的书，来证高鹗作伪，结果还没有什么了不得的证据，只见平伯之谬与俗而已。但是我们不能因为辨者之谬与俗，遂谓其书必真。请看下文丁、戊两段。

丁、客观疑高鹗之批评

三四、后四十回虽与前八十回本文没有不衔接处，而夹注眉批中确有直指后半故事文字，与今本不合。这些是真正考据的材料，是胡适之所专注意的问题。适之文章，实事求是，一句是一句，两句是两句，倒没有长篇阔论去讨论那些喜欢不喜欢结局的主观意见。

脂砚所见，自然是真本，有不合处，应该讨论。概括说起来，在故事之发展上及人物之一贯上，高本大体上与前八十回吻合。若没有脂评多出的材料，看不出什么不对准的地方；矛盾错杂者，还是未入大观园之初廿二回多，脂砚所见高本未见的，适之指出六所。①卫若兰射圃文字。②狱神庙一大段文字（或即"正文标目""花袭人有始有终"此一大回）内有关小红诸人事。因为小红初回写得特别出色，不应以后寂寂无闻，适之特别注意这条。③香菱不应谶，未被金桂磨折死。④凤姐之死只有一半应谶，其谜不可解。⑤史湘云到底不知是寡，或是"白首双星"。⑥此外尚有"误窃玉"一段事件，未见后四十回。

以上①②是稿已迷失，③④似乎不应谶，⑤前八十回湘云又有守寡又有"白首双星"之暗示，自相矛盾。毛病在前八十回目未经整理，不在后部。⑥"误窃玉"事，早于前八十回被作者删去。有未删踪迹可寻。

三五、这些问题都有合理的解答，不必多费笔墨。据本文第十二、十三节所言八十回以后残稿未定传抄的情形而言，我们可以断定程伟元手中所得原非完物，是两三种章回不全的散稿所补凑而成的，残缺情形悉如今甲戌本及己卯本。脂批所言看见的后半部之事，今本后四十回所有的，便是此高本所据之抄本所有。此项材料甚多，如树倒猢狲散，荣宁抄没，等等（详下第五十节）。幸而有高本，不然《红楼》下半只有模糊暗示。我们知贾府败，而不知其衰败的情形；知凤姐死，而不知她怎样死，只能暗中摸索而已。脂批所曾见而后迷失者，程刻所据残本，可能仍然迷失，而所迷失之段（狱神庙及射圃），可能应在前八十回中，倒不一定在后四十回。脂批所未见而曾见到回目的（悬崖撒手），幸而为高本所有，也许脂砚斋所迷失未见，复为程氏所得。脂批所见回目若"王熙凤知命强英雄"，后四十回有其事，而无其目。最重要一点，就是无论脂砚斋见与未见，言其迷失，雪芹五易其稿，在易稿中必常自己删去一部分。这是作小说的人十九常有的事。尤其在全部写成之后，顾到各方面，认为可删的，便毅然删去。譬如小红与芸儿事，后来芸儿骨子里不大成器，遂成僵局。小说作家下笔，每见故事人物不由自生，神机所到，自然发挥，与起稿时计划不同。于是中途改易原意。如凤姐之哑谜，香菱之不即死于金桂，拖病两年，始死于难产，及柳五儿之在后部异军突起为重要角色，这些都是好例。推想五儿，雪芹本有意安插，却想不到写后半部时，五儿之妖娇动人，甚似晴雯，信手拈来，自成佳妙，遂突出在小红之上。这都是编小说者常有的经验。如果高本四十回大体上与前八十回故事人物的发展不衔接，这便是伪作的正经证据，而这些小不衔接处，诚足为高氏赝作的附证。如果高本四十回能充分的有精采的发挥小说之主题（宝玉断情缘之内心经验），各人的下场又能处处与前部遥遥相应，无微不至，那么，这些不衔接处，就应如以上的解法，或是脂砚所谓迷失，仍然迷失，或者作者自行删去。

三六、A卫若兰射圃带金麒麟——若兰或者就是史湘云之夫，因为他与金麒麟有关系。（百〇六回正文中只有称湘云之夫为"新姑爷"，没有名字。）卫若兰在射圃佩金麒麟事，迷失无稿，见甲戌本廿六回末总评，在庚辰本是眉批，加"丁亥夏，畸笏"。庚辰本三十一回末又一条曰，"后数十回，若兰在射圃所佩之麒麟，正此麒麟"。所谓"后数十回"可在第五十六，或七十回，不一定在八十回后。这是一段夹文，可能有倪二、冯紫英、柳湘莲、蒋玉菡诸人在场。按第十四回秦氏出殡，卫若兰列在诸王孙公子之最后一名，与冯紫英名相近。这一段文字大概是二十回庚辰本眉批畸笏丁亥夏所言被借阅者所迷失五六稿中之一。射圃文字有金麒麟，但若兰与湘云关系，全是我辈推测的话。"白首双星"不一定指与若兰白头偕老。因为宝玉也有金麒麟，引起黛玉之妒。是否雪芹如现代侦探小说作家，故意令人疑神疑鬼，不得而知了。

三七、B狱神庙一大回文字——狱神庙确有其稿。甲戌本一条，说小红要见世面，出于本心本意，于狱神庙回内方见。甲戌批照例无款识年月。庚辰本眉批关于狱神庙一回有三条。廿回言被借阅迷失，廿六回说有红玉"一大回文字"，迷失无稿，廿七回言及"抄没狱神庙"，并谓红玉冤枉。三条都是丁亥夏畸笏所批。这是雪芹死后四年所批的。此节也无法证明，被借阅者迷失，是在八十回之前或后。但就小红而论，红楼后文，无小红"大得力"之事，是一缺憾。小红不但心高，而且甲戌本二十七回前脂批明说："且红玉后有宝玉大得力处，此于千里外伏线也。"关于小红（即红玉）我认为作者确有此种疏忽处。例如惜春画图，自从四十回讲起，经过四十回，四十八回，五十回冬天尚在画图，以后便全不提起，也不知何时画完了。我们想，画完时应有大家围观共赏一段文字。小红之事，不但八十回后不见有所作为，从大观园开始于花生日给凤姐看上调用以后，都不见有何动静。凡凤姐大事，只有平儿出头而已。说起来赵姨娘事，比小红事还多。可能的，此故事人物实多，应接不暇。然作者每于忙中带闲笔，而小红连几行点缀都不点缀。这是八十回中情形，不仅八十回后而已。直到八十八回才见小红、芸儿做婢仆眉来眼去的调情，已非什么出色人物了。

三八、C香菱不应谶——香菱在太虚梦境的册文，是"自从两地生枯木，致使香魂返故乡"。枯木两地，自然是指金桂之桂，应被金桂磨折死。第八十回，香菱正在受金桂磨折，幸亏宝钗营救，跟了宝钗，脱离薛蟠，暂得安身。在此故事发展之过程中，既有宝钗领了照顾，自然可以不死。但八十回仍写她"今复加以气怨伤肝，内外挫折不堪，竟酿成干血之症，日渐羸瘦，饮食懒进，请医服药不效"。八十回所述至此而止。香菱因为有干血之症，日渐羸瘦，医药无效，自八十回甲寅年秋，拖了两年，至丙辰年冬（一百二十回）难产而死，实亦因身体过弱所致。说她被金桂磨折为致死之由，也可以通。又一说：香菱此时既有了宝钗照应，本可以不必即死。或者作者念甄士隐是清贫自好的士人，颇像自己光景，而且对他们父女两人，一向非常敬意，并无一字讥弹。于是凭作者生死予夺之权，教香菱不即死，而于金桂服毒自尽以后，顺其自然，使他扶正。这也是可有的事。这也是雪芹易稿时，应当十分踌躇的情景，而正文既改，册文未遑改易。此说亦通。高鹗校书时那样细心，此条算为与册文矛盾，当然见到，惟不欲删改册文，留其本来面目。

三九、D凤姐的谶语是应了。曲文"机关算尽太聪明，反算了卿卿性命"，是凤姐的评。高本相符。但其册文明明是拆字。"凡鸟偏从末世来，都知爱慕此生才。一从二令三人木，哭向金陵事更哀。"第三句猜谜，至今无人猜出，是一微憾。但也不是高鹗作伪之什么大证据。（或曰二令为冷，人木为休，寓冷休意，颇近，但又漏"一从"及"三"字）。这条只算悬案。至于"哭向金陵事更哀"，确是凤姐临死时情景。

四〇、E史湘云之谜——史湘云的曲文，有"终久是云散高唐，水涸湘江。"之句，暗示孀居，或拆散，或夭折。册文谓"展眼吊斜晖，湘江水逝楚云飞"，画的是"几缕飞云，一湾逝水"，都注重飞字，逝字，涸字。总是晚途凄苦离散之象。三十七回湘云咏白海棠诗句，"自是霜娥偏爱冷"，脂批说，"又不脱自己将来形景"，宜应孀字，寓守寡意。高本湘云早寡，不算不符。但以曲文而论，散、苦、离，这是无疑，孀居倒不一定。怪的是第三十一回回目，"因麒麟伏白首双星"。白首双星，便是白头偕老。这是八十回本身之矛盾，又要拆散，又要偕老，是不可能的事。此雪芹书所以谓"未成"而逝者欤？雪芹易稿既未遑改其回目，而高鹗校书时，这个矛盾当已看见，姑存其真罢了。我想湘云寡后，躲在脂砚斋中与雪芹话旧，脂痕与墨审交错，便应白首双星。

四一、F误窃玉事——此外有一小事，适之提出来，第八回脂批有"误窃玉"一段，不见后文。脂批云：（袭人）塞玉一段又为"误窃"一回伏线。适之案："误窃玉事。今本无有，当是残稿中的一部分。"我想五十二回文曾指此事。坠儿偷平儿所失金镯，平儿对麝月道："宝玉是偏在你们身上留心用意，争胜要强的。那一年有个良儿偷玉。刚冷了这二年，闲时还常有人提起来趁愿。这会子又跑出一个偷金子的来。而且更偷到街坊家去了。偏是他（指宝玉）这样，偏是他的人打嘴。"平儿这段话是告诉麝月勿声张出去，于宝玉不好看。上回窃玉就是宝玉院中的人偷本院的东西，后来偷金子，又是出于怡红院的人，但偷到别人家园子去了。这明明指怡红院窃玉事，可能就是这段误窃玉文字，后被作者删去，只留此良儿窃玉数语未删的痕迹。这明白是前八十回的事，与高本无关，不必闹到高本上头也。

四二、总而言之，高本的真伪问题，衡以通常考证的标准，都未有什么真正破绽。归结起来，若说百二十回是雪芹定稿，则若兰、小红二事之遗漏，可谓美中不足之微疵。若说雪芹残稿本来未定，而高本所据是两三种散稿，那么这二节，可真散逸，就在丁亥年畸笏所见本已被借阅者迷失，雪芹既死，无法补上，不可复见了。所以程伟元求得的抄稿，也没有这些段，本不足怪。以后小红之于宝玉，如何有大得力处，我们不得而知。小红从二十七回以后作者似已丢在旁边，并不是八十回以后才这样。卫若兰射圃文字情形相同，可能是八十回中的文字，也遗失了。大概是和冯紫英这班人弯弓射箭的事，今已无可考。此二节皆是畸笏评书见过一次誊清时，已经"迷失"的（共有"五六稿"），所以程伟元所得残稿中也没有，不必强其必有。高鹗当然看过脂评，但也无法补上。香菱因受金桂磨折，致成干血痼疾，身体亏损，日渐羸弱，过两年而死，可谓应谶。凤姐的谶语也应了，只有"一从二令三人木"一语，可算闷哑谜。大概指高本所写夫妻反目冷休情景。湘云应如何下场，八十回自相矛盾，与高本真伪无涉。高本湘云守寡，总算合册文曲文了。

四三、前八十回之矛盾错谬多于后四十回——平心而论，前八十回虽经高鹗补订之后，矛盾芜杂混乱纰谬之处，比后四十回更多更甚。这只足证明，曹氏陆续写稿，前后删改，及抄手抄错，辗转脱漏的情形。至少前二十二回是未经仔细编过的。我们不得因此便说前二十二回诸人尚未搬入大观园一段，是某人伪作，擅自增窜补入，是"糟蹋"曹氏……同时可以注意，后四十回虽然或有遗漏，也没有谬到如此。我们前后标准应该一致。八十回中谬处前人指出不少。

a.二十回云，"这年冬底林如海病重"。十四回又云，"九月初三没"。昭儿回来，谓黛玉、贾琏赶年底回来，还要带大毛衣服。护花主人眉批所谓"作者不顾前后如此，吾不能为之原谅也"。

b. 十七回七月大开杏花。护花主人原谅之曰："前后时令不合。此等处，不以辞害意，可也。"平伯应于此等处咬定，大斥其伪方是。高本却不曾如此也。

c. 自十八回正月十五日元妃省亲起，至二十三回二月二十二日诸姊妹搬入园中止，此六回中安插之事，无论如何排不下。大某山民评："最不合理，是凤姐大姐儿种痘，贾琏独睡半月后数语，"认为"此三四日之中便云贾琏在外半月，何作者荒谬乃尔"。（详见二十一回后总评）

d. 第八回护花主人批宝玉奶妈年纪："宝玉时方十二岁，而李奶妈如此龙钟，于理似不甚合。"

e. 三十九回，刘姥姥自称七十五岁。当时贾母将庆八秩，约七十八岁。贾母反谓"刘姥姥比我大好几岁呢"。此正平伯所谓"长得奇，缩得更奇也"。眉批云："此等处，作者殊欠检点。"

f. 我想最奇的，是第三回。黛玉初到贾府那一天的"次早"，王夫人便已得金陵来信，说及薛蟠命案，欲唤取薛家进京。如此推算，过几月薛家已经来京。上回云，贾雨村不上两月授顺天府，是此时不但尚未得差，尤未上任。且后二十回末宝玉谓黛玉曰："咱们俩个，一桌吃，一床睡，自小儿一处长大的。他（指宝钗）是才来的。"然则宝钗不应于黛玉到府数月内即已来寓府中。

g. 同f一条可看出另一矛盾。贾府在南在北，原不明言。乃第二回，贾雨村道："去岁我到金陵……那日进了石头城，从他老宅门前经过。街东是宁国府，街西是荣国府。"明指贾府在金陵，乃于第三回说，次早王夫人在贾府中所拆的是来自金陵的信，要唤取薛家"进京"。贾府在南在北，原不相干，但两回之间，不应如此矛盾太露。

h. 以外大观园各人岁数矛盾重重，至今无法整理。取此必弃彼，取彼必背此。护花主人假定在大观园初年宝玉十五岁，周汝昌假定为十三岁，都是勉强折中定的。大某山民依八十六回元妃生于甲申年及于寅卯之交逝世推算，定大观园初年为壬子（一七三二），而元妃没于第三年甲寅（一七三四）。周汝昌移后四年，以一七三六丙辰为初年。这且不去讨论。单说黛玉六岁来贾府（见第二回），到了四年或六年后壬子自己说她十五岁了（四十五回）。况且她少宝玉一岁（第三回），则宝玉当已十六。但宝玉在同年说看来只十二三岁（二十三回）。宝钗又大宝玉两岁，应是十八了！事实又不如此简单，因第二十二回宝钗只明说只十五岁，若依第四回薛蟠已有十五岁，到了壬午薛蟠应是廿一，而第四回明说宝钗少他两岁，宝钗便应十九岁！周谓"少两岁"不定之辞，不应死看，但亦不应将七岁之不同，说"少两岁"。但事不止此。六十三回大家算宝钗、袭人、晴雯、香菱四人是同庚。晴雯岁数最明，见七十八回芙蓉诔，死时十六岁，此时为大观园第三年，初年应是十四岁。宝钗既是同庚，又应只是十四岁。袭人与晴雯、宝钗同庚，也只十四岁。若说袭人大宝玉两岁（据第六回），宝玉应缩回十二岁。但又不然，因第十九回袭人姨妹已十七岁，则袭人至少也十七。宝钗与之同庚，又应十七。薛蟠若比宝钗大两岁，又变十九。若依薛蟠来府时只十五岁（第四回），宝钗又须缩回为十三。后四十回高本（曹氏残稿）第九十回贾母又说黛玉少宝玉两岁，不是少一岁，高本也乱在一起。其余英莲、贾兰、贾蓉各人岁数都有矛盾。可见高鹗校书时对此等处，也真无办法，姑存其本来面目。

四四、以上所举前后差错，虽近考证之真正材料，但我不相信便可拿来做头二十二回是赝作之证。我所以举此，乃指明曹氏全书经过十年披阅，五次增删，陆续写来，不免有淆乱遗漏之处。要做真伪之研究，须看前半后半，命题之发挥，人格之描写，故事之穿插，人物之一贯，想象之真切，及叙事如见其事，言人如见其人之文学上真本领。

戊、高本四十回之文学伎俩及经营匠心

四五、反面的文章写完，我们可以在正面上平心看后四十回的文学本领及高本作者之学识笔力、文藻才思是否与前八十回作者相同。这等于说高本作者是否有雪芹之天才手腕。这是出一个文学上第一难题给高本作者，而衡以最高的标准。这也等于说，前八十回几百条草蛇灰线伏于千里之外的，此时都须重出，与前呼应，人物故事又须顺理成章，贯串下来，脉脉相通，而作者学识经验文字才思，又皆足以当之。如真可合此标准，又是第二曹雪芹了，又是另一位小说大家了。由以下研究，我不相信高鹗有此本领，不但一二年间做不出，假以五年恐怕未必做得出。若说用功做编辑厘订，补纂整理的功夫，是可以做到的。

四六、在此我须先郑重表示，程高二氏都是十分审慎爱好《红楼》的人。1.高鹗之修补，是极细心慎重工作，这点适之、颉刚、鲁迅、平伯都明白承认。2.尤重要的，程伟元既出甲本，又因"初印时不及细校，间有纰谬"，再用极细功夫，从头全本校订一番，又肯于一年中出修正版。这在现在的纽约、伦敦及本国书局，都是决不会做、不肯做的。记得亚东书局曾作此事改排程乙本，为适之所赞叹。若纯以牟利而言，甲版销路既好，便可听之。为甚么要把销路很好的版急急改正，于第二年又出修改版呢？待二三年后，或三五年后再出再修订不迟。所以程高二人在全书补正及二次补订的功夫上，绝对不是率尔操觚潦草了事的人，是负责的，有责任心的，是爱好这部《红楼》的人，尽人力使尽美尽善。再回来看程序所说留心文献，细心搜求的话，似乎可以相信了。我佩服程伟元留心文献搜集遗稿之功，更佩服程高二人做这极繁难的校订工作，使我们今日能看到这全书的面目。

四七、此地最要先说故事人物前后呼应问题，再说及高本作者的学识经验文字才思。因为他成功，所以足以乱真，所以百年来的鉴赏家，都以为曹氏原著。又因为高鹗自己没有编过细腻闲致的小说给我们看，所以我相信，高本作者是曹雪芹，补正者才是高鹗。

老实说，《红楼梦》之所以成为第一流小说，所以能迷了万千的读者为之唏嘘感涕，所以到二百年后仍有绝大的魔力，倒不是因为有风花雪月咏菊赏蟹的消遣小品在先，而是因为他有极好极动人的爱情失败，一以情死一以情悟的故事在后。初看时若说繁华靡艳，细读来皆字字血痕也。换言之，《红楼梦》之有今日的地位，普遍的魔力，主要是在后四十回，不在八十回，或者说是因为八十回后之有高本四十回。所以可以说，高本四十回作者是亘古未有的大成功。这就是说，这本小说不但能为少数雅人一时所赏识，而能为百代后世男妇老幼所共赏，是因为有高本。周汝昌提议，将后四十回割掉，扔入纸篓，请他把自己一部割起，看八十回成什么东西。没有高本四十回，我们看得出紫鹃人品的高贵吗？没有后四十回，看得出贾母的心里，不是表面上仅知享乐的聪明老太婆吗？能看到凤姐也有悔祸之一天，而比较可以同情，不但是能干善谑的一个奸险少妇吗？《红楼梦》之魔力，正在此而不在彼。没有后四十回，宝玉岂不仅是爱吃女儿胭脂，任情纵性，谤僧骂孔，永不成器的一个多情公子吗？还不是情迷中的一块顽石而已？尝谓看到八十回，想宝玉这种人，不让他遂心满意，完娶黛玉，就会自杀，再不然于情场失意之后，就会纵情任性，沉湎酒色，坠入烟花巷中。那就糟了，但也是常人很普通的反应。由高本四十回可以看出宝玉性格之高超，所以能配有这通灵宝玉，就是他有特具的慧根灵性，能透视一切，由热而冷，由沉迷而排脱，由混浊而清高，在百无聊奈无可如何之日，尚能想出一条两全之计，博一功名以荣家族，以尽孝道，然后赤条条无挂削发为僧，跳出情网，一尘不染，还他本来的真性。这不关信佛不信佛。儒教亦言良知良能，求其放心。凡是宗教，都是说人有灵性慧根清白的本性（明明德），求得本性，便是证道。我们可以不赞成他的信佛，但他至少不做花花公子，而能得我们的同情。宝玉处境与人不同，其陷也特深，故其自拔也特难。这是宝玉所以虽好吃口红而仍能得我们同情的缘故。红楼续梦等书，自生自灭，而高本独能吸住二百年来读者，必要看到大观园诸人的究竟而唏嘘感叹。然则作此高本四十回者，雪芹乎？高鹗乎？我想不但高鹗续雪芹不来，即使易地而居，让高鹗作前八十回，定了曲文册文让雪芹去续，雪芹也续不来。

四八、且看胡适、俞平伯如何恭维高鹗。虽说他作伪，不能不承认其妙文。

胡适《红楼梦考证》结论末段说："以上所说，只是要证明《红楼梦》的后四十回，确然不是曹雪芹做的。但我们平心而论，高补的四十回，虽然比不上前八十回，也确然有不可埋没的好处。他写司棋之死，写鸳鸯之死，写妙玉之被劫，写凤姐的死，写袭人的嫁，都是很有精采的小品文字。最可注意的是这些人都写作悲剧的下场。……"（胡、二三一页）以下胡最恭维的，是他保存了悲剧下场的毅力。俞平伯《红楼梦辨》上卷第三间初引顾颉刚的信说：

> 最初颉刚是极赏识高鹗的。他说："我觉得高鹗续作《红楼梦》，他对于本文曾经细细地用过一番功夫，要他的原文恰如雪芹底原意。所以凡是末四十回的事情，在前八十回都能找到他的线索……我觉得他实在没有自出主意，说一句题外的话，只是为雪芹补苴完工罢了。"他的话虽然有些过誉，但大体上，也是很确的。高鹗补书，在大关节上实在是很仔细，不敢胡来。即使有疏忽的地方，我们也应当原谅他。（二八页）

又中卷第七章说：

> 高鹗使宝玉中举，做仙做佛，是大违作者底原意的。但他始
> 终是很谨慎的人，不想在《红楼梦》上造孽的。我很不敢看轻他
> 底价值，正因他已竭力揣摩作者底意思，然后再补作那四十回。
> 决不敢卤莽灭裂自出心裁。我们已很感激他这番能尊重作者底苦
> 心。……（三六页）

胡、俞、顾三人同声称赞高鹗用心谨慎，不自出心裁，也都称
赞他敢写下悲剧的下场。敢是敢而已，是胆识问题。问题是，这悲
剧下场，以小说而论，是写来成功不成功呢？还是仅有零断可爱的
小品文字？像凤姐之死，袭人之嫁，是仅文字之美，或是有小说佳
文应有亲切入微的体会和刻骨的描写？上已引适之所佩服几段节目。
平伯佩服是：——

> 第八十一回，四美钓鱼一节
> 第八十七回，双美听琴一节
> 第八十九回，宝玉作词祭晴雯及见黛玉一节
> 第九十、九十一回，宝蟾送酒一节
> 第一百九回，五儿承错爱一节
> 第一百十三回，宝玉和紫鹃谈话一节

这是平伯以为"后四十回中较有精采，可以仿佛原作的。""以外
较没有毛病的，如妙玉被劫（第一百十二回），袭人改嫁（第一百二十
回）这几节文字，但也草率得很"。这"仿佛原作"四字的考语，就不
能随便讲，等于说他才思笔力等于曹雪芹，足以乱真。平伯在同节说

他是"从模仿来的",因为情节较似前八十回之某段,所以有法模仿。

这话是不可能的,譬如五儿承错爱,我认为是全书最妙文章之一段,其情节有似袭人不在家里,晴雯与麝月闹夜一段(五十一回)。但晴雯自是晴雯,五儿自是五儿。宝玉对儿女之情意同,而二女行径性格各自不同,事情又是不同。况且五儿是新起之秀,无从模仿。必有其才思(即想象力)才写得出,不是可以如法炮制得来。我以为五儿承错爱之小说伎俩及情趣,还在晴雯闹夜一段之上。其中不同,便是晴雯无邪,而五儿却说不定了;晴雯爽直调皮,五儿却另有婉约精谨之处。余适之所引各段,亦是费一样才思始写得来。其实能"仿佛原作",目送神飞,是极不容易的事。写出闺媛私情,尤其是《红楼》特色。中国章回小说,未见有他本可以媲美的。

四九、以上丙、丁两段集中于攻高者证据之薄弱,因此我们专注意到一些小节,如高本与前部不符之几处,或脂批中所谓已经散佚的几段。这又非所以论高本之真价值。我们须注意公平的检察评论后四十回全面大事及重重人物之发展,然后能明白高本作者之用心经营及文学造诣,然后可以对高本作文学上的真评价。

现先谈前后呼应的问题,即草蛇灰线之复见。高本对故事之穿插,线索之安排,人物之发挥,能否处处合于前作?大家知道高本是细心之作,是有处处照应的,我们所将看到的,是这些线索之呼应如何的巧妙精细,出色,如何有出人意料之点缀。譬如说,贾府之败的原因,大家知道高本是精细准合的,但进一步的问题,是其写败落失意中人的心理成功与否。

这些问题,可分为关于故事之穿插(以下 AB)及关于人物之进展(以下 CD)两层。由此二项,可以看出高本作者有惊人之成绩。

五〇、A 故事之穿插第一——贾府之败落。这是后部之第一件事。这线索呼应先有八十回读者所不注意之两件事:

1.贾琏到平安州（第六十六回）。

2.贾赦买石呆子扇（第四十八回）。

这两件事是贾赦交通外官倚势凌弱得罪下狱之原。

3.秦氏册文"漫言不肖皆荣出，造衅开端实自宁"的话（第五回）应了。其次是凤姐所召来之祸。

4.放利——最清楚的是第三十九回平儿向袭人谈话中所透露出来。她的刁钻，见第三十六回为补金钏事收银不少。

5.张华事——见第六十四、六十八两回强迫张华退婚，后一百○四及○五两回张华告状报复。罪名为强占良民妻女。

6.鞭仆招怨——此为高本八十八回贾琏鞭鲍二、何三事，为后来何三引盗入室之新伏线。

7.贾芸、贾环内应——应第二十四回脂批"此人（芸儿）后来荣府事败必有番作为"语。贾芸人格，甚似善做颂圣诗之郭沫若。

8.贾雨村——第一○三回雨村复出补京兆尹。第一○七回末贾府被参时由雨村负恩"狠狠踢了一脚"。

八十回中伏线都被高本作者搜罗无遗。尤出我们意料，但甚合理者为——

9.北静王出力营护贾府，所以荣府不至全部为卫兵所蹂躏。贾府之被抄又成——

10.凤姐致死之伏线，从此自怨自艾，遂成不起之症。从此又引起了以前一条伏线——

11.尤二姐鬼及"邪魔悉至"（第一百十三回）。这些邪魔中，应有凤姐在铁槛寺弄权害死的张金哥及守备公子之冤魂。

五一、贾府经此一波浪，势不复振，绝非平伯所谓长享"荣华富贵"，"后嗣昌盛"。在本书开端，冷子兴已说："古人有言，百足之虫，死而不僵……如今外面的架子，虽未甚倒，内囊却也尽上来了。"到了七十二回家计已经日绌，穷相毕现，所以贾琏要向鸳鸯求情偷出金银器去押当，才能过贾母寿辰。到此经过抄家一打击，以后连要当金银器，也没有了。

五二、高本写贾府中人在不如意事踵至叠来之时，写出各人不良的情绪。其中贾琏在倒霉时应接不来的情景，写得最亲切逼真。最成功的是第一〇八回强欢笑的宝钗生日情景。湘云来时同贾母商量，借做生日热闹一下，而越要热闹越引起伤感，终于大家无话可说。那时凤姐"连模样都改了，说话也不伶俐了"，大家无精打采的过去。"贾母着急道：'你们到底是怎么着？大家高兴些才好。'湘云道：'我们又吃又喝，还要怎样？'凤姐道：'你们小的时候儿都高兴，如今都碍着脸，不敢混说，所以老太太瞧着冷净了。'宝玉轻轻地告诉贾母道：'话是没有什么说的。再说就说到不好的上头来了。'"这是极体会入微的文字，是小说中的佳文。这篇因各人之强欢笑，更显出各人之心事（如尤氏，惜春等），是最成功之写作。

最后是树倒猢狲散，应了第五回《飞鸟各投林》曲文：

为官的家业凋零（荣宁二府，而宁尤甚）

富贵的金银散尽（薛家在内，一〇八回，史湘云所谓"六亲同运"）

有恩的死里逃生（巧姐）

无情的分明报应（凤姐，赵姨娘，夏金桂）

欠命的命已还（迎春，鸳鸯等）

欠泪的泪已尽（黛玉）

冤冤相报岂非轻（雨村，贾环，何三，鲍二之流）

> 分离聚合皆前定（探春，湘云，宝钗，袭人）
>
> 欲知命短问前生（香菱，元春）
>
> 老来富贵也真侥幸（贾母）
>
> 看破的遁入空门（宝玉，惜春，紫鹃）
>
> 痴迷的枉送性命（秦氏，贾瑞）
>
> 好一似食尽鸟投林，
>
> 落了片白茫茫大地真干净（宝玉赤条条无牵挂雪中拜父而别）

"自杀自灭"本来是探春因王善的媳妇气愤的话。不必自相残杀，已写到此种境地，这是中国文学史空前的大成功。这时贾府已成死而不僵之虫了，说什么长享富贵荣华？人已做和尚去了，还编派他什么禄蠹。这是不公之论。

五三、B故事之穿插第二——宝玉失玉与参悟。通灵宝玉失而复得，乃是全书的主要线索，是前后呼应问题中之最重要问题。这问题就是此主人翁，如何以茜纱公子之身份，跳出情网，斩断情缘（看破世情）之内心经过。上节所言贾府败落，还不过是看破世情之一助而已。这无疑的是雪芹原意，亦高本四十回最聚精会神、最成功表出之线索。但这条线索是两股夹在一起。一股是失玉得玉，一股是黛玉之死及宝玉之抱恨终天。如何将失玉与黛玉之死勾串起来，相当复杂。这种匠心经营，真出了读者意料之外，恐怕除雪芹本人以外，无此手眼。他人续作，决想不到。失玉之义，许多人不懂其必先失后得，评者亦议论纷纭。说者以为宝玉未成婚，通灵宝玉必先逃去，使宝玉本人失了真性，剩一躯壳。玉去而黛死矣。其复来，所以附宝玉复其本性，使其悟空，还他本色。这是后四十回他人要续书最难下笔之处。高本做得光焕夺目，由花妖而失玉，由失玉而宝玉痴呆，由痴呆而成凤姐骗局，金玉之缘逐成，而黛玉同日怨愤而死。然后由黛玉之死致使宝玉抱恨无穷，冷淡宝钗和袭人，所以虽有宝钗之妻，麝月之婢而不为所动。到了空空道人现身说法，一说即合，重游太虚，了悟仙缘，而宝玉不得不出家矣。其中又以看破红尘最早之惜春，处处点缀，又以欲洁何曾洁之妙玉思凡走魔，终于被劫为反衬，事情遂热闹起来。

五四、现把此大段的线索消息排列出来，以见高本四十回之苦心经营，及其吻合八十回之原意。共有由 1 ~ 14，十四事：

1. 海棠花妖——应第七十七回海棠之死，以为大事将临之兆。

2. 通灵走失——应初回含玉而生。此玉代表宝玉本性，失玉为一切变动之导线。

3. 宝玉疯颠——应二十五回宝玉中邪及五十七回一次大病。

4. 傻大姐拾春囊——见七十三回，引起下回抄检大观园，由抄检大观园而引起七十八回宝钗避嫌搬出园外。即以傻大姐为卤莽直向黛玉透露消息之人。雪芹似原有此意，而高本得之，若信手拈来之易。宝玉既疯，宝钗又出园，逐成——

5. 凤姐骗局——应前四十回凤姐之奸险。即以凤姐为害黛玉之罪魁，安插最为相宜。

6. 贾母赞宝钗——第八十四回贾母赞钗贬黛，接应第三十五回伏线。又应八十回中宝钗大方得体处处得贾母之欢心。娶宝钗之意既定，则于三角恋爱之中，钗黛二人中必牺牲一人，在所不免。贾母问病，黛玉道："老太太，你白疼我了。"（第九十七回）即此意。

7. 贾政除郎中赴任——此为第八十五回之新伏线，以催婚期。加以欲冲喜却病，故迫成急急完礼。

8. 黛玉痨病——此为前八十回早伏之线。

黛玉既死，宝玉抱恨无穷，此为看破红尘之总根由，及至和尚送玉，一说即合，引起——

9.重游太虚，证悟仙缘——第一百十六回事应第五回初游太虚。从此至贾雨村、甄宝玉之重出收场，为此小说结构上必有之呼应。然后使读者由太虚幻境下看尘凡中此重风流公案，更得超然境界。其中——

10.和尚送玉——（见第一百十五回）失玉之意，便是失了人之真性慧根，得玉便是还真。空空道人之出现，应第一回空空道人所说"到那时，只要不要忘了我二人，便可跳出火坑"之语。

11.宝玉悟禅——第九十一回宝玉二人参禅，遥应前二十二回宝玉谈禅，而更深入。按第二十二回，宝钗因点鲁智深醉卧五台山一曲，引起宝玉作禅诗（"无我原非你，从他不解伊"云云）。宝玉道："明儿认真起来……岂不是从我这支曲子起？"

12.宝玉改过，留意孔孟——第五回警幻仙姑教以云雨之事，将别时劝宝玉："而今后万万解释，改悟前情，留意于孔孟之间。"此条原不甚主要，因近人以为曹作必须非孔谤儒，故表出之。

13.情欲与清净之争——此为宝玉决定将来之一大关键，亦即全书总题。第一百十八回表出。袭人妨五儿，怕宝玉既（表面上）绝和尚，又与女儿打交，说："二爷自从信了和尚，才把这些姊妹冷淡了。如今不信和尚，真怕又要犯了前头的旧病呢！"

14.斩断情缘，双美护玉——这是第一百十七回宝玉斩断情缘推倒袭人最亲切动人的文字。应第二十一回脂评"情极之毒"本意。

五五、我在此地引出双美护玉一节，一以表此宝玉的重要转变，一以见高本文字的本色。此中插入紫鹃于抢玉之间抱住宝玉，将平日私慕宝玉之情，毕露出来，文笔婉约而不太露。

　　袭人听说，即忙拉住宝玉道："这断使不得的。那玉就是你的命。若是他拿去了，你又要病着了。"宝玉道："如今我不病了。我已经有心了。要那玉何用？"摔脱袭人便要想走。袭人急得赶着说道："你回来！我告诉你一句话。"宝玉回过头来道："没有什么话说的了。"袭人顾不得什么，一面赶着跑，一面喊道："上回丢了玉，几乎没有把我的命要了。刚刚的有了，你拿了去，你也活不成了。你要还他，除非是叫我死了。"说着赶上一把拉住。宝玉急了道："你死也要还。你不死也要还。"（按：此语甚冷，甚毒。）狠命的把袭人一推，抽身要走。无奈袭人两只手绕着宝玉的带子，不放松，哭喊着坐在地下。里面丫头听见，连忙赶来瞧，见他两个人的神情不好，只听见袭人哭道："快告诉太太去！宝二爷要把那玉去还和尚呢！"那丫头飞报王夫人。那宝玉更加生气，用手来撕开了袭人的手。幸亏袭人忍痛不放松。紫鹃在屋里，听见宝玉要把玉给人，这一急，比别人更甚，把素日冷淡宝玉的主意，都忘在九霄云外了。连忙跑出来，帮着抱住宝玉。那宝玉虽是个男人，用力摔住，怎奈两个人死命的抱住不放，也难脱身。叹口气道："为一块玉，这样死命的不放。若是我一个人走了，又待怎么样呢？"

　　这就是曹氏游龙莫测的文笔，亦即是宝玉已经绝情的话。

　　五六、庚辰本第二十一回宝玉读《庄子》，夹注说"情极之毒"，正指此事。

　　此意却好，但袭卿不应如此弃也，宝玉之情，今古无人可比，固矣。然宝玉有情极之毒，亦世人莫忍为者。看至后半部，则洞明矣。此是宝玉三（当作"之"）大病也。宝玉（有）此世人莫忍之毒，故后文方能（有）"悬崖撒手"一回。若他人得宝钗之妻，麝月之婢，岂能弃而（为）僧哉？玉一生偏僻处。

又庚辰本第二十一回前总评说：

> 然今日之袭人之宝玉，亦他日之袭人，他日之宝玉也。今日之平儿之贾琏，亦他日之平儿，他日之贾琏也。何今日之宝犹可箴，他日之玉不可箴耶？……箴与谏无异也，而袭人安在哉？宁不悲乎？……

我们细看以上两段评语，见于二十一回，明指后双美护玉的一段文字。又可看出，续书人虽有前八十回可作依据，写来却不是那么容易。"情极之毒"是极无精采的囫囵字样，续书人段凭此写出以上双美护玉极生动的文字来。

五七、现在两个待补题目——作伪续书，不是文字问题，是匠心才思问题，不是牵此补彼的补苴工作，是用想象力创造文学的工作。现成有两个极好题目让人来续。1. 狱神庙事，内有小红、茜雪、袭人，并可加入小佳蕙。袭人慰宝玉，小红伶俐口才，都有"依据"可以"模仿"。2. 卫若兰射圃佩金麒麟事。若兰是个才貌仙郎，又有冯紫英、醉金刚倪二、蒋玉菡、柳湘莲诸人可以随意加入，而都有依据可考。大家可以设身处地，预备做高鹗"补"去，因为北京琉璃厂程伟元书局悬赏征文，每题美金一千元，每篇字数约等《红楼梦》一回，限五年交卷。惟一条件是文笔足以乱真。请大家努力做去。

高本之成功，不仅在前呼后应，血脉相通，而在写来亲切逼真。单写贾府败落是不够的，是要写到"忽喇喇似大厦将倾，昏惨惨似灯将尽"情状。宝玉斩断情缘，不但要写其斩断情缘，是要写到"肆行无碍凭来去，茫茫著甚悲愁喜，纷纷说甚亲疏密"的心景。双美护玉一段确能表出此情此景，所以高本出而以前各本绝，良有以也。

五八、C 人物性格之一贯——续经济文章易，续创造文学难。故事之穿插，犹可按图索骥，独人物之描写须口吻笑貌，居心行事，各人与前书所写正合。评高鹗者，说他疏漏则有之，但没人说过高本所写之凤姐非前之凤姐，高本之贾琏，非前本之贾琏，高本之袭人，宝钗，紫鹃，宝玉，非前本之袭人，宝钗，紫鹃，宝玉。有之，惟俞平伯一人。事异景异，而人同一人也。又因故事之演进，已由荣华富贵纵情作乐时代，转入倒霉没趣灾病相连时代，又须另写各人人格在临难时见高下之一层。凡人居富贵易，处患难难。贾母评宝钗、黛玉、凤姐在处患难时的话最确，又可见贾母之所以为贾母。第一百〇八回，她对湘云道："我看这孩子（指宝钗）倒是个有福气的。你林姐姐，那是个最小性儿又多心的，所以到底不长命。凤丫头也见过些事，很不该略见些风波，就改了样子。他若这样没见识，也就是小器了。"所以蘅芜庆生辰的那一席，贾母叫众姊妹在抄家之后"咱们今儿索性洒脱些"，要大家如前放心"热闹热闹"一下子。这又可使我们对贾母之认识，又加深一层了。不然他岂不仅是一位贤明能干专能享福的老太婆吗？

五九、现将十二钗姊妹之应册文曲文谶语，和他们在高本中性格行事要点，点出排列出来。其余人物甚多，若贾政之板而廉，仍然是板而廉（第九十九回因做清官被参）；贾赦怯而傲，仍然是怯而傲（看他第一百〇二回驱邪一段）；雨村狡而达，仍是狡而达（见第一百〇七回）；以至于焦大之强硬骂人，老气横秋（见第一百〇五回）；贾环之幸灾乐祸，勾结匪类（见第一百十七回）等，俱与以前各人的性格密合。恐文长，不备举。

六〇、十二钗　正册十二人，加副册香菱一人，又副册袭人、晴雯二人，共十五人。除晴雯、秦氏已死外，实得十三人。

1. 宝钗　应曲文——"纵然举案齐眉，到底意难平。"

　　性　格——仍是淡泊明志，举止大方。第九十八回"心里只怨母亲办得糊涂，事已至此，不肯多言。"又逆贾母、王夫人意，直告宝玉黛玉之死耗，"使其一痛决绝，神魂归一"，后来长辈始折服其胆识。第一百十八回她说"论起荣华富贵，原不过是过眼烟云"，还是她原来本色。

2. 黛玉　应曲文——"想眼中能有多少泪珠儿，怎经得秋流到冬，春流到夏？"

　　性　格——仍是多心（第八十三回，听园中婆子骂孙事）。但已是长大模样儿，不肯随便见宝玉（第九十五回"如今见了他（宝玉），反觉不好意思"）。这是黛玉最可爱时期，不像以前率性，是第八十七回中思乡想吃南方菜、找手帕的黛玉。

3. 元春　应册文——"虎兔相逢大梦归"。元春之死在甲寅与乙卯之交，大观园第三年末。

　　性　格——第八十三回贾母到宫里问病，元妃眼眶儿一红，止不住流下泪来……含泪道："父女弟兄，反不如小家子，得以常常亲近。"又问宝玉近来如何，合省亲时关心宝玉弟。

4. 探春　应册图——一片大海，　只人船……

　　　　　应册文——"告爹娘，休把儿挂念……各自保平安，奴去也，莫牵连。"

　　性　格——才自清明志自高。最早看出贾家必败。故

第一百〇二回远嫁时，毫无弱女态。"探春放心，辞别家人，竟上轿登程，水舟陆车而去。"

5. 湘云　应册文曲文——"展眼吊斜晖，湘江水逝楚云飞"；"厮得个才貌仙郎……终久是云散高唐，水涸湘江。"（按册文曲子全无湘云做乞丐字样，平伯引湘云做乞丐旧本，何必认定是旧时"真本"？真得太容易，伪也伪得太容易。）

性　格——英豪阔大。本是贾母至亲，在第一百〇八回与贾母夜谈，仍是较他人亲近。夫婿只称新姑爷，是南方人，但未举出名字（第一百〇六回）。后成痨病死。湘云之寡，应册文曲文，但前八十回中第三十一回回目有"白首双星"字样，与册文自相矛盾，不关高本。或是雪芹易稿时删去，未及删改回目。

6. 妙玉　应曲文——"可叹这青灯古殿人将老，辜负了红粉朱楼春色阑，到头来，依旧是风尘肮脏违心愿。"

性　格——第一百〇九回，来看贾母病时，仍是打扮的妖娇，不像姑子一派，"……淡墨画的白绫裙，手执尘尾念珠，跟着一个侍儿飘飘曳曳的走来"。思凡走魔（第八十七回）是雪芹史笔，最合心理变态的研究。后来被劫，水月庵的姑子说，听说"妙师父跟了人去了"；又说："妙师父的为人怪癖，只怕是假惺惺罢。"还是应前四十一回所写怪癖。贾母游园，诸人去后，宝玉挖苦他，要叫几个小幺儿河里打几桶水洗地。妙玉答道："这更好了。只是你嘱咐他们抬了水，只搁在山门外头墙根下，别进门来。"

7. 迎春　应册文曲文——"作践了公府千金似下流，叹芳魂艳魄，一载荡悠悠。"

　性　格——此位专看《太上感应篇》之蒲柳弱质姑娘，实系无甚话可说。高本更写出孙家可恶，在贾府被抄后，即赶来讨账。这也是极好点缀。

8. 惜春　应册文曲文——"可怜绣户侯门女，独卧青灯古佛旁。"

　性　格——惜春在八十回中，年纪尚小，八十回后，性格才完全描写出来。其看破凡尘最早，而出家念头最坚，后欲为尼，至以死争。但其斩钉截铁性格，第七十四回已写出来。后四十回中惜春倒比较重要，因"三春"已尽也。

9. 凤姐　应曲文——"机关算尽太聪明，反算了卿卿性命。"

　性　格——凤姐事败，自有应得，但到了后来气馁，亦是可怜。办贾母事一节，用人调动不来，正好与铁槛寺弄权秦氏出殡一段，遥

遥相对。这是极好文字，令人有今昔之
感。又后来病，贾琏进来，倒不甚睬。第
一百十三回，贾琏"近日并不似先前的恩
爱。本来事多，竟像不与他相干的"。"凤
姐心里更加悲苦。贾琏回来，也没有一句
贴心的话。凤姐此时，只求速死。"这种
体会真切，却是高本作者想出来的一副夫
妻反目图画也。这是第二十一回脂批所谓
强不起来之时。"此日阿凤英气何如是也？
他日之强，何身微运蹇，展眼何如彼耶？"

10. 巧姐　　应图谶——"一座荒村野店，有一美人在
　　　　　　　那里纺绩。"

应册文——"偶因济刘氏，巧得遇恩人。"

应曲文——"幸娘亲，幸娘亲，积德阴功
　　　　　　……休似俺那爱银钱忘骨肉的奸
　　　　　　舅兄。"按王仁图谋拐卖巧姐，为
　　　　　　高本事。

性　　格——第九十二回写她慕贤良，但年纪尚小，约
　　　　　　十二三左右。只是聪明娇养而胆怯。

10a. (附平儿) 才德在大观园中为第一等人，惜无副册
　　　　　　文。在王仁母舅图谋拐卖巧姐时，幸亏
　　　　　　平儿有主张，偕逃到刘姥姥家。这倒是
　　　　　　平儿大出色一幕，与似以前平儿做人行
　　　　　　事相合。又第一百十四回，贾琏连家费
　　　　　　没有，还是平儿拿出自己珠宝去当卖。
　　　　　　其处处以周到，温柔忠厚，实在可人，

高本写得出。

11. 李纨　应册文——"桃李春风结子完，到后谁似一盆兰？"又曲文"气昂昂，头戴簪缨"等语，是因子兰中举而贵。曲文言其短命："黄泉路近……只是虚名儿，与后人钦敬。"册文亦言："枉与他人作笑谈。"此是作者原意无疑。但作者说故事至宝玉拜别乃父，遁入空门，戛然而止。看来不应再写下去把故事拖长，故无法写入以后做夫人荣贵而逝一段；并非漏笔。

　　性　格——单举一事最妙。即将为贾母做出殡时（第一百十回），李纨说："车也是借得的么？"又"底下人的只得雇，上头的车也有雇的么？"又"叹息道：'先前见有咱们家儿的太太奶奶咱们都笑话。如今轮到自己头上了……'"这种逼真的点缀，真亏高本作者想得出来。高本之所以成功在此。又黛玉临死时，全园家人忙于宝玉完礼事，独李纨以寡妇稍避，而成为来看黛玉之唯一亲人，千合万合。也是亏作者想得到。此等处使我怀疑高鹗不会于一年半载之间续完《红楼梦》。

12. 香菱　应副册册文——"自从两地生孤木，致使香魂返故乡。"上文第三十八节

108

　　　　　　　　已经指出，香菱因受气遭打，
　　　　　　　　致成干血不治之症。后虽归
　　　　　　　　宝钗以避金桂，而于金桂死
　　　　　　　　后扶正，但拖延一年，死于
　　　　　　　　难产，仍是体魄羸虚所致。
　　　　　　　　与册文对照，并无大谬。凤
　　　　　　　　姐血漏之症，亦拖三四年。

性　　格——香菱本甄家之女英莲。因一生遭遇，未能
　　　　　　　见出其才，但总是能忍和顺，为宝钗、黛
　　　　　　　玉及薛夫人所赏识，前后并无不同。

13. 袭人　应册文——"枉自温柔和顺"，又"堪羡优伶
　　　　　　　有福"。后嫁蒋玉菡，才看见自己
　　　　　　　手制宝玉所赠之松花绿汗巾，遥
　　　　　　　应千里外之伏线（第二十八回）。

性　　格——袭人出嫁一段，完全为雪芹手笔，入情入
　　　　　　　理，体会入微。胡、俞皆承认为满意。第
　　　　　　　一百二十回说："袭人本来老实，不是伶
　　　　　　　俐牙齿的人。薛姨妈说一句，他应一句。
　　　　　　　回来说道：'我是做下的人，姨太太瞧得
　　　　　　　起我，才和我说这些话。我是从不敢违拗
　　　　　　　太太的。'薛姨妈听他的话，好一个柔顺
　　　　　　　孩子，心里更加喜欢。"正是原来袭人本
　　　　　　　色。行文至此，让我指出袭人是雪芹描写
　　　　　　　最成功的一个人物。此与道学恶他"不
　　　　　　　死"无关系，是说雪芹写得非常的真。因
　　　　　　　为有好处，也有坏处，因为他实害晴雯，

且也不利于黛玉，但其所以真在此。我们
所求于小说家者，在此真个性。不是要找
一个十全十德的美人。同时我们虽知他有
弱点，自己问心，自己性格行事，能比得
上袭人，已是不错。

六一、以上列表点出数语，见出高本作者不但能将各人与前八十
回互相照应，并且能体会入微，写出各人之性格品格居心行事，与前
若合符契，真是难能可贵。因有高本四十回，今日读者始有明了的印
象。不然黛玉如何愤死，贾府如何败落，等等千头万绪，只有些模糊
的暗示而已，绝难想象出来。若谓高本作者是高鹗，便是他能以八十
回之一半文字，只用原作者十年辛苦十分之一的时间，目顾神飞，撮
合编纂起来，神乎其技，天衣无缝，成了中国五千年来的第一部小
说，又打破了古今中外未有续长篇创作小说之例。我们崇拜曹雪芹，
更应当崇拜高兰墅了。

六二、D人物之新发展——八十回中本有人物，处贾府衰败之
时，应看出各人之另一方面，上文第五十八节已经说到。兹再举数
例，以明高本作者，不但一味摹仿前作，且能使我们对一些人物有新
认识，使这些人的人格更深入化。这节可以指出高本对于《红楼梦》
全书，有重要的贡献，不仅是收拾未了事而已。

①贾母，凤姐，鸳鸯——贾母不但能散财明大义，并且在最后对
全家人说话时，有一段重要的自白："你们打谅我是享得富贵，受不
得贫穷的人哪。不过这几年看你们轰轰烈烈，我落得不管，说说笑笑
养身子罢了。"云云。同回凤姐也有悔祸知过之心，向贾母谢罪，要
改头换面，愿当贾母的"粗丫头"。这虽未必是真话，且足以言知过。
至于办理丧事，带病尽力，至昏倒吐血，至为鸳鸯所误会，此时之凤

姐，反觉可怜。这是最好小说应有之一笔。就是写到书中的好人，有时也失检，有时也顽固，也自私。而坏人也有良心发现之时，也有醒悟自己的痴妄，叫人可以理会，可以同情，你我大家一样。以前的人做史论，常犯责人太严的毛病。鸳鸯之死，早在第四十六回指天画地当众宣誓，可以对照。话虽如此，至此果然也不嫁人，也不为尼，轰轰烈烈殉贾母而死，也给人极深的印象。

②岫烟，薛蝌——这两位是在前部不甚足注意之人，在后部才特写出来。第九十回写岫烟因家穷在园中受侮辱，及薛蝌避金桂、宝蟾，都引起人的同情，后来，这一对倒成了《红楼》全部最理想的一对夫妻。这是前八十回所未启示的。

③紫鹃——后四十回最出奇之人物进展，一为紫鹃，二为五儿。紫鹃虽爱宝玉，却因黛玉之死，永不原谅他。这一转太好了，使我们看见紫鹃是何一等人，所谓"家败出孝子，国乱出忠臣"也。须有这一遭，忠臣孝子才见得出来。在第一百十三回宝玉找紫鹃，紫鹃不许入房，两人隔窗夜话，遂成了《红楼》全书最佳文字之一段。

④五儿——柳五儿在后四十回，是突起之秀，且其描写生动，略可媲美晴雯。这是脂批中所常讲"无意得来"之笔，是出人意表的发展。做小说的人常有经验，到某一段，书中人物活现出来，作者反心不由主，凭其书中人物为其所不得不为之事，说其所不得不说之言，所谓水到渠成也。第一百〇九回候芳魂五儿承错爱，是一篇绝妙文章，甚至胜于第五十一回晴雯闹夜一段。晴雯率性瞎闹，而五儿温柔处又晴雯所不及也。其攀高之心，同于小红，而才反足取小红而代之。当是作者行文时，神机一动，遂听五儿自由发展罢了。读者试读那一段文字，才看得出高本作者写情写景文学工夫之顶点，尤其应注意次晨五儿之掩饰及宝钗之致疑。

六三、E 高本作者之才识经验文章——称曹雪芹者，常谓红楼一书包罗万象。医卜星算，琴棋书画，以至酒令雅谜，奇花异卉，珍馐美味，无一不通，无一不晓。这因雪芹为曹寅之孙，渊源有自，不足为怪。续《红楼》者，也必有一样的才学与经验，同见过世面，如省亲大典，始能写得秩序井然，丝毫不乱。这又是评后四十回真伪者所应当注意之一件。高本作者在这些上头，又与雪芹相同，略无愧色。

（一）朝廷仪注，官场内幕——高本所叙有：①贾母等人到宫中问病，及元妃薨后，宫中守灵诸礼（第九十四，九十五回）。②贾府被参，长史传旨等等（第一百〇五、六、七回）。③贾政回家见皇上及内阁大人（第一百〇四回）。④贾政在外，清官做不得的实情（第九十九回）。

（二）医卜星相，扶乩道术——《红楼梦》三十八至四十二回五回相继，似作者有意作见才学的文字。三十八至四十回写诗、酒、行令；四十回写妙玉品茗；四十一回写宝钗论画一篇，文长二千余字。也常在各处讲医理。可谓作者无一不通。高本四十回中谈医理者，见第八十三回医生诊脉，说得头头是道；谈八字的，见八十六回，什么"申字内有正官禄马"，什么"辛金为贵""飞天禄马"，说得天花乱坠；第一百〇二回，毛半仙起卦，更是洋洋大文，鬼话连篇；同回道士作术驱邪，十分辉煌，真是闻所未闻，见所未见；第九十五回，说岫烟与妙玉扶乩占失玉之吉凶。可见高本作者也是无所不通的。

（三）琴理、禅理——第八十六回黛玉为宝玉说琴理琴法，评者以为"论得琴理透彻，一望而知其为能手"。（"高兰墅"能琴不能，颇有疑问，普通举人，不大会的）第九十一回宝黛二人又谈禅，更见深懂禅理。其时宝玉盘腿闭眼合手而坐，黛玉考他禅理。先有一段妙文如下：

黛玉道："宝姐姐和你好，你怎么样？宝姐姐不和你好，你怎么样？宝姐姐前儿和你好，如今不和你好，你怎么样？今儿和你好，后来不和你好，你怎么样？你和他好，他偏不和你好，你怎么样？你不和他好，他偏和你好，你怎么样？"

　　宝玉呆了半晌，忽然大笑道："任凭弱水三千，我只取一瓢饮。"

　　黛玉道："瓢之漂水奈何？"

　　宝玉道："非瓢漂水，水自流，瓢自漂耳。"

　　黛玉道："水止珠沉，奈何？"

　　宝玉道："禅心已作沾泥絮，莫向东风舞鹧鸪。"

　　黛玉道："禅门第一戒，不许说诳话。"

　　宝玉道："有如三宝。"

　　这真是像读禅宗语录了。

　　（四）八股诗文——后四十回宝黛谈八股文时，最为中肯，上文第二十八节已经引过。八十二回写代儒叫宝玉讲书，出了"后生可畏"及"吾未见好德如好色"二题，自是有趣。诗文之见于后四十回者，有八十九回祭晴雯事，写得躲躲闪闪，极有闲情逸致，又其祭词，有"东逝水，无复向西流。想象更无怀梦草，添衣还见翠云裘"之句，紧应补裘之事。做诗最怕敷衍字面，这样高本作者的诗才也不坏了。又第八十七回有宝钗所作琴操四解，及妙玉和宝玉窃听黛玉低吟四首，当系黛玉所作。内多寄怀感慨之语。

　　由此可看出高本作者之才学经验见识，也足与前八十回作者相称。其谈琴理、禅理，尤似雪芹之作，并非任何人可以率尔操觚的。

己、结论

　　六四、由上述各项研究，我相信高本四十回系据雪芹原作的遗稿而补订的，而非高鹗所能作。综括一句话，雪芹既有十年时间可以补完此本小说之重要下部，使成完璧，岂有不补完之理？黛玉一生何事，乃绛珠仙草为还泪而来也。泪未还，小说尚未入主题，岂容停笔？十二钗各人下场，早已在曲文册文安排好了。雪芹既然胸有成竹，首末备具，必发为文章，淋漓尽致吐之而后快，又岂有十年停笔之理？况且一七五六年五月初七日明明已经"对清"到七十五回，这一七五六至一七六三除夕，八年中他真写不出剩下的四十五回吗？况且去世前一年，一七六二年三月，有人看见他的末回情榜。若据初回自白的话，十年披阅，增删五次，而结果十年中只成八十回稿，平均一年只写八回，而高鹗反而会于一年间成书四十回，下笔之快竟胜于雪芹五倍，写来又是那样精心结撰之作，故折衷公评，当以高鹗所补系雪芹旧稿，较近情理。

近常披阅第五回曲文，念得烂熟，遂戏拟一阕如下，以表此意。

〔枉凝眉〕叹一枝仙笔生花，偏生得美玉有瑕。若说没续完，万千读者迷着他。若说有续完，如何学者说虚话？这猜谜儿啊，教人枉自嗟呀，令人空劳牵挂。一个是泮官客，一个是傲霜花。想此人能有几枝笔杆儿，怎经得秋挥到冬，春挥到夏？

又一阕：

〔终身误〕都道是文字因缘，俺只念十载辛勤。空对着奇冤久悬难昭雪，终煮得曲解歪缠乱士林。叹人间是非难今方信。纵然是糊涂了案，到底意难平。

一九五七年七月九日

《红楼梦》考证（改定稿）

胡　适

一

　　《红楼梦》的考证是不容易做的，一来因为材料太少，二来因为向来研究这部书的人都走错了道路。他们怎样走错了道路呢？他们不去搜求那些可以考定《红楼梦》的著者、时代、版本等等的材料，却去收罗许多不相干的零碎史事来附会《红楼梦》里的情节。他们并不曾做《红楼梦》的考证，其实只做了许多《红楼梦》的附会！这种附会的"红学"又可分作几派：

　　第一派说《红楼梦》"全为清世祖与董鄂妃而作，兼及当时的诸名王奇女"。他们说董鄂妃即是秦淮名妓董小宛，本是当时名士冒辟疆的妾，后来被清兵夺去，送到北京，得了清世祖的宠爱，封为贵妃。后来董妃夭死，清世祖哀痛得很，遂跑到五台山去做和尚去了。依这一派的话，冒辟疆与他的朋友们说的董小宛之死，都是假的；清史上说的清世祖在位十八年而死，也是假的。这一派说《红楼梦》里的贾宝玉即是清世祖，林黛玉即是董妃。"世祖临宇十八年，宝玉便十九岁出家，世祖自肇祖以来为第七代，宝玉便言'一子成佛，七祖升天'，又恰中第七名举人；世祖谥'章'，宝玉便谥'文妙'，文章两字可暗射。""小宛名白，故黛玉名黛，粉白黛绿之意。小宛是苏州人，黛玉也是苏州人，小宛在如皋，黛玉亦在扬州。小宛来自盐官，黛玉来自巡盐御史之署。小宛入宫，年已二十有七；黛玉入京，年只十三余，恰得小宛之半。……小宛游金山时，人以为江妃踏波而上，故黛玉号'潇湘妃子'，实从'江妃'二字得来。"（以上引的话均见王梦阮先生的《〈红楼梦〉索隐》的《提要》）

这一派的代表是王梦阮先生的《〈红楼梦〉索隐》。这一派的根本错误已被孟莼荪先生的《董小宛考》（附在蔡孑民先生的《〈石头记〉索隐》之后，页一三一以下）用精密的方法一一证明了。孟先生在这篇《董小宛考》里证明董小宛生于明天启四年甲子，故清世祖生时，小宛已十五岁了；顺治元年，世祖方七岁，小宛已二十一岁了；顺治八年正月二日，小宛死，年二十八岁，而清世祖那时还是一个十四岁的小孩子。小宛比清世祖年长一倍，断无入宫邀宠之理。孟先生引据了许多书，按年分别，证据非常完备，方法也很细密。那种无稽的附会，如何当得起孟先生的摧破呢？例如《〈红楼梦〉索隐》说：

> 渔洋山人《题冒辟疆妾圆玉、女罗画》三首之二末句云："洛川森森神人隔，空费陈王八斗才"，亦为小宛而作。圆玉者，琬也；玉旁加以宛转之义，故曰圆玉。女罗，罗敷女也。均有深意。神人之隔，又与死别不同矣。（《提要》页一二）

孟先生在《董小宛考》里引了清初的许多诗人的诗来证明冒辟疆的妾并不止小宛一人；女罗姓蔡，名含，很能画苍松墨凤；圆玉当是金晓珠，名玥，崐山人，能画人物。晓珠最爱画洛神（汪舟次有《晓珠手临洛神图卷跋》，吴薗次有《乞晓珠画洛神启》）。故渔洋山人诗有"洛川淼淼神人隔"的话。我们若懂得孟先生与王梦阮先生两人用的方法的区别，便知道考证与附会的绝对不相同了。

《〈红楼梦〉索隐》一书，有了《董小宛考》的辨正，我本可以不再批评他了。但这书中还有许多绝无道理的附会，孟先生都不及指摘出来。如他说："曹雪芹为世家子，其成书当在乾嘉时代。书中明言南巡四次，是指高宗时事，在嘉庆时所作可知。……意者此书但经雪芹修改，当初创造另自有人。……揣其成书亦当在康熙中叶。……至乾隆朝，事多忌讳，档案类多修改。《红楼》一书，内廷索阅，将为禁本。雪芹先生势不得已，乃为一再修订，俾愈隐而愈不失其真。"（《提要》页五至六）但他在第十六回凤姐提起南巡接驾一段话的下面，又注道："此作者自言也。圣祖二次南巡，即驻跸雪芹之父曹寅盐署中，雪芹以童年召对，故有此笔。"下面赵嬷嬷说甄家接驾四次一段的下面，又注道："圣祖南巡四次，此言接驾四次，特明为乾隆时事。"我们看这三段"索隐"，可以看出许多错误。（一）第十六回明说二三十年前"太祖皇帝"南巡时的几次接驾；赵嬷嬷年长，故"亲眼看见"。我们如何能指定前者为康熙时的南巡而后者为乾隆时的南巡呢？（二）康熙帝二次南巡在二十八年（西历一六八九），到四十二年曹寅才做两淮巡盐御史。《索隐》说康熙帝二次南巡驻跸曹寅盐院署，是错的。（三）《索隐》说康熙帝二次南巡时，"曹雪芹以童年召对"；又说雪芹成书在嘉庆时。嘉庆元年（西历一七九六），上距康熙二十八年，已隔百零七年了。曹雪芹成书时，他可不是一百二三十岁了吗？（四）《索隐》说《红楼梦》成书在乾嘉时代，又说是在嘉庆时所作，这一说最谬。《红楼梦》在乾隆时已风行，有当时版本可证。（详考见后文）况且袁枚在《随园诗话》里曾提起曹雪芹的《红楼梦》；袁枚死于嘉庆二年，诗话之作更早得多，如何能提到嘉庆时所作的《红楼梦》呢？

第二派说《红楼梦》是清康熙朝的政治小说。这一派可用蔡孑民先生的《〈石头记〉索隐》作代表。蔡先生说：

> 《石头记》……作者持民族主义甚挚。书中本事在吊明之亡，揭清之失，而尤于汉族名士仕清者寓痛惜之意。当时既虑触文纲，又欲别开生面，特于本事之上，加以数层障幕，使读者有"横看成岭侧成峰"之状况（《〈石头记〉索隐》页一〇）。书中"红"字多隐"朱"字。朱者，明也，汉也。宝玉有"爱红"之癖，言以满人而爱汉族文化也；好吃人口上胭脂，言拾汉人唾余也。……当时清帝虽躬修文学，且创开博学鸿词科，实专以笼络汉人，初不愿满人渐染汉俗，其后雍、乾诸朝亦时时申诫之。故第十九回袭人劝宝玉道："再不许吃人嘴上擦的胭脂了，与那爱红的毛病儿。"又黛玉见宝玉腮上血渍，询知为淘澄胭脂膏子所溅，谓为"带出幌子，吹到舅舅耳里，又大家不干净惹气"，皆此意。宝玉在大观园中所居曰怡红院，即爱红之义。所谓曹雪芹于悼红轩中增删本书，则吊明之义也。……（页三至四）
>
> 书中女子多指汉人，男子多指满人。不但"女子是水做的骨肉，男人是泥做的骨肉"与"汉"字、"满"字有关系也；我国古代哲学以阴阳二字说明一切对待之事物，《易》坤卦象传曰，"地道也，妻道也，臣道也"，是以夫妻君臣分配于阴阳也。《石头记》即用其义。第三十一回，……翠缕说："知道了！姑娘（史湘云）是阳，我就是阴。……人家说主子为阳，奴才为阴。

我连这个大道理也不懂得！"……清制，对于君主，满人自称奴才，汉人自称臣。臣与奴才，并无二义。以民族之对待言之，征服者为主，被征服者为奴。本书以男女影满、汉，以此。（页九至十）

这些是蔡先生的根本主张。以后便是"阐证本事"了。依他的见解，下面这些人是可考的：

（一）贾宝玉，伪朝之帝系也；宝玉者，传国玺之义也，即指胤礽（康熙帝的太子，后被废）。（页十至二二）

（二）《石头记》叙巧姐事，似亦指胤礽，巧字与礽字形相似也。……（页二三至二五）

（三）林黛玉影朱竹垞（朱彝尊）也。绛珠，影其氏也。居潇湘馆，影其竹垞之号也……（页二五至二七）

（四）薛宝钗，高江村（高士奇）也。薛者，雪也。林和靖诗："雪满山中高士卧，月明林下美人来。"用薛字以影江村之姓名（高士奇）也。……（页二八至四二）

（五）探春影徐健庵也，健庵名乾学，乾卦作"☰"，故曰三姑娘。健庵以进士第三人及第，通称探花，故名探春。……（页四二至四七）

（六）王熙凤影余国柱也。王即柱字偏旁之省，国字俗写作"国"，故熙凤之夫曰琏，言二王字相连也。……（页四七至六一）

（七）史湘云，陈其年也。其年又号迦陵。史湘云佩金麒麟，当是"其"字、"陵"字之借音。氏以史者，其年尝以翰林院检讨纂修《明史》也。……（页六一至七一）

（八）妙玉，姜西溟（姜宸英）也。姜为少女，以妙代之。《诗》曰，"美如玉"，"美如英"。玉字所以代英字也。（从徐柳泉说）……（页七二至八七）

（九）惜春，严荪友也。……（页八七至九一）

（十）宝琴，冒辟疆也。……（页九一至九五）

（十一）刘姥姥，汤潜庵（汤斌）也。……（页九五至百十）

蔡先生这部书的方法是：每举一人，必先举他的事实，然后引《红楼梦》中情节来配合。我这篇文里，篇幅有限，不能表示他的引书之多和用心之勤：这是我很抱歉的。但我总觉得蔡先生这么多的心力都是白白地浪费了，因为我总觉得他这部书到底还只是一种很牵强的附会。我记得从前有个灯谜，用杜诗"无边落木萧萧下"来打一个"日"字。这个谜，除了做谜的人自己，是没有人猜得中的。因为做谜的人先想着南北朝的齐和梁两朝都是姓萧的；其次，把"萧萧下"的"萧萧"解作两个姓萧的朝代；其次，二萧的下面是那姓陈的陈朝。想着了"陈"字，然后把偏旁去掉（无边）；再把"东"字里的"木"字去掉（落木）。剩下的"日"字，才是谜底！你若不能绕这许多弯子，休想猜谜！假使做《红楼梦》的人当日真个用王熙凤来影余国柱，真个想着"王即柱字偏旁之省，國字俗写作国，故熙凤之夫曰璉，言二王字相连也"——假使他真如此思想，他岂不真成了一个大笨伯了吗？他费了那么大气力，到底只做了"国"字和"柱"字的一小部分；还有这两个字的其余部分和那最重要的"余"字，都不曾做到"谜面"里去！这样做的谜，可不是笨谜吗？用麒麟来影"其年"的其，"迦陵"的陵，用三姑娘来影"乾学"的乾：假使真有这种影射法，都是同样的笨谜！假使一部《红楼梦》真是一串这么样的笨谜那就真不值得猜了！

我且再举一条例来说明这种"索隐"（猜谜）法的无益。蔡先生引蒯若木先生的话，说刘姥姥即是汤潜庵：

> 潜庵受业于孙夏峰（孙奇逢，清初的理学家），凡十年。夏峰之学本以象山（陆九渊）阳明（王守仁）为宗。《石头记》"刘姥姥之女婿曰王狗儿，狗儿之父曰王成。其祖上曾与凤姐之祖，王夫人之父认识；因贪王家势利，便连了宗。"似指此。

其实《红楼梦》里的王家既不是专指王阳明的学派，此处似不应该忽然用王家代表王学。况且从汤斌想到孙奇逢，从孙奇逢想到王阳明学派，再从阳明学派想到王夫人一家，又从王家想到王狗儿的祖上，又从王狗儿转到他的丈母刘姥姥，——这个谜可不是比那"无边落木萧萧下"的谜还更难猜吗？蔡先生又说《石头记》第三十九回刘姥姥说的"抽柴"一段故事是影汤斌毁五通祠的事；刘姥姥的外孙板儿影的是汤斌买的一部《廿一史》；他的外孙女青儿影的是汤斌每天吃的韭菜。这种附会已是很滑稽的了。最妙的是第六回凤姐给刘姥姥二十两银子，蔡先生说这是影汤斌死后徐乾学赙送的二十金；又第四十二回凤姐又送姥姥八两银子，蔡先生说这是影汤斌死惟遗俸银八两。这八两有了下落了，那二十两也有了下落了；但第四十二回王夫人还送了刘姥姥两包银子，每包五十两，共是一百两，这一百两可就没有下落了！因为汤斌一生的事实没有一件可恰合这一百两银子的，所以这一百两虽然比那二十八两更重要，到底没有"索隐"的价值！这种完全任意的去取，实在没有道理，故我说蔡先生的《〈石头记〉索隐》也还是一种很牵强的附会。

第三派的《红楼梦》附会家，虽然略有小小的不同，大致都主张《红楼梦》记的是纳兰成德的事。成德后改名性德，字容若，是康熙

朝宰相明珠的儿子。陈康祺的《郎潜纪闻二笔》（即《燕下乡脞录》）
卷五说：

> 先师徐柳泉先生云："小说《红楼梦》一书即记故相明珠家
> 事；金钗十二，皆纳兰侍卫（成德官侍卫）所奉为上客者也。宝
> 钗影高澹人，妙玉即影西溟（姜宸英）。……"徐先生言之甚详，
> 惜余不尽记忆。

又俞樾的《小浮梅闲话》（《曲园杂纂》三十八）说：

> 《红楼梦》一书，世传为明珠之子而作。……明珠子名成德，
> 字容若。《通志堂经解》每一种有纳兰成德容若序，即其人也。
> 恭读乾隆五十一年二月二十九日上谕："成德于康熙十一年壬子
> 科中试举人，十二年癸丑科中试进士，年甫十六岁。"（适按此谕
> 不见于《东华录》，但载于《通志堂经解》之首）然则其中举人
> 只十五岁，于书中所述颇合也。

钱静方先生的《红楼梦考》（附在《〈石头记〉索隐》之后，页
一二一至一三〇）也颇有赞成这种主张的倾向。钱先生说：

> 是书力写宝黛痴情。黛玉不知所指何人。宝玉固全书之主人
> 翁，即纳兰侍御也。使侍御而非深于情者，则焉得有此情影？余
> 读《饮水词钞》，不独丁宾从间得诉合之欢，而尤于闺房内致缠
> 绵之意。即黛玉葬花一段，亦从其词中脱卸而出。是黛玉虽影他
> 人，亦实影侍御之德配也。

这一派的主张，依我看来，也没有可靠的根据，也只是一种很牵强的附会。（一）纳兰成德生于顺治十一年（西历一六五四），死于康熙二十四年（一六八五），年三十一岁。他死时，他的父亲明珠正在极盛的时代（大学士加太子太傅，不久又晋太子太师），我们如何可说那眼见贾府兴亡的宝玉是指他呢？（二）俞樾引乾隆五十一年上谕说成德中举人时只十五岁，其实连那上谕都是错的。成德生于顺治十一年；康熙壬子，他中举人时，年十八；明年癸丑，他中进士，年十九。徐乾学做的《墓志铭》与韩菼做的《神道碑》都如此说。乾隆帝因为硬要否认《通志堂经解》的许多序是成德做的，故说他中进士时年只十六岁。（也许成德应试时故意减少三岁，而乾隆帝但依据履历上的年岁。）无论如何，我们不可用宝玉中举的年岁来附会成德。若宝玉中举的年岁可以附会成德，我们也可以用成德中进士和殿试的年岁来证明宝玉不是成德了！（三）至于钱先生说的纳兰成德的夫人即是黛玉，似乎更不能成立，成德原配卢氏，为两广总督兴祖之女，续配官氏，生二子一女。卢氏早死，故《饮水词》中有几乎悼亡的词。钱先生引他的悼亡词来附会黛玉，其实这种悼亡的诗词，在中国旧文学里，何止几千首？况且大致都是千篇一律的东西。若几首悼亡词可以附会林黛玉，林黛玉真要成"人尽可夫"了！（四）至于徐柳泉说的大观园里十二金钗都是纳兰成德所奉为上客的一班名士，这种附会法与《〈石头记〉索隐》的方法有同样的危险。即如徐柳泉说妙玉影姜宸英，那么，黛玉何以不可附会姜宸英？晴雯何以不可附会姜宸英？又如他说宝钗影高士奇，那么，袭人也可以影高士奇了，凤姐更可以影高士奇了。我们试读姜宸英祭纳兰成德的文：

> 兄一见我，怪我落落，转亦以此，赏我标格。……数兄知我，其端非一。我常箕踞，对客欠伸，兄不余傲，知我任真。我

时嫚骂，无问高爵，兄不余狂，知余疾恶。激昂论事，眼睁舌挢，兄为抵掌，助之叫号。有时对酒，雪涕悲歌，谓余失志，孤愤则那？彼何人斯，实应且憎。余色拒之，兄门固扃。

妙玉可当得这种交情吗？这可不更像黛玉吗？我们又试读郭琇参劾高士奇的奏疏：

……久之，羽翼既多，遂自立羽户。……凡督抚藩臬道府厅县以及在内之大小卿员，皆王鸿绪等为之居停哄骗而夤缘照管者，馈至成千累万；即不属党护者，亦有常例，名之曰平安钱。然而人之肯为贿赂者；盖士奇供奉日久，势焰日张，人皆谓之门路真，而士奇遂自忘乎其为撞骗，亦居之不疑，曰，我之门路真。……以觅馆糊口之穷儒，而今忽为数百万之富翁。试问金从何来？无非取给于各官。然官从何来？非侵国帑，剥民膏。夫以国帑民膏而填无厌之谿壑，是士奇等真国之蠹而民之贼也。……（《清史馆本传》，《耆献类征》六十。）

宝钗可当得这种罪名吗？这可不更像凤姐吗？我举这些例的用意是要说明这种附会完全是主观的，任意的，最靠不住的，最无益的。钱静方先生说的好："要之，《红楼》一书，空中楼阁，作者第由其兴会所至，随手拈来，初无成意。即或有心影射，亦不过若即若离，轻描淡写，如画师所绘之百像图，类似者固多，苟细按之，终觉貌是而神非也。"

二

我现在要忠告诸位爱读《红楼梦》的人："我们若想真正了解《红楼梦》，必须先打破这种种牵强附会的《红楼梦》谜学！"

其实做《红楼梦》的考证，尽可以不用那种附会的法子。我们只须根据可靠的版本与可靠的材料，考定这书的著者究竟是谁，著者的事迹家世，著书的时代，这书曾有何种不同的本子，这些本子的来历如何。这些问题乃是《红楼梦》考证的正当范围。

我们先从"著者"一个问题下手。

本书第一回说这书原稿是空空道人从一块石头上抄写下来的，故名《石头记》；后来空空道人改名情僧，遂改《石头记》为《情僧录》；东鲁孔梅溪题为《风月宝鉴》；后因曹雪芹于悼红轩中，披阅十载，增删五次，纂成目录，分出章回，又题曰《金陵十二钗》，并题一绝，即此便是《石头记》的缘起，诗云：

满纸荒唐言，一把辛酸泪。都云作者痴，谁解其中味？

第百二十回又提起曹雪芹传授此书的缘由。大概"石头"与空空道人等名目都是曹雪芹假托的缘起，故当时的人多认这书是曹雪芹做的。袁枚的《随园诗话》卷二中有一条说：

康熙间，曹练亭（练当作楝）为江宁织造，每出拥八驺，必携书一本，观玩不辍。人问："公何好学？"曰："非也。我非地方官而百姓见我必起立，我心不安，故藉此遮目耳。"素与江宁太守陈鹏年不相中，及陈获罪，乃密疏荐陈。人以此重之。

其子雪芹撰《红楼梦》一书，备记风月繁华之盛，中有所谓大观园者，即余之随园也。明我斋读而羡之（坊间刻本无此七字）。当时《红楼》中有某校书尤艳，我斋题云（此四字坊间刻本作"雪芹赠云"，今据原刻本改正）：

> 病容憔悴胜桃花，午汗潮回热转加。犹恐意中人看出，强言今日较差些。

> 威仪棣棣若山河，应把风流夺绮罗。不似小家拘束态，笑时偏少默时多。

我们现在所有的关于《红楼梦》的旁证材料，要算这一条为最早。近人征引此条，每不全录；他们对于此条的重要，也多不曾完全懂得。这一条记载的重要，凡有几点：

（一）我们因此知道乾隆时的文人承认《红楼梦》是曹雪芹做的。

（二）此条说曹雪芹是曹棟亭的儿子。（又《随园诗话》卷十六也说"雪芹者，曹练亭织造之嗣君也"。但此说实是错的，说详后）

（三）此条说大观园即是后来的随园。

俞樾在《小浮梅闲话》里曾引此条的一小部分，又加一注，说："纳兰容若《饮水词集》有《满江红》词，为曹子清题其先人所构棟亭，即雪芹也。"

俞樾说曹子清即雪芹，是大谬的。曹子清即曹棟亭，即曹寅。我们先考曹寅是谁。吴修的《昭代名人尺牍小传》卷十二说：

> 曹寅，字子清，号棟亭，奉天人，官通政司使，江宁织造。

校刊古书甚精，有扬州局刻《五韵》《楝亭十二种》盛行于世。著《楝亭诗抄》。

《扬州画舫录》卷二说：

> 曹寅，字子清，号楝亭，满洲人，官两淮盐院。工诗词，善书，著有《楝亭诗集》。刊秘书十二种，为《梅苑》《声画集》《法书考》《琴史》《墨经》《砚笺》、刘后山（当作刘后村）《千家诗》《禁扁》《钓矶立谈》《都城纪胜》《糖霜谱》《录鬼簿》。今之仪征余园门牓"江天传舍"四字，是所书也。

这两条可以参看。又韩菼的《有怀堂文稿》里有《楝亭记》一篇说：

> 荔轩曹使君性至孝。自其先人董三服，官江宁，于署中手植楝树一株，绝爱之，为亭其间，堂憩息于斯。后十余年，使君适自苏移节，如先生之任，则亭颇坏，为新其材，加垩焉，而亭复完。……

此可知曹寅又字荔轩，又可知《饮水词》中的楝亭的历史。

最详细的记载是章学诚的《丙辰劄记》：

> 曹寅为两淮巡盐御史，刻古书凡十五种，世称"曹楝亭本"是也。康熙四十三年，四十五年，四十七年，四十九年，间年一任，与同旗李煦互相番代。李于四十四年，四十六年，四十八年，与曹互代；五十年，五十一年，五十二年，五十五年，

五十六年，又连任，较曹用事为久矣。然曹至今为学士大夫所称，而李无闻焉。

不幸章学诚说的那"至今为学士大夫所称"的曹寅，竟不会留下一篇传记给我们作考证的材料，《耆献类征》与《碑传集》都没有曹寅的碑传。只有宋和的《陈鹏年传》(《耆献类征》卷一六四，页一八以下）有一段重要的纪事：

> 乙酉（康熙四十四年），上南巡（此康熙帝第五次南巡）。总督集有司议供张，欲于丁粮耗加三分。有司皆慑服，唯唯。独鹏年（江宁知府陈鹏年）不服，否否。总督怏怏，议虽寝，则欲抉去鹏年矣。
>
> 无何，车驾由龙潭幸江宁。行宫草创，（按此指龙潭之行宫）欲抉去之者因以是激上怒。时故庶人（按此即康熙帝的太子胤礽，至四十七年被废）从幸，更怒，欲杀鹏年。车驾至江宁，驻跸织造府。一日，织造幼子嬉而过于庭，上以其无知也，曰："儿知江宁有好官乎？"曰："知有陈鹏年。"时有致政大学士张英来朝，上……使人问鹏年，英称其贤。而英则庶人之所传，上乃谓庶人曰："尔师傅贤之，如何杀之？"庶人犹欲杀之。
>
> 织造曹寅免冠叩头，为鹏年请。当是时，苏州织造李某伏寅后，为寅娅（娅字不见于字书，似有儿女亲家的意思），见寅血被额，恐触上怒，阴曳其衣，警之。寅怒而顾之曰："云何也？"复叩头，阶有声，竟得请。出，巡抚宋荦逆之曰："君不愧朱云折槛矣！"

又我的朋友顾颉刚在《江南通志》里查出江宁织造的职官如下表：

康熙二年至二十三年	曹玺
康熙二十三年至三十一年	桑格
康熙三十一年至五十二年	曹寅
康熙五十二年至五十四年	曹颙
康熙五十四年至雍正六年	曹頫
雍正六年以后	隋赫德

又苏州织造的职官如下表:

康熙二十九年至三十二年	曹寅
康熙三十二年至六十一年	李煦

这两表的重要，我们可以分开来说：

（一）曹玺，字元璧，是曹寅的父亲。顾刚引《上元江宁两县志》道："织局繁剧，玺至，积弊一清。陛见，陈江南吏治极详，赐蟒服，加一品，御书'敬慎'扁额。卒于位。子寅。"

（二）因此可知曹寅当康熙二十九年至三十二年时，做苏州织造；三十一年至三十二年，他兼任江宁织造；三十二年以后，他专任江宁织造二十年。

（三）康熙六次南巡的时代，可与上两表参看：

康熙二三	一次南巡	曹玺为苏州织造
二八	二次南巡	
三八	三次南巡	曹寅为江宁织造
四二	四次南巡	同上
四四	五次南巡	同上

四六　六次南巡　　同上

（四）顾颉刚又考得"康熙南巡，除第一次到南京驻跸将军署外，余五次均把织造署当行宫"。这五次之中，曹寅当了四次接驾的差。又《振绮堂丛书》内有《圣驾五幸江南恭录》一卷，记康熙四十四年的第五次南巡，写曹寅既在南京接驾，又以巡盐御史的资格赶到扬州接驾；又记曹寅进贡的礼物及康熙帝回銮时赏他通政使司通政使的事，甚详细，可以参看。

（五）曹颙与曹頫都是曹寅的儿子。曹寅的《楝亭诗抄》别集有郭振基序，内说"侍公函丈有年，今公子继任织部，又辱世讲"。是曹颙之为曹寅儿子，已无可疑。曹頫大概是曹颙的兄弟。（说详下）

又《四库全书提要·谱录类·食谱之属存目》里有一条说：

《居常饮馔录》一卷（编修程晋芳家藏本）

国朝曹寅撰。寅字子清，号楝亭，镶蓝旗汉军。康熙中，巡视两淮盐政，加通政司衔。是编以前代所传饮膳之法汇成一编：一曰，宋王灼《糖霜谱》；二三曰，宋东谿遯叟《粥品》及《粉面品》；四曰，元倪瓒《泉史》；五曰，元海滨逸叟《制脯鲊法》；六曰，明王叔承《酿录》；七曰，明释智舷《茗笺》；八九曰，明灌畦老叟《蔬香谱》及《制蔬品法》。中间《糖霜谱》，寅已刻入所辑楝亭十种；其他亦颇散见于《说郛》诸书云。

又《提要·别集类存目》里有一条：

《楝亭诗抄》五卷，附《词抄》一卷（江苏巡抚采进本）

国朝曹寅撰。寅有《居常饮馔录》，已著录。其诗一刻于扬州，计盈千首；再刻于仪征，则寅自汰其旧刻，而吴尚中开雕于东园者。此本即仪征刻也。其诗出入于白居易、苏轼之间。

《提要》说曹家是镶蓝旗人，这是错的。《八旗氏族通谱》有曹锡远一系，说他家是正白旗人，当据以改正。但我们因《四库提要》提起曹寅的诗集，故后来居然寻着他的全集，计《楝亭诗抄》八卷，《文抄》一卷，《词抄》一卷，《诗别集》四卷，《词别集》一卷（天津公园图书馆藏）。从他的集子里，我们得知他生于顺治十五年戊戌（一六五八）九月七日，他死时大概在康熙五十一年（一七一二）的下半年，那时他五十五岁，他的诗颇有好的，在八旗的诗人之中，他自然要算一个大家了。（他的诗在铁保辑的《八旗人诗抄》——改名《熙朝雅颂集》——里，占一全卷的地位。）当时的文学大家，如朱彝尊、姜宸英等，都为《楝亭诗抄》作序。

以上关于曹寅的事实，总结起来，可以得几个结论：

（一）曹寅是八旗的世家，几代都在江南做官。他的父亲曹玺做了二十一年的江宁织造；曹寅自己做了四年的苏州织造，做了二十一年的江宁织造，同时又兼做了四次的两淮巡盐御史。他死后，他的儿子曹颙接着做了三年的江宁织造，他的儿子曹頫接下去做了十三年的江宁织造。他家祖孙三代上四人总共做了五十八年的江宁织造。这个织造真成了他家的"世职"了。

（二）当康熙帝南巡时，他家曾办过四次以上的接驾的差。

（三）曹寅会写字，会做诗词，有诗词集行世；他在扬州曾管领《全唐诗》的刻印，扬州的诗局归他管理甚久；他自己又刻有二十几种精刻的书（除上举各书外，尚有《周易本义》《施愚山集》等，朱彝尊的《曝书亭集》也是曹寅捐赀倡刻的，刻未完而死）。他家中藏书极多，精本有三千二百八十七种之多（见他的《楝亭书目》，京师图书馆有抄本），可见他的家庭富有文学美术的环境。

（四）他生于顺治十五年，死于康熙五十一年（一六五八至一七一二）。

以上是曹寅的略传与他的家世。曹寅究竟是曹雪芹的什么人呢？袁枚在《随园诗话》里说曹雪芹是曹寅的儿子。这一百多年以来，大家多相信这话，连我在这篇《考证》的初稿里也信了这话。现在我们知道曹雪芹不是曹寅的儿子，乃是他的孙子。最初改正这个大错的是杨钟羲先生。杨先生编有《八旗文经》六十卷，又著有《雪桥诗话》三编，是一个最熟悉八旗文献掌故的人。他在《雪桥诗话》续集卷六，页二三，说：

> 敬亭（清宗室敦诚字敬亭）……尝为《琵琶亭传奇》一折，曹雪芹（霑）题句有云：白傅诗灵应喜甚，定教蛮素鬼排场。雪芹为棟亭通政孙，平生为诗，大概如此，竟坎坷以终。敬亭挽雪芹诗有"牛鬼遗文悲李贺，鹿车荷锸葬刘伶"之句。

这一条使我们知道三个要点：

（一）曹雪芹名霑。

（二）曹雪芹不是曹寅的儿子，是他的孙子。（《中国人名大辞典》页九九〇作"名霑，寅子"，似是根据《雪桥诗话》而误改其一部分。）

（三）清宗室敦诚的诗文集内必有关于曹雪芹的材料。

敦诚字敬亭，别号松堂，英王之裔。他的轶事也散见《雪桥诗话》初二集中。他有《四松堂集》诗二卷，文二卷，《鹪鹩轩笔麈》一卷。他的哥哥名敦敏，字子明，有《懋斋诗抄》。我从此便到处访求这两个人的集子，不料到如今还不曾寻到手。我今年夏间到上海，写信去问杨钟羲先生，他回信说，曾有《四松堂集》，但辛亥乱后遗失了。我虽然很失望，但杨先生既然根据《四松堂集》说曹雪芹是曹寅之孙，这话自然万无可疑。因为敦诚兄弟都是雪芹的好朋友，他们的证见自然是可信的。

我虽然未见敦诚兄弟的全集，但《八旗人诗抄》(《熙朝雅颂集》)里有他们兄弟的诗一卷。这一卷里有关于曹雪芹的诗四首，我因为这种材料颇不易得，故把这四首全抄于下：

赠曹雪芹

敦敏

碧水青山曲径遐，薜萝门巷足烟霞。寻诗人去留僧壁，卖画钱来付酒家。燕市狂歌悲遇合，秦淮残梦忆繁华。新愁旧恨知多少，都付酕醄醉眼斜。

访曹雪芹不值

敦敏

野浦冻云深，柴扉晚烟薄。山村不见人，夕阳寒欲落。

佩刀质酒歌

敦诚

秋晓遇雪芹于槐园，风雨淋涔，朝寒袭袂。时主人未出，雪芹酒渴如狂，余因解佩刀沽酒而饮之。雪芹欢甚，作长歌以谢余。余亦作此答之。

我闻贺鉴湖，不惜金龟掷酒垆。又闻阮遥集，直卸金貂作鲸吸。嗟余本非二子狂，腰间更无黄金珰。秋气酿寒风雨恶，满园榆柳飞苍黄。主人未出童子睡，斝干瓮涩何可当！相逢况是淳于辈，一石差可温枯肠。身外长物亦何有？鸾刀昨夜磨秋霜。且酤满眼作软饱，令此肝肺生角芒。曹子大笑称"快哉"！击石作歌声琅琅。知君诗胆昔如铁，堪与刀颖交寒光。我有古剑尚在匣，一条秋水苍波凉。君才抑塞倘欲拔，不妨斫地歌王郎。

寄怀曹雪芹

敦诚

少陵昔赠曹将军，曾曰魏武之子孙。嗟君或亦将军后，于今环堵蓬蒿屯。扬州旧梦久已绝，且著临邛犊鼻裈。爱君诗笔有奇气，直追昌谷披篱樊。当时虎门数晨夕，西窗剪烛风雨昏。接䍦倒著容君傲，高谈雄辩虱手扪。感时思君不相见，蓟门落日松亭尊。劝君莫弹食客铗，劝君莫叩富儿门。残杯冷炙有德色，不如著书黄叶村。

我们看这四首诗，可想见他们弟兄与曹雪芹的交情是很深的。他们的证见真是史学家说的"同时人的证见"，有了这种证据，我们不能不认袁枚为误记了。

这四首诗中，有许多可注意的句子。

第一，如"秦淮残梦忆繁华"，如"于今环堵蓬蒿屯，扬州旧梦久已绝，且著临邛犊鼻裈"，如"劝君莫弹食客铗，劝君莫叩富儿门。残杯冷炙有德色，不如著书黄叶村"，都可以证明曹雪芹当时已很贫穷，穷的很不像样了，故敦诚有"残杯冷炙有德色"的劝戒。

第二，如"寻诗人去留僧壁，卖画钱来付酒家"，如"知君诗胆昔如铁"，如"爱君诗笔有奇气，直追昌谷披篱樊"，都可以使我们知道曹雪芹是一个会作诗又会绘画的人。最可惜的是曹雪芹的诗现在只剩得"白傅诗灵应喜甚，定教蛮素鬼排场"两句了。但单看这两句，也就可以想见曹雪芹的诗大概是很聪明的，很深刻的。敦诚弟兄比他做李贺，大概很有点相像。

第三，我们又可以看出曹雪芹在那贫穷潦倒的境遇里，很觉得牢骚抑郁，故不免纵酒狂歌，自寻排遣。上文引的如"雪芹酒渴如狂"，如"相逢况是淳于辈，一石差可温枯肠"，如"新愁旧恨知多少，都付酕醄醉眼斜"，如"鹿车荷锸葬刘伶"，都可以为证。

我们既知道曹雪芹的家世和他自身的境遇了，我们应该研究他的年代。这一层颇有点困难，因为材料太少了。敦诚有挽雪芹的诗，可见雪芹死在敦诚之前。敦诚的年代也不可详考。但《八旗文经》里有几篇他的文字，有年月可考：如《拙鹊亭记》作于辛丑初冬，如《松亭再征记》作于戊寅正月，如《祭周立厓文》中说："先生与先公始交时在戊寅己卯间；是时先生……每过静补堂，……诚尝侍几仗侧。……迨庚寅先公即世，先生哭之过时而哀。……诚追述平生，……回念静补堂几杖之侧，已二十余年矣。"今作一表，如下：

乾隆二三，戊寅（一七五八）。

乾隆二四，己卯（一七五九）。

乾隆三五，庚寅（一七七〇）。

乾隆四六，辛丑（一七八一）。自戊寅至此，凡二十三年。

清宗室永忠（臞仙）为敦诚作葛巾居的诗，也在乾隆辛丑。敦诚之父死于庚寅，他自己的死期大约在二十年之后，约当乾隆五十余年。纪昀为他的诗集作序，虽无年月可考，但纪昀死于嘉庆十年（一八五〇），而序中的语意都可见敦诚死已甚久了。故我们可以猜定敦诚大约生于雍正初年（约一七二五），死于乾隆五十余年（约一七八五至一七九〇）。

敦诚兄弟与曹雪芹往来，从他们赠答的诗看起来，大概都在他们兄弟中年以前，不像在中年以后。况且《红楼梦》当乾隆五十六七年时已在社会上流通了二十余年了（说详下）。以此看来，我们可以断定曹雪芹死于乾隆三十年左右（约一七六五）。至于他的年纪，更不容易考定了。但敦诚兄弟的诗的口气，很不像是对一位老前辈的口气。我们可以猜想雪芹的年纪至多不过比他们大十来岁，大约生于康熙末叶（约一七一五至一七二〇）；当他死时，约五十岁左右。

以上是关于著者曹雪芹的个人和他的家世的材料。我们看了这些材料，大概可以明白《红楼梦》这部书是曹雪芹的自叙传了。这个见解，本来并没有什么新奇，本来是很自然的。不过因为《红楼梦》被一百多年来的红学家越说越微妙了，故我们现在对于这个极平常的见解反觉得他有证明的必要了。我且举几条重要的证据如下：

第一，我们总该记得《红楼梦》开端时，明明说着：

> 作者自云曾历过一番梦幻之后，故将真事隐去，而借"通灵"说此《石头记》一书也。……自己又云：今风尘碌碌，一事无成，忽念及当日所有之女子，一一细考较去，觉其行止见识皆出我之上。我堂堂须眉，诚不若彼裙钗。……当此日，欲将已往所赖天恩祖德，锦衣纨袴之时，饫甘厌肥之日，背父兄教育之恩，负师友规训之德，以致今日一技无成半生潦倒之罪，编述一集，以告天下。

这话说的何等明白！《红楼梦》明明是一部"将真事隐去"的自叙的书。若作者是曹雪芹，那么，曹雪芹即是《红楼梦》开端时那个深自忏悔的"我"！即是书里的甄、贾（真假）两个宝玉的底本！懂得这个道理，便知书中的贾府与甄府都只是曹雪芹家的影子。

第二，第一回里那石头说道：

> 我想历来野史的朝代，无非假借汉、唐的名色；莫如我这石头所记，不借此套，只按自己的事体情理，反倒新鲜别致。

又说：

> 更可厌者，"之乎者也"，非理即文，大不近情，自相矛盾。竟不如我这半世亲见亲闻的这几个女子，虽不敢说强似前代书中所有之人，但观其事迹原委，亦可消愁破闷。

他这样明白清楚的说"这书是我自己的事体情理"，"是我这半世亲见亲闻的"；而我们偏要硬派这书是说顺治帝的，是说纳兰成德的！这岂不是作茧自缚吗？

第三，《红楼梦》第十六回有谈论南巡接驾的一大段，原文如下：

> 凤姐道："……可恨我小几岁年纪。若早生二三十年，如今这些老人家也不薄我没见世面了。说起当年太祖皇帝仿舜巡的故事，比一部书还热闹，我偏偏的没赶上。"
>
> 赵嬷嬷（贾琏的乳母）道："嗳哟，那可是千载难逢的！那时候我才记事儿。咱们贾府正在姑苏扬州一带，监造海船，修理海塘。只预备接驾一次，把银子花的像淌海水似的。说起来——"
>
> 凤姐忙接道："我们王府里也预备过一次。那时我爷爷专管各国进贡朝贺的事，凡有外国人来，都是我们家养活。粤闽滇浙所有的洋船货物，都是我们家的。"

赵嬷嬷道："那是谁不知道的？……如今还有现在江南的甄家，——嗳哟，好势派！——独他们家接驾四次。要不是我们亲眼看见，告诉谁也不信的。别讲银子成了粪土；凭是世上有的，没有不是堆山积海的。'罪过可惜'四个字，竟顾不得了。"

凤姐道："我常听见我们太爷说，也是这样的。岂有不信的？只纳罕他家怎么就这样富贵呢？"

赵嬷嬷道："告诉奶奶一句话：也不过拿着皇帝家的银子往皇帝身上使罢了。谁家有那些钱买这个虚热闹去？"

此处说的甄家与贾家都是曹家。曹家几代在江南做官，故《红楼梦》里的贾家虽在"长安"，而甄家始终在江南。上文曾考出康熙帝南巡六次，曹寅当了四次接驾的差，皇帝就住在他的衙门里。《红楼梦》差不多全不提起历史上的事实，但此处却郑重的说起"太祖皇帝仿舜巡的故事"，大概是因为曹家四次接驾乃是很不常见的盛事，故曹雪芹不知不觉的——或是有意的——把他家这椿最阔的大典说了出来。这也是敦敏送他的诗里说的"秦淮旧梦忆繁华"了。但我们却在这里得着一条很重要的证据。因为一家接驾四五次，不是人人可以随便有的机会。大官如督抚，不能久任一处，便不能有这样好的机会。只有曹寅做了二十年江宁织造，恰巧当了四次接驾的差。这不是很可靠的证据吗？

第四，《红楼梦》第二回叙荣国府的世次如下：

自荣国公死后，长子贾代善袭了官，娶的是金陵世家史侯的小姐为妻，生了两个儿子：长名贾赦，次名贾政。如今代善早已去世，太夫人尚在。长子贾赦袭了官，为人平静中和，也不管家务。次子贾政，自幼酷喜读书，为人端方正直；祖父钟爱，原要他以科甲出身的。不料代善临终时，遗本一上，皇上因恤先臣，即时令长子袭官外，问还有几子，立刻引见；遂又额外赐了这政老爷一个主事之职，令其入部学习；如今已升了员外郎。
  ·····

我们可用曹家的世系来比较：

　　曹锡远，正白旗包衣人。世居沈阳地方，来归年月无考。其子曹振彦，原任浙江盐法道。
　　孙：曹玺，原任工部尚书；曹尔正，原任佐领。
　　曾孙：曹寅，原任通政使司通政使；曹宣，原任护军参领兼佐领；曹荃，原任司库。
　　元孙：曹颙，原任郎中；曹頫，原任员外郎；曹颀，原任二等侍卫，兼佐领；曹天祐，原任州同。（《八旗氏族通谱》卷七十四。）

这个世系颇不分明。我们可试作一个假定的世系表如下：

曹锡远—振彦—┌玺─寅┬颙
　　　　　　│　　│{頫}
　　　　　　│　　└宜─颀
　　　　　　└尔正─荃─天祐

　　曹寅的《楝亭诗抄别集》中有《辛卯三月闻珍儿殇，书此忍恸，兼示四侄寄东轩诸友》诗三首，其二云："世出难居长，多才在四三。承家赖犹子，努力作奇男。"四侄即颀，那排行第三的当是那小名珍儿的了。如此看来，颙与頫当是行一与行二。曹寅死后，曹颙袭织造之职。到康熙五十四年，曹颙或是死了，或是因事撤换了，故次子曹頫接下去做。织造是内务府的一个差使，故不算做官，故《氏族通谱》上只称曹寅为通政使，称曹頫为员外郎。但《红楼梦》里的贾政也是次子，也是先不袭爵，也是员外郎。这三层都与曹頫相合。故我们可以认贾政即是曹頫。因此，贾宝玉即是曹雪芹，即是曹頫之子，这一层更容易明白了。

第五，最重要的证据自然还是曹雪芹自己的历史和他家的历史。《红楼梦》虽没有做完（说详下），但我们看了前八十回，也就可以断定：

（一）贾家必致衰败。

（二）宝玉必致沦落。

《红楼梦》开端便说"风尘碌碌，一事无成"；又说"一技无成，半生潦倒"；又说"当此蓬牖茅椽，绳床瓦灶"。这是明说此书的著者——即是书中的主人翁——当著书时，已在那穷愁不幸的境地。况且第十三回写秦可卿死时在梦中对凤姐说的话，句句明说贾家将来必到"树倒猢狲散"的地步。所以我们即使不信后四十回（说详下）抄家和宝玉出家的话，也可以推想贾家的衰败和宝玉的流落了。我们再回看上文引的敦诚兄弟送曹雪芹的诗，可以列举雪芹一生的历史如下：

（一）他是做过繁华旧梦的人。

（二）他有美术和文学的天才，能做诗，能绘画。

（三）他晚年的境况非常贫穷潦倒。

这不是贾宝玉的历史吗？此外，我们还可以指出三个要点。第一是曹雪芹家自从曹玺、曹寅以来，积成一个很富丽的文学美术的环境。他家的藏书在当时要算一个大藏书家，他家刻的书至今推为精刻的善本。富贵的家庭并不难得；但富贵的环境与文学美术的环境合在一家，在当日的汉人中是没有的，就在当日的八旗世家中，也很不容易寻找了。第二，曹寅是刻《居常饮馔录》的人，《居常饮馔录》所收的书，如《糖霜谱》《制脯鲊法》《粉面品》之类，都是专讲究饮食糖饼的做法的。曹寅家做的雪花饼，见于朱彝尊的《曝书亭集》（二十一，页十二），有"粉量云母细，糁和雪糕匀"的称誉。我们读《红楼梦》的人，看贾母对于吃食的讲究，看贾家上下对于吃食的讲究，便知道《居常饮馔录》的遗风未泯，雪花饼的名不虚传！第三，关于曹家衰落的情形，我们虽没有什么材料，但我们知道曹寅的亲家李煦在康熙六十一年已因亏空被革职查追了。雍正《朱批谕旨》第四十八册有雍正元年苏州织造胡凤翚奏折内称：

今查得李煦任内亏空各年余剩银两，现奉旨交督臣查弼纳查追外，尚有六十一年办六十年分应存剩银六万三百五十五两零，并无存库，亦系李煦亏空。……所有历年动用银两数目，另开细摺，并呈御览。……

又第十三册有两淮巡盐御史谢赐履奏折内称：

窃照两淮应解织造银两，历年遵奉已久。兹于雍正元年三月十六日，奉户部咨行，将江苏织造银两停其支给；两淮应解银两，汇行解部。……前任盐臣魏廷珍于康熙六十一年内未奉部文停止之先，两次解过苏州织造银五万两。……再本年六月内奉有停止江宁织造之文。查前盐臣魏廷珍经解过江宁织造银四万两，臣任内……解过江宁织造银四万五千一百二十两。……臣请将解过苏州织造银两在于审理李煦亏空案内并追；将解过江宁织造银两行令曹頫解还户部。……

李煦做了三十年的苏州织造，又兼了八年的两淮盐政，到头来竟因亏空被查追。胡凤翚折内只举出康熙六十一年的亏空，已有六万两之多；加上谢赐履折内举出应退还两淮的十万两，这一年的亏空就是十六万两了！他历年亏空的总数之多，可以想见。这时候，曹頫（曹雪芹之父）虽然还未曾得罪，但谢赐履折内已提及两事：一是停止两淮应解织造银两，一是要曹頫赔出本年已解的八万一千余两。这个江宁织造就不好做了。我们看了李煦的先例，就可以推想曹頫的下场也必是因亏空而查追，因查追而抄没家产。关于这一层，我们还有一个很好的证据。袁枚在《随园诗话》里说《红楼梦》里的大观园即是他的随园。我们考随园的历史，可以信此话不是假的。袁枚的《随园记》（《小仓山房文集》十二）说随园本名隋园，主人为康熙时织造隋公。此隋公即是隋赫德即是接曹頫的任的人。（袁枚误记为康熙时，实为雍正六年。）袁枚作记在乾隆十四年己巳（一七四九），去曹頫卸织造任时甚近，他应该知道这园的历史。我们从此可以推想曹頫当雍正六年去职时，必是因亏空被追赔，故这个园子就到了他的继任人的手里。从此以后，曹家在江南的家产都完了，故不能不搬回北京居住。这大概是曹雪芹所以流落在北京的原因。我们看了李煦、曹頫两家败落的大概情形，再回头来看《红楼梦》里写的贾家的经济困难情形，便更容易明白了。如第七十二回凤姐夜间梦见人来找他，说娘娘要一百疋锦，凤姐不肯给，他就来夺。来旺家的笑道："这是奶奶日间操心常应候宫里的事。"一语未了，人回夏太监打发了一个小内监来说话。贾琏听了，忙皱眉道："又是什么话！一年他们也够搬了。"凤姐道："你藏起来，等我见他。"好容易凤姐弄了二百两银子把那小内监打发出去，贾琏出来，笑道："这一起外祟，何日是了？"凤姐笑道："刚说着，就来了一股子。"贾琏道："昨儿周太监来，张口就是一千两。我略慢应了些，他不自在。将来得罪人之处不少。这会子再发三二百万的财就好了！"又如第五十三回写黑山村庄头乌进孝来贾府纳年例，贾珍与他谈的一段话也很可注意：

贾珍皱眉道："我算定你至少也有五千银子来。这够做什么的！……真真是叫别过年了！"

乌进孝道："爷的地方还算好呢。我兄弟离我那里只有一百多里，竟又大差了。他现管着那府（荣国府）八处庄地，比爷这边多着几倍，今年也是这些东西，不过二三千两银子，也是有饥荒打呢。"

贾珍道："如何呢？我这边倒可以，没什么外项大事，不过是一年的费用……比不得那府里（荣国府）这几年添了许多花钱的事，一定不可免是要花的，却又不添银子产业。这一二年里赔了许多。不和你们要，找谁去？"

乌进孝笑道："那府里如今虽添了事，有去有来。娘娘和万岁爷岂不赏吗？"贾珍听了，笑向贾蓉等道："你们听听，他说的可笑不可笑？"

贾蓉等忙笑道："你们山坳海沿子上的人，哪里知道这道理？娘娘难道把皇上的库给我们不成？……就是赏，也不过一百两金子，才值一千多两银子，彀什么？这二年，哪一年不赔出几千两银子来？头一年省亲，连盖花园子，你算算那一注花了多少，就知道了，再二年，再省一回亲，只怕精穷了！……"

贾蓉又说又笑，向贾珍道："果真那府里穷了。前儿我听见二婶娘（凤姐）和鸳鸯悄悄商议，要偷老太太的东西去当银子呢。"

借当的事又见于第七十二回：

鸳鸯一面说，一面起身要走。贾琏忙也立起身来说道："好姐姐，略坐一坐儿，兄弟还有一事相求。"说着，便骂小丫头："怎么不泡好茶来！快拿干净盖碗，把昨日进上的新茶泡一碗来！"说着，向鸳鸯道："这两日因老太太千秋，所有的几千两都使完了。几处房租地租统在九月才得。这会子竟接不上。明儿又要送南安府里的礼，又要预备娘娘的重阳节；还有几家红白大礼，至少还要二三千两银子用，一时难去支借。俗语说的好，求人不如求己。说不得，姐姐担个不是，暂且把老太太查不着的金银家伙，偷着运出一箱子来，暂押千数两银子，支腾过去。"

因为《红楼梦》是曹雪芹"将真事隐去"的自叙，故他不怕琐碎，再三再四的描写他家由富贵变成贫穷的情形。我们看曹寅一生的历史，决不像一个贪官污吏；他家所以后来衰败，他的儿子所以亏空破产，大概都是由于他一家都爱挥霍，爱摆阔架子；讲究吃喝，讲究场面；收藏精本的书，刻行精本的书；交结文人名士，交结贵族大官，招待皇帝，至于四次五次；他们又不会理财，又不肯节省；讲究挥霍惯了，收缩不回来；以至于亏空，以至于破产抄家。《红楼梦》只是老老实实地描写这一个"坐吃山空""树倒猢狲散"的自然趋势。因为如此，所以《红楼梦》是一部自然主义的杰作。那班猜谜的红学大家不晓得《红楼梦》的真价值正在这平淡无奇的自然主义的上面，所以他们偏要绞尽心血去猜那想入非非的笨谜，所以他们偏要用尽心思去替《红楼梦》加上一层极不自然的解释。

总结上文关于"著者"的材料，凡得六条结论：

（一）《红楼梦》的著者是曹雪芹。

（二）曹雪芹是汉军正白旗人，曹寅的孙子，曹頫的儿子，生于极富贵之家，身经极繁华绮丽的生活，又带有文学与美术的遗传与环

144

境。他会做诗，也能画，与一班八旗名士往来。但他的生活非常贫苦，他因为不得志，故流为一种纵酒放浪的生活。

（三）曹寅死于康熙五十一年。曹雪芹大概即生于此时或稍后。

（四）曹家极盛时，曾办过四次以上的接驾的阔差，但后来家渐衰败，大概因亏空得罪被抄没。

（五）《红楼梦》一书是曹雪芹破产倾家之后，在贫困之中做的。做书的年代大概当乾隆初年到乾隆三十年左右，书未完而曹雪芹死了。

（六）《红楼梦》是一部隐去真事的自叙：里面的甄、贾两宝玉，即是曹雪芹自己的化身；甄贾两府即是当日曹家的影子。（故贾府在"长安"都中，而甄府始终在江南。）

现在我们可以研究《红楼梦》的"本子"问题。现今市上通行的《红楼梦》虽有无数版本，然细细考较去，除了有正书局一本外，都是从一种底本出来的。这种底本是乾隆末年间程伟元的百二十回全本，我们叫他做"程本"。这个程本有两种本子：一种是乾隆五十七年壬子（一七九二）的第一次活字排本，可叫做"程甲本"；一种也是乾隆五十七年壬子程家排本，是用"程甲本"来校改修正的，这个本子可叫做"程乙本"。"程甲本"我的朋友马幼渔教授藏有一部，"程乙本"我自己藏有一部。乙本远胜于甲本，但我仔细审察，不能不承认"程甲本"为外间各种《红楼梦》的底本。各本的错误矛盾，都是根据于"程甲本"的。这是《红楼梦》版本史上一件最不幸的事。

此外，上海有正书局石印的一部八十回本的《红楼梦》，前面有一篇德清戚蓼生的序，我们可叫他做"戚本"。有正书局的老板在这部书的封面上题着"国初抄本《红楼梦》"，又在首页题着"原本《红楼梦》"。那"国初抄本"四个字自然是大错的。那"原本"两字也不妥当。这本已有总评，有夹评，有韵文的评赞，又往往有"题"诗，有时又将评语抄入正文（如第二回），可见已是很晚的抄本，决不是"原本"的。但自程氏两种百二十回本出版以后，八十回本已不可多见。戚本大概是乾隆时无数展转传抄本之中幸而保存的一种，可以用来参校程本，故自有他的相当价值，正不必假托"国初抄本"。

《红楼梦》最初只有八十回，直至乾隆五十六年以后始有百二十回的《红楼梦》。这是无可疑的。程本有程伟元的序，序中说：

> 《石头记》是此书原名，……好事者每传抄一部置庙市中，昂其值得数十金，可谓不胫而走者矣。然原本目录一百二十卷，今所藏只八十卷，殊非全本。即间有称全部者，及检阅仍只八十卷，读者颇以为憾。不佞以是书既有百二十卷之目，岂无全璧？爱为竭力搜罗，自藏书家甚至故纸堆中，无不留心。数年以来，仅积有二十余卷。一日，偶于鼓担上得十余卷，遂重价购之，欣然翻阅，见其前后起伏尚属接榫（榫音笋，削木入窍名榫，又名榫头）。然漶漫不可收拾。乃同友人细加厘剔，截长补短，抄成全部，复为镌板，以公同好。《石头记》全书至是始告成矣。……小泉程伟元识。

我自己的程乙本还有高鹗的一篇序，中说：

> 予闻《红楼梦》脍炙人口者，几廿余年，然无全璧，无定本。……今年春，友人程子小泉过序，以其所购全书见示，且曰："此仆数年铢积寸累之苦心，将付剞劂，公同好。子闲且惫矣，盍分任之？"予以是书虽稗官野史之流，然尚不谬于名教，欣然拜诺，正以波斯奴见宝为幸，遂襄其役。工既竣，并识端末，以告阅者。

时乾隆辛亥（一七九一）冬至后五日铁岭高鹗叙，并书。

此序所谓"工既竣"，即是程序说的"同友人细加厘剔，截长补短"的整理工夫，并非指刻板的工程。我这部程乙本还有七条"引言"，比两序更重要，今节抄几条于下：

（一）是书前八十回，藏书家抄录传阅，几三十年矣。今得后四十回，合成完璧缘友人借抄争睹者甚伙，抄录固难，刊板亦需时日，姑集活字刷印。因急欲公诸同好，故初印时不及细校，间有纰缪。今复聚集各原本，详加校阅，改订无讹。惟阅者谅之。

（二）书中前八十回，抄本各家互异。今广集核勘，准情酌理，补遗订讹。其间或有增损数字处，意在便于披阅，非敢争胜前人也。

（三）是书沿传既久，坊间善本及诸家所藏秘稿，繁简歧出，前后错见。即如六十七回此有彼无，题同文异，燕石莫辨。兹惟择其情理较协者，取为定本。

（四）书中后四十回系就历年所得，集腋成裘，更无他本可考，惟按其前后关照者，略为修辑，使其有应接而无矛盾。至其原文，未敢臆改。俟再得善本，更为厘定，且不欲尽掩其本来面目也。

引言之末，有"壬子花朝后一日，小泉、兰墅又识"一行。兰墅即高鹗。我们看上文引的两序与引言，有应该注意的几点：

（一）高序说"闻《红楼梦》脍炙人口者，几廿余年"。引言说"前八十回，藏书家抄录传阅，几三十年"。从乾隆壬子上数三十年，为乾隆二十七年壬午（一七六二）。今知乾隆三十年间此书已流行，可证我上文推测曹雪芹死于乾隆三十年左右之说大概无大差错。

（二）前八十回，各本互有异同。例如引言第三条说（六十七回此有彼无，题同文异）。我们试用戚本六十七回与程本及市上各本的六十七回互校，果有许多同异之处，程本所改的似胜于戚本。大概程本当日确曾经过一番"广集各本核勘，准情酌理，补遗订讹"的工夫，故程本一出即成为定本，其余各抄本多被淘汰了。

（三）程伟元的序里说，《红楼梦》当日虽只有八十回，但原本却有一百二十卷的目录。这话可惜无从考证。（戚本目录并无后四十回）我从前想当时各抄本中大概有些是有后四十回目录的，但我现在对于这一层很有点怀疑了（说详下）。

（四）八十回以后的四十回，据高、程两人的话，是程伟元历年杂凑起来的——先得二十余卷，又在鼓担上得十余卷，又经高鹗费了几个月整理修辑的工夫，方才有这部百二十回本的《红楼梦》。他们自己说这四十回"更无他本可考"；但他们又说："至其原文，未敢臆改。"

（五）《红楼梦》直到乾隆五十六年（一七九一）始有一百二十回的全本出世。

（六）这个百二十回的全本最初用活字版排印，是为乾隆五十七年壬子（一七九二）的程本。这本又有两种小不同的印本：（1）初印本（即程甲本），"不及细校，间有纰缪"。此本我近来见过，果然有许多纰缪矛盾的地方。（2）校正印本，即我上文说的程乙本。

（七）程伟元的一百二十回本的《红楼梦》，即是这一百三十年来的一切印本《红楼梦》的老祖宗。后来的翻本，多经过南方人的批注，书中京话的特别俗语往往稍有改换；但没有一种翻本（除了戚本）不是从程本出来的。

这是我们现有的一百二十回本《红楼梦》的历史。这段历史里有一个大可研究的问题，就是"后四十回的著者究竟是谁?"

俞樾的《小浮梅闲话》里考证《红楼梦》的一条说:

> 《船山诗草》有《赠高兰墅鹗同年》一首云:"艳情人自说《红楼》。"注云:"《红楼梦》八十回以后，俱兰墅所补。"然则此书非出一手。按乡会试增五言八韵诗，始乾隆朝。而书中叙科场事已有诗，则其为高君所补，可证矣。

俞氏这一段话极重要。他不但证明了程排本作序的高鹗是实有其人，还使我们知道《红楼梦》后四十回是高鹗补的。船山即是张船山，名问陶，是乾隆嘉庆时代的一个大诗人。他于乾隆五十三年戊申（一七八八）中顺天乡试举人；五十五年庚戌（一七九○）成进士，选庶吉士。他称高鹗为同年，他们不是庚戌同年，便是戊申同年。但高鹗若是庚戌的新进士，次年辛亥他作《红楼梦》序不会有"闲且惫矣"的话；故我推测他们是戊申乡试的同年。后来我又在《郎潜纪闻二笔》卷一里发现一条关于高鹗的事实:

> 嘉庆辛酉京师大水，科场改九月，诗题《百川赴巨海》，……闱中罕得解。前十本将进呈，韩城王文端公以通场无知出处为憾。房考高侍读鹗搜遗卷，得定远陈黻卷，亟呈荐，遂得南元。

辛酉（一八○一）为嘉庆六年。据此，我们可知高鹗后来曾中进士，为侍读，且曾做嘉庆六年顺天乡试的同考官。我想高鹗既中进士，就有法子考查他的籍贯和中进士的年份了。果然我的朋友顾颉刚先生替我在《进士题名录》上查出高鹗是镶黄旗汉军人，乾隆六十年乙卯（一七九五）科的进士，殿试第三甲第一名。这一件引起我注意《题名录》一类的工具，我就发愤搜求这一类的书。果然我又在清代《御史题名录》里，嘉庆十四年（一八〇九）下，寻得一条：

> 高鹗，镶黄旗汉军人，乾隆乙卯进士，由内阁侍读考选江南道御史，刑科给事中。

又《八旗文经》二十三有高鹗的《操缦堂诗稿跋》一篇，末署乾隆四十七年壬寅（一七八二）小阳月。我们可以总合上文所得关于高鹗的材料，作一个简单的《高鹗年谱》如下：

乾隆四七（一七八二），高鹗作《操缦堂诗稿跋》。

乾隆五三（一七八八），中举人。

乾隆五六至五七（一七九一至一七九二），补作《红楼梦》后四十回，并作序例。《红楼梦》百廿回全本排印成。

乾隆六〇（一七九五），中进士，殿试三甲一名。

嘉庆六（一八〇一），高鹗以内阁侍读为顺天乡试的同考官，闱中与张问陶相遇，张作诗送他，有"艳情人自说《红楼》"之句；又有诗注，使后世知《红楼梦》八十回以后是他补的。

嘉庆一四（一八〇九），考选江南道御史，刑科给事中。

——自乾隆四七至此，凡二十七年。大概他此时已近六十岁了。

后四十回是高鹗补的，这话自无可疑。我们可约举几层证据如下：

第一，张问陶的诗及注，此为最明白的证据。

第二，俞樾举的"乡会试增五言八韵诗，始乾隆朝，而书中叙科场事已有诗"一项。这一项不十分可靠，因为乡会试用律诗，起于乾隆二十一二年，也许那时《红楼梦》前八十回还没有做成呢。

第三，程序说先得二十余卷，后又在鼓担上得十余卷。此话便是作伪的铁证，因为世间没有这样奇巧的事！

第四，高鹗自己的序，说的很含糊，字里行间都使人生疑。大概他不愿完全埋没他补作的苦心，故引言第六条说："是书开卷略志数语，非云弁首，实因残缺有年，一旦颠末毕具，大快人心；欣然题名，聊以记成书之幸。"因为高鹗不讳他补作的事，故张船山赠诗直说他补作后四十回的事。

但这些证据固然重要，总不如内容的研究更可以证明后四十回与前八十回决不是一个人作的。我的朋友俞平伯先生曾举出三个理由来证明后四十回的回目也是高鹗补作的。他的三个理由是：（一）和第一回自叙的话都不合，（二）史湘云的丢开，（三）不合作文时的程序。这三层之中，第三层姑且不论。第一层是很明显的：《红楼梦》的开端明说"一技无成，半生潦倒"；明说"蓬牖茅椽，绳床瓦灶"；岂有到了末尾说宝玉出家成仙之理？第二层也很可注意。第二十一回的回目"因麒麟伏白首双星"确是可怪！依此句看来，史湘云后来似乎应该与宝玉做夫妇，不应该此话全无照应。以此看来，我们可以推想后四十回不是曹雪芹做的了。

其实何止史湘云一个人？即如小红，曹雪芹在前八十回里极力描写这个攀高好胜的丫头；好容易她得着了凤姐的赏识，把她提拔上去了；但这样一个重要人才，岂可没有下场？况且小红同贾芸的感情，前面既经曹雪芹那样郑重描写，岂有完全没有结果之理？又如香菱的结果也决不是曹雪芹的本意。第五回的"十二钗副册"上写香菱结局道：

根并荷花一茎香，平生遭际实堪伤。自从两地生孤木，致使芳魂返故乡。

两地生孤木，合成"桂"字。此明说香菱死于夏金桂之手，故第八十回说香菱："血分中有病，加以气怨伤肝，内外挫折不堪，竟酿成干血之症，日渐羸瘦，饮食懒进，请医服药无效。"可见八十回的作者明明的要香菱被金桂折磨死。后四十回里却是金桂死了，香菱扶正，这岂是作者的本意吗？此外，又如第五回"十二钗"册上说凤姐的结局道："一从二令三人木，哭向金陵事更哀。"这个谜竟无人猜得出，许多批《红楼梦》的人也都不敢下注解。所以后四十回里写凤姐的下场竟完全与这"二令三人木"无关。这个谜只好等上海灵学会把曹雪芹先生请来降坛时再来解决了！此外，又如写和尚送玉一段，文字的笨拙，令人读了作呕。又如写贾宝玉忽然肯做八股文，忽然肯去考举人，也没有道理。高鹗补《红楼梦》时，正当他中举人之后，还没有中进士。如果他补《红楼梦》在乾隆六十年之后，贾宝玉大概非中进士不可了。

以上所说，只是要证明《红楼梦》的后四十回确然不是曹雪芹做的。但我们平心而论，高鹗补的四十回，虽然比不上前八十回，也确然有不可埋没的好处。他写司棋之死，写鸳鸯之死，写妙玉的遭劫，写凤姐的死，写袭人的嫁，都是很精彩的小品文字，最可注意的是这些人都写作悲剧的下场。还有那最重要的"木石前盟"一件公案，高鹗居然忍心害理地教黛玉病死，教宝玉出家，作一个大悲剧的结束，打破中国小说的团圆迷信。这一点悲剧的眼光，不能不令人佩服。我们试看高鹗以后，那许多续《红楼梦》和补《红楼梦》的人，哪一人不是想把黛玉、晴雯都从棺材里扶出来，重新配给宝玉？哪一个不是想做一部"团圆"的《红楼梦》的？我们这样退一步想，就不能不佩服高鹗的补本了。我们不但佩服，还应该感谢他，因为他这部悲剧的补本，靠着那个"鼓担"的神话，居然打倒了后来无数的团圆《红楼梦》，居然替中国文学保存了一部有悲剧下场的小说！

以上是我对于《红楼梦》的"著者"和"本子"两个问题的答案。我觉得我们做《红楼梦》的考证，只能在这两个问题上着手；只能运用我们力所能搜集的材料，参考互证，然后抽出一些比较的最近情理的结论。这是考证学的方法。我在这篇文章里，处处想撇开一切先入的成见；处处存一个搜求证据的目的；处处尊重证据，让证据做向导，引我到相当的结论上去。我的许多结论也许有错误的，——自从我第一次发表这篇《考证》以来，我已经改正了无数大错误了，——也许有将来发现新证据后即须改正的。但我自信：这种考证的方法，除了《董小宛考》之外，是向来研究《红楼梦》的人不曾用过的。我希望我这一点小贡献，能引起大家研究《红楼梦》的兴趣，能把将来的《红楼梦》研究引上正当的轨道去，打破从前种种穿凿附会的"红学"；创造科学方法的《红楼梦》研究！

一九二一，三，二七，初稿。
一九二一，十一，十二，改定稿。

附记

初稿曾附录《寄蜗残赘》一则：

　　《红楼梦》一书，始于乾隆年间。……相传
其书出汉军曹雪芹之手。嘉庆年间，逆犯曹纶
即其孙也。灭族之祸，实基于此。

　　这话如果确实，自然是一段很重要的材料。因
此我就去查这一桩案子的事实。

　　嘉庆十八年癸酉（一八一三），天理教的信徒
林清等勾通宫里的小太监，约定于九月十五日起
事，乘嘉庆帝不在京城的时候，攻入禁城，占据
皇宫。但他们的区区两百个乌合之众，如何能干
这种大事？所以他们全失败了，林清被捕，后来
被磔死。

　　林清的同党之中，有一个独石口都司曹纶和他

的儿子曹幅昌都是很重要的同谋犯。那年十月己未的上谕说：

> 前因正黄旗汉军兵丁曹幅昌从习邪教，与知逆谋。……兹据讯明，曹纶之父曹纶听从林清入教，经刘四等告知逆谋，允为收众接应。曹纶身为都司，以四品职官习教从逆，实属猪狗不如，罪大恶极！……

那年十一月中，曹纶等都被磔死。

清礼亲王昭梿是当日在紫禁城里的一个人，他的《啸亭杂录》卷六记此事有一段说：

> 有汉军独石口都司曹纶者，侍郎曹瑛后也（瑛字一本或作寅），家素贫，尝得林清饮助，遂入贼党。适之任所，乃命其子曹幅昌勾结不轨之徒，许为城中内应。……曹幅昌临刑时，告刽子手曰："我是可交之人，至死不卖友以求生了！……"

《寄蜗残赘》说曹纶是曹雪芹之孙，不知是否根据《啸亭杂录》说的。我当初已疑心此曹瑛不是曹寅，况且官书明说曹瑛是正黄旗汉军，与曹寅不同旗。前天承陈筱庄先生（宝泉）借我一部《靖逆记》（兰簃外史纂，嘉庆庚辰刻），此书记林清之变很详细。其第六卷有《曹纶传》，记他家世系如下：

> 曹纶，汉军正黄旗人。曾祖金铎，官骁骑校；伯祖瑛，历官工部侍郎；祖城，云南顺宁府知府；父廷奎，贵州安顺府同知。……廷奎三子，长绅，早卒；次维，武备院工匠；次纶，充整仪卫，擢治仪正，兼公中佐领，升独石口都司。

此可证《寄蜗残赘》之说完全是无稽之谈。

一九二一、十一、十二

（收入《胡适文存》卷三）

《红楼梦》研究

俞平伯

自序

　　一九二一年四月到七月之间，我和顾颉刚先生通信讨论《红楼梦》，兴致很好。得到颉刚底鼓励，于次年二月至七月间陆续把这些材料整埋写了出米，共三卷七十篇，名曰《红楼梦辨》，于一九二三年四月由上海亚东图书馆出版。经过了二十七个年头，这书并未再版，现在有些人偶尔要找这书，很不容易，连我自己也只剩得一本了。

　　这样说起来，这书底运道似乎很坏，却也不必尽然。它底绝版，我方且暗暗地欣幸着呢，因出版不久，我就发觉了若干的错误，假如让它再版三版下去，岂非谬种流传，如何是好？所以在《修正〈红楼梦〉的一个楔子》一文末尾说："破笤帚可以掷在壁角落里完事。文字流布人间的，其掷却不如

此的易易，奈何。"（见一九二八年出版的《杂拌儿》——一页）

读者当然要问，错误在什么地方？话说来很长，大约可分两部分：（一）本来的错误，（二）因发现新材料而证明出来的错误。各举一事为例。第一个例：如中卷第八篇《红楼梦年表》曹雪芹底生卒年月必须改正不成问题，但原来的编制法根本就欠妥善，把曹雪芹底生平跟书中贾家的事情搅在一起，未免体例太差。《红楼梦》至多是自传性质的小说，不能把它迳作为作者的传记行状看啊。第二个例：我在有正戚本评注中发现有所谓"后三十回的《红楼梦》"，却想不到这就是散佚的原稿，误认为较早的续书。那时候材料实在不够，我的看法或者可以原谅的，不过无论如何后来发现两个脂砚斋评本，已把我的错误给证明了。

错误当然要改正，但改正又谈何容易。我抱这个心愿已二十多年了。最简单的修正也需要材料，偏偏材料不在我手边，而且所谓脂砚斋评本也还没有经过整理，至于《红楼梦》本身底疑问，使我每每发生误解的，更无从说起。我尝谓这书在中国文坛上是个"梦魇"，你越研究便越觉胡涂。别的小说底研究，不发生什么学，而谈《红楼梦》的便有个诨名叫"红学"。虽文人游戏之谈却也非全出偶然，这儿自然不暇细谈，姑举最习见的一条可以明其余。

《红楼梦》底名字一大串，作者底姓名也一大串，这不知怎么一回事？依脂砚斋甲戌本之文，书名五个：《石头记》，《情僧录》，《红楼梦》，《风月宝鉴》，《金陵十二钗》；人名也是五个：空空道人改名为情僧（道士忽变和尚，也很奇怪），孙梅溪，吴玉峰，曹雪芹，脂砚斋。（脂砚斋评书者，非作者，不过上边那些名字，书上本不说他们是作者。）一部书为什么要这许多名字？这些异名，谁大谁小，谁真谁假，谁先谁后，代表些什么意义？以作者论，这些一串的名字都是雪芹底化身吗？还是确实有其人？就算我们假定，甚至于我们证明都是曹雪芹底笔名，他又为什么要玩这"一气化三清"底把戏呢？我们当然可以说他文人狡狯，但这解释，您能觉得圆满而惬意吗？从这一点看，可知《红楼梦》的的确确不折不扣是第一奇书，像我们这样凡夫，望洋兴叹，从何处去下笔呢！下笔之后假如还要修正，那就将不胜其修正，何如及早藏拙之为佳。

最后，我也没机会去修改这《红楼梦辨》，因它始终没得到再版底机会哩。

现在好了，光景变得很乐观。我得到友人文怀沙先生热情的鼓励。近来又借得脂砚斋庚辰评本《石头记》。棠棣主人也同意我把这书修正后重新付刊。除根本的难题悬着，由于我底力薄，暂不能解决外，在我真可谓因缘具足非常侥幸了。我就把旧书三卷，有的全删，有的略改，并为上中两卷。其下卷有一篇是一九四八发表的，其余都是零碎的近作。《后三十回的红楼梦》篇名虽同旧书，却完全改写过，所以也算它新篇。共得三卷十六篇。原名《红楼梦辨》，辨者辨伪之意，现改名《红楼梦研究》，取其较通行，非敢辄当研究之名，我底《红楼梦研究》也还没有起头呢。

一九五〇年十二月，俞平伯序于北京。

论续书底不可能

《红楼梦》是部没有完全的书，所以历来人都喜欢续它。从八十回续下的，以我们现在所知道的有两种：（1）高鹗、程伟元续的四十回，即通行本之后四十回。（2）作者姓名及回目均无考，从后人底笔记上，知道曾有这么一本底存在。这两个本子，我在下边，都各有专篇讨论。至于从高本百二十回续下去的，如《红楼圆梦》《绮楼重梦》……却一时也列举不尽，而且也没有这个必要。

从高鹗以下，百余年来，续《红楼梦》的人如此之多，但都是失败的。这必有一个原故，不是偶合的事情。自然，续书人底才情有限，不自量力，妄去狗尾续貂，是件普遍而真确的事实，但除此以外，却还有根本的困难存在，不得全归于"续书人才短"这个假定。我以为凡书都不能续，不但《红楼梦》不能续；凡续书的人都失败，不但高鹗诸人失败而已。

我深信有这一层根本的阻碍，所以我底野心，仅仅以考证、批评、校勘《红楼梦》而止，虽明知八十回是未完的书，高氏所续有些是错了的，但决不希望取高鹗而代之，因为我如有"与君代兴"的野心，就不免自蹈前人底覆辙。我宁可刊行一部《红楼梦辨》，决不敢草一页的《续红楼梦》。

如读者觉得续书一事，并不至于这样的困难、绝望，疑心我在"张大其词"。那么，我不妨给读者诸君一个机会，去作小规模的试验。如试验成功，便可以推倒我底断案。我们且不论八十回以后，应当怎样地去续；在八十回中即有一节缺文，大可以去研究续补底方法。第三十五回，黛玉在院内说话，宝玉叫快请，下文便没有了，到第三十六回，又另起一事，了不和这事相干。黛玉既来了，宝玉把她请了进来，两人必有一番说话；但各本这节都缺，明系中有文字待补。这不过一页的文章，续补当然是极容易的，尽不妨试验一下。如这节尚且不能续得满意，那续书这件事，就简直可以不必妄想了。

因为前后文都有，所以这一段缺文底大意，并非全不可知的。我愿意把材料供给愿续书的人。上回写宝玉挨打之后，黛玉来看他，只说了两三句话，便被凤姐来岔断，黛玉含意未申，便匆匆去了。后来宝玉送帕子去，黛玉因情不自禁，题了三首诗。本回黛玉看众人进怡红院去，想起自己底畸零而感伤。《红楼梦》写钗黛喜作对文，宝钗看莺儿打络子，已有了一段文字，则黛玉之来亦当有一段相当的文字。况且"通灵玉"是极重要的，宝钗底丫头为宝玉打络子，为黛玉所见，（依本回看，莺儿正打络，黛玉来了）必不能默然无言的。所以这次宝黛谈话，必然关照到两点：（1）黛玉应有以报宝玉寄帕之情，且应当有深切安慰宝玉之语。（2）黛玉见人打络子，必然动问，不免讥讽嫉妒。

小小的一节文字，大意已可以揣摩而得，我竟一字不能下笔；更不用说八十回后如何续下去了。我底才短，虽是个原因，但决不是惟一的原因。我现在再从理论上，申论续书底困难。先说一般续书底困难，然后再说到续《红楼梦》底困难。

凡好的文章，都有个性流露，越是好的，所表现的个性越是活泼地。因为如此，所以文章本难续，好的文章更难续。为什么难续呢？作者有他底个性，续书人也有他底个性，万万不能融洽的。不能融洽的思想、情感和文学底手段，却要勉强去合做一部书，当然是个四不像。故就作者论，不但反对任何人来续他底著作，即是他自己，如环境心境改变了，也不能勉强写完未了的文章。这是从事文艺者底应具的诚实。

至就续者论，他最好的方法，是抛弃这个妄想；若是不能如此，便将陷于不可解决的困难。文章贵有个性，续他人底文章，却最忌的是有个性。因为如表现了你底个性，便不能算是续；如一定要续作，当然须要尊重作者底个性，时时去代他立言。但果然如此，阻抑自己底才性所长，而俛仰随人，不特行文时如囚犯一样未免太苦，且即使勉强成交，也只是尸居余气罢了。我们看高鹗续的后四十回，面目虽似，神情全非，真是可怜无补费精神的事情！我从前有一信给顾

颉刚,有一节可以和这儿所说对看:

> 所以续书没有好的,不是定说续书的人才情必远逊于前人,乃因才性不同,正如其面,强而相从,反致两伤。譬如我做一文没有写完,兄替我写了下去,兄才虽胜于我,奈上下不称何?若兄矜心学做我文,则必不如弟之原作明矣。此固非必有关于才性之短长。……

(一九二一,六,十八信。)

而且续《红楼梦》,比续别的书,又有特殊的困难,这更容易失败了。第一,《红楼梦》是文学书,不是学术的论文,不能仅以面目符合为满足。第二,《红楼梦》是写实的作品,如续书人没有相似的环境、性情,虽极聪明,极审慎,也不能胜任。譬如第三十五回之末,明明短了一节宝黛对话文字,说的什么事也可以知道。但我们心目中并无他俩底真的存在,所以一笔也写不出。他们俩应当说些什么话,我们连一字也想不起来。文学不是专去叙述事实,所以虽知道了事实,也仍然不中用的。必得充分了解书中人底性格、环境,然后方才可以下笔。但谁能有这种了解呢?自然全世界只有一个人,作者而已。再严格说,作者也只在一个时候,做书底时候。我们生在百年之后,想做这件事,简直是个傻子。

高鹗亦是汉军旗人,距雪芹极近,续书之时,尚且闹得人仰马翻,几乎不能下台。我们哪里还有续《红楼梦》底可能?果然有这个精神,大可以自己去创作一部价值相等的书,岂不痛快些!高鹗他们因为见不到此,所以摔了一跤。我并不责备高氏底没有才情,我只怪他为什么要做这样傻的事情。我在下边批评高氏,有些或者是过于严刻的,但读者要知道这是续书应有底失败,不是高氏一个人底失败。

我在给颉刚的一信中，曾对于高氏作较宽厚的批评：

> 但续作原是件吃力不讨好的事，我也很不该责备前人。若让我们现在来续《红楼梦》，或远逊于兰墅也说不定。……我们看高氏续书，差不多大半和原意相符，相差只在微细的地方。但是仅仅相符，我们并不能满意。我们所需要的，是活泼泼人格底表现。在这一点上，兰墅可以说是完全失败。
>
> （一九二一，六，三十。）

高鹗底失败，大概是如此，以外都是些小小的错误。我在下文，所以每作严切的指斥，并不是不原谅他，是因为一百二十回本通行太久了，不如此，不能打破这因袭的笼统空气，所攻击的目标却不在高氏个人。

这篇短文底目的：一则说明我宁写定这一书而不愿续《红楼梦》底原因；二则为高鹗诸人作一个总辩解，声明这并非他们个人底过失（那些妄人，自然不能在内）；三则作"此路不通"的警告，免将来人枉费心力。

一九二二，六，十七。

辨后四十回底回目非原有

我们要研究《红楼梦》，第一要分别原作与续作；换句话说，就是先要知道《红楼梦》是什么。若没有这分别的眼光，只浑沦吞枣地读了下去，势必被引入迷途，毫无所得。这不但研究《红楼梦》如此，无论研究什么，必先要把所研究的材料选择一下，考察一下，方才没有筑室沙上的危险。否则题目先没有认清，白白费了许多心力，岂不冤枉呢？

《红楼梦》原书只有八十回，是曹雪芹做的；后面的四十回，是高鹗续的。这已是确定了的判断，无可摇动。我在这卷中，下边还有说到的，现在只辨明"后四十回底回目决非原有"这一个判断。

自从乾隆壬子程伟元刻的高鹗本，一百二十回本行世以后，八十回本便极少流传，直到民国初年，有正书局把有戚蓼生底序的抄本八十回石印，我们方才知道《红楼梦》有这一种本子。但当时并没发生好大影响，也从没有人怀疑到"原本究有多少回书"这一个问题。程伟元底《红楼梦》序上说：

> 然原本目录一百二十卷，今所藏只八十卷，殊非全本。……
> 不佞以是书既有百二十卷之目，岂无全璧？……

我告诉诸位，程伟元所说的全是鬼话，和高鹗一鼻孔里出气，如要作《红楼梦》研究，万万相信不得的。程氏所以这样地说，他并不是有所见而云然，实在是想"冒名顶替"，想把后四十回抬得和前八十回一样地高，想使后人相信后四十回确是原作，不是兰墅先生底大笔。这仿佛上海底陆稿荐，一个说"我是真正的"，一个说"我是老的"，一个说"我是真正老的"，正是一样的把戏。

原来未有一百二十回本以前，先已有八十回抄本流传。高鹗说：

> 予闻《红楼梦》脍炙人口者几廿余年，然无全璧，无定本。向曾从友人处借观，窃以染指尝鼎为憾。今年春友人程子小泉过予，以其所购全书见示……（高本自序）

他告诉我们的，明显的有好几点：（1）他没有续书以前《红楼梦》已盛行二十余年了。（2）流行的抄本极多、极杂，但都是八十回本，没有一部是完全的。（3）这种八十回抄本，高氏曾经见过；很有憾惜书不完全之意。（4）直到一七九一年春天，他方才看见全书，实在是到这时候，他方续好。

即在高程两人未刊行全书以前，社会上便盛行八十回本的《红楼梦》；这当然，百二十回本行世不免有些困难。因这个困难，程高二位便不得不掉一个谎。于是高氏掩饰续书之事，归之于程伟元；程氏又归之于"破纸堆中""鼓担上"。但这样的奇巧事情，总有些不令人相信。那就没有法子，程伟元只得再造一个谣言，说原本有一百二十回底目录。看他说："既有百二十卷之目，岂无全璧？"他底掉谎底心思——为什么掉谎——昭然若揭了！

而且这个谎，掉得巧妙得很，不知不觉的便使人上当。一则当时抄本既很庞杂没有定本，程伟元底谎话一时不容易对穿。譬如有人疑心当时抄本既很多，或者有些是有百二十回底目录的。这正是至今还有人上程氏底当一个例子。二则高作四十回，与目录是一气呵成的。明眼人一看，便知道决非由补缀凑合而成。如承认了后四十回底目录是原有的，那么，就无形地得默认后四十回也是原作了。到读者这样的一点头，高鹗和程伟元底把戏，就算完全告成。他们所以必先说目录是原有的，正要使我们承认"本文是原作"这句话，正是要掩饰补书底痕迹，正是要借作者底光，使四十回与八十回一起流传。

果然，这个巧妙的谎，大告成功。读者们轻轻地被瞒过了一百多年之久，在这一时期中间，续作和原作享受同样的崇仰，有同样广大的流布。高氏真是撒谎的专家，真是附骥尾的幸运儿。他底名姓虽不受人注意；而著作却得了十倍的声价。我们不得不佩服程高两位底巧

于作伪，也不得不怪诧一百多年的读者没有分析的眼光。（例外自然是有的）①

但到一九二一以后，高鹗便有些倒霉了，他撒的大谎也渐渐为人窥破，立脚不住，不但不能冒名顶替，且每受人严切的指斥。俗语说得好：“若要人勿知，除非己莫为。”天下哪里有永不拆穿的西洋镜！

我在未辨正四十回底本文以先，即要在回目上面下攻击；因为回目和本文是相连贯的，若把回目推翻了，本文也就有些立脚不住。从程高二人底话看，作伪底痕迹虽然可见；但这些总是揣想，不足以服他们底心。我所用的总方法来攻击高氏的，说来也很简单，就是他既说八十回和四十回是一人做的，当然不能有矛盾；有了矛盾，就可以反证前后不出于一人之手。我处处去找前后底矛盾所在，即用八十回来攻四十回，使补作与原作无可调和，不能两立。我们若承认八十回是曹雪芹做的，就不能同时承认后四十回也是他做的。高鹗喜欢和雪芹并家过日子，我们却强迫他们分居。

我研究《红楼梦》，最初便怀疑后四十回之目，写信给颉刚说：“后四十回不但本文是续补，即回目亦断非固有。”（一九二一，四，二十七。）后来颉刚来信问我断论底依据，我回他一封信上举了两项：（1）后四十回中写宝玉结局，和回目上所标明的，都不合第一回中自叙底话。（2）史湘云底丢却，第三十一回之目没有关照。

最显明的矛盾之处，是宝玉应潦倒，而目中明写其“中乡魁”；贾氏应一败涂地，而目中明与其“延世泽”；香菱应死于夏金桂之手，而目中明写“金桂自焚身”。其余可疑之处尚多，现在先把这最

---

① 思元斋著《枣窗闲笔》已斥高鹗续书，见《燕京学报》第三十七期周汝昌文中所引（页一三三）。

明白的三项，列一对照表，以便参阅：

前八十回底原文	后四十回底回目
风尘碌碌一事无成 一技无成半生潦倒 自己无才不得入选 当此蓬牖茅椽绳床瓦灶 （以上均见第一回） 贫穷难耐凄凉 （第三回宝玉赞） 运终数尽不可挽回 （第五回宁荣二公语） 自杀自灭一败涂地 （第七十四回探春语） 自从两地生孤木致使芳魂返故乡 （第五回香菱册词）	中乡魁宝玉却尘缘 （第一百十九回） 复世职政老沐天恩 （第一百七回） 沐皇恩贾家延世泽 （第一百十九回） 施毒计金桂自焚身 （第一百三回）

这可以不必再加什么说明，矛盾的状况已显然呈露。若说四十回之目是原有的，请问上表所列，应作何解释？作者底疏忽决不至此；因这类冲突实在太凶了，决非疏忽所可以推诿的。

我给颉刚信中所述的第二项，这儿没有列入表中。因为"白首双星"一回，下半部虽没有照应，但只可以证四十回是续书，不足以充分证明回目底非原作。我在那时把"白首双星"解得太拘泥了，疑惑作者意在写宝玉、湘云成婚，以金麒麟为伏脉。我实在不甚了解"因麒麟伏白首双星"究竟是怎么一回事情。所以在那信上说：

　　这回之目怎样解法？何谓因？何谓伏？何谓双星？在后四十回本文中，回目中，有一点照应没有？（一九二一，五，四。）

我那时胸中只有宝湘成婚这一种解释，所以断定后四十回之目既没有照应，便是高鹗补的。（如宝湘成婚非见回目不可）自从发现了后三十回的《红楼梦》，得了一种新想象、新解释，湘云底结局，即不嫁宝玉，也可以照顾到这回底暗示；那么，从这一点论，可谓对于回目无甚关系了。（湘云与他人成婚，本可以不见回目的）既无甚关系，在这节中，当然宜从删削。

以外，第一百〇九回之目，稍有些可疑。高本八十回中，虽没写柳五儿之死，但戚本却明明叙出，她是死了。依戚本为正，那么，所谓"五儿承错爱"，又是一点大破绽。高本自身虽幸免矛盾，但也许因他要补这一节文字，所以把"五儿之死"一节原文删了，也说不定的。我在这里，又不免表示一点疑惑。

我们以外不必再比附什么，即此为止，已足证明"回目是经过续补的"这个断语。而且，回目底续下，定是从八十一回起笔的，不是从八十回，也不是从八十二回。我们且不管以外的证据，如戚蓼生、程伟元、张船山他们底话；只就本书底内证，已足明"后四十回目非原有"这个命题而有余。我对颉刚说：

> 这不但是"中乡魁"露了马脚，在紧接原书之第一回，即第八十一回已如此。续书第一回就"奉严词两番入家塾"，这明是高鹗先生底见解来了，所以终之以"中乡魁""延世泽"等等铜臭话头。（一九二一，六，九。）

入家塾即是为中举底张本。中举一事非作者之意，因之入家塾一事亦非作者之意。第八十一回之目，既已不合作者之意；可见八十一回以后各回之目都是高氏一手续的。换句话说，便是现行的百二十回本只有八十回的目是真，亦不多一回，多一回已八十一了，亦不少一回，少一回只七十九了。程伟元高鹗两人底话，全是故意造谣，来欺罔后人的 ①。

高鹗续书底依据

我们既已知道现行本后四十回底本文、回目都是高鹗一手做的；就可以进一步去考察这四十回底价值。从偏好上，我对于高作是极不满意的，但却也不愿因此过于贬损他底应得的地位。我不满意于高作底地方，在别篇详论。现在先从较好的方面着笔，就是论他续书底依据所在。

最初，颉刚是很赏识高鹗的。他说："我觉得高鹗续作《红楼梦》，他对于本文曾经细细地用过一番功夫，要他的原文恰如雪芹底原意。所以凡是末四十回的事情，在前八十回都能找到他的线索。……我觉得他实在没有自出主意，说一句题外的话，只是为雪芹补苴完工罢了！"（一九二一，五，十七信。）

他底话虽然有些过誉，但大体上也是对的。高鹗补书，在大关节上实在是很细致，不敢胡来。即使有疏忽的地方，我们也应当原谅他。况且他能为《红楼梦》保存悲剧的空气，这尤使我们感谢。这点意思，已在《红楼梦》底风格一节文中说及了。

我们现在从实际上，看他续书底依据是什么？我先举几件在后四十回的荦荦大事，试去推究一下。

---

① 现在知道后三十回是雪芹原作，既另有回目，则后四十回目录之伪，毫无疑问了。

（一）宝玉出家

（1）空空道人遂因空见色，自色悟空；遂改名情僧，改《石头记》为《情僧录》。（第一回）

（2）甄士隐听了《好了歌》，随着跛足道人飘飘而去。（同上）

（3）贾雨村游智通寺，门旁有一副对联，下联是："眼前无路想回头。"雨村想道："……其中想必有个翻过筋斗来的也未可知……"走入看时，只见一个龙钟老僧在那里煮饭。（第二回）

（4）警幻说："或冀将来一悟，未可知也。""快休前进，作速回头要紧！"（第五回）

（5）"说不得横了心，只当他们死了，横竖自家也要过的；如此一想，却倒毫无牵挂，反能怡然自悦。"（第二十一回）

（6）第二十二回之目是"听曲文宝玉悟禅机"。

（7）宝玉道："什么大家彼此！他们有大家彼此，我只是'赤条条无牵挂'的！"言及此句，不觉泪下。他占偈道："是无有证，斯可云证，无可云证，是立足境。"他做的一支《寄生草》是："肆行无碍凭来去。茫茫着甚悲愁喜？纷纷说甚亲疏密？从前碌碌却因何？到如今，回头试想真无趣！"（第二十二回）

（8）和尚念的诗是："沉酣一梦终须醒，冤债偿清好散场！"（第二十五回）

（9）黛玉道："我死了呢？"宝玉道："你死了我做和尚。"（第三十回）

（10）宝玉笑道："你死了，我做和尚去。"（第三十一回）

（11）宝玉默默不对。自此深悟人生情缘，各有分定，只是每每暗伤，不知将来葬我洒泪者为谁？（第三十六回）

（二）宝玉中举

（1）"嫡孙宝玉一人，聪明灵慧，略可望成。"（第五回）

（2）众清客相公们都起身笑道："今日世兄一去，二三年便可显身成名的了！"（第九回）

（3）黛玉笑道："好！这一去可是要蟾宫折桂了。"（同）

但这是高鹗底误会。第五回所引文下，尚有"吾家数运合终"一语，可见上边所说是反语。第九回清客们底话，随口点染，并无甚深义。至于黛玉底话，也是讥讽口吻。颉刚说："其实这一句也不过是黛玉习常的讥讽口吻，作者未必有深意。要是这句作准，那第十八回里，宝钗也对宝玉说：'亏你今夜不过如此，将来金殿对策，你大约连赵钱孙李都忘了呢！'也可以算宝玉去会试了。"（一九二一，五，十七信。）

（三）贾氏抄家

（1）"陋室空堂，当年笏满床；衰草枯杨，曾为歌舞场。蛛丝儿结满雕梁，绿纱今又糊在蓬窗上。""因嫌纱帽小，致使锁枷扛。"（第一回）

（2）偶遇荣宁二公之灵，嘱吾云："吾家自国朝定鼎以来，功名奕世，富贵流传，已历百年，奈运终数尽，不可挽回。"（第五回）

（3）秦氏道："常言，'月满则亏，水满则溢'；又道是'登高必跌重'。如今我们家赫赫扬扬，已将百载；一日倘或乐极生悲，若应了那句'树倒猢狲散'的俗语，岂不虚称了一世诗书旧族了！'"便是有罪，他物可入官，这祭祖产业，连官也不入的。"（第十三回）

（4）探春道："你们别忙，自然连你们抄的日子有呢。你们今日早起，不曾议论甄家，自己家里好好的，——抄家，果然真抄了。咱们也渐渐的来了。"（第七十四回。这回目是抄检大观园。）

（5）"才有甄家的几个人来，还有些东西，不知是做什么机密事。"尤氏听了道："甄家犯了罪，现今抄没家私，调取进京治罪，怎么又有人来？"老妈妈道："才来了几个女人，气色不成气色，慌慌张张的，想必有瞒人的事。"（第七十五回）

（6）王夫人说甄氏抄家事，贾母甚不自在。（同）

（7）第七十五回之目是"异兆发悲音"。本文上说："忽听那边墙下有人长叹之声。大家明明听见，都毛发竦然。……恍惚闻得祠堂内槅扇开阖之声，只觉得阴气森森，比先更觉凄惨起来。"

高鹗补抄家一节文字，本此。他写宁府全抄了，也本此。《红楼梦》写宁国府底腐败，极有微词，将来自应当有一种恶结果。且"树倒猢狲散""有罪家产入官"说在秦氏口中。甄家被抄事，又从尤氏一方面听来。异兆发悲音，又专被贾珍他们听见。再证以第五回，"造衅开端实在宁"等处，可见将来被祸，宁府尤烈。高氏写此等处非无根据，但到末尾数回，自己完全推翻了上边所说的，实在是他底大错。

（四）贾氏复兴

（1）"昨怜破袄寒，今嫌紫蟒长。"（第一回）

（2）秦氏冷笑道："否极泰来，荣辱自古周而复始……"（第十三回）

我所找着的，可以替他作辩护，只有这两条。而其实都靠不住。（1）或指一人一事而言，未必是说贾氏复兴，我疑心是指李纨、贾兰底事情。（2）秦氏所说，正是反话，所以在下边紧接一句："岂人力所能常保的？"她又说："万不可忘了那盛筵必散的俗语。"可见她无非警告凤姐，处处预作衰落时底打算，不致将来一败而不可收拾，并非作什么预言家。后来因凤姐毫不介意，且更威福自恣，以致一败涂地，应了荣宁两公底"运终数尽"的话。高鹗补得不对，我不必再为他辩护。

（五）黛玉早死

（1）"昨日黄土陇头堆白骨……"（第一回）

（2）和尚说："……只怕他的病，一生也不能好的！"（第三回）

（3）"欠泪的，泪已尽。"（第五回）

（4）黛玉道："我作践了我的身子，我死我的！……偏要说死！我这会就死！……正是了；要是这样闹，不如死了干净！""死活凭我去罢了！"（第二十回）

（5）黛玉续偈说："无立足境，是方干净！"（第二十二回）

（6）《葬花诗》上说："红消香断有谁怜？……桃李明年能再发，明年闺中知有谁？……却不道人去梁空巢亦倾！……明媚鲜妍能几时？一朝飘泊难寻觅。……天尽头，何处有香丘？未若锦囊收艳骨，一抔净土掩风流。……未卜侬身何日丧？侬今葬花人笑痴，他年葬侬知是谁？试看春残花渐落，便是红颜老死时。一朝春尽红颜老，花落人亡两不知！"（第二十七回）

（7）林黛玉的花颜月貌，将来亦到无可寻觅之时。（第二十八回）

（8）"况近日每觉神思恍惚，病已渐成。医者更云：'气弱血亏，恐致劳怯之症。'我虽为你知己，但恐不能久待，你纵为我知己，奈我薄命何！"（第三十二回）

（9）"那黛玉还要往下写时，觉得浑身火热，面上作烧。……只见腮上通红，真合压倒桃花，却不知病由此深。"（第三十四回）

（10）黛玉近日又复嗽起来，觉得比往常又重。宝钗来望她，黛玉道："不中用，我知道我的病是不能好的了。""生死有命，富贵在天，也不是人力可强求的。今年比往年反觉又重些似的。"说话之间，已咳嗽了两三次。（第四十五回）

（11）黛玉抽着的诗签，是一枝芙蓉花，题着"风露清愁"，有一句诗，道是："莫怨东风当自嗟。"（第六十三回）

（12）黛玉做的《柳絮词》，有"飘泊亦如人命薄，空缱绻，说风流"。（第七十回）

（13）黛玉和湘云联句有"冷月葬诗魂"之句。湘云道："只是太颓丧了些。你现病着，不该作此凄清奇谲之语。"（第七十六回）

（14）妙玉笑道："有几句虽好，只是过于颓败凄楚。此亦关于人之气数而有……"（同）

（15）黛玉叹道："我睡不着，也并非一日了，大约一年之中，通共也只好睡十夜满足的。"湘云道："你这病就怪不得了！"

（16）宝黛推敲晴雯诔中底字句。宝玉说："莫若说，茜纱窗下，我本无缘；黄土陇中，卿何薄命！"黛玉听了，陡然变色。虽有无限狐疑，外面却不肯露出。（第七十九回）

这不过随便翻检着，可举的已有十六条之多。如仔细寻去，八十回中暗示黛玉之死，恐怕还多着呢。高鹗补书，以事迹论，自然不算错；只是文章却不见高明，这也容我在下篇批评。

（六）宝钗与宝玉成婚

（1）《红楼梦曲》——"都道是金玉良缘……空对着山中高士晶莹雪。……纵然是齐眉举案，到底意难平。"（第五回）

（2）第八回高本底回目，是"贾宝玉奇缘识金锁，薛宝钗巧合认通灵"。

（3）同回宝玉到宝钗处，宝钗看他底那块玉，口里念道："莫失莫忘，仙寿恒昌。"……莺儿嘻嘻的笑道："我听这两句话，倒像和姑娘项圈上的两句话是一对儿。"宝玉拿宝钗底项圈看，是"不离不弃，芳龄永继"，因笑问："姐姐，这八个字倒与我的是一对儿。"

（4）"谁想贾母自见宝钗来了，喜他稳重和平。……"（第二十二回）

（5）宫中所赐端午节物，独宝钗和宝玉一样。

（6）宝玉听黛玉提出"金玉"二字，不觉心里疑猜。

（7）宝钗因有"金锁是和尚给的，等日后有玉的方可结为婚姻"等语，所以总远着宝玉。

（8）宝玉忽然想起"金玉"一事来，再看宝钗形容，比黛玉另有一种妩媚风流，不觉就呆了。（以上四条，均见第二十八回。）

（9）薛蟠说："从前妈妈和我说：你这金，要拣有玉的才可配。"（第三十四回）

（10）贾母道："提起姊妹们……都不如宝丫头。"（第三十五回）

（11）宝玉笑道："……明儿不知哪一个有福的消受你们主儿两个呢！"见莺儿娇腔宛转，语笑如痴，早不胜其情了，那堪更提起宝钗来。（同回）

（12）第三十六回之目是"绣鸳鸯梦兆绛芸轩"。事迹是宝玉睡了，宝钗代袭人绣他兜上底鸳鸯。宝玉在梦里喊骂："什么金玉姻缘！"

（13）王夫人托宝钗照应家务说："好孩子，你还是个妥当人，……你替我辛苦两天，照看照看。"（第五十五回）

（14）宝钗做的《柳絮词》是："……好风凭借力，送我上青云。"（第七十回）

以外提金玉之处尚多，零零散散，一时也举不尽。我们看了这些证据，就得承认作者有使钗玉团圆这个意思。若我们要做翻案文字，就先得要把这些暗示另换一个解释，而且是很自然、清楚、不牵强的解释。这当然是很不容易的事。某补本底作者使宝钗早卒，不知是怎样写法的？悬揣起来要处处说得圆满恐怕不很可能。高鹗在这一点上，我也不敢轻菲薄他。

（七）宝钗守寡——宝玉弃她而出家

（1）薛姨妈道："姨妈不知宝丫头古怪呢，他从来不爱这些花儿粉儿的。"（第七回）

（2）宝钗念支《寄生草》与宝玉听，内有"没缘法，转眼分离乍，赤条条，来去无牵挂"之语。后来宝玉就因此"悟禅机"。（第二十二回）

（3）宝钗听见宝玉在梦中喊骂说："和尚道士的话，如何信得；什么金玉姻缘，我偏说木石姻缘！"宝钗不觉怔了。（第三十六回并参看第五回《红楼梦曲》。)

（4）宝钗房中，布置得十分朴素。贾母说："使不得。……年轻的姑娘们，房里这样素净，也忌讳。……"（第四十回）

高鹗补宝玉娶宝钗后做和尚这段文字，正本此。

（八）黛死钗嫁在同时

（1）"昨日黄土陇头堆白骨，今宵红绡帐里卧鸳鸯。"（第一回，《好了歌》注。）

我以前不懂高氏为什么定要把事情写得如此淋漓尽致，定要说，"当时黛玉气绝，正是娶宝钗这个时辰"。（第九十八回）现在才恍然了。这两句话，是否应作这般解释，这是另一问题，我想他是误会了。

（九）元春早卒

（1）元春底册词说："二十年来辨是非，……虎兔相逢大梦归。"

（2）《红楼梦曲·恨无常支》中说："喜荣华正好，恨无常又到……儿命已入黄泉。天伦啊，须要退步抽身早。"（均见第五回）

（3）凤姐梦可卿同他说："眼前不日又有一件非常喜事，真是烈火烹油，鲜花着锦之盛；要知道也不过是瞬息的繁华，一时的欢乐，……"（第十三回）

（4）元妃底灯谜是："……一声震得人方恐，回首相看已化灰。"（第二十二回）

高鹗补元春事完全根据在此。所以写贾母梦见元春，她还劝贾母："荣华易尽，须要退步抽身。"（第八十六回）高氏又明叙元春死在甲寅年十二月十九日，而十二月十八日立春，已交卯年寅月。这明是比附"虎兔相逢"了。（第九十五回）

（十）探春远嫁

（1）她底册子，画着两人放风筝，一片大海，一只大船，船上有一女子，掩面泣涕之状。诗云："……清明泣送江边望，千里东风一梦遥。"

（2）《红楼梦曲·分骨肉支》云："一帆风雨路三千，把骨肉家园齐来抛闪。……自古穷通皆有定，离合岂无缘？从今分两地，各自保平安。"（均见第五回）

（3）她底灯谜是风筝，词曰："……游丝一断浑无力，莫向东风怨别离。"（第二十二回）

（4）她做的《柳絮词》，是半首《南柯子》，是："……也难绾系也难羁，一任东西南北各分离。"（第七十回）

这很明显，高氏写探春嫁在海疆，系从册子上看来的。（第一百十六回，宝玉重见册子，影影有一个放风筝的人儿。）但在第一百十九回上，写他归家一次，也大可不必。总之，高氏不善写述悲哀这个毛病，到处都流露着①。

---

① 高鹗写探春嫁后颇得意，其依据在第六十三回，探春抽的诗签，注云："必得贵婿"，故此节补文不甚错，却稍有误会。惟写她嫁后归宁，则无据。

（十一）迎春被糟蹋死

（1）册子画一恶狼，追扑一美女，有欲啖之意，词曰："子系中山狼，得志便猖狂。金闺花柳质，一载赴黄粱。"（第五回）

（2）曲子里也说："……叹芳魂艳魄，一载荡悠悠。"（同）

（3）第八十回写迎春归宁，在王夫人房中哭诉一节文字。

所以高氏在第一百九回上写迎春说："可怜我只是没有再来的时候了！"又明叙结婚年余，被孙家折磨，以致身亡。这儿所谓年余，正与册子曲子上底一载相映射。

（十二）惜春为尼

（1）册子中一所大庙，里面有一美人在内看经独坐，其判云："勘破三春景不长，缁衣顿改昔年妆。可怜绣户侯门女，独卧青灯古佛旁。"

（2）曲子中《虚花悟支》："将那三春看破，……闻说道，西方宝树唤婆娑，上结着长生果。"（均见第五回）

（3）周瑞家的到惜春处，惜春笑道："我这里正和智能儿说，我明儿也剃了头，同他作姑子去。……"（第七回）

（4）尤氏笑道："这会子又做大和尚，又讲起参悟来了。""可知你真是心冷嘴冷的人。"惜春道："怎么我不冷！……"（第七十四回）

（5）探春道："这是他向来的脾气，孤介太过，我们再扭不过他的。"（第七十五回）

以外如戚本上底惜春一谜，不在此内。高氏写宝玉重游太虚幻境以后，惜春为尼之时，宝玉重述册子语一次，尤为这是他补书底依据底明证。（第一百十八回）后来惜春住在栊翠庵，大约是想应合那册子上底大庙了。（第一百二十回）但栊翠不过是点缀园林的一个尼庵，似乎不可以说是大庙。我以为她后来在水月庵，比较对些。

（十三）湘云守寡

（1）册子上画着几缕飞云，一湾逝水，其词曰："……展眼吊斜晖，湘江水逝楚云飞。"

（2）曲子《乐中悲支》："……厮配得才貌仙郎，……终久是云散高唐，水涸湘江。……"

高氏对于这两条不但误解了，且所补湘云传，亦草率之至。他只用"姑爷很好，为人又和平"等语，（第一百六回）来敷衍曲子上底"厮配得才貌仙郎"。又说她丈夫成了痨病，（第一百九回）后来死了，湘云立志守寡，（第一百十八回）就算应合"云散水涸"了。至于金麒麟这一段公案，几乎一字不提。即在第八十三回，周瑞家的和凤姐谈了半天金麒麟，也并无关于湘云底姻缘。所以高氏写湘云，几乎是无所依据。

（十四）妙玉被污

（1）册子上画着一块美玉，落在污泥之中。词曰："欲洁何曾洁，云空未必空。可怜金玉质，终陷淖泥中！"

（2）曲子中《世难容支》，"……却不知好高人愈妒，过洁世同嫌。……到头来，依旧是风尘肮脏违心愿；好一似无瑕白璧遭泥陷。……"（均见第五回）

高鹗在第一百十二回，写妙玉被人轻薄，本此。但他只写她不知所终，虽在第一百十七回，隐隐约约地说她被杀，也只是"梦话"罢了。他又何尝能充分描写出所谓"风尘肮脏违心愿"呢？凡看到这些地方，我总觉得后四十回只是一本账簿。即使处处有依据，也至多不过是很精细的账簿而已。

（十五）凤姐之死

（1）她底册词说："……哭向金陵事更哀！"

（2）曲子上说："……反算了卿卿性命。……终有个家亡人散各奔腾；……"（均第五回）

（3）八十回内写她贪财放债，逼害人命，有好几处。（如第十五回、第十六回、第六十九回、第七十二回等等）

高鹗因此写凤姐家私，以重利盘剥故被抄；（第一百五、一百六回）又写贾琏后来和她感情淡薄。第一百六回，贾琏啐道："……我还管他么！"第一百十三回，"看着贾琏并不似先前的恩爱，竟像不与他相干的"。在她临死的时候又写："琏二奶奶说些胡话，要船要轿的，说到金陵归入册子去。"袭人又和宝玉明提册子，可见是受"哭向金陵事更哀"这句话底暗示。（所引见一百十四回）高氏如此写"返金陵"自然是胡闹；况且册子上还有一句，"一从二令三人木"，他又如何交代？

（十六）巧姐寄养于刘氏

（1）她底册子是一座荒村野店，有一美人在那里纺绩，其判曰："势败休云贵，家亡莫论亲；偶因济刘氏，巧得遇恩人。"

（2）曲子《留余庆支》云："留余庆，忽遇恩人，……幸娘亲，积得阴功。……休似俺那爱银钱，忘骨肉的狠舅奸兄。"（均

第五回）

（3）刘姥姥命她底名为巧姐儿：又说："……或有一时不遂心的事，必然遇难成祥，逢凶化吉，都从这'巧'字儿来。"（第四十二回）

后四十回，巧姐底结局全本此。因画上有荒村野店，美人纺绩，所以后来嫁给一庄稼人，姓周的。（第一百十九，第一百二十回）因为有"家亡莫论亲"及"爱银钱忘骨肉的狠舅奸兄"，所以写巧姐将为王仁（狠舅）、贾环、贾芸（奸兄）等所盗卖，而他们所以要如此办，因为外藩肯花银子。（第一百十八、第一百十九回）因为明叙"济刘氏""积阴功""留余庆""巧得遇恩人""逢凶化祥，遇难成祥"等语；所以巧姐被刘氏救去，依然父女团圆，夫妻偕老。（第一百十九、第一百二十回）高氏补巧姐传，可谓一句题外的话也没有说，只是文笔拙劣，叙述可笑罢了。

（十七）李纨因贾兰而贵

（1）贾兰年方五岁，已入学攻书。李氏惟知侍亲教子。（第四回）

（2）册子上画一盆茂兰，旁有凤冠霞帔的美人，判云："桃李春风结子完，到头谁似一盆兰？"

（3）曲子《晚韶华支》云："……只这戴珠冠披凤袄，……气昂昂头戴簪缨，光灿灿胸悬金印，威赫赫爵禄高登。……"（均第五回）

（4）贾兰做了一首诗，呈与贾政看。贾政看了，喜不自胜。（第七十五回）

（5）众幕宾见了贾兰做的《姽婳词》，便皆大赞："小哥儿

十三岁的人就如此，可知家学渊源，真不诬矣!"贾政笑道:"稚子口角，也还难为他。"(第七十八回)

以外恐怕提到贾兰聪慧好学的地方还有，只在一时不能遍举了。高氏写贾兰中了一百三十名举人，又说，"兰桂齐芳家道复初";都是从这些看来的。(第一百九回、第一百二十回)更清楚的是，宝玉临走时对李纨说:"日后兰哥还有大出息，大嫂子还要戴凤冠霞帔呢。"(第一百十九回)这明是故意作册子底照应。

(十八)秦氏缢死

(1)册子上画着高楼，上有一美人悬梁自尽。(第五回)

(2)秦氏死了，合家无不纳闷，都有些疑心。(第十三回，金玉缘本如此。亚东有正两本均作伤心，非。有正本更以纳闷为纳叹，更谬)①

秦氏死在第十二回中，似乎无关涉高氏，但他因为前八十回将真事写得太晦了，所以愿意重新提一提，使读者可以了然。第一百十一回上说鸳鸯上吊，只见灯光惨淡，隐隐有个女人，拿着汗巾子，好似要上吊的样子;后来细细一想，方知道是东府里的小蓉大奶奶。鸳鸯想道:"……他怎么又上吊呢?"后来她解下一条汗巾，按着秦氏方才立的地方拴上。她死了以后，只见秦氏隐隐在前。高鹗如此写法，可见他也相信秦氏是缢死的。但如此写出秦氏之引诱鸳鸯，仿佛如世俗所传的缢鬼要找替身，这实在不见高明。至于原书叙秦氏缢死，怎

---

① 现在知道金玉缘本即根据程伟元甲本。脂砚斋甲戌本、庚辰本并作"疑心"。程乙本则作"伤心"。

样地写法？为什么要这样地写？这都在另一篇上详论。

（十九）袭人嫁蒋玉菡

（1）册词道："枉自温柔和顺，空云似桂如兰。堪羡优伶有福，谁知公子无缘。"（第五回）

（2）袭人说："去定了。"宝玉听了，自思道："谁知这样一个人，这样薄情无义呢。"（第十九回）

（3）蒋玉菡唱的曲子，有"配凤鸾""入鸳帏"等语；说的酒令，有"并头双蕊"、"夫唱妇随"等语；说的酒底是"花气袭人知昼暖"。（袭人以此命名，见第三回）后来又被薛蟠明白叫破。（第二十八回）

（4）宝玉与蒋玉菡换汗巾，而宝玉底松花汗巾原是袭人底。后来宝玉又把琪官赠的大红汗巾结在袭人腰间。（第二十八回）

（5）晴雯被逐，宝玉大不满意袭人，所以他说："你是头一个出了名的至善至贤的人，……焉得有什么该罚之处？……"袭人细揣此话，知是宝玉有疑他之意，竟不好再劝了。（第七十七回）

（6）《芙蓉女儿诔》中有："孰料鸠鸩恶其高，鹰鸷翻遭罦罬。薋葹妒其臭，茝兰竟被艾锄……偶遭蛊虿之谗，……诼谣謑诟，出自屏帏；荆棘蓬榛，蔓延窗户。既怀幽沉于不尽，复含冤屈于无穷。……呜呼！固鬼蜮之为灾，岂神灵之有妒？毁诐奴之口，讨岂从宽！……"（第七十八回）

从这几点看，高鹗写袭人薄幸，自然也不算没有依据。不过他写宝玉走后袭人方嫁，并不合于作者之意。高氏在第一百二十回，明点"好一个柔顺的孩子"，正是照应册子上所谓"枉自温柔和顺，空云似桂如兰"。惟他以袭人不能守节，所以贬在又副册中，实在离奇得很。册子中分"正""副""又副"何尝含有褒贬的意义？高氏在这一点上，却真是"乡壁虚造"了。

（二十）鸳鸯殉主

（1）鸳鸯冷笑道："……不然，还有一死！……"

（2）"伏侍老太太归了西，我也不跟着我老子娘哥哥去；或是寻死，……"（均第四十六回）

高氏补此节，大约从这些地方看出作者底意思。但鸳鸯说的话，都是"死"与"做姑子"双提；何以高氏定说他是殉主？想是因这般写法，文笔可以干净些，也未可知。再不然就是大观园中人做姑子的太多了（如芳官，四儿，惜春，紫鹃等），不得不换一番笔墨，去写鸳鸯。

以外大观园诸婢底结局，也多少和前八十回有些照应。如平儿扶正（第一百十九回），则本于平日贾琏和他底恩爱，及平儿厚待尤二姐（第二十一回、第四十四回、第六十九回）。补五儿一段文字，则因第六十回、第六十一回应有照应（第一百九回）。写莺儿后来服侍宝玉（第一百十八回），则本于第三十五回。只有小红和贾芸一段公案却未了结。麝月抽着了荼䕷签，也未见有结局。

后四十回中还有许多大事，也可以约略考见其线索。

（一）薛文起复惹放流刑。（第八十五回）

（1）薛蟠打死了冯渊，避祸入京，住在贾宅梨香院，被贾氏子弟引诱得薛蟠比当日更坏了十倍。（第四回）

（2）第四十八回之目是"滥情人情误思游艺"。似乎下边还有文章，不见得就此太平无事。

（二）宴海棠贾母赏花妖。（第九十四回）

宝玉道："……今年春天已有兆头的。这阶上好好的一株海棠花，竟无故死了半边，我就知道有坏事！……所以这海棠，亦是应着人生的！"（第七十七回）

（三）证同类宝玉失相知。（第一百十五回）

（1）贾雨村说甄宝玉底性情，完全与宝玉相同。（第二回）

（2）宝玉入梦，见甄宝玉和自己一样。（第五十六回）

甄宝玉自然是宝玉底影子，并非实有其人。但何必设这样一个若有若无的人呢？这不但我们不解，即从前人也以为不可解（如江顺怡君）。高氏想也觉得这样写法，太没有道理，所以极力写甄宝玉是个世俗中人，使与宝玉作对文。但他虽然作了翻案文字，也依然毫无道理，不脱前人底窠臼。

（四）得通灵幻境悟仙缘。（第一百十六回）

（1）甄士隐梦到太虚幻境。（第一回）

（2）贾宝玉梦到太虚幻境。（第五回）

但他何以要使宝玉去重游幻境呢？这因为不如此，宝玉不能看破红尘，飘然远去。所以他说："两番阅册，原始要终之道。历历生平，如何不悟？"（第一百二十回）

高氏所补的四十回底依据所在，已大约写出；虽不见详备，也大致差不多了。我们离高鹗一百多年，要想法搜寻他作文时的字簏中物，当然是劳而无功。但我以为如此一考，更可以使读者明白后四十回怎样补成的。

但是高氏补书，除有依据之外，还有一种情形要加注意的，就是文情底转折。往往有许多地方，虽并无所依据，而在行文方面，却不得不如此写，否则便连串不下。所以我们读高氏续作，虽然在有些地方是出于他杜撰的，只要合于文情，也就不可轻易说他。我们要知道，有依据的未必定是好；反之，没有依据也未必定是不好。高鹗续书是否有合于作者底原意，是一件事；续书底好歹又是一件事，绝不能混为一谈。所以虽承认了高氏底审慎，处处有所依据，但我们依然可以批评这书底没有价值。在另一方面想，我们说高作完全出杜撰，一点不尊重作者底意旨，却也可以推重这书有独立的声价。只是就续《红楼梦》说，两个条件不能不双方并顾，一方固然要有所依据，那一方又要文情优美。因为如没有依据，便不成为《红楼梦》底续作"；如文字不佳，那又不成为好书了。

高氏自然到处都不能使我们惬意，但他底杜撰之处实在不很多。有许多地方，虽然说是杜撰，但却另有苦衷，不得不作如此写的。续书中最奇特的一段文字是宝玉失通灵，及后来和尚送玉。（第九十回、第一百十六回）既是要他失玉，又何必复得？况且，玉底来去，了无踪迹，实在奇怪。说得好听些，是太神秘了；不好听呢，便是情理荒谬。且不但这一段而已，即第九十六回，"瞒消息凤姐设奇谋"，以我们眼光看来，何必写得贾氏一家如此阴险？况且，所谓"奇谋"，实际上连一个大也不值，岂不可笑？

但如仔细想一想，便可以知道高氏作文底因由，不得因为没有依据便一棒打杀。失通灵，得通灵底必要，高氏自己曾经说明，不劳我们底悬揣。我们看：

> 此玉早已离世：一为避祸，二为撮合。从此风缘一了，形质
> 归一。……（第一百二十回）

所谓避祸，当然是指查抄；但查抄未必有碍于这块玉，何必避呢？这实在不甚可解。至于所谓"撮合"的是什么，却极易明了，即所谓金玉之缘。我们试想，如黛玉竟死，宝玉应作何光景？是否能平安地娶了宝钗？这个答案也不必自己瞎猜，只看紫鹃诓宝玉，黛玉要回家去，宝玉是什么光景的？（第五十七回）以外宝玉和黛玉誓同生死的话，在八十回中屡见。宝玉曾告诉紫鹃一句打趸的话，我们不妨征引一下：

> 活着，咱们一处活着；不活着，咱们一处化灰，化烟，如何？（第五十七回）

我们既不能承认宝玉是薄情、打谎语的人；那么，怎样能使金玉团圆？宝玉对于宝钗原非毫无情愫，但黛玉一死，宝玉决不能再平安度日，如何再能结合数年的夫妇？这个实际上的困难，在行文时候，必然要碰到的。既然碰到了，就不能不想个解决的方法。高氏想的方法，便是失玉。

"失玉"是不是好的方法，是另一件事。但我们却不能不承认，这是方法之一。而且，《红楼梦》原作者似乎也想用这方法，在后三十回里，我曾考出有"误窃玉""凤姐拾玉""甄宝玉送玉"这些事。至于那本上究竟是怎样的写法，我们不知道。像高本写失玉，却实在是个奇谈。

高氏所以写失玉，因为不如此金玉不能团圆；所以写送玉，因为不如此宝玉不能出家。"宝玉出家"和"宝钗出闺"，这是续作里底两

件大事，而以失玉、送玉为关键。不明白这个缘故，轻易来批评高氏补书底不小心，这也不能使他心服的。

至于我所以不满意于他的，却并不在为什么要如此，只在怎样地这个问题上面。第九十四回写失玉这个光景，实在人情之外，且亦在文情之外。真成所谓"来无迹，去无踪"了。（第九十五回，妙玉扶乩语。）我们不得不承认这是高氏底失败。我也明知道，要把"失玉""送玉"，写得十分的入情入理，是很困难的。

即宝钗嫁时，凤姐设奇谋，也无非是要度过这个困难，使他俩得以成婚，一方又可以速黛玉之死，使文字格外紧凑些。以外并无别的深意可说，在八十回中，也并没有什么依据可寻。总之，高鹗补这几回，要如此写法，完全为结束宝黛两人底公案，使不妨碍金玉姻缘，我们可以原谅他。但他底大病，并不在凭空杜撰，却在文笔拙劣，情事荒唐这两点上。这个毛病，在四十回中几乎处处流露，也不仅仅在这两三回内。即完全有依据的，也依然不能藏拙啊。

但是高氏无缘无故的杜撰文字，在四十回内却也未始没有，这我们更不能为他强辩。即如宝玉中举，虽我替他勉强找了几条根据，其实依然薄弱得很，高氏岂能借这个来遮羞？我们试看关于宝玉中举的文字有多少回。

第八十一回——奉严词两番入家塾。

第八十二回——老学究讲义警顽心。

第八十四回——试文字宝玉始提亲。

第八十八回——博庭欢宝玉赞孤儿。

第一百十八回——警谜语妻妾谏痴人。

第一百十九回——中乡魁宝玉却尘缘。

一共书只四十回，说宝玉做举业的，倒占了二十分之三。这真是不知其命意所在。如稍为看仔细一点，宝玉实无中举底必要。即使高氏要写他高魁乡榜，也不必写得如此累赘。高氏此等地方，可谓愚且迂了。

还有一节，也是无缘无故的文字。第八十九回，"蛇影杯弓颦卿绝粒"。写黛玉忽然快死了，忽然又好了，这算怎么一回事呢？"失玉送玉"还有可说的，至于这两回中写黛玉，简直令人莫名其妙。上一回生病，下一回大好了，非但八十回中没有这类荒唐的暗示，且文情文局，又如何可通？说要借此催定金玉姻缘，也大可不必。什么事情不可以引起钗玉姻事，定要把黛玉耍得忽好忽歹？况且到第九十四回，黛玉已完全无病，尤其不合情理。黛玉底病，应写得渐转渐深。怎么能忽来忽去呢？在这一点上，高氏非但卤莽，而且愚拙。

大观园诸人底结局，高氏大都依据八十回中底话补出。只有香菱传补得最谬，且完全与作者底意思思相反。第五回册子上本有明文，高氏似乎不曾看见，最不可解。且第八十回暗示香菱被金桂磨折死，亦不为不明显，高鹗何至于铸了大错呢①。

我这节文字底目的，原要考定高鹗续书底依据，并不是要指斥他底过失。只因四十回中也有许多无根之谈也顺笔叙出，所以不免说了些题外的话。其实，关于高作优劣底批评，应当留作下一篇讲，不是本篇底事。本篇底大意，只是要说明颉刚这句话："后四十回的事情，在前八十回都能找到他的线索。"虽然这"都能"两字也得打些折扣才对。

---

① 高氏写香菱不死，后来扶正，这个大错误，现在看来也出于第六十三回，香菱抽着的诗签，是"连理枝头花正开"。但却又误解了。我们应当注意这"正"字底意义。此外还有一个致误的原由。他错认香菱为副册的首座，应该有比较好的结果，却不知香菱原在又副册中，位在晴雯、袭人之下。

后四十回底批评

高鹗续书底依据是什么？我在上篇已约略叙明了，现在再去评判续作四十回底优劣。我在上篇已说过，文章底好坏，本身上的，并不以有依据或者没有依据为标准。所以上篇所叙高氏依据什么补什么，至多只可以称赞他下笔时如何审慎，对于作者如何尊重，却并不能因此颂扬四十回有文学底声价。本篇底目的，是专要评判后四十回本身上的优劣，而不管他是有依据与否。本来这是明白的两件事，不能混为一谈。

但我为什么不惮烦劳，要去批评后四十回呢？这因为自从百二十回本通行以来，读者们心目中总觉得这是一部整书，仿佛出于一人之手。即使现在我们已考定有高氏续书这件事情，也不容易打破读者思想上底习惯。我写这篇文字，想努力去显明高作底真相，使读者恍然于这决是另一人底笔墨了。在批评底时候，如高作是单行的，本没有一定拿原作来比较的必要；只因高作一向和原本混合，所以有些地方，不能不两两参照，使大家了解优劣所在，也就是同异所在。试想一部书如何会首尾有异同呢？读者们于是被迫着去承认确有高氏续书这件事情。这就是我写这篇文字底目的了。

而且批评原是主观性的，所谓"仁者见仁，智者见智"。两三个人底意见尚且不会相同，更不要说更多的人。因为这个困难，有许多地方不能不以原书为凭借。好在高氏底著作，他自己既合之于《红楼梦》中，我们用八十回来攻四十回，也可以勉强算得"以子之矛攻子之盾"了。我想，以前评《红楼梦》的人，不知凡几，所以没有什么成绩可言，正因为他们底说话全是任意的，无标准的，是些循环反复的游谈。

我在未说正文以前，先提出我底标准是什么？高作四十回书既是一种小说，就得受两种拘束：

（1）所叙述的有情理吗？（2）所叙述的能深切的感动我们吗？如两个答案都是否定的，这当然，批评的断语也在否定这一方面了。本来这两标准，只是两层，不是两个；世上原少有非情理的事，却会感人很深的。在另一方面想，高作是续《红楼梦》而作的，并非独立的小说；所以又得另受一种拘束，就是"和八十回底风格相类似吗？所叙述的前后相应合吗？"这个标准，虽是辅助的，没有上说的这般重要，却也可以帮助我们评判，使我们底断语更有力量。因为前八十回，大体上实在是很合情理，很能感人的，所以这两类标准，在实用上并没有什么明确的界限。

我们要去批评后四十回，应该扫尽一切的成见，然后去下笔。前人底评语，至多只可作为参考之用。现在最通行的评是王雪香底，既附刻在通行本子上，又有单行本。因王氏毫无高鹗续书这个观念，所以对于后四十回，也和前八十回有同样的颂赞，且说得异常可笑，即偶然有可取之处，也极微细，不足深数。

我们试看后四十回中较有精采、可以仿佛原作的是哪几节文字？依我底眼光是：

第八十一回，四美钓鱼一节。

第八十七回，双玉听琴一节。

第八十九回，宝玉作词祭晴雯，及见黛玉一节。

第九十、九十一回，宝蟾送酒一节。

第一百九回，五儿承错爱一节。

第一百十三回，宝玉和紫鹃谈话一节。

虽风格情事，稍近原作；但除宝蟾送酒一节以外都是从模仿来的。前八十回只写盛时，直到七十回后方才露些衰败之兆，但终究也说得不甚明白。所以高氏可以模仿的极少，因为无从去摹仿，于是做得乱七八糟了。我们把所举的几条较有精采的一看，就知道是全以八十回做粉本，并非高氏自己一个人底手笔。所以能较好，正因为这些事情较近于原作所曾经说过的，故较有把握。我们归纳起来说一句话，就是：

凡高作较有精采之处，是用原作中相仿佛的事情做蓝本的；反之，凡没有蓝本可临摹的，都没有精采。

这第二句断语，尚须在下边陆续证明。这第一句话，依我底判断看，的确是如此的，不知读者觉得怎么样？王雪香在评语里，几乎说得后四十回，没有一回不是神妙难言的。这种嗜好，真是"味在酸咸之外"了。

我现在更要进一步去指斥高作底弊病。如一回一节的分论，则未免太琐碎了。我先把四十回内最大的毛病，直说一下。

（1）宝玉修举业，中第七名举人。（第八十一、八十二、八十四、八十八、一百十八、一百十九回。）

高鹗费了九牛二虎之力，写了六回书，去叙述这件事，却铸了一个大错。何以呢？（1）宝玉向来骂这些谈经济文章的人是"禄蠹"，怎么会自己学着去做"禄蠹"？又怎么能以极短之时期，成就举业，高魁乡榜？说他是奇才，亦没有什么趣味。（2）宝玉高发了，使我们觉得他终于做了举人老爷，更有何风趣？（3）雪芹明说"一技无成，半生潦倒"，"风尘碌碌"，"独自己无才不得入选"等语，难道他也和那些滥俗的小说家一般见识，因自己底落薄，写书中人大阔特阔，以作解嘲吗？既决不是的。那么，高氏补这件事，违反了作者底原意。

在我底三标准下，这件事没有一点可以融合的。所以我断定这是高鹗底不知妄作，不应当和《红楼梦》八十回相混合。王雪香是盲目赞成高作的，但他也说："宝玉诗词联对灯谜俱已做过，惟八股未曾讲究……"（第八十四回，评）王氏因为不知后四十回是高氏底手笔，所以不敢非议，但他也似乎有些觉得，宝玉做八股，实在是破天荒的奇事。他还有一节奇妙的话："宝玉厌薄八股，却有意思博取功名，不得不借作梯阶。"（第八十二回，评）这真是对于宝玉大大不敬。他何以知道他想博得功名？且既肯博取功名，何以厌薄八股？这些都是万讲不通的。王氏因努力为高鹗做辩护士，所以说了这类奇谈。

高鹗为什么做这件蠢事呢？这实在因他底性格与曹氏不同，决不能勉强的。看高氏自己说："又复稍示神灵，高魁贵子，方显得此玉是天奇地灵锻炼之宝，非凡间可比。"（第一百二十回，甄士隐语）这真是很老实的供招。高鹗总觉得玉既名通灵，决不能不稍示神通，而世间最重要的便是"高魁乡榜"。若不然，岂不是辜负了这块通灵玉？他仿佛说，如宝玉连个举人也中不上，还有什么可宝的在呢？这并不是我故意挖苦高氏，他的确以为如此的。"只有这一入场，用心作了文章，好好的中个举人出来，……便是儿子一辈子的事也完了！"（第一百十九回，宝玉语）他明明说道，只要中一个举人，一辈子的事就完了。他把这样的胸襟，来读《红楼梦》，来写贾宝玉，安得不糟！

（2）宝玉仙去，封文妙真人。（第一百二十回）

高氏写宝玉出家以后只有一段。"贾政……忽见船头上微微的雪影里面一个人，光着头，赤着脚，身上披了一领大红猩猩毡的斗篷，向贾政倒身下拜。……却是宝玉……只见船头来了一僧一道，夹住宝玉……飘然登岸而去。"后来贾政来追赶他们，只听他们作歌而去，倏然不见，只有一片白茫茫的旷野了。贾政还朝陛见，奏对宝玉之事，皇上赏了个"义妙真人"的号。（第一百二十回）

这类写法，实不在情理之中。原作者写甄士隐虽随双真而去，也是"神龙见首不见尾"，却还没有这么样的神秘。被他这样一写，宝玉简直是肉身成圣的了，岂不是奇谈？况且第一百十九回，虚写宝玉丢了，已很圆满，何必再画蛇添足，写得如此奇奇怪怪？高鹗所以要如此写，想是要带顾一僧一道，与第一回、第二十五回相呼应。但呼应之法亦甚多，何必定作此呆笨之笔？所以依事实论，是不近情理；依风裁论，是画蛇添足。至于写受封真人之号，依然又是一种名利思想底表现。高鹗一方面羡慕白日飞升，一方面又羡慕金章紫绶；这真是封建时期士大夫底代表心理了。王雪香批评这一节文字，恭维他是"良工心苦"，想也是和高鹗有同样的羡慕。高鹗还有一点跟曹雪芹全相反的。宝玉做了和尚，皇上却不封他禅师，偏封他文妙真人，他是由释归道；雪芹却说空空道人改名情僧，道士又变为和尚。两两对比，非常奇怪。

（3）贾政袭荣府世职，后来孙辈兰桂齐芳。贾珍仍袭宁府三等世职。所抄的家产全发还。贾赦亦遇赦而归。（第一百七、一百十九、一百二十回。）

这也是高氏利禄薰心底表示。贾赦、贾珍无恶不作，岂能仍旧安富尊荣？贾氏自盛而衰，何得家产无恙？这是违反第一个标准了。以文情论，风月宝鉴宜看反面（第十二回。《红楼梦》亦名《风月宝鉴》），应当曲终奏雅，使人猛省作回头想，怎么能写富贵荣华绵绵不绝？这是不合第二标准。以原书底意旨论，宝玉终于贫穷（第一、第五回），贾氏运终数尽，梦醒南柯（第五、第二十九回），自杀自灭，一败涂地（第七十四回），怎么能"沐天恩""延世泽"呢？这不合第三个标准了。只有贾兰一支后来得享富贵，尚合作者之意。以外这些，无非是向壁虚造之谈。王雪香对于这点，似乎不甚满意，所以说："甄士隐说'福善祸淫兰桂齐芳'是文后余波，助人为善之意，不必认作真事。"（第一百二十回，评）这明明是不敢开罪高鹗——其实王氏并不知道——强为饰词了。既已写了，为什么独这一节不必认作真事呢？

（4）怡红院海棠忽在冬天开花，通灵玉不见了。（第九十四回）

（5）凤姐夜到大观园，见秦可卿之魂。（第一百一回）

（6）凤姐在散花寺拈签，得"衣锦还乡"之签。（同回）

（7）贾雨村再遇甄士隐，茅庵火烧了，士隐不见。（第一百三、一百四回。）

（8）宝玉到潇湘馆听见鬼哭。（第一百八回）

（9）鸳鸯上吊时，又见秦氏之魂。（第一百十一回）

（10）赵姨娘临死时，鬼附其身，死赴阴司受罪。（第一百十二回）

（11）凤姐临死时，要船要轿，说要上金陵归入册子去。（第一百十四回）

（12）和尚把玉送回来。宝玉魂跟着和尚到了"真如福地"，重阅册子，又去参见了潇湘妃子，碰着多多少少的鬼，幸亏和尚拿了镜子，奉了元妃娘娘旨意把他救出。（第一百十五、一百十六回）

（13）宝玉跟着僧道成仙去。（第一百二十回）

这十条都是高氏补的。读者试看，他写些什么？我们只有用原书底话，"倏尔神鬼乱出，忽又妖魔毕露"来批评他。这类弄鬼装妖的空气，布满于四十回中间，令人不能卒读。而且文笔之拙劣可笑，更属不堪之至，第一百十六回文字尤惹人作呕。且上边所举，只是些最不堪的，以外这类鬼怪文字还多呢。（如第九十五回，妙玉请拐仙扶乩；第一百二回，贾蓉请毛半仙占卦，贾赦请法师拿妖。）读者试看，前八十回笔墨何等洁净。即如第一回、第五回、第二十五回，偶写神仙梦幻，也只略点虚说而止，决不如高鹗这样的活见鬼。第十二回，写跛足道人与风月宝鉴，是有寓意的。第十六回，写都判小鬼，是一节滑稽文字。这些都不是高氏所能藉口的。且高作之谬，还在其次，因为谬处可以实在指出；最大的毛病是"文拙思俗"，拙是不可说的，俗是不可医的。

古人说得好，"读其书想见其为人"。我们读高本四十回，也真可以想见高氏底为人了。他所信仰的，归纳起来有这三点：（1）功名富贵的偶像，所以写"中举人"，"复世职"，"发还家产"，"后嗣昌盛"。（2）神鬼仙佛的偶像，所以四十回中布满这些妖气。（3）名教的偶像，所以宝玉临行时必哭拜王夫人，既出家后，必在雪地中拜贾政。况且他在序言上批评《红楼梦》，不说什么别的，只因"尚不谬于名教"，所以"欣然拜诺"。啊！我们知道了！高鹗所赏识的，只是不谬于名教的《红楼梦》！其实《红楼梦》谬于名教之处很多，高氏何必为此谬赞呢。

（14）宝钗以手段笼络宝玉，始成夫妇之好。（第一百九回）

高氏写此节之意，想是为后文宝钗有子作张本（王雪香也如此说）。但宝钗怀孕，何必定在前文明点？即使要写明，又何必写宝钗如此不堪，弄什么"移花接木"之计？以平日宝钗之端凝，此事更为情理所必无。雪芹原意要使闺阁昭传，像他这样写法，简直是污蔑闺阁了。这对于我所假设的三个标准，处处违谬，高氏将何以自解？我常常戏说，大观园中人死在八十回中的都是人有福分。如晴雯临死时，写得何等凄怆缠绵，令人掩卷不忍卒读；秦氏死得何等闪烁，令人疑虑猜详；尤二姐之死惨；尤三姐之死烈；金钏之死，惨而且烈。这些结局，真是圆满之至，无可遗憾，真可谓狮子搏兔一笔不苟的。在八十回中未死的人，便大大倒霉了，在后四十回中，被高氏写得牛鬼蛇神不堪之至。即如黛玉之死，也是不脱窠臼，一味肉麻而已。宝钗嫁后，也成为一个庸劣的旧式妇人。钗黛尚且如此，其余诸人更不消说得了。

（15）黛玉赞美八股文字，以为学举业、取功名是清贵的事情。（第八十二回）

这也是高氏性格底表现。原文实在太可笑了，现在节引如下：

"黛玉道:'……内中也有近情近理的,也有清微淡远的,……也觉得好,不可一概抹倒。况且你要取功名,这个也清贵些。'宝玉……觉得不甚入耳;因想:'他从来不是这样的人,怎么也这样势欲薰心起来?'……只在鼻子眼里笑了一声。"这节文字,谬处且不止一点。(1)黛玉为什么平白地势欲薰心起来?(2)黛玉何以敢武断宝玉要取功名?在八十回中,黛玉几时说过这样的话?(3)以宝黛二人底知心恩爱,怎么会黛玉说话,而宝玉竟觉得不甚入耳,在鼻子眼里笑了一声?在八十回中曾否有过这种光景?(4)宝玉既如此轻蔑黛玉,何以黛玉竟能忍受?何以黛玉在百二十回中,前倨后恭到如此?

这些疑问,有为高氏作辩护的人是必须解答的。如有人以为《红楼梦》原有百二十回的,也必须代答一下才行。如不能答,便是高鹗勉强续书底证据,便是百二十回不出于一手底证据。

至于反面的凭据,在八十回中却多极了。宝玉上学时,黛玉以"蟾宫折桂"作讥讽(第九回)。宝玉说:"林姑娘从来说过这些混帐话不曾?"(第三十二回)宝黛平常说的话,真是所谓"竟比自己肺腑中掏出来的还觉恳切",怎么到了第八十二回,竟会不甚入耳起来?这岂不是大笑话?以外八十回中写宝黛口角,无非是薄物细故,宝玉从来没有当真开罪黛玉的时候,怎么在这回中,竟以轻蔑冷淡的神情,形之于词色呢?在这些地方,虽百高鹗,也无从辩解的。

而且我更不懂,高氏写这段文字底意旨所在。上边所批评的各节,虽然荒谬,还有可以原谅之处;这节却绝对的没有了。他实在可以不必如此写的,而偏要如此写法,这真有点令人莫测。即王雪香向来处处颂赞他的,也说不出道理米。他只说:"作者借宝黛两人口中俱为道破。"为什么要借两人口中?有什么要道破?这依然是莫名其妙的话。

(16)黛玉底心事,写得太显露过火了,一点不含蓄深厚,使人

只觉得肉麻讨厌，没有悲恻怜悯的情怀。（第八十二、第八十三、第八十九、第九十、第九十五、第九十六、第九十七、第九十八回）

这是我主观上的批评，不为定论。我想同时或者有人以为高氏补这几回书是很好的罢。现在姑且引几条太显露的，我以为劣的，如下：

> 看宝玉的光景，心里虽没别人，但是老太太、舅母，又不见有半点意思；深恨父母在时，何不早定了这头婚姻。又转念一想道："倘若父母在别处定了婚姻，怎能够依宝玉这般人才心地？不如此时尚有可图。""好！宝玉！我今日才知道你是个无情无义的人了！""好哥哥！你叫我跟了谁去！"（均见第八十二回）

> 黛玉大叫一声道："这里住不得了！"一手指着窗外，两眼反插上去。（第八十三回）

> 宝玉近来说话，半吐半吞，忽冷忽热，也不知他是什么意思？（第八十九回）

> "或者因我之事，拆散了他们的金玉也未可知。"（第九十五回）

> "宝玉！宝玉！你好！……"（第九十八回）

这些都太过露，全失黛玉平时的性情。第八十三回所写，尤不成话。第八十二回写黛玉做梦，第八十九回写她绝粒，都是毫无风趣的文字。且黛玉底病，忽好忽歹，太远情理。如第九十二回，黛玉已"残喘微延"，第九十四回又能到怡红院去赏花；虽说是心病可以用心药治，但决不能变换得如此的神速。且这节文字，在文情上，似乎是个赘瘤。高氏或者故意以此为曲折，但做得实在太不高明，只觉得麻烦而且讨厌。至于第九十五回，黛玉以拆散金玉为乐事。这样的幸灾乐祸，毫不替宝玉着急，真是毫无心肝，又岂成为黛玉？写她临死一节文字，还逊于第七十七回之写晴雯，只用极拙极露的话头来敷衍了结，这也不能使读者满意。总之，以高鹗底笨笔，来写八面玲珑的林黛玉，于是无处不失败。补书原是件难事，高氏不能知难而退，反想勉为其难，真太不自量了。

（17）后来贾氏诸人对于黛玉，似太嫌冷酷了，尤以贾母为甚。（第八十二、第九十六、第九十七、第九十八回）

这也是高作不合情理之处。第八十二回，黛玉梦中见众人冷笑而去；贾母呆着笑："这个不干我事。"第九十六回，写凤姐设谋，贾母道："别的事，都好说！林丫头倒没有什么。"第九十七回，鸳鸯测度贾母近日疼黛玉的心差了些，不见黛玉的信儿，也不大提起。又说：黛玉见贾府中上下人等都不过来，连一个问的人都没有。又说：紫鹃想道："这些人怎么竟这样狠毒冷淡？"第九十八回，王夫人也不免哭了一场；贾母说："是我弄坏了他了！但只是这个丫头也傻气。"

这几节已足够供我们批评的材料。贾氏诸人对于黛玉这样冷酷，文情似非必要，情理还有可通。至于贾母是黛玉底亲外祖母，到她临死之时，还如此的没心肝，真是出乎情理之外。八十回中虽有时写贾母较喜宝钗，但对于黛玉仍十分钟爱、郑重，空气全不和这几回相似。像高氏所补，贾母简直是铁石心肠，到临尸一恸的时候，还要责备她傻气，这成什么文理呢！所以高氏写这一点，全不合三标准。况且即以四十回而论，亦大可不必作此等文字。高氏或者要写黛玉结局分外可怜些，也未可知。但这类情理所无的事情，决不易引动读者深切的怜悯。高氏未免求深反惑了！

（18）凤姐不识字。（第九十二回）

这是和八十回前后不相接合的。我引八十回中文字两条为证：

凤姐会吟诗，有"一夜北风紧"之句。（第五十回）

"凤姐……每每看帖看账：也颇识得几个字了。"后来看了潘又安底信，念给婆子们听。（第七十四回）

这是凤姐识字底铁证，怎么在第九十二回里，说凤姐不认得字呢？这虽是与文情无关碍，但却与前八十回前言不接后语，亦不得不说是文章之病。

（19）凤姐得"衣锦还乡"之签，后来病死了。（第一百一、一百十四回）

这不但是与八十回不合，即在四十回中已说不过去了。她求的签是"……于今衣锦返家园"。后来宝钗说："这'衣锦还乡'四字里头还有原故……"这似乎在后文应当有明确的照应，方合情理。哪知道凤姐后来竟是胡言乱语地病死了，临死的时候，只嚷到金陵去。至于"衣锦"两字，并无照应。说是魂返金陵，那里有锦可衣？魂能衣锦或否，高氏又何从知道？说是尸返金陵，则衣锦作为殓衣释，也实在杀风景得很。况且书中既说，贾氏是金陵人氏，则归葬故乡情事之常，又何独凤姐？又何必求签方才知道呢？高氏所作不合前八十回，还可以说两人笔墨不能尽同。至于四十回中底脱枝失节，则无论如何，高氏无所逃罪。况且相去只十四回，高鹗虽健忘也不至此。我想，与其说高鹗底矛盾，不如说高鹗底迁谬。程伟元说他是"闲且惫矣"，真是一点不错。他如不闲，怎么会来续书？他如不惫，怎么会续得如此之乱七八糟呢？

（20）巧姐年纪，忽大忽小。（第八四、第八八、第九二、第一百一、第一百十七回）

这也是全在四十回中的，是高作最奇谬的一节文字，我们不能不详细说一说，先把这几回文字约举如下。

（甲）奶子抱着巧姐儿，用桃红绫子小棉被儿裹着，脸皮发青，眉梢鼻翅微有动意。（第八十四回）

这明是婴儿患病将抽筋底光景，看这里所说，她至多不得过两三岁。

（乙）那巧姐儿在凤姐身边学舌，见了贾芸，便哑的一声哭了。（第八十八回）

小儿学舌也总不过三岁，且见生人便哭，也明白是婴儿底神情。

（丙）巧姐跟着李妈认了几年字，已有三千多字，且念了一本《女孝经》，又上了《列女传》。宝玉对她讲说，引了许多古人，如文王后妃、姜后、无盐、曹大家、班婕妤、蔡文姬……等，共二十二人。巧姐说：这些也有念过的，也有没念过的，现在我更知道了好些。后来她又说，跟着刘妈学做针线，已会扎花儿，拉锁子了。（第九十二回）

即以天资最聪明的而论，这个光景至少已是七八岁了，况且书上明说已认了几年字，又会做精细的活计，决非五六三四岁的孩子可知。且巧姐言语极有条理，且很能知道慕贤良，当然年纪也不小了。即小说以夸张为常例，亦总不过七八岁。在实际上，七八岁的孩子，能如此聪明是百不见一的。算她仅七八岁，已是就小说论，不是以事实看。但这个假设，依然在四十回中讲不过去。巧姐力不能如此飞长，像钱塘江潮水一样。第九十二回距第八十八回只有四回，在四回之中，巧姐怎么会暴长起来？不可解一。从第七十一回到第一百十回，总共不过三年；（第七十一回，贾母庆八旬，第一百十回贾母卒，年八十二岁。）而巧姐已在四回之中过了几年，——至少亦有三年，因两年不得说几年——这光阴如何能安插得下？三十九回中首尾三年，四回中亦是三年；则其余的三十五回，岂不是几乎不占有时间的，这如何能够想象？不可解二。

但这还可以疏忽作推诿，小说原是荒唐言，大可不必如此凿方眼；上边所论，不过博一笑而已，未必能根本打消高作底声价，只是笑话却并不以此为止，这却令我们难乎为高鹗辩解。

（丁）巧姐儿哭了，李妈狠命的拍了几下，向孩子身上拧了一把。那孩子哇的一声，大哭起来了。（第一百一回）

巧姐被拧，连话都不说，只有大哭的一法，看这个光景她不过三岁，至多亦以四岁为限。若在四岁以上，决不至于被拧之后连话都不说的；况且如巧姐能说话，婆子亦决不敢平白地拧她一把。可见其时，巧姐确是不会说话的，至多也不过会学舌。既然如此，请看上文慕贤良之事，应作何解释？念书，认字，做针线的孩子，过了些时候（九回书），反只会啼哭，连话都不会说了。这算怎么一回事？孩子长大了，重新还原。这算怎么一回事？长得奇，缩得更奇；长得快，缩得更快。这又算怎么一回事？巧姐长得太快，还可以粗忽来推诿。至于长了又缩小，这无论何人，不能赞一词的，而竟没有人批评过。评《红楼梦》的人如此之多，这样的怪事，偏不以为怪。王雪香只以巧姐长得太快为欠妥，其实何止欠妥而已，简直是不通。

（戊）巧姐儿年纪也有十三四岁了。（第一百十七回）

十六回以后，她又飞长了。说这十六回书，有十年的工夫，这无论如何是不可信的。（我们知道，前八十回，只有首尾九年。）既不可信，她底生长，又成了一种奇迹。巧姐长了又缩，缩了又长，简直像个妖怪，不知高氏是什么意思？十二钗惟巧姐年最小，所以八十回中绝少提及，只写了些刘姥姥底事情，终非巧姐传底正文。后四十回中被高氏如此一续，巧姐真可谓倒霉之至，至于高鹗为什么写她底事情如此神怪，其原因很难懂；大约他本没有注意到这些地方，只是随意下笔。慕贤良一回专为巧姐作传，拿来配齐十二钗之数，所以勉强拼凑些事情，总要写得漂亮一点，方可以遮盖门面，他却忘了四回以前所写的巧姐是什么光景的。于是她就暴长了一下。后来凤姐病深，高氏要写巧姐年幼，孤露可怜，以形凤姐结局底悲惨。于是她就暴缩一下。到书末巧姐要出嫁，却不能不说她是十三四岁；因为这已是最小的年龄。于是她又暴长了。高氏始终没有注意她底年龄，所以才闹了这么一个大笑话。

巧姐慕贤良一回，还有一点谬处；就是所描写的绝不是宝玉。宝玉向来不肯作这类迂谈的，在这儿却凭空讲了无数的名教中人、贞烈贤教的妇女给巧姐听。这真是不谬于名教的《红楼梦》，高氏可以踌躇满志了。但宝玉为人却顿成两橛，未免说不过去。后四十回写宝玉，竟是个势利名教中人；只于书末撒手一走，不知所终，这是非常可怪的。不但四十回中的宝玉不和八十回的他相似，即四十回中，宝玉前后很像两个人，并与失玉送玉无关，令人无从为他解释。高氏对于书中人物底性情都没有一个概括的观念，只是随笔敷衍，所以往往写得不知所云，亦不但宝玉一人。不过宝玉为书中主人，性格尤难描画，高氏更没处去藏拙罢了。

上列二十条，是四十回中最显著的毛病，以外不重要的地方可笑之处自然还多。如香菱之痼疾，没有提起，自然地痊愈了；以平儿底精细，连水月庵馒头庵都分不清楚，害凤姐吐血（程甲本第九十三回）；以紫鹃底秀慧，而写她睡着的鼻息还听吃呼声儿（第八十二回）；小红和贾芸有恋爱关系，后来竟了无照应，她只和丰儿做了个凤姐底随身小婢，毫不占重要的位置；麝月抽了荼蘼花签，却并无送春之事；以外零零碎碎的小毛病——脱枝失节，情理可笑的——自然还有，只是一时不能备举，且与大体无关，亦可以不必备举了。

高作底分评，已如上所说了。但我们要更综合地批评一下，这方才尽这篇文字底责任。我以前给颉刚的信曾起诉高氏有五条，都是零碎的，而颉刚却归纳成为三项。我底五条是：（1）宝玉不得入学中举。（2）黛玉不得劝宝玉读时文。（3）宝钗嫁后，不应如此不堪。（4）凤姐、宝钗写得太毒，且凤姐对于黛玉，无害死她的必要。（5）宝玉出家不得写得如此神奇。（一九二一，六，十八信。）

颉刚回信上说："你起诉高鹗的五条，我都不能为他作辩护士。我以为他犯的毛病归纳起来有三项：（1）他自己是科举中人，所以满怀是科举观念，必使宝玉读书中举。（2）他也中了通常小说'由邪归正'的毒，必使宝玉到后来换成一个人。（3）他又中了批小说者'诛心'的成见，必使凤姐、宝钗辈实为奸恶人。我疑心在他续作时，或已有批本，他也不免受批评人的暗示。"[①]（一九二一，六，二十四信。）

颉刚所归纳的三条，我以为理由充足，无再申说底必要。我们现在要进一步去讨论高鹗续书底目的，和他底性格与作者底比较，下了这样的批评，方才能彻底估定后四十回底价值。我们真要了解一种作品，非先知道他底背景不可，专就作品本身着眼，总是肤浅的，片面

---

① 《红楼梦》八十回始流行，即带评注，其时作者非但健在，而且不到三十岁。乾隆甲戌年（一七五四）脂砚斋已是再评，则初评当尚在其前。颉刚猜高鹗看见过批本，完全对，不过"脂评"恰正和后来百廿回本诸评相反，很赞美宝钗、袭人，甚至过于赞美，并无诛心之论。

的，不公平的。

我们第一要知道，高鹗只是为雪芹补苴完功，使此书"巅末毕具"，他并没有做《红楼梦》底兴趣，且也没有真正创作《红楼梦》底可能。我给颉刚的信上说：

> 因为雪芹是亲见亲闻，自然娓娓言之，不嫌其多；兰墅是追迹前人，自然只能举其大概了结全书。若把兰墅底亲见亲闻都夹杂写了进去，岂不成了一部"四不像"的《红楼梦》！（一九二一，六，十八信。）

这是说明高氏补书这般草率仓忙的缘故。因他不比曹雪芹，他胸中没有活现的贾宝玉、十二钗，所以不容得他不草率仓忙。这不算高氏底大过失。

以我底眼光看，四十回只写了主要的三件事，第三项还是零零碎碎的，其实最主要的只有两项。

（1）黛玉死，宝玉做和尚。

（2）宝玉中举人。

（3）诸人底结局，很草率的结局。

第三项汇聚拢来可算一项，若分开来看，却算不了什么。因为向来的观念，无论写什么总是"有头有尾"才算完结，所以高氏只得勉强将书中人底结局点明一下。至于账簿式的结局，那也不在他底顾虑中了。

所以四十回主要的只写了（1）（2）两项，而第二项是完全错了的。我们可用这个来估定高作底价值。我这归纳的结果，是可以实证而非臆想的。试把各回分配于各项之下：

（1）第八十二回，病潇湘痴魂惊恶梦。

第八十三回，上半节写黛玉之病深。

第八十四回，试文字宝玉始提亲。

第八十五回，唱的戏是《冥升》和《达摩渡江》。

第八十七回，黛玉弹琴而弦忽断。

第八十九回，蛇影杯弓颦卿绝粒。

第九十一回，宝黛谈禅；黛说"水止珠沉"，宝说"有如三宝"。

第九十六回，瞒消息凤姐设奇谋，泄机关颦儿迷本性。

第九十七回，黛玉焚稿。

第九十八回，黛玉卒。

第一百四回，宝玉追念黛玉。

第一百八回，死缠绵潇湘闻鬼哭。

第一百十五回，和尚送通灵玉。

第一百十六回，得通灵幻境悟仙缘。

第一百十七回，阻超凡佳人双护玉。

第一百十八回，警谜语妻妾谏痴人。

第一百十九回，宝玉却尘缘。

（2）所引各回，已见《高鹗续书底依据》一篇中，共有六回。

（1）项最多占了十七回。（2）项也占了六回。单是这两项已占全书之半数。以外便是些零碎描写、叙述，大部分可以包括在（3）项中。只有抄家一事不在其内，但高氏却不喜欢写这件事；所以在抄家之时，必请出两位王爷来优礼贾政，既抄之后又要"复世职""沐天恩"。可见高氏当时写这段文字，真是遵照前文不得已而为之，并非出于本心。他底本心，只在于使宝玉成佛做祖，功名显赫。如没有第二项宝玉中举事，那九十八回黛玉卒时，便是宝玉做和尚的时候了。他果然也因为如此了结，文情过促，且无以安插宝钗。而最大的原因，仍在宝玉没有中举。他以为一个人没有中举而去做了和尚，实在太可惋惜了。我们只看宝玉一中举后便走，高氏底心真是路人皆见了。

高氏除写十二钗还有些薄命气息，以外便都是些"福寿全归"的。最是全福算宝玉了。他写宝玉底结局，括举为三项：

（1）宝玉中第七名举人。

（2）宝玉有遗腹子，将来兰桂齐芳。

（3）宝玉超凡入圣，封文妙真人。

他竟是富贵神仙都全备了。神仙长生不老，寿考是不用说的了。高鹗写贾氏亦复如此，虽抄了家，依然富贵荣华，子孙众多，全然不脱那些小说团圆迷的窠臼，大谬于作者底本意。但我们更要去推求他致谬底原由，不能不从作者和高氏底性格底比较下手。我给颉刚一信上说：

> 我们还可以比较高鹗和雪芹底身世，可以晓得他们见解底根本区别。雪芹是名士，是潦倒不堪的，是痛恶科名禄利的人，所以写宝玉也如此。兰墅是热衷名利的人，是举人（将来还中进士，做御史），所以非让宝玉也和他一样的中个举人，心里总不很痛快。我们很晓得高鹗底"红学"很高明，有些地方怕比我们还高明些。但在这里，他却为偏见拘住了，好像戴了副有颜色的眼镜，看出来天地都跟着变了颜色了。所以在那里看见了一点线索——其实是他底误认——便以为雪芹原意如此，毫无愧色的写了下去，于是开宗明义就是"两番入家塾"。雪芹把宝玉拉出学堂，送进大观园；兰墅却生生把宝玉重新送进学堂去。……（一九二一，六，九。）

在另一信上又说：

　　总之，弟不敢菲薄兰墅，却认定他和雪芹底性格差得太远了，不适宜于续《红楼梦》。若然他俩性格相近一点，以兰墅之谨细，或者成绩远过今作也未可知。（一九二一，六，十八。）

我是再三申说，高氏底失败，不在于"才力不及"，也不在于"不细心谨慎"，实在因两人性格嗜好底差异，而又要去强合为一，致一百二十回，成了两橛，正应古语所谓"离之双美，合之两伤"。我曾有一意见，向颉刚说过：

　　《红楼梦》如再版，便该把四十回和前八十回分开。后四十回可以做个附录，题明为高鹗所作。既不埋没兰墅底一番苦心和他为人底个性，也不必强替雪芹穿这一双不合适的靴子。（一九二一，六，九。）

高作底庸劣我们知道了，他底所以如此，我们却可以原谅他。总之，说高鹗不该续《红楼梦》是对的，说高鹗特别续得不好，却不见得的确。因为无论谁都不适于续《红楼梦》，不但姓高的一个人而已。高鹗冒名顶替，是中国文人底故态恶习，我决不想强为他辩护。但在影响上，高氏底僭号却不为无功，这虽非他本意所在，而我们却不得不归功于他。

　　《红楼梦》既没有完全，现存的八十回实在是一部分，并且还没把真意说明，所以高非补书不可。前八十回全是纷华靡丽的文字，若没有煞尾，恐怕不免引起一般无识读者底误会。他们必定说："书上并没说宝走黛死，何以见得不团圆呢？"当他们豪兴勃发的时候必定要来续狗尾，也必定要假传圣旨依附前人。《红楼梦》给他们这一续，那糟糕就百倍于现在了。他们决定要使宝玉拜相封王，黛玉夫荣妻贵，而且这种格局深投合社会底心理，必受欢迎无疑。他们决不辨谁是谁非，只一气呵成地读了下去。幸而高氏假传圣旨，将宝黛分离，一个走了，一个死了，《红楼梦》到现在方才能保持一些悲剧的空气，不至于和那才子佳人的奇书同流合污。这真是兰墅底大功绩，不可磨灭的功绩。即我们现在约略能揣测雪芹底原意，恐怕也不能说和高作后四十回全无关系。如没有四十回续书，而全凭我们底揣测，事倍功半定是难免的。且高氏不续，而被妄人续了下去，又把前后混为一谈，我们能有研究《红楼梦》底兴趣与否，也未始不是疑问。这样说来，高氏在《红楼梦》总不失为功多罪少的人。

妙得很啊！就事论事，宝走黛死都是高氏编造的，雪芹只有暗示，并未正式说到的，而百年来的读者都上了高氏这一个大当，虽有十二分的难受，至多也只好做什么《红楼圆梦》《鬼红楼梦》……这类怪书，至多也只能把黛玉从坟里拖出来，或者投胎换骨，再转轮回。他们决不敢再做一部"原本红楼梦"，这真是痛快极了！他们可惜不知道，原本只有八十回，而八十回中黛玉是好好的活人，原不必劳诸公底起死回生的神力。高鹗这个把戏，可谓坑人不浅。我真想不到"假传圣旨"有这样大的威权。

从这里，高氏借大帽子来吓唬人的原因，也可猜想了。我从前颇怀疑：高氏补书这一事既为当时闻人所知，他自己又不深讳，为什么非假托雪芹不可，非要说从鼓担上买来的不可？现在却恍然有悟了。高鹗谨守作者底原意，写了四十回没有下场的，大拂人所好的文字，若公然题他底大名，必被社会上一场兜头痛骂，书亦不能传之久远，倒不如索性说是原本，使他们没处去开口的好。饶你是这样，后来还有一班糊涂虫，从百二十回续下去。这可见社会心理，容留不住悲剧的空气到什么程度。若只有八十回本流传，其危险尤不堪设想。所以高氏底续书，本身上的好歹且不去讲他，在效用上看，实在是《红楼梦》底护法天王，万万少他不得的。我从前颇以高鹗续书假托雪芹为缺憾，现在却反而释然了。

我想不到后四十回底批评做得这样冗长，现在就把他结束，以数语作为总评。

> 高鹗以审慎的心思，比较正当的态度来续《红楼梦》；他宁失之于拘泥，不敢失之于杜撰。其所以失败：一则因《红楼梦》本非可以续补的书，二则因高鹗与曹雪芹个性相差太远，便不自觉的相违远了。处处去追寻作者，而始终赶他不上，以致迷途。至于混四十回于八十回中，就事论事，原是一种过失；就效用影响而论，也有些功德。

高本戚本大体的比较

《红楼梦》本子虽多，但除有正书局所印行的戚序本以外，都出于一个底本，就是程伟元刻的高氏本。所以各本字句虽小有差异，大体上却没有什么重要的区别，即使偶有数处，也决不多的。我虽在实际上，没有能拿各本去细细参较一下，但这个断语却至少有几分的真实。至于高本和戚本，因为当时并无关系，所以很有些不同。虽然也不十分夥多、显著，却已非高氏各本底差异可比了。这是我草这篇底缘故。

大家知道，高本是一百二十回，回目是全的；戚本只有八十回，连回目也只有八十。看戚蓼生底序上说，实在他所看见的只有八十回书。原来戚氏行辈稍前于高鹗，所以补书一事决非戚氏所知。[①]且他也并没有补书底志愿，戚氏在这一体上，是很聪明的。他说：

> 乃或者以未窥全豹为恨，不知盛衰本是回环……作者慧眼婆心，正不必再作转语……彼沾沾焉刻楮叶以求之者，其与开卷而寐者几希！（戚本序）

他知道八十回后必定是由盛而衰，以为不补下去，也可以领悟得，不必去下转语了。他又以为抱这种"刻舟求剑"的人，是沾沾之徒；可见不但高鹗挨骂，即我们也不免挨骂了。

我们既承认戚蓼生那时所见的《红楼梦》，回目本文都只有八十之数，就不能不因此承认程伟元所说原本回目有一百二十是句谎话。（程语见高本程序）程氏所以说谎，正因可以自圆其说，使人深信后四十回也是原作。其实"这百二十回的回目只有八十是真的"，极易证明，决非程氏一语所能遮掩得过，我在前边已论及了。

既如此，就较近真相这一个标准下看，戚本自胜于高本；因为高鹗既续了后四十回，虽说"原文未敢臆改"，但既添了这数十回，则前八十回有增损之处恐已难免。高氏原曾说明前八十回曾经他校订，换句话说，就是经他改窜。至于改得好不好，这又是另一问题。

但这两本底优劣区分，却又不如此简单。为什么呢？（1）高氏校书，并非全以己意为准，曾经过一番"广集各本校勘，准情酌理，补遗订讹"的工夫。且高本出后，即付排付刊，不容易辗转引起错

---

① 戚蓼生是浙江人（《红楼梦序》《进士题名录》并作德清人，《戚氏家谱》作余姚），清乾隆三十四年己丑（一七六九）进士，比高鹗底科名早了二十六年，距高本之成早了二十三年。即使他作《红楼梦序》在中进士以后，也还早于高鹗补书底时候，难怪他不知道有百二十回的全书了。

误。（2）戚本也是个传抄的本子，而且没有经过整理的。所以不但不免错误，且也不免改窜①。

两本既互有短长，我也不便下什么判断，且也觉得没有显分高下底必要。现在只把大体上不同之处说一说，至于微细的差异，这是校勘本书人底事，不是在这里所应当注意的。我们先论两本底回目。戚本不但没有后四十回之目，即八十回之目亦每与高本不同。现在选大异的几回列表如下：

（1）第五回　　高——贾宝玉神游太虚境，警幻仙曲演红楼梦。

　　　　　　　　戚——灵石迷性难解仙机，警幻多情秘垂淫训。

（2）第八回　　高——贾宝玉奇缘识金锁，薛宝钗巧合认通灵。

　　　　　　　　戚——拦酒兴李奶母讨厌，掷茶杯贾公子生嗔。

（3）第九回　　高——训劣子李贵承申斥，嗔顽童茗烟闹书房。

　　　　　　　　戚——恋风流情友入家塾，起嫌疑顽童闹书堂。

（4）第十七回　高——大观园试才题对额，荣国府归省庆元宵。

　　　　　　　　戚——大观园试才题对额，怡红院迷路探深幽。

（5）第二十五回　高——魇魔法叔嫂逢五鬼，通灵玉蒙蔽遇双真。

　　　　　　　　　戚——魇魔法姊弟逢五鬼，红楼梦通灵遇双真。

（6）第二十七回　高——滴翠亭宝钗戏彩蝶，埋香冢黛玉泣残红。

　　　　　　　　　戚——滴翠亭杨妃戏彩蝶，埋香冢飞燕泣残红。

（7）第三十回　高——椿龄画蔷……

　　　　　　　　戚——龄官画蔷……

（8）第六十五回　高——贾二舍偷娶尤二姨，尤三姐思嫁柳二郎。

① 有正书局印行的"戚本"大约底子是个较晚出的脂砚斋评本，不过有正老板不付影印，却付传抄，于是发生下列的情形：1）脂本也系传抄，原有脱误。2）改错，愈改愈错。3）有正抄写时的错误。4）有正主人底妄改，最显明的如第六十八回，初版大字本痕迹宛然，再版小字却抄得一清如水了。

　　　　　　　　　戚——膏粱子惧内偷娶妾，淫奔女改行自择夫。

（9）第八十回　　高——美香菱屈受贪夫棒，王道士胡诌妒妇方。

　　　　　　　　　戚——懦弱迎春肠回九曲，娇怯香菱病入膏肓。

从上表看，（1）（5）（6）三项高本文字通顺。（3）（7）均戚本佳。龄官不得说"椿龄"，李贵受斥不必列入回目。（8）可谓无甚好歹，高本较直落些而已。（4）因分回不同，故目亦不同。（2）（9）两项，不能全以回目本身下判断。

　　我们先说（4）项。戚本之第十七回较高本为短，以园游既毕宝玉退出为止。所以回目上只说"怡红院迷路探深幽"。至于黛玉剪荷包一事，戚本移入第十八回去。高本之第十七回，直说到请妙玉为止，关涉元春归省之事，所以回目上说"荣国府归省庆元宵"。这两本回目所以不同，正因为分回不同之故。我们要批评回目底优劣，不如批评分回底优劣较为适当些。[①]

　　高戚两本底分回，我以为是戚本好些，理由有三：（1）从游园后宝玉退出分回，段落较为分明。（2）教演女戏，差人请妙玉，和高本第十八回开头所叙各事相类，都是作元春归省底预备，这处不得横加截断，分成两橛。（3）第十七回"荣国府归省庆元宵"，第十八回"皇恩重元妃省父母"，实在是太重复了。且在第十七回中，高本也并无庆元宵之事，回目和本文不甚符合。以这三个原因，我宁以戚本为较佳。汪原放君以为怡红院是贾妃所定的名字，不能先说，为戚本病。我却以为无甚大关系。贾政等迷路的地方是将来的怡红院，回目上先提一下有何不可？

　　第（2）项就回目底文字批评，高本似乎较好；就本文底事实对

[①] 据脂砚斋庚辰评本十七、十八是合回，回目"大观园试才题对额，荣国府归省庆元宵"。庚辰是曹雪芹死的前三年，我尝疑他并没有再整理过此稿，就此长逝，所以后来大家分回分不好，回目也定不妥当。

看，两本简直是半斤八两；就书中大意看，这就不容易说了。第八回
共叙述三件事：（1）钗玉互看通灵金锁；（2）宝黛两人在薛姨妈处喝
酒；（3）宝玉回去摔茶杯。高本之目，说了（1）项，虽然扼要，未
免偏而不全。戚本之目，包举（2）（3）两项，却遗漏了本回最重要
的（1）项，亦属不合。总之，两本这一回之目，犯了同一个毛病，
就是只说了一部分不能包举全体；不过高本回目较为稳妥漂亮，戚本
用"贾公子"，似不合全书体例。

若就书中大意作批评，这就很不容易说了。我们试想，高戚两
本，这一个回目是完全不同的，不但字面不同，意义亦绝不同，在
八十回书内实为仅见。这一点上我们须得加一番考虑。我们第一要知
道，这绝非仅是一本传抄底歧异，是两本底区别。有正主人眉批上
说："作者点明金玉，特不欲标入回目，明明道破耳。"反过来说，高
本是欲明明道破的。高本第八回之目如此，明是作后文金玉成婚底张
本；而戚本却不想强调这金玉姻缘，所以不欲明明道破。依我看来，
戚本之回目或者是较近真的[①]。

我先假定八十回中本文回目，多少经过高氏底改窜，我们看高鹗
底《红楼梦引言》上说：

> ……今复聚集各原本，详加校阅，改订无讹。……

这还是有依据的改正，不是臆改。但下一条又说：

> ……其间或有增损数字处，意在便于披阅，非敢争胜前人也。

[①] 两脂砚斋评本第八回之目如下：甲戌本作"薛宝钗小恙梨香院，贾宝玉大
醉绛芸轩"。庚辰本作"比通灵金莺微露意，探宝钗黛玉半含酸"。或不欲
道破，或微露其意，均近于戚本而远高本也。

这是明认他曾以己意改原本了。虽他只说增损数字，但在实际上，恐怕决不止数字。他虽说，"非敢争胜前人"；但已可见他底本子，有许多地方，为前人所未有。不然，他又何必要自解于"争胜前人"这一点？

最可笑的，他对于自己做的后四十回，反装出一副正经面孔，说什么"至其原文，未敢臆改"。他自己底大作，已经改了又改，到自以为尽善尽美了，方才付印，如何再能臆改呢？这真是高氏欺人之谈，无非想遮掩他底补缀的痕迹，无奈上文已明说后四十回无他本可考，所谓"欲盖弥彰"了[1]。

既承认了这个假定，那么，第八回之目，就可以推度为高氏底改笔——臆改或有依据的改。高氏为什么要如此呢？因为可以判定金玉姻缘，使他底"宝钗出闺成礼"一节文字，铁案如山，不可摇动。若原作者即有意使金玉团圆，也不必在回目中明明道破，使读者一览无余。高氏却有点做贼心虚，不得不引回目以自重了。这原是一种揣测不能断定，不过却很有可能的罢了。

对于（9）项，我也有相同的批评。就第八十回目之本身而论，高本是较为妥当。即以此回本文及上回之目参看，高本也很好。戚本这一个回目有两个毛病：（1）第七十九回，既说贾迎春误嫁中山狼，这回又说"懦弱迎春肠回九曲"，未免有重复之病。（2）第八十回本文先叙香菱受屈，后叙迎春归宁诉苦，即使要列入回目，亦当先香菱而后迎春，何得颠倒？

但高本这回目却甚可疑，不得不说一说。王道士诌妒妇方，不

---

[1] 我这话并不很对。程伟元、高鹗在引言说"未敢臆改"，事实上却在那边偷偷的大改而特改。据亚东图书馆民国十六年刊本，汪原放底"校读后记"，后四十回改去五九六七字，实不为不多。我们取"程甲本""乙本"第九十二回、一百五回来比较就明白了。

过随意行文，略弄姿态，并无甚深意，无列入回目之必要。此可疑一。高氏后来写香菱，有起死回生之功，闹了一个大笑话。这里若照戚本作"香菱病入膏肓"，岂不自己打嘴巴。这显有改窜的痕迹，可疑二。但戚本这回目亦非妥善，我们也不能断定原本究竟作什么①。

在论两本子底回目以后，有一句话可以说的。我想《红楼梦》既是未曾完稿的书，回目想是极草率的，前后重复之处原不可免。到高鹗补了后四十回，刊版流传，方才加以润饰，使成完璧。所以高本底回目，若就文字上看，实在要比戚本漂亮而又妥当；正是因为有这番修正底工夫。而戚本回目底幼稚，或者正因这个，反较近于原本。我们要搜讨《红楼梦》底真相，最先要打破"原书是尽善尽美的"这个观念，否则便不免引入歧途。即如第八十回之目，我以为原本或者竟和戚本相仿佛，亦未可知，高鹗一则因他重复颠倒，二则因不便照顾香菱底结局，于是把他改了。

两本回目底异同既明，我们于是进而论到两本底本文。这自然是很繁琐的，我只得略举大概，微细的地方一概从省。但即是这样论列，已是很繁重的了。

就本文看，第十六回尾，高本漏缺，应照戚本补的。秦钟临死时，有鬼判及小鬼底一节谈话，高本只写众小鬼抱怨都判胆怯为止，下边接一句"毕竟秦钟死活如何"，这回就算完了。到第十七回开场，秦钟却已死了，与情理未免有两层不合：（1）宝玉特意去别秦钟的，自应当有一番言语，文情方圆。（2）因宝玉来了，都判吓慌，明是下文要放秦钟还阳与宝玉一会；否则直白叙去即可，何必幻出小鬼判官另生枝节？依高本这么说，岂不是都判见识反不如小鬼，秦钟就这般

---

① 脂砚斋庚辰本第八十回是没有回目的。可见戚高两本底都是后来他人的改笔。

闷闷而死的，不但文情欠佳，即上下文势亦不连贯。我以为这回之末，众鬼抱怨都判以后，应照戚本补入这一节。

都判道："放屁！俗语说的好，天下官管天下民。阴阳并无二理，别管他阴，也别管他阳，没有错了的。"众鬼听说，只得将他魂放回；哼了一声，微开双目，见宝玉在侧，乃勉强叹道："怎么不早来？再迟一步，也不能见了！"宝玉携手垂泪道："有什么话，留下两句？"秦钟道："并无别话！以前你我见识，自为高过世人，我今日才知自误了！以后还该立志功名，以荣耀显达为是。"说毕，便长叹一声，萧然长逝了。

补了这段文字，却是妥当得多。虽然秦钟最后一语，有点近于"禄蠹"底口吻；但在当时的社会中，他临命时或不能不悔，正与第一回语相呼应。以外口吻底描写，事迹底叙述，亦都还合式，很有插入底资格。

第二十二回制灯谜，两本有好几处不同。现在分项说明：

（1）高本上惜春没有做灯谜，戚本却是有的。她底灯谜是"佛前海灯"，文曰：

前身色相总无成，不听菱歌听佛经。莫道此生沉墨海，性中自有大光明。

依我看来，三春既各有预兆终身之谜，惜春何得独无。况此谜亦甚好，应照戚本补入为是。

（2）高本中黛钗各有一谜；而戚本中黛玉无谜。高本所谓黛玉之谜，戚本以为宝钗所作；高本宝钗之谜，不见于戚本。所以——

218

朝罢谁携两袖烟……

这一首七律，打的是更香，高本以为是黛玉底，戚本却以为是宝钗底。

有眼无珠腹内空，荷花出水喜相逢。梧桐叶落纷离别，恩爱
夫妻不到冬。

高本以为是宝钗所作的，戚本上却完全没有。这一点也很奇怪。这一
谜极重要——依高本看——可以断定宝钗底终身是守寡；何以戚本独
独没有？我也疑心，这是高氏添入的，专为后文作张本而设，和改第
八回之目是一个道理。

（3）宝玉一谜，打的是镜子，高有戚无。依文理看，戚本是对
的，应照他删去为是。因为本回下面凤姐对宝玉道："适才我忘了，
为什么不当着老爷揎掇，叫你也作诗谜儿。"她既说是忘了，是明明
没有揎掇贾政叫宝玉作谜。若宝玉已作了极好的诗谜，凤姐岂能拿这
个来吓唬宝玉呢？这是极容易明白，不消多说的。[1]

戚本虽也有好处，但可发一笑的地方，却也不少。如高本第
二十五回，"贾政心中也着忙。当下众人七言八语，……"文气文情
都很贯串，万无脱落之理。而戚本却平白地插进一段奇文，使我们为
之失笑。

贾政等心中也有些烦难，顾了这里，丢不了那里。别人慌张
自不必讲。独有薛蟠更比诸人忙到十分了，又恐薛姨妈被人挤

---

[1] 据脂庚本，第二十二回作者未写完而卒，戚本已是后来补缀的，高本更远
了。参看下卷《八十回残缺的情形》一文。

倒，又恐薛宝钗被人瞧见，又恐香菱被人臊皮，知道贾珍等是在女人身上做工夫的，因此忙的不堪；忽一眼瞥见林黛玉风流婉转，已酥倒那里。当下众人七言八语。……

不但文理重沓，且把文气上下隔断不相连络。评注人反说："忙中写闲，真大手眼，大章法！"这也是别有会心了。

高本第三十七回，贾芸给宝玉的信，末尾有"男芸跪书，一笑"。这是错了。书中叙贾芸写信，文理不通有之，万不会在"男芸跪书"之后，加上"一笑"一词。这算什么文法？一看戚本便恍然大悟了。戚本这一处原文作"男芸跪书一笑"，一笑是批语，不是正文，所以夹行细写。高本付刻时，因一时没有留心，将批语误入正文，从此便以误传误了。但高氏所依据的抄本，也有这批语，和戚本一样，这却是奇巧的事。

第四十二回，宝玉看宝钗为黛玉拢发，这一段痴想，高本写得极风流，戚本却写得很煞风景。我并引如下：

宝玉在旁看着，亦觉更好，不觉后悔；不该令他抿上鬓去，也该留着，此时叫他替他抿上去。（高本。第一及第三之他是指黛玉，第二之他指宝钗。）

宝玉……叫我替他抿去。（戚本我是宝玉自指。）

这一个"我"字错得好利害啊！照高本看，宝玉不愧"意淫"之名；被戚本这一误，宝玉简直堕落到情场底饿鬼道。高本所写的光景、情趣，生生被一个"我"字糟蹋了。凡这等地方，虽只有一字之差，却所关很大。

且不但风格底优劣迥殊，即以文词底结构论，这个"我"字万万安他不下。为什么呢？上文明有"也该留着"一兼词（高戚两本同），正为说明此语之用，言当初不该让黛玉自己拢发，最好留着，一起让宝钗替她抿上去。若宝玉想自己为黛玉拢发，何必说什么留着？因为即使是留着，也与宝玉无干。宝玉在这回书上本没有替黛玉抿发，何必惋惜呢？而且上文所谓"只觉更好"一兼词，如下文换了"我"字，又应当作何解释？宝钗替黛玉抿鬟，所以能说更好。以如此好的风情，而宝玉要亲自出马，岂不是大杀风景吗？这类谬处，都是后来传抄人底一己妄见，奋笔乱改所致。他们因被这好几个他字搅扰不清，依自己底胸襟，莫妙于换一我字，方足以写宝黛底亲昵。我们看戚本底眉评，就可以恍然于这类妄人底见解了。（戚本这回眉评说："今本将我字改作他字不知何意？"）[1]

第四十九回，写香菱与湘云谈诗之后，宝钗笑话她俩；高戚两本有繁简底不同，而戚本却很好，可以照补。

"……又怎么是温八叉之绮靡，李义山之隐僻；痴痴颠颠，哪里还像两个女儿呢？"说得香菱湘云二人都笑起来。（高本）

"……李义山之隐僻。放着现在的两个诗家不知道，提那些死人作什么？"湘云听了，忙笑问："现在是哪两个？好姐姐，告诉我！"宝钗笑道："呆香菱之心苦，疯湘云之话多。"二人听了都大笑起来。（戚本）

戚本所作，不但说话神情极其蕴藉聪明；且依前后文合看，这后来宝钗一语，万万少不得的。因为如高本所作，宝钗说话简直是教训底口

---

[1] 戚本这眉评是有正主人加的。脂庚本"我"作"他"，同高本。戚本所以大误有两个可能的解释：1）原来抄错了的。2）有正书局妄改后，又从而赞美之。

吻，别无甚可笑，二人怎么会都笑起来？必如戚本云云，方才有可笑之处，且妙合闺阁底神情。否则，一味的正言厉色，既不成为宝钗，又太杀风景了。

第五十三回，写贾母庆元宵事，戚本较高本多一大节文字，虽无大关系却也在可存之列。现在引如下：

> 原来绣这璎珞的，也是个姑苏的女子，名唤慧娘。因他亦是书香宦门之家，他原精于书画，不过偶然绣一两件针线作耍，并非世卖之物。凡这屏上所绣之花卉，皆仿的是唐宋元各名家的折枝花卉；故其格式皆从雅本来，非一味浓艳匠工可比。每一枝花侧，皆用古人题此花之旧句，或诗或歌不一，皆用黑绒绣出草字来，且字迹勾踢转折轻重连断，皆与笔写无异，亦不比市绣字迹，倔强可恨。他不仗此获利，所以天下虽知，得者甚少。凡世宦富贵之家，无此物者甚多。当今称为"慧绣"。竟有世俗射利者近日仿其针迹，愚人获利。偏这慧娘命夭，十八岁便死了，如今再不能得一件的了。所有之家亦不过一两件而已，皆惜若宝玩一般。更是那一干翰林文魔先生们，因深惜慧绣之佳，便说这"绣"字不能尽其妙，这样针迹，只说一"绣"字，反似乎唐突了，便大家商议了将"绣"字隐去，换了一个"纹"字；所以如今都称为"慧纹"。若有一件真慧纹之物，价则无限。贾府之荣，也只有两三件。上年将两件已进了上，目下只剩这一副璎珞，一共十六扇。贾母爱之，如珍如宝，不入请客各色陈列之内，只留在自己这边，高兴摆酒时赏玩。（脂庚本"世卖"作"市卖"，是。）

这虽没有深意，却决不在可删之列，不知高本为什么少此一节。或者高鹗当时所见各抄本，都是没有这一节的，也未可知。现在看这节文字，很可以点缀繁华，并不芜杂可厌。

最奇特的，是戚本第六十三回写芳官一节文字，芳官改名耶律雄奴这一件事，高本全然没有，在宝玉投帖给妙玉以后，便紧接着平儿还席的事。戚本却在这里，插入一节不伦不类的文字。因为原文甚长，不便全录，只节引有关系的一节：

> 宝玉忙笑道："……既这等再起个番名，叫耶律雄奴，二音又与匈奴相通，都是犬戎名姓。况且这两种人，自尧舜时便为中华之患，晋唐诸朝，深受其害。幸得咱们有福，生在当今之世，大舜之正裔，圣虞之功德、仁孝，赫赫格天，同天地日月亿兆不朽。所以凡历朝中跳梁猖獗之小丑，到了如今，不用一干一戈，皆天使其拱伏，缘远来降。我们正该作践他们为君父生色。"芳官笑道："……何必借我们，你鼓唇摇舌，自己开心作戏，却自己称歌功颂德？"宝玉笑道："所以你不明白。如今四海宾服，八方宁静，千秋万载，不用武备，咱们虽一戏一笑，也该称颂，方不负坐享升平了。"……

这些话，失却宝玉平常说话底神气，文意也很不好。假使要讨论起来，那话就很长了。

全回文字几全不同的，是第六十七回。高鹗底引言曾说："如六十七回此有彼无，题同文异……"果然我们把两本第六十七回一对看，回目虽相同，本文却是大异。这相异之处，是戚本之真相，与上边所说经后人改窜的有些不同。这自然，我不能全然征引来比较，只好约略说一点。

戚本这回文字，比高本多出好几节，举重要的如下：

（1）宝玉、黛玉、宝钗一节谈话。（卷七，五页）

（2）宝玉和袭人谈话。（七页）

（3）袭人和凤姐一大节谈话，并说巧姐底可爱。（九页）

（4）凤姐和平儿谈尤二姐事，明写凤姐设计底狠毒。（十一、十二页）

多少相仿，而文字不同的又有两节：

（1）赵姨娘对王夫人夸宝钗一节。（六页）

（2）凤姐拷问家童一节。（十、十一页）

总说一句，全回文字都几乎全有差异，是在八十回中最奇异的一回，且在高鹗时已经如此的。我们要推求歧异底来源，只得归于抄本不同之故。但抄本何以在这一回独独多歧，当时的高氏，也没有能说明，我们也只好"存而不论"了。

至于优劣底比较，从大体上看，高本是较好的。譬如凤姐拷问家童一节，高本写得更有声色；凤姐和平儿谈话及设计一节，高本只约略点过，较为含蓄。第一项中底（1）（2）两节文字，都可有可无，有了并不见佳。只第二项底（1）节，戚本似不坏。第一项中底（3）节，戚本虽稍见长，不如高本底简洁，但描写神情口吻颇好；说巧姐可爱一节文字，尤不可少。巧姐是书中重要人物之一，而八十回中很少说及，戚本多这一节极为适当。优劣本是相对的，我只就主观的见解，以为如此。

戚本在第六十九回，又多了一节文字，大可以删削的。这回正写凤姐如何处置尤二姐及秋桐，戚本却横插一节前后不接的文字。现在引如下：

……一面带了秋桐来见贾母与王夫人等，贾琏也心中纳罕。那日已是腊月二十日，贾珍起身先拜了宗祀，然后过来辞拜贾母等人。合族中人直送到洒泪亭方回，独贾琏、贾蓉送出，三日三夜方回，……且说凤姐……

在"纳罕""且说"之间这一节文字，高本上都是没有的。戚本却添了四行字，不但上文没有说贾珍要到哪里去，下文没有说回来，踪迹太不明了。且正讲凤姐，为什么要夹写贾珍远行，文理未免有些不顺。但如没有这一节，同回贾琏说"家叔家兄在外"，却没有着落。有这一个理由，可以为这一节作辩解。

在同回，戚本有一节极有意义的文字，远胜高本。戚本上说：

只见这二姐面色如生，比活着还美貌。贾琏又搂着大哭，只叫："奶奶！你死的不明！都是我坑了你！"贾蓉忙上来劝："叔叔，解着些儿。我这个姨娘，自己没福。"说着，又向南指大观园的界墙。贾琏会意，只悄悄跌脚说："我想着了。终究对出来，我替你报仇。"

高本把这一节完全删了，只在下边添写"贾琏想着他死得不分明，又不敢说"一语，作为补笔，却不见好。因这节文字，可以断定凤姐底结局，极为紧要，万无可删之理。且尤二姐暴死，以凤姐平素之为人，贾琏又何得不怀疑？故以文情论，这一节亦是断断乎不可少的，何况描写得极其鲜明而深刻呢？

第七十回，高本也有一点小小的疏漏，应依戚本改正。现引戚本一节，括弧中的是高本所没有的文字。

只见湘云又打发翠缕来说："请二爷快去瞧好诗。"（宝玉听了，忙问："哪里的好诗？"翠缕笑道："姑娘们都在沁芳亭上，你去了便知。")宝玉听了，忙梳洗了出来，果见黛玉……都在那里……

高本既少了括弧中的一节，下文所谓"那里"便落了空。不如戚本明点沁芳亭，较为妥贴。

第七十五回有一节文字，我觉得戚本好些。现在把两本所作并列如下：

> 尤氏……一面洗脸，丫头只弯腰捧着脸盆。李纨道："怎么这样没规矩！"那丫头赶着跪下。尤氏笑道："我们家下大小的人，只会讲外面假礼、假体面，究竟做出来的事都够使的了！"（高本）

> 小丫环炒豆儿捧了一大盆温水，走至尤氏跟前，只弯腰捧着。银蝶笑道："奶奶不过待咱们宽些，在家里不怎样罢了。你就得了意，不管在家在外，当着亲戚也只随便罢了。"尤氏道："你随他去罢，横竖洗了就完事了。"炒豆赶着跪下。（下同）（戚本）

这虽是不甚关紧要的文字，但依高本，却很不合说话时底情理。李纨责备小丫头底没规矩，而尤氏即大发牢骚，说外面讲礼貌的人，做事都够使的，岂不是当面骂人？况且书中写李纨平素和易，怎么这一回对于小事如此的严声厉色？戚本所作似很妥当，补尤氏说"随他去罢"一语，亦是应有的文章。

还有一节底异文，虽论不到谁好谁歹，却是很有趣的。高鹗底四十回，在第一百九回，有"候芳魂五儿承错爱"一大节很是精采的文章，柳五儿明明是个活人。但据戚本，八十回中柳五儿已早死了。

我引戚本独有的一节文字：

> 王夫人笑道："你还强嘴！我且问你：前年我们往皇陵上去，是谁调唆宝玉要柳家的五儿丫头来着？幸而那丫头短命死了！……"（第七十七回）

所以若依戚本去续，那五儿承错爱一节，根本上是要不得的。但高本底第七十七回，因没有这一节文字，前后还可以呼应，我们也不能判什么优劣。只能说他们不相同而已。

但却有两层题外的揣想，可以帮助我们的。（1）高鹗所见的各抄本，戚本并不在内；因为高氏如见有一种抄本上面明写五儿已死，他或者不会作第一百九回这段文章。（2）再不然，便是高鹗曾经修改过八十回本，将这一节文字删去，使他底补作不致自相矛盾。这两层揣想，必有一个是真实的，但我却不能断定是哪一个。

就两本底本文、回目底大体约略比较一下，已占了这么长的篇幅，恐怕还因我翻检匆忙，仍不免有遗漏之处。好在我并不是要做校勘记，即脱略了几处，也无甚要紧。倒是篇幅底冗长，使读者感到沉闷，我却深抱不安的。现在只说一点零碎的话，拿来结束本篇，有正书局印行的戚本，上有眉评，是最近时人加的，大约即在有正书局印行本书的时候。看第三回眉评，曾说西餐底仪节，可见是最近人底笔墨了。这位评书人底见解，实在不甚高明。他所指出戚本底佳胜之处，实在未必处处都佳，他所指出两本底歧异之点，有些是毫无关系的。到真关重要的异文，他反而不说了。我当时如就这眉评来草本篇，其失败必远过于现在。因为他底不可靠，所以仍费了我很多的翻检底功夫①。

戚本还有一点特色，就是所用的话几乎全是纯粹的北京方言，比高本尤为地道。我因为这些地方不关重要，所以在上文没有说到，但分条比较去虽是很小，综观全书却也是个很显著的区别，不能不说一说。雪芹是汉军旗人，所说是满族家庭中底景况，自然应当用逼真的京语来描写。即以文章风格而言，使用纯粹京语来表现书中情事亦较为明活些。这原是戚本底一个优点，不能够埋没。惟作眉评人碰到这等地方，必处处去恭维一下，实在也可不必。王雪香底高本评语，也是一味的滥誉，正犯了同一的毛病。我作这篇文字，自以为是很平心的，如应了"后之视今，亦犹今之视昔"这句老话，那却就糟了！

作者底态度

大家都喜欢看《红楼梦》，更喜欢谈《红楼梦》，但本书底意趣，却因此隐晦了近二百年，这是一件很不幸的事情。其实作书底意趣态度，在本书开卷两回中已写得很不含糊，只苦于读者不肯理会罢了。历来"红学家"这样懵懂，表面看来似乎有点奇怪，仔细分析起来，有两种观察，可以说明迷误底起原。

---

① 我在《红楼梦辨》初版已明说这有正本的小字眉评是最近时人加的，但近人在《考证〈红楼梦〉的新材料》文中却说："平伯的错误在于认戚本的眉评为原有的评注，而不知戚本所有的眉评是狄楚青先生所加。"这并不合事实。不过在我写《红楼梦辨》时把这"眉评"两字用得很混乱，有时每页上面的小字评称为眉评，如上卷页一四六。这眉评是狄楚青之笔。有时则把每回起首之总评称为眉评，如下卷第十、二四、二八页等。这眉评是脂砚斋底手笔。岂非失之毫厘谬以千里么？在此更正致愧。

第一类"红学家"是猜谜派。他们大半预先存了一个主观上的偏见，然后把本书上底事迹牵强傅会上去，他们底结果，是出了许多索隐，这派"红学家"有许多有学问名望的人，以现在我们底眼光看去，他们很不该发这些可笑的议论。但事实上偏闹了笑话。

为什么呢？这其中有两个原故：（1）他们有点好奇，以为那些平淡老实的话，决不配来解释《红楼梦》的。（2）他们底偏见实在太深了，所以看不见这书底本来面目，只是颜色眼镜中的《红楼梦》。从第一因，他们宁可相信极不可靠的传说，（如董小宛、明珠之类）而不屑一视作者底自述，真成了所谓"目能见千里之外，而不能自见其眉睫"了。从第二因，于是有把自己底意趣投射到作者身上去。如蔡孑民先生他自己抱民族主义，而强谓《红楼梦》作者持民族主义甚挚，书中本事在吊明之亡，揭清之失，等等。《〈石头记〉索隐》作者究竟有无这层意思，其实很不可知。总之，求深反惑，是这派"红学家"底通病。

第二类"红学家"我们叫他消闲派。他们读《红楼梦》底方法，那更可笑了。他们本没有领略文学底兴趣，所以把《红楼梦》只当作闲书读，对于作者底原意如何，只是不求甚解的。他们底态度，就是赏鉴，不是研究，只是借此消闲罢了。这些人原不足深论，不过有一点态度却是大背作者底原意。他们心目中只有贾氏家世底如何华贵，排场底如何阔绰，大观园风月底如何繁盛，于是恨不得自己变了贾宝玉，把十二钗做他妻妾才好。这种穷措大底眼光，自然不值一笑；不过他们却不安分，偏要做《红楼梦》底九品人表，那个应褒，那个应贬，信口雌黄，毫无是处，并且以这些阿其所好底论调，强拉作者来做他底同志。久而久之，大家仿佛觉得作者原意也的确是如此的；其实他们多半随便说说罢了。

这两段题外的文章，却很可以帮助我们了解《红楼梦》作者底真态度，可以排除许多迷惑，不至于蹈前人底覆辙。我们现在先要讲作者做书底态度。

要说作者底态度，很不容易。我以为至少有两条可靠的途径可以推求：第一，是从作者自己在书中所说的话，来推测他做书时底态度。这是最可信的，因为除了他自己以外，没有一个人能完全了解他底意思的。雪芹自序的话，我们再不信，那么还有什么较可信的证据？所以依这条途径走去，我自信不至于迷路的。第二，是从作者所处的环境和他一生底历史，拿来印证我们所揣测的话。现在不幸得很，关于雪芹底事迹，我们知道的很少；但就所知的一点点，已足拿来印证推校我们从本书所得的结果。我下面的推测都以这两点做根据的，自以为虽不能尽作者底原意，却不至于大谬的。

《红楼梦》底第一、第二两回，是本书底引子，是读全书关键。从这里边看来，作者底态度是很明显的。他差不多自己都说完了，不用我们再添上废话。

（1）《红楼梦》是感叹自己身世的，雪芹为人是很孤傲自负的，看他底一生历史和书中宝玉底性格，便可知道；并且还穷愁潦倒了一生。所以在本书引子里说道：

> 风尘碌碌，一事无成。
>
> 当此日……以致今日，一技无成，半生潦倒之罪，编述一集以告天下。
>
> 那娲皇只用了三万六千五百块，单单剩下一块未用，弃在青埂峰下。谁知此石自经煅炼之后，灵性已通，……因见众石俱得补天，独自己无才不得入选，遂自怨自愧，日夜悲哀。
>
> 无才可去补苍天，枉入红尘若许年。此系身前身后事，倩谁记去作奇传？

　　石兄，你这段故事，据你自己说来有些趣味，故镌写在此。

　　身后有余忘缩手，眼前无路想回头。

　　其中想必有个翻过筋斗来的。也未可知（以上引文，皆见《红楼梦》第一、第二两回）。

　　从这些话看来，可以说是明白极了。石头自怨一段，把雪芹怀才不遇的悲愤，完全写出。第二回贾雨村论宝玉一段，亦是自负。书中凡贬宝玉只是牢骚话头，不可认为实话。如第三回《西江月》一词，似骂似赞，痛快之极。一则曰："行为偏僻性乖张，哪管世人诽谤？"二则曰："天下无能第一，古今不肖无双。"世人诽谤可以不顾，正足见雪芹特立独行，翛然物外。无能不肖，虽是近于骂，而第一无双，则竟是赞。凡书中说宝玉处，莫不如此，足见雪芹自命之高，感愤之深，所以《红楼梦》一书，如箭在弦上，不得不发。名《石头记》，自然以宝玉为主体，所以一切叙述情事，皆只是画工底后衬，戏台上底背景，并不占最重要的位置。世人读《红楼梦》记得一个大观园，真是"买椟还珠"啊！

　　（2）《红楼梦》是情场忏悔而作的。雪芹底原意或者是要叫宝玉出家的，不过总在穷途潦倒之后，与高鹗续作稍有点不同。这层意思，也很明显，可以从《红楼梦》一名《情僧录》看出。所以原书上说：

　　知我之负罪固多。

　　更于书中间用梦幻等字，都是此书本旨，兼寓提醒阅者之意。

　　空空道人遂因空见色，由色生情，传情入色，自色悟空；遂改名情僧，改《石头记》为《情僧录》东鲁孔梅溪题曰《风月宝鉴》。（见第一回）

　　警幻说："……或冀将来一悟，未可知也。"

快休前进，作速回头要紧！（均见第五回）

书中类此等甚多，此处不过举几个例子来证实这层揣想罢了。

照高鹗补的四十回看，宝玉亦是因情场忏悔而出家的。宝玉之走，即由于黛玉之死，这是极平常的套话。依我悬想，宝玉底出家，虽是忏悔情孽，却不仅由于失意。忏悔底原故，我想或由于往日欢情悉已变灭，穷愁孤苦，不可自聊，所以到年近半百，才出了家。书中甄士隐，智通寺老僧，皆是宝玉底影子。这些虽大半是我底空想，但在书中也不无暗示。十二钗曲名《红楼梦》，现即以之名《石头记》。《红楼梦曲·引子》上说："奈何天，伤怀日，寂寥时，试遣愚衷；因此上演出这悲金悼玉的红楼梦。"《飞鸟各投林》曲末尾说："好一似食尽鸟投林，落了片白茫茫大地真干净。"（第五回）秦氏说："三春去后诸芳尽，各自须寻各自门。"（第十三回）从此等地方看来，似十二钗底结局，皆为宝玉所及见的。所以开宗明义第一回就说："曾历过一番梦幻之后"，又说："忽念及当日所有之女子"。既曰曾历过梦幻，则现在是梦醒了；既曰当日所有，则此日无有又可知。总之，宝玉出家既在中年以后，又非专为一人一事而如此的。颉刚以为甄士隐是贾宝玉底晚年影子，这层设想，我极相信。宝玉底末路尽在下边所引这几句话写出：

> 士隐乃读书之人，不惯生理、稼穑等事，勉强支持一二年，越发穷了。……士隐……急忿怨痛，已有积伤，暮年之人，贫病交攻，竟渐渐的露出那下世的光景来。（第一回）

从这里看去，宝玉出家除情悔以外，还有生活上底逼迫，做这件事情底动机。雪芹底晚年，亦是穷得不堪的，更可以拿来做说明了。

如敦诚赠诗，有"环堵蓬蒿屯"之句，有"举家食粥酒常赊"之句，虽文人之笔不免浮夸，然说举家食粥，则雪芹之穷亦可知。在本书上说宝玉后来落于穷困也屡见。

> 蓬牖、茅椽，绳床、瓦灶，
>
> 陋室空堂，当年笏满床；衰草枯杨，曾为歌舞场；蛛丝儿结满雕梁，绿纱今又糊在蓬窗上。……
>
> 金满箱，银满箱，转眼乞丐人皆谤。（见第一回）
>
> 贫穷难耐凄凉。（见第三回《西江月·宝玉赞》）

高鹗以为宝玉仿佛成了仙佛去了；但雪芹心中底宝玉，每每是他自己底影子，是极飘零憔悴的苦况的。必如此，红楼方成一梦，而文字方极其摇荡感慨之致。

（3）《红楼梦》是为十二钗作本传的。除掉上边所说感慨身世忏悔情孽这两点以外，书中最主要的人物，就是十二钗了。在这一方面，《水浒》和《红楼梦》有相同的目的。大家都知道，《水浒》作者要描写出他心目中一百零八个好汉来。但《红楼梦》作者底意思，亦复如此，他亦想把他念念不忘的十二钗充分在书中表现出来。这层意思虽很浅显，而自来读《红楼梦》的人都忽略了，闹出许多可惜的误会。为什么知道雪芹是要为十二钗作传呢？这亦是从他自己底话得来的，我引几条如下：

> 但书中所记何事何人？……忽念及当日所有之女子，一一细考较去，觉其行止识见皆在我之上，我堂堂须眉，诚不若彼裙钗。
>
> 知我之负罪固多；然闺阁中历历有人。万不可因我之不肖自护己短，一并使其泯灭也。

> 我虽不学无文，又何妨用假语村言敷衍出来，亦可使闺阁昭传。……
>
> 其中只不过几个异样女子，或情，或痴，或小才微善；……
>
> ……竟不如我半世见亲闻的这几个女子……但观其事迹原委，亦可消愁破闷。
>
> 后因曹雪芹于悼红轩中……又题曰《金陵十二钗》。（均见第一回）

这竟是极清楚的话，无须我再添什么了。既认定雪芹意思是要使闺阁昭传；那么，有许多"红学家"简直是作者底罪人了。他们每每说，这里边底女子没有一个好的。其实这未免深文周内。就是在第六十六回柳湘莲说：

> 你们东府里除了两个石头狮子干净，只怕连猫儿狗儿都不干净。

但这说的是宁国府，也并没有说大观园里的人个个不干净啊。

这有一种很流行的观念，他们以为《红楼梦》是一部变相的《春秋经》，以为处处都有褒贬。最普通的信念，是右黛而左钗。因此凡他们以为是宝钗一党的人——如袭人、凤姐、王夫人之类——作者都痛恨不置的。作者和他们一唱一和，真是好看煞人。但雪芹先生恐怕不肯承认罢。

我先以原文证此说之谬，然后再推求他们所以致谬底原因。作者在《红楼梦曲·引子》上说：

> 悲金悼玉的《红楼梦》。

是曲既为十二钗而作，则金是钗玉是黛，很无可疑的。悲悼犹我们说惋惜，既曰惋惜，当然与痛骂有些不同罢。这是雪芹不肯痛骂宝钗的一个铁证。且书中钗黛每每并提，若两峰对峙双水分流，各极其妙莫能相下，必如此方极情场之盛，必如此方尽文章之妙。若宝钗稀糟，黛玉又岂有身份之可言。与事实既不符，与文情亦不合，雪芹何所取而非如此做不可呢？

雪芹仿佛会先知的，所以他自己先声明一下，对于上述两种误会，作一个正式的抗辩。他在第一回里说：

> 况且那野史中，或讪谤君相，或贬人妻女，奸淫凶恶，不可胜数；更有一种风月笔墨，其淫秽污臭，最易坏人子弟。……在作者不过要写出自己的两首情诗艳赋来，故假捏出男女二人名姓，又必旁添一小人拨乱其间，如戏中小丑一般。

第一句话是驳第一派的，第二句话是驳第二派的，试想雪芹若不是个疯子，他怎会自己骂自己呢？依第一派，大观园里没有一个好人，这明明是"讪谤君相贬人妻女"了。依第二派说，宝黛好事被人离阻，这又明明是"假捏出男女二人，一小人拨乱其间"了。

这两派底谬处已断定了。现在分析致谬底原因：第一派所以如此，因为他们解释《红楼梦》底本事弄错了。《红楼梦》是按自己底事体情理做的，他们却以为《红楼梦》是说的人家底事情。《红楼梦》有自传的性质，以前人说的很少。（有却也是有的，不过大家都不相信注意。如江顺怡做的《读〈红楼梦〉杂记》，就说《红楼梦》所记之事，皆作者自道其生平。）他们未读《红楼梦》以前，先有一部《金瓶梅》做底子。《金瓶梅》跟《红楼梦》虽有关连，两书立意不同，拿读《金瓶梅》底眼光来读《红楼梦》，难免发生错误。既以为是人家底事情，贬斥讪谤，自然是或有的；但若知道这是他自己底事情，即便有这类的事，亦很应该"胳膊折了往袖子里藏"啊。(《红楼梦》于秦氏多微词，即是为此。)

第二派底致谬底原因有两层：(1)他们最初是上了高鹗续作底当了。第一个说后四十回是高君补的，是清人张问陶（字船山，见于他底诗跟诗注，在我曾祖曲园先生《小浮梅闲话》曾引过他；但那时候不大有人注意到)。他们那时候，自然相信《红楼梦》是百二十回的。从后四十回看宝钗、袭人、凤姐都是极阴毒并且讨厌的；读者既不能分别读去，当然要发生嫌恶宝钗一派人底情感。其实后四十回与《红楼梦》作者很不相干，单读八十回本的《红楼梦》，我敢断言右黛左钗底感情，决不会这样热烈的。(2)既然向失意者——黛玉——表同情，既然对于"钗党"有先入的恶感；这颜色眼镜已经戴上了，如何再能发现作者底态度？感情这类状态，从主观上投射到客观方面，是很容易的。自己这般说，不知不觉的擅定作者也这般说。于是凡他所喜欢的人，作者定是要褒的；他所痛恨的，作者定是要贬的。这并非作者之意，不过读者底偏见罢了。

作者做书底三层意思，我这几段芜杂的文字里已大致表现清楚了。作者底真态度虽不能备知，却也可以窥测一部分，那些陈袭的误会也解释了许多。在下篇更要转入另外一面，就是从这种态度发生的文章风格如何的问题。

《红楼梦》底风格

上篇所说有些偏于考证的。这篇全是从文学的眼光来读《红楼梦》。原来批评文学底眼光是很容易有偏好的，所以甲是乙非了无标准。俗语所谓"麻油拌韭菜，各人心里爱"，就是这类情景底写照了。我在这里想竭力避免那些可能排去的偏见私好，至于排不干净的主观色彩，只好请读者原谅了。

在现今我们中国文艺界中，《红楼梦》仍为第一等的作品，实际上的确如此。在高鹗续书那时候，已脍炙人口二十余年了。自刻本通行以后，《红楼梦》已成为极有势力的民间文学，差不多人人都看，并且人人都喜欢谈，所以京师《竹枝词》有"开口不谈《红楼梦》，此公缺典定糊涂"之语，可见《红楼梦》行世后，人心颠倒之深。（此语见清同治年间，梦痴学人所著的《梦痴说梦》所引。）即我们研究《红楼梦》底嗜好，也未始不是在那种空气中间养成的。

《红楼梦》底风格，我觉得较无论哪一种旧小说都要高些。所以风格高上底缘故，正因《红楼梦》作者底态度与他书作者态度有些不同。

从作者自传这个观念，对于《红楼梦》风格底批评有很大的影响。书中底人物事情都有蓝本，所以《红楼梦》作者底最大手段是写生。世人往往把创造看作空中楼阁，而把写实看作模拟，却不晓得想象中底空中楼阁，也有过去经验作蓝本，若真离弃一切的经验，心灵便无从活动了。虚构和写实都靠着经验，不过中间的那些上下文底排列，有些不同罢了。写生既较逼近于事实，所以从这手段做成的作品所留下的印象、感想，亦较为明活深切。

《红楼梦》作者底手段是写生。他自己在第一回，说得明明白白：

其间离合悲欢，兴衰际遇，俱是按迹循踪，不敢稍加穿凿致失其真。

因见上面大旨不过谈情，亦只实录其事。

我们看，凡《红楼梦》中底人物都是极平凡的，并且有许多极污下不堪的。人多以为这是《红楼梦》作者故意骂人，所以如此；却不知道作者底态度只是一面镜子，到了面前便须眉毕露无可逃避了，妍媸虽必从镜子里看出，但所以妍所以媸的原故，镜子却不能负责。以我底偏好，觉得《红楼梦》作者第一本领，是善写人情。细细看去，凡写书中人没有一个不适如其分际，没有一个过火的；写事写景亦然。我说："好一面公平的镜子啊！"

我还觉得《红楼梦》所表现的人格，其弱点较为显露。作者对于十二钗，是爱而知其恶的。所以如秦氏底淫乱，凤姐底权诈，探春底凉薄，迎春底柔懦，妙玉底矫情，皆不讳言之。即钗黛是他底真意中人了；但钗则写其城府深严，黛则写其口尖量小，其实都不能算全才。全才原是理想中有的，作者是面镜子如何会照得出全才呢？这正是作者极老实处，却也是极聪明处，妙解人情看去似乎极难，说老实话又似极容易，其实真是一件事底两面。《红楼梦》在这一点上，旧小说中能比他的只有《水浒》。《水浒》中有百零八个好汉，却没有一个全才。这两位作者，大概在这里很有同心了。

《红楼梦》中人格都是平凡这句话，我晓得必要引起多少读者底疑猜；因为他们心目中至少有一个人是超平凡的。谁呢？就是书中的主人翁——贾宝玉。依我们从前浑沦吞枣的读法，宝玉底人格确近乎超人的。我们试想一个纨袴公子，放荡奢侈无所不至的，幼年失学，长大忽然中举了。这便是个奇迹，颇含着些神秘性的了。何况一中举便出了家，并且以后就不知所终了，这真是不可思议。但所以生这类印象，我们都被高先生所误，因为我们太读惯了一百二十回本的《红楼梦》，引起不自觉的错误来。若断然只读八十回，便另有一个平凡的宝玉，印在我们心上。

依雪芹写法，宝玉底弱点亦很多的。他既做书自忏，决不会像现在人自己替自己登广告啊。所以他在第一回里，即屡次明说。在第三回《西江月》又自骂一起，什么"富贵不知乐业，贫穷难耐凄凉"，这怕也是超人底形景吗？是决不然的。至于统观八十回所留给我们，宝玉底人格，可以约略举一点。他天分极高，却因为环境关系，以致失学而被摧残。他底两性底情和欲，都是极热烈的，所以警幻很大胆的说："好色即淫，知情更淫。"一扫从来迂腐可厌的鬼话。他是极富于文学上的趣味，哲学上的玄想，所以人家说他是痴子；其实宝玉并非痴慧参半，痴是慧底外相，慧即是痴底骨子。在这一点作者颇有些自诩，不过总依然不离乎人情底范围。

依我们底推测，宝玉大约是终于出家。但他底出家，恐不专因忏情，并且还有生计底影响，在上边已说过了，出家原是很平凡的，不过像续作里所描写的，却颇有些超越气象。况且做和尚和成仙成佛，颇有些不同。照高君续作看来，宝玉结果是成了仙佛，却并不是做和尚。所以贾政刚写到宝玉的事，宝玉就在雪影里面光头赤脑披了大红斗篷，向他下拜，后来僧道夹之而去，霎时不见踪迹。（事见第百二十回）试问世界上有这种和尚么？后来皇帝还封了文妙真人，简直是肉体飞升了。神仙佛祖是超人，和尚是人，这个区别无人不清楚的。雪芹不过叫宝玉出家，所以是平凡的。高鹗叫宝玉出世，所以是超越的。《红楼梦》中人格是平凡的这个印象，非先有分别的眼光读原书不可，否则没有不迷眩的。

在逼近真情这点特殊风格外，实事求是这个态度又引出第二个特色来。《红楼梦》底篇章结构，因拘束于事实，因而能够一洗前人底窠臼，不顾读者底偏见嗜好。凡中国自来底小说，大都是俳优文学，所以只知道讨看客底欢喜。我们底民众向来以团圆为美的，悲剧因此不能发达，无论哪种戏剧小说，莫不以大团圆为全篇精采之处，否则就将讨读者底厌，束之高阁了。若《红楼梦》作者则不然；他自发牢骚，自感身世，自忏情孽，于是不能自已的发为文章，他底动机根本和那些俳优文士已不同了。并且他底材料全是实事，不能任意颠倒改造的，于是不得已要打破窠臼得罪读者了。作者当时或是不自觉的也未可知，不过这总是《红楼梦》底一种胜利功绩。

《红楼梦》底不落窠臼，和得罪读者是二而一的；因为窠臼是习俗所乐道的，你既打破他，读者自然地就不乐意了。譬如社会上都喜欢大小团圆，于是千篇一律的发为文章，这就是窠臼。你偏要描写一段严重的悲剧，弄到不欢而散，就是打破窠臼，也就是开罪读者。所以《红楼梦》在我们文艺界中很有革命的精神。他所以能有这样的精神，却不定是有意与社会挑战，是由于凭依事实，出于势之不得不然，因为窠臼并非事实所有，事实是千变万化，哪里有一个固定的形式呢？既要落入窠臼，就必须要颠倒事实；但他却非要按迹寻踪实录其事不可，那么得罪人又何免的。我以为《红楼梦》作者底第一大本领，只是肯说老实话，只是做一面公平的镜子。这个看去如何容易，却实在是真正的难能。看去如何平淡，《红楼梦》却成为我们中国过去文艺界中第一部奇书。我因此有一种普通的感想，觉得社会上目为激烈的都是些老实人，和平派都是些大滑头啊。

在这一点上，有友人对我说过："《红楼梦》底最大特色，是敢于得罪人底心理。"《红楼梦》开罪于一般读者底地方很多，最大的却有两点。社会上最喜欢有相反的对照。戏台上有一个红面孔，必跟着个黑面孔来陪他，所谓"一脸之红荣于华衮，一鼻之白严于斧钺"。在小说上必有一个忠臣，一个奸臣；一个风流儒雅的美公子，一个十不全的傻大爷。如此等等，不可胜计。我小时候听人讲小说，必很急切地问道："哪个是好人？哪个是坏人？"觉得这是小说中最重要，并且最精采的一点。社会上一般人底读书程度，正还和那时候的我差不许多。雪芹先生于是狠狠的对他们开一下玩笑。《红楼梦》底人物，我已说过都是平凡的。这一点就大拂人之所好，幸亏高鹗续了四十回，勉强把宝玉抬高了些，但依然不能满读者底意。高鹗一方面做雪芹底罪人，一方面读者社会还不当他是功臣。依那些读者先生底心思，最好宝玉中年封王拜相，晚年拔宅飞升。（我从前看见一部很不堪的续书，就是这样做的。）雪芹当年如肯照这样做去，那他们就欢欣鼓舞不可名状，再不劳绩作者底神力了！无奈他却偏偏不肯，宝玉亦慧、亦痴，亦淫、亦情，但千句归一句，总不是社会上所赞美的正人。他们已经皱眉有些说不出的难受了。十二钗都有才有貌，但却没有一个是三从四德的女子；并且此短彼长，竟无从下一个满意的比较褒贬。读者对于这种地方，实在觉得很麻烦、不自在，后来究竟忍耐不住，到底做一个九品人表去过过瘾方才罢休。

但作者开罪社会心理之处，还有比这个大的。《红楼梦》是一部极严重的悲剧，书虽没有做完，但这是无可疑的，不但宁荣两府之由盛而衰，十二钗之由荣而悴，能使读者为之怆然雪涕而已。若细玩宝玉底身世际遇，《红楼梦》可以说是一部问题小说。试想以如此的天才，后来竟弄到潦倒半生，一无成就，责任应该谁去负呢？天才原是可遇不可求的，即偶然有了亦被环境压迫毁灭，到穷愁落魄，结果还或者出了家。即以雪芹本人而论，虽有八十回的《红楼梦》可以不朽，但全书并未完成穷愁而死，在文化上真是莫大的损失。不幸中之大幸，他总算还做了八十回书，流传又如此之广，但他底家世名讳，直等最近才考出来。从前我们只知道有曹雪芹，至多再晓得是曹寅底儿子（其实是曹寅底孙子），以外便茫然了。即现在我们虽略多知道一点，但依然是可怜得很。这曹雪芹先生年表，正不大好做哩。

高鹗使宝玉中举，做仙做佛，是大违作者底原意的，但他始终是很谨慎的人，不想在《红楼梦》上造孽的。他总竭力揣摩作者底意思，然后再补作那四十回。我们已很感激他这番能尊重作者底苦心。

文章本来表现人底个性，有许多违反错误是不能免的。若有人轻视高作，何妨自己来续一下，就知道深浅了。高鹗既不肯做雪芹底罪人，就难免跟着雪芹开罪社会了；所以大家读高鹗续作底四十回大半是要皱眉的。但是这种皱眉，不足表明高君底才短，正是表明他底不可及处。他敢使黛玉平白地死去，使宝玉娶宝钗，使宁荣抄家，使宝玉做了和尚。这些都是好人之所恶。虽不是高鹗自己底意思，是他迎合雪芹底意思做的，但能够如此，已颇难得。至于以后续做的人，更不可胜计，大半是要把黛玉从坟堆里拖出来，叫她去嫁宝玉。这种办法，无论其情理有无，总是另有一种神力才能如此。必要这样才算有收梢，才算大团圆，真使我们不好说话了。

现在我们从各方面证明原本只八十回，并且连回目亦只这八十是真的，这是完全依据事实，毫不夹杂感情上的好恶。但许多人颇赞成我们底论断，却因为只读八十回便可把那些讨人厌的东西一齐扫去，他们不消再用神力把黛玉还魂，只很顺当的便使宝黛成婚了。他们这样利用我们底发现，来成就他们的团圆迷，来糟蹋《红楼梦》底价值，我们却要严重的抗议了。依作者底原意做下去，其悲惨凄凉必过于高作，其开罪世人亦必过之。在《红楼梦》上面，不能再让你们来过团圆瘾！

我们又知道《红楼梦》全书中之题材是十二钗，是一部忏悔情孽的书。从这里所发生的文章风格，差不多和那一部旧小说都大大不同，可以说《红楼梦》底个性所在。是怎样的风格呢？大概说来，是"怨而不怒"。前人能见到此者，有江顺怡君。他在《读〈红楼梦〉杂记》上面说：

……正如白发宫人涕泣而谈天宝，不知者徒艳其纷华靡丽，有心人视之皆缕缕血痕也。

他又从反面说《红楼梦》不是谤书：

> 《红楼》所记皆闺房儿女之语，……何所谓毁？何所谓谤？

这两节话说得淋漓尽致，尽足说明《红楼梦》这一种怨而不怒的态度。

我怎能说《红楼梦》在这点上，和那种旧小说都不相同呢？我们试举几部《红楼梦》以外，极有价值的小说一看。我们常和《红楼梦》并称的是《水浒》《儒林外史》。《水浒》一书是愤慨当时政治腐败而作的，所以奖盗贼贬官军。看署名施耐庵那篇自序，愤激之情，已溢于词表。"《水浒》是一部怒书"，前人亦已说过（见张潮底《幽梦影》上卷）。《儒林外史》底作者虽愤激之情稍减于耐庵，但牢骚则或过之。看他描写儒林人物，大半皆深刻不为留余地，至于村老儿唱戏的，却一唱三欢之而不止。对于当日科场士大夫，作者定是深恶痛疾无可奈何了，然后才发为文章的。《儒林外史》底苗裔有《二十年目睹之怪现状》《庆陵潮》《留东外史》之类。就我所读过的而论：《留东外史》底作者，简直是个东洋流氓，是借这部书为自己人吹法螺的，这类黑幕小说底开山祖师可以不必深论。《广陵潮》一书全是村妇谩骂口吻，反觉《儒林外史》中人物，犹有读书人底气象。作者描写的天才是很好的，但何必如此尘秒笔墨呢？前《红楼梦》而负盛名的有《金瓶梅》，这明是一部谤书，确是有所为而作的，与《红楼梦》更不可相提并论了。

以此看来，怨而不怒的书，以前的小说界上仅有一部《红楼梦》。怎样的名贵啊！古语说得好："物稀为贵。"但《红楼梦》正不以稀有然后可贵。换言之，即不稀有亦依然有可贵的地方。刻薄谩骂的文字，极易落笔，极易博一般读者底欢迎，但终究不能感动透过人底内心。刚读的时候，觉得痛快淋漓为之拍案叫绝。但翻过两三遍后，便索然意尽了无余味，再细细审玩一番，已成嚼蜡的滋味了。这因为作者当时感情浮动，握笔作文，发泄者多，含蓄者少，可以悦俗目，不可以当赏鉴。缠绵悱恻的文风恰与之相反，初看时觉似淡淡的，没有什么绝伦超群的地方，再看几遍渐渐有些意思了，越看得熟，便所得的趣味亦愈深永。所谓百读不厌的文章，大都有真挚的情感，深隐地含蓄着，非与作者有同心的人不能知其妙处所在。作者亦只预备藏之名山，或竟覆了酱缸，不深求世人底知遇。他并不是有所珍惜隐秘，只是世上一般浅人自己忽略了。

愤怒的文章容易发泄，哀思的呢，比较的容易含蓄，这是情调底差别不可避免的。但我并不说，发于愤怒的没有好文章，并且哀思与愤怒有时不可分的。但在比较上立论，含怒气的文字容易一览而尽，积哀思的可以渐渐引人入胜，所以风格上后者比前者要高一点。《水浒》与《红楼梦》底两作者，都是文艺上的天才，中间才性底优劣是很难说的；不过我们看《水浒》，在有许多地方觉得有些过火似的，看《红楼梦》虽不满人意的地方也有，却又较读《水浒》底不满少了些。换句话说，《红楼梦》底风格比较温厚，《水浒》则锋芒毕露了。这个区别并不在乎才性底短长，只在做书底动机底不同。

但这些抑扬的话头，或者是由于我底偏好也未可知。但从上文看来，有两件事实似乎已确定了的。（1）哀而不怒的风格，在旧小说中为《红楼梦》所独有。究竟这种风格可贵与否，却是另一问题。虽已如前段所说，但这是我底私见不敢强天下人来同我底好恶。（2）无论如何，漫骂刻毒的文字，风格定是卑下的。《水浒》骂则有之，却没有落到漫字。至于落入这种恶道的，决不会有真好的文章，这是我深信不疑的。我们举一个实例讲罢。《儒林外史》与《广陵潮》是一派的小说。《儒林外史》未始不骂，骂得亦未始不凶，但究竟有多少含蓄的地方，有多少穿插反映的文字，所以能不失文学底价值。《广陵潮》则几乎无人不骂，无处不骂，且无人无处不骂得淋漓尽致一泄无余，可以喷饭，可以下酒，可以消闲，却不可以当他文学来赏鉴。我们如给一未经文学训练的读者这两部小说看，第一遍时没有不大赞《广陵潮》的。因为《儒林外史》没有这样的热闹有趣，到多看几遍之后，《儒林外史》就慢慢占优越的地位了。这是我曾试验过的。

《红楼梦》只有八十回真是大不幸，因为极精采动人的地方都在后面半部。我们要领略哀思的风格，非纵读全书不可；但现在只好寄在我们底想象上，不但是作者底不幸，读者所感到的缺憾更为深切了。我因此想到高鹗补书底动机。确是《红楼梦》底知音，未可厚非的。他亦因为前八十回全是纷华靡丽文字，恐读者误认为海淫教奢之书，如贾瑞正照"风月宝鉴"一般。所以续了四十回以昭传作者底原意。在程、高引言上说："……实因残缺有年，一旦颠末毕具，大快人心，欣然题名，聊以纪成书之幸。"可知高君补书并非如后人乱续之比，确有想弥补缺憾的意思。但高鹗虽有正当的动机，续了四十回书，而几乎处处不能使人满意。我们现在仍只得以八十回自慰，对于后半部所知只是片段而已。

《红楼梦》地点问题底商讨

说到《红楼梦》书中所写，究竟在哪里，以现在我们所知这样少，当然不能解决这"地点问题"。这篇所讨论的，是本书所写各事，在南或在北，也就是在南京或在北京的问题。因为假如在南那一定在南京；假如在北，除掉北京更没有别的地方了。

或南或北，我们先从本书看，得到的有些什么？如悬想起来，似乎很应当有个解决的方法。南北底风土人情，差异本很明显，而八十回书又非短篇之比。岂有从八十回书中，看不出一点所在地方底风土人情？只要有一两点看出，便可以断定这个问题了。这样说法原是不错，但可惜实际上没有这般简单。

本书中明说出地点的，有下列各项：

（1）黛玉、宝钗到贾府去都说是入都，而京都是专指北京而言。（第三回、第四回）

（2）贾雨村选了金陵应天府，辞了贾政，择日到任。（第三回）

（3）贾雨村对冷子兴说："去岁我到金陵，……那日进了石头城，从他老宅门前经过，街东是宁国府，街西是荣国府，……大门外虽冷落无人……。"（第二回）

（4）贾敬不肯回原籍来，只在都中城外和那些道士们胡羼。（第二回）

（5）凤姐册词有"哭向金陵事更哀"之语。（第五回）

（6）贾母说："我和你太太、宝玉立刻回南京去！"（第三十三回）

以外恐怕还有些证据，就想及的这六条已足够用了。雨村底话，我们看他说"老宅"，说"门外冷落无人"，都是没有人住着底铁证。贾母说回南京去，尤为明显。书中说京都、都中，皆指北京；于南京必曰石头城、金陵、南京。叙述时必曰原籍，自称必曰老家。这可见《红楼梦》底地方，是在北京。

本书除明点地方以外，从叙述情景中，还有可以证明是在北方的。颉刚有一信说得最为详细，现在引录如下，不用我再来申说。

　　贾家如在南方，何以有炕？炕于书中屡见。如第三回黛玉到王夫人处，写"临窗大炕"上怎样怎样。如第八回宝玉到薛姨妈处，听说宝钗在里面，他"忙下炕来……掀帘一步进去，先就看见宝钗坐在炕上做针线"。又如第六回刘姥姥到贾琏住宅，"刘姥姥和板儿上了炕，平儿和周瑞家的对面坐在炕沿上"。又说："听得那边说道摆饭，……忽见两个人抬了一张炕桌来，放在这边炕上，桌上碗盘摆列。……"又写凤姐坐处，"南窗下是炕，炕上大红条毡。……"又如第十六回宝玉到秦钟家，李贵道："秦相公是弱症，未免炕上挺扛的骨头不受用。……"（平按，又如第二十五回，贾环来到王夫人炕上坐着，命人点了蜡烛，装腔做势的抄写。后来宝玉靠着枕头，在王夫人身后倒下，贾环将蜡烛向宝玉脸上一推。又如戚本第七十七回，晴雯将死之时，睡在芦席土炕上。这也都是北方砖炕底光景，明非南方之事。）从以上几则看来，王夫人条说是"临窗"，凤姐条说是"南窗下"，这是北京砖炕的安置处。南方便是炕床，也都安在北首靠墙的。宝钗在炕上做针线，巧姐屋里的炕上又是吃饭处所，秦钟又是睡在炕上。这都是北方砖炕的许多用处，不似南方的炕床只做客人座位的。

其他所说像北方房屋样子的，就记忆所及，也有几处。（1）第十四回说，"宝玉外书房完竣，支领买纸料糊裱"，可见房屋是纸裱的。（2）第七十九回说，"咱们如今都系霞彩纱糊的窗格"，可见窗格是用纱糊的。这些在南方都没有，房屋结构尤其像北方。不过我对于这上的名目制度不甚明了，不敢提出判断。

本来这书上的事实是使人确信他在北京的，所以明斋主人总评内也说：

白门为六朝佳丽地，系雪芹先生旧游处，而全无一二点染，知非金陵之事。……又于二十五回云"跳神"，五十七回云"鼓楼西"，（刚按，南京也有鼓楼，这不能断定北京）……明辨以晰，益知非金陵之事。不过我们已有了《随园诗话》的先入之见，不敢信他在北京罢了。假使我们能约略知道曹雪芹的生平，他在《红楼梦》中的生涯，自然可以确定他的所在。（一九二一，六，十四信。）

颉刚当时所表示的希望，现在虽勉强地达到，但"确定所在"这个断语，依然还得悬着。这因为本书中有些光景，确系在江南才有的。若径断为北方之事，未免不合。例如：

第四十回，贾母众人先到潇湘馆，一进门，只见两边翠竹夹路，土地上苍苔布满。后来刘姥姥被青苔滑倒。

第二十六回，凤尾森森，龙吟细细，正是潇湘馆。同回，林黛玉也不顾苍苔露冷，独立花阴之下。

第十七回，潇湘馆有千百竿翠竹遮映。同回，贾政等过了荼蘼架，入木香棚，蔷薇院。又，怡红院中满架蔷薇。

第三十回，宝玉到了蔷薇架。此时正是五月，那蔷薇花叶茂盛之际。

第四十一回，妙玉对贾母说，喝的是旧年蠲的雨水。

第四十九回，目录是"琉璃世界白雪红梅"，本文是"栊翠庵中有十数株红梅，如胭脂一般"。

第五十回，宝玉乞红梅，大家做红梅花诗。

第二十八回，行酒令时，蒋玉菡拿起一朵木樨来。

看他写大观园中有竹，有苔，有木香、荼蘼、蔷薇，冬天有红梅，席面上有桂花，喝的是隔年雨水，怎么能说是北方的事情？第二十八回点木樨，或者可以说是盆景中的。但栊翠庵却有梅林，潇湘馆布满苔痕，又将如何解释？竹子我在北京还见过；至于梅林却从来未见，只听见人说某旗下亲贵有一枝梅花，是种在地下的，交冬时须搭篷保护。他自己很以为名贵，名之曰"燕梅"。这可见北京万不会有成林的红梅存在。至于北京居民亦万无以雨水为饮料之理；因北京屋顶都是用灰泥砌瓦，且雨水稀少，下雨之时，颜色污浊，决不可饮。这是住过北京的人同有的经验。而且我所举的也并不全备，以外这类事例还多。如第七十八回，说"蓉桂竞芳"，第七十九回说"蓼花菱叶"，说"夏家把几十顷地种着桂花"，都不像北方底景象。

我勉强地为他下一个解释，只是自己总觉得理由不十分充足，但除此以外，更没有别的解释可以想象，除非推翻一切的立论点，承认《红楼梦》是架空之谈。果然能够推翻，也未始不好。我底解释是：

> 这些自相矛盾之处如何解法，真是我们一个难题。或者此等处本作行文之点缀，无关大体，因实写北方枯燥风土，未免杀尽风景。我想，有许多困难现在不能解决的原故，或者是因为我们历史眼光太浓厚了，不免拘儒之见。要知雪芹此书虽记实事，却也不全是信史。他明明说"真事隐去"，"假语村言"，"荒唐言"，可见添饰点缀处是多的。从前人都是凌空猜谜，我们却反其道而行之，或者竟矫枉有些过正也未可知。你以为如何？（一九二一，六，十八信。）

我在当时亦觉得我们未免太拘迂了。《红楼梦》虽是以真事为蓝本，但究竟是部小说，我们却真当他是一部信史看，不免有些傻气。即如元妃省亲当然实际上没有这回事（清代妃嫔并无姓曹的），里面材料大半从南巡接驾一事拆下来运用的。这正是文章底穿插，也是应有的文学手腕。所以上列各项，暂且只好存而不论。姑且再换一条道路去走一下，看能够走得通吗？我这种怀疑的态度，曾对颉刚说：

> 从本书中房屋树木等等看来，也或南或北，可南可北，毫无

线索，自相矛盾。此等处皆是所谓"荒唐言"，颇难加以考订。（一九二一，六，三十。）

因本书底内容混杂，不容易引到结论。我们只得从曹雪芹底身世入手，从外面别的依据入手，或者可以打破这重迷惑。顾刚对于这一点极有功绩。他先辨明大观园决不是随园，把袁枚底谎语拆穿。这样一来，《红楼梦》是南方的事，在外面看，已少了一个有力的帮手。袁枚本是个极肉麻的名士，老着脸说："大观园者，即余之随园也。"顾刚却说：

> 袁枚生于一七一六，与雪芹生岁不远。他说："相隔已百余年矣。"可见此老之糊涂！本来我在《江南通志》、《江宁府志》及《上元县志》上查，都没有说小仓山是曹家旧业。曹寅是有名的人，往来的名士甚多，他有了园，一定屡屡见之诗歌，为什么《楝亭诗抄》里只有一个西轩，别人诗词里也不见说起？可见府志书的不载，正好反证曹家并无此园了。（一九二一，六，十四。）

> 袁枚所记曹家事，到处错误。大观园不在南京，我日来又续得数证：（1）《续同人集》上，张坚赠袁枚一诗的序中原说："白门有随园，创自吴氏。"适之先生没有引他的序，而只引他的"瞬息四十年，园林数主易"一语，以为"数"即不止隋袁两家。现在既知尚有吴氏，则吴、隋、袁三家亦可称"数"了。（2）袁枚《随园记》作于乾隆十四年三月，记上说他的经过次序：（甲）买园，（乙）翻造，（丙）辞官，（丁）迁居。这许多事情必不是三个月所能做的，则买园当然在乾隆十四年之前。但十三年正是他修《江宁府志》的时候，志书局里的采访是很详的，曹家又是有名人家，如果他们有了这园，岂有不入志之理？他这部志我虽

尚没有寓目，但看他《随园记》的不说，后来续纂府志的不载，便可推知他的志上也是没有的了。他掌了府志还不晓得，他住入了园内还不记上，而直等看见了《红楼梦》之后方说大观园即随园，还实在教人不能相信！明斋主人总评里说："袁子才诗话谓纪随园事，言难征信，……不过珍爱备至而硬拉之，弗顾旁人齿冷矣。"恐确是这个样子。（一九二一，六，二十四。）

他两信所说都很对，从此，《红楼梦》之在南京，已无确实的根据，除非拉些书中花草来作证。而这些证据底效力究竟是很薄弱的。因文人涉笔，总喜风华；况江南是雪芹旧游之地，尤不能无所怀忆。何必处处实写北地底尘土，方为合作。看全书八十回，涉及南方光景的，只有花草雨露等等，则中间的缘故也可以想象而得了。且我们更可以借作者底生平，参合书中所叙述，积极地证明《红楼梦》之在北京。

雪芹生年假定为一七二三，迟早也只在一两年之中。曹頫一七二八年卸任后，当然北去，雪芹大约只有六岁上下，而书中宝玉入书时已十一二岁，我们若假定雪芹即宝玉，则《红楼梦》开场叙事，已在北京。证一。

书中凤姐说，早生二三十年就可以看见太祖皇帝仿舜巡的故事。太祖皇帝是指清康熙帝。我们若是坐定她说话时，是在康熙末次南巡后之二三十年（一七二七至一七三七年），则入书时极早曹頫适罢官，极迟曹家已搬回北京十年了（因隋赫德接曹頫之任在一七二八年）。以平均计算，大约在一七三二年左右，曹氏已早北去。证二。

故以书中主要明显的本文，曹氏一家底踪迹，雪芹底生平推较，应当断定《红楼梦》一书，叙的是北京底事。从反面看，却没有确切的保证，可以断定《红楼梦》是在南方的；袁枚底话是个大谎。本书中有些叙述，是作文弄姿，无甚深意的。

话虽这样说，我们现在从大体上如此断定了。但究竟非无可怀疑的。我总觉得疑惑没有消尽，而遽下断语，是万分危险的。可疑的有好几项：（1）曹𬱟已免官北去，雪芹年甚幼小，不过六七岁的孩子，怎么会有这样富贵温柔的环境，像书中所描写的？这一个疑问比较还容易解答。且看第二回中冷子兴说："古人有言，'百足之虫，死而不僵'。如今虽说不似先年那样兴盛，较之平常仕宦之家，到底气象不同。"这正如俗语所谓："穷穷穷，还有三条铜"！曹氏三世四任为江宁织造，兼巡监御史，当清康熙物力殷足之时，免官之后自然还有余荫，可及子孙，怎么会骤穷起来？且曹家搬回之后，或在北京再兴旺几时，也未可知。看书中贾政甚得皇帝底赏识，曾放学差；或者曹𬱟也有这类经历，也很难说。（可惜曹𬱟自免织造任后，事迹无考，不能证实这层揣想。）即没有这事，雪芹做了几年的阔公子，也总是可能的。[①]

（2）但顾刚另表示一种疑惑，他说："曹家搬回北京后，已无袭职可言，为何书上犹屡屡说及这一回事？"（一九二一；六，十四信。）这个姑留为悬案，我不愿强作解人。

（3）敦敏送雪芹诗有"秦淮残梦忆繁华"之句，敦诚怀雪芹诗有"扬州旧梦久已绝"之句；看他们所说的"旧梦""残梦"，似即指所谓《红楼梦》而言。但一个说秦淮，一个说扬州，好像《红楼梦》所说的事，是在这两处——江南、江北，——决不是北京。如照我们这样说，雪芹五六岁随父北旋，则何所谓"忆繁华"？但诗人底说话本不可十分拘泥，雪芹底生平我们知道得很少，是否后来又作南游不得而知，所以暂时不能作答。

[①] 友人汪敬熙曾听他底父亲说，《红楼梦》中大观园遗址在北京西城，今为内务府塔氏之园，革命以后，曾有人进去看过。汪君之父，则听一苏君谈说如此。信否未可知，情理或有之，记此备考。

我底结论:《红楼梦》所记的事应当在北京,却参杂了许多回忆想象的成分,所以有很多江南底风光。

八十回后的《红楼梦》

《红楼梦》只有八十回,从戚蓼生、高兰墅以来,凡读《红楼梦》的人都说这书是没有完全。现存的《红楼梦》虽只有八十回,而《红楼梦》却不应当终于八十回;换句话说,即八十回以后应当还有《红楼梦》,只可惜实际上却找不出全璧的书,只有高鹗底续作一百二十回本,这自然不能使爱读《红楼》的人满意。这节小文专想弥补这个缺陷,希望能把八十回以后原来应有的面目显露一二。至于作者底残稿所谓后三十回,已见下卷另篇,可以参看。

曹氏为什么只做了八十回书便戛然中止?以我们揣想,是他在那时病死了。《红楼梦》到八十回并不成为一段落,以文章论,万无可以中止之埋;可见那时必有不幸的偶然事发生,使者书事业为之中断。颉刚也这么揣想。他说:"……不久,他竟病死了,所以这部书没有做完。"(一九二一,五,十信。)

讨论八十回后的《红楼梦》这问题,可依照八十回书中所记事实,大略分为四项:(一)贾氏,(二)宝玉,(三)十二钗,(四)众人。我逐一明简地去说明。有许多例证前已引过全文的,只节引一点。怀疑的地方也明白叙出,使读者知我所以怀疑之故。

(一)贾氏——贾氏后来是终于衰败,所谓"树倒猢狲散",这是无可疑的。虽然以高鹗这样的名利中人,尚且写了抄家一事。至于高本以外的补本,在这一点上也相同,且描写得更凄凉萧瑟。这可谓"人有同心"了!所以大家肯公认这一点,没有疑惑,是因八十回中底暗示太分明了，使人无可怀疑；且文章一正一反也是常情，可以不必怀疑。既然如此，似乎在这里可以不必多说，我们看了高本，便可以知原本之味。但在实际上却没有这样简单。

贾氏终于衰败虽确定了，但怎样地衰败？衰败以后又怎么样？却并没有因此决定。贾家是怎样地衰败的？这有两个可能的答语：（1）渐渐的枯干下去。（2）事败罹法网，如抄家之类。我们最初是相信第一个解答，最近才倾向于第二个了。要表示我们当时的意见，最好是转录那时和颉刚来往的信。我当初因欲求"八十回后无回目"这个判断底证据，所以说：

> 抄家事闻兄言无考，则回目系高补，又是一证。
> （一九二一，五，四信。）

颉刚后来又详细把他底意见说了一番：

> 贾家的穷，有许多证据可以指定他不是由于抄家的：
>
> （1）如今生齿日繁，事务日盛，主仆上下，安富尊荣的尽多，运筹谋画者无一；其日用排场费用，又不能将就省俭，如今外面的架子虽未甚倒，内囊却也尽上来了。（第二回，冷子兴对贾雨村说的话）
>
> （2）林黛玉常听得母亲说，他外祖母家与别家不同。他近日所见的这几个三等仆妇，穿吃用度，已是不凡。（第三回）
>
> （3）贾宅族中凡有的子侄，……都是那些纨袴习气，……今日会酒，明日观花，甚至聚赌嫖娼无所不至。（第四回）
>
> （4）外面看着虽是轰轰烈烈，不知大有大的难处，说与人也未必信呢。（第六回，凤姐对刘姥姥说）

（5）可卿死后，贾珍拍手道："如何料理，不过尽我所有罢了！"又贾珍托凤姐办丧事说："只求别存心替我省钱，要好看为上。"（第十三回）

（6）平儿向凤姐说："我们二爷那脾气，油锅里的还要捞出来花呢！"（第十六回）

（7）赵嬷嬷道："咱们贾府正在姑苏扬州一带监造海船，修理海塘，只预备接驾一次，把银子花的像淌海水似的！"（第十六回）

（8）贾妃在轿内看了此园内外光景，因点头叹道："太奢华过费了！"……贾妃极加奖赞，又劝以后不可太奢了，此皆过分。……贾妃……再四叮嘱："倘明岁天恩仍许归省，不可如此奢华靡费了！"

由以上八条归纳起来，贾家的穷不外下列几项缘故：

（甲）捧场太大，又收得小，外貌虽好，内囊渐干。（1）（2）（4）

（乙）管理宁府的贾珍，管理荣府的贾琏，都是浪费的巨子。其他子弟也都是纨袴气习很重。一家中消费的程度太高，不至倾家荡产不止。（3）（5）（6）

（丙）为皇室事件耗费无度。（7）（8）

所以贾氏便不经抄家，也可渐渐的贫穷下来。高鹗断定他们是抄家，这乃是深求之误。（一九二一，五，十七信。）

但他后来渐渐觉得高氏补这节是很不错的，虽然仍以为原书不应有抄家这件事，他说：

籍没一件事虽非原书所有，但书上衰败的预言实在太多了；要说他们衰败的状况，觉得渐渐的干枯不易写，而籍没则既易写，又明白。高鹗择善而从，自然取了这一节。（一九二一，六，十信。）

我在六月十八日复他一信，赞成他底意见。这时候，我们两人对于这点，实在是骑墙派：一面说原书不应有抄家之事，一面又说高鹗补得不坏。以现在看去，实在是个笑话。我们当时所以定要说，原书不写抄家事，有两个缘故：（1）这书是纪实事，而曹家没有发现抄家的事实（以那时我们所知）。（2）书中并无应当抄家之明文。至于现在的光景，却大变了，这两个根据已全推翻了，我们不得不去改换以前的断语。

现在我们得从三方面去观察这个问题。（1）从本书看，（2）从曹家看，（3）从雪芹身世看。若三方面所得的结果相符合，便可以断定"书中贾氏应怎样衰败"这个问题。我们知道，从本书看，确有将来事败抄家这类预示，且很觉明显不烦猜详。（所引各证见上卷《高鹗续书底依据》及下卷《后三十回的〈红楼梦〉》）我们又知道，曹家虽尚未发现正式被抄没的证据，但类似的事项却已有证。如谢赐履的奏折中提及两事：一是停止两淮应解织造银两；一是要曹頫赔出本年已解的八万一千余两。

我们如考查雪芹底身世也可以揣测他家必遭逢不幸的变局，使王孙降为寒士，虽然不一定是抄家。我们知道，雪芹幼年享尽富贵温柔的人间福分，所以才有《红楼梦》（看书中的宝玉便知）；但在中年（三十多岁）已是赤穷，几乎不能度日了。敦诚寄怀雪芹诗，在一七五七年，中已有"于今环堵蓬蒿屯"之句，可见他已落薄很久了（如假定雪芹生于一七二三年，到敦诚作诗时，雪芹年三十五）。后来甚至于举家食粥（一七六一年，敦诚赠诗），则家况之贫寒可知。但曹氏世代簪缨，曹雪芹之父尚及身为织造，怎么会在十多年之内，由豪华骤转为寒酸，由吃莲叶羹的人降为举家食粥？要解释这个，自然不便采用"渐渐枯干"这个假定。虽然"渐渐枯干"，也未始不可使他由富贵而贫贱；但总不如假定有抄家这么一回事，格外圆满、简洁。我总不甚相信，在短时期内，如不抄家，曹家会衰败到这步田地。况且本书上明示将有抄家之事，尤不容有什么疑惑。上边颉刚所归纳的三项，也是实有的现象，但书中贾氏底衰败，并不以此为唯一的原因，也不以此为最大的原因。最大的原因还是抄家。因为"渐渐枯干"与抄家是相成而不相妨的。我们并不能说，如是由于抄家便不许有渐渐枯干这类景象，或者有了渐渐枯干的景象，便不许再叙抄家事。我以为《红楼梦》中的贾氏，在八十回中写的是渐渐枯干，在八十回后便应当发现抄家这一类的变局，然后方能实写"树倒猢狲散""食尽鸟投林"这种的悲惨结果，然后宝玉方能陷入穷境，既合书中底本旨，也合作者底身世。

这样看来，原书叙贾氏底结局，大致和高本差不多，只是没有贾氏重兴这回事。我们本来还有·点没有正式提到，就是衰败以后怎么样？这可以不必讨论，从上边看，读者已知道，衰败便是衰败，并没有怎么样。高鹗定要把贾氏底气运挽回来，实在可以不必，我已在《后四十回底批评》中详说了。

（二）宝玉——因为《红楼》本是一梦，所以大家公认宝玉必有一种很大的变局在八十回以后。这一点是共同的观察，可以不必怀疑讨论。但变局是什么？却不容易说了。以百年来大家所揣测的，只有两种：（1）穷愁而死；（2）出家。如联合起来还有一种：（3）穷愁而后出家。

究竟这三种结局，是哪一种合于作者底原意，我们无从直接知晓。我们只可以从各方面去参较，求得较逼近的真实，如此便算解决了。我最初是反对高鹗底写法——宝玉出家——以为宝玉应终于贫穷。我对颉刚说：

> 我想《红楼》作者所要说的，无非始于荣华，终于憔悴，感慨身世，追缅古欢，绮梦既阑，穷愁毕世。宝玉如是，雪芹亦如是。出家一节，中举一节，咸非本旨矣。盲想如是，岂有当乎？（一九二一，四，二七。）
>
> 由盛而衰，由富而贫，由绮腻而凄凉，由骄贵而潦倒，即是梦，即是幻，即是此书本旨，即以提醒阅者（第一回）；过于求深，则反迷失其本旨矣。我们总认定宝玉是作者自托，即可以以雪芹著书时的光景，悬揣书中宝玉应有的结局。……究竟此种悬想是否真确，非有他种证明不可，现在不敢确说。（一九二一，五，四。）

我当时所持的最大理由，是宝玉应当贫穷，在书中有明文（第三回，宝玉赞），而雪芹也是贫穷的，更可为证。当时却不曾全然说明书中相反的暗示（宝玉出家），只勉强解释了几个，中间有些遁词。颉刚先是赞成我这一说的，后来却另表示一种很好的意见，我于是即被他说服了。我们来往的信上说：

> 曹雪芹想象中贾宝玉的结果，自然是贫穷，但贫穷之后也许真是出家。因为甄士隐似即是贾宝玉的影子——（一）"秉性恬淡，不以功名为念。"（二）到太虚幻境，匾额对联都与宝玉所见同。（三）"封肃便半用半赚了，略与他些薄田破屋，士隐乃读书之人，不惯生理稼穑等事，强勉支持一二年，越发穷了。"（四）他注释《好了歌》云："陋室空堂，当年笏满床；

……绿纱今又糊在蓬窗上。……"——甄士隐随着跛足道人飘飘去了，贾宝玉未必不随一僧一道而去。要是不这样，全书很难煞住，且起结亦不一致。所以高鹗说宝玉出家，未必不得曹雪芹本意。宝玉不善处世，不能治生，于是穷得和甄士隐的样子，"暮年之人，贫病交攻，竟渐渐的露出那下世的光景来"；于是"眼前无路想回头"，有出家之念。（一九二一，五，十七，颉刚给我的信。）

　　论宝玉出家一节见地甚高，弟兄见其一未见其二也。贫穷与出家原非相反，实是相因；出家固不必因贫穷，但贫穷更可引起出家之念。甄士隐为宝玉之结果一影，揆之文情，自相吻合。雪芹自己虽未必定做和尚，但也许有想出家的念头；我们不能因雪芹没出家便武断宝玉也如此。……我们不必否认宝玉出家，我们应该假定由贫穷而后出家。（一九二一，五，二十一，复颉刚信。）

这明是从（1）说（终于贫穷）变成（3）说（贫穷后出家）底信徒了。我当时所以改变，一则由于宝玉出家，书中明证太多，没法解释；（《高鹗续书底依据》一文中，约举已有十一项，恐还不能全备。）二则若不写宝玉出家事，全书很难结束，只是贫穷，只是贫穷，怎么样呢？且与开卷引子不相照应，文局也嫌疏漏。我因这两层考虑，就采用了颉刚底意见。

　　我后来在有正本评中发现后三十回的《红楼梦》，那时还以为亦是续书之一，见《红楼梦辨》。经过数十年发现许多新材料，证明这就是作者未完的残稿。从这残本里知道宝玉确是贫穷之后再出家，证实我们当时的揣想，这是我们所最高兴的。我现在将三说分列如下：

　　（1）贫穷不出家——所谓旧时真本及我底初见。

　　（2）出家不贫穷——高鹗四十回本。

（3）贫穷后出家——我们底意见，作者残稿证明之。

在《红楼梦辨》曾说："只好请作者来下判断。"现在果然判决了。雪芹以穷愁而卒，并没有做和尚，这未始不是（1）说底护符。但我们始终以为行文不必凿方眼，雪芹虽没有真做和尚，安见得他潦倒之后不动这个心思？又安见得他不会在书中将自己底影子——贾宝玉——以遁入空门为他底结局？所以雪芹虽没有出家，而我们却偏相信宝玉是出家的。这是违反了逻辑底形式，但我们思想底障碍便是这个形式。因为形式是死的，简单的；事实是活的，复杂的。把形式处处配合到事实上，便是一部分思想谬误底根源。

（三）十二钗——名为十二钗，这儿可以讨论的结局，实只有十一人，因秦可卿死于第十三回，似不得在此提及。且秦氏结局作者已写了，更无揣测底必要。我另有一短篇，专论秦氏之死。

论十二钗底结局是很烦琐，且太零碎了，恐不易集中读者底注意。现在我把十一人底结局分为三部分论列。哪三部呢？（甲）无问题的，（乙）可揣测的，（丙）可疑的。（甲）部底结果大致与高本所叙述差不多，相异只在写法上面。（乙）（丙）两部问题很多，而（丙）更觉纠葛。

（甲）无问题的——共有八人：元春、迎春、探春、惜春、李纨、宝钗、黛玉、妙玉。怎么说是无问题呢？因他们底结局，在八十回中，尤其在第五回底册子、曲子中，说得明明白白。即高鹗补书也没有大错，不足以再引人起迷惑。所谓无问题底意义，就是结局一下子便可直白举出，不必再罗列证据、议论。且有些证据，已在《高鹗续书底依据》一义中引录，自无重复底必要。我用最明简的话断定如下：

元春早卒，迎春被糟蹋死，探春远嫁，惜春为尼，李纨享晚福，宝钗嫁宝玉后宝玉出家，黛玉感伤而死，妙玉堕落风尘。

这八人中又应当分为两部分：（1）无可讨论的；（2）须略讨论的。无问题而须讨论，这不是笑话吗？但我所谓无问题是说没有根本的问题须解决，并不是以为连一句话都不消说得。以我底意见，元春、迎春、宝钗应归入（1）项，以外的五人可归入（2）项。（1）项可以不谈，我们只说（2）项。

探春底册子、曲子、灯谜、柳絮词都说得很飘零感伤的，所以她底远嫁，也应极飘泊憔悴之致，不一定嫁与海疆贵人，很得意的，后来又归宁一次，出跳得比前更好了（高氏底写法）。因为这样写法，并没有什么薄命可言；为什么她也入薄命司？（第五回）惜春底册子上画了一座大庙，应当出家为尼，不得在栊翠庵在家修行。

看李纨底终身判语，有"珠冠凤袄""簪缨""金印""爵禄高登"等语，可见她底晚来富贵，又不仅如高氏所言，贾兰中举而已。又曲子上说，"抵不了无常性命"，"昏惨惨黄泉路近"等语，似李纨俟贾兰富贵后即卒，也并享不了什么福。这一点高本简直没有提起。

黛玉因感伤泪尽而死，各本相同，无可讨论。只是高鹗写"泄机关颦儿迷本性"一回，却大是赘笔，且以文情论亦复不佳，从八十回中看，并无黛玉应被凤姐、宝钗等活活气死的明文，所以高鹗底写法，我认为无根据，不可信。我觉得以黛玉底多愁多病，自然地也会夭卒的，不一定因为宝钗成婚而死，高氏所写未免画蛇添足，且文情亦欠温厚蕴藉。这虽没有积极的确证，但高作本未尝有确证。

妙玉是后来"肮脏风尘"的，高鹗写她被劫被污，也不算甚错。但作者原意既已实写了贾氏底雕零，一败而不可收拾；则妙玉不必被劫，也可以堕落风尘。所以高氏写这一点，我也认为无根据。妙玉后来在风尘中，我们知道了，承认了；但怎样地落风尘，我们却老老实实不知道，即使去悬揣也是不可能。

（乙）可揣测的——凤姐，她女儿巧姐。所谓"可揣测"是什么意义？就是说八十回中虽有确定的暗示，但我们却不甚明了他底解释；所以一面不能断定她们底结局，在另一面又不能说是"可疑"。这是（甲）（丙）两项底中间型；是可以悬拟，不可以断言的；是可以说明，不可以证实的。我们姑且去试一试，先把假定的判断写下来。

凤姐被休弃返金陵，巧姐堕落烟花被刘姥姥救出。

当然，不消再说得，这判断是不确定，不真实的；只是如不写下来，恐不便读者底阅览，使文章底纲领不明。我先说凤姐之事，然后再说到她底女儿。

凤姐被休，书中底暗示不少，举数项如下：

（1）册词云："一从二令三人木，哭向金陵事更哀。"

（2）第二十一回，贾琏说："多早晚才叫你们都死在我手里呢。"

（3）第六十九回，（戚本）贾琏哭尤二姐说："终究对出来，我替你报仇。"

（4）第七十一回，邢夫人当着大众，给凤姐没脸。

上列几项如综括起来，则（2）（3）是不得于其夫，（4）是不得于其姑，都是被休底因由，而（1）项尤为明证。"人木"似乎是合成一个休字，但因全句无从解析，姑且不论。即"哭向金陵事更哀"一语，即足以为证而有余。我们既知道，贾家是在北京，则凤姐如何会独返金陵？如说归宁，何谓"哭向"？何谓"事更哀"？高鹗说她是归葬金陵，也不合情理，我在《后四十回底批评》已加驳斥了。

因为要解释所谓"返金陵"，只有被休这一条道路；且从八十回所叙之情事看，凤姐几全犯所谓"七出之条"，而又不得于丈夫翁姑，情节尤觉吻合。我敢作"被休弃返金陵"这个假设的断案，以此。但为什么始终不敢断言呢？这是因"一从二令三人木"句，无从解释；一切的证据总不能圆满之故。这是没有法子的事情，只得存疑了。

巧姐遭难被刘姥姥救去，这是从八十回去推测可以知的，高鹗且也照这个补书，所以实在可说是无问题。我所以把她列入（乙）项，只因为我有一点新见，愿意在这里说明。

依高鹗写，巧姐是将被她底"狠舅奸兄"卖与外藩做妾，而被刘姥姥救了去，住在村庄上，后来贾琏回家，将她许配与乡中富翁周氏。这实在看不出怎么可怜，怎么薄命。巧姐到刘姥姥庄上，供养得极其周备，后来仍好好地回家，父女团圆。这不知算怎么一回事！高先生底意思可谓奇极！

依我说，巧姐应被她底"狠舅奸兄"卖了。这时候，贾氏已雕零极了，凤姐已被休死了，所以他们要卖巧姐，竟无有阻碍，也无所忌惮。巧姐应被卖到娼寮里，后来不知道怎样，很奇巧的被刘姥姥救了，没有当真堕落到烟花队里。这是写凤姐身后底凄凉，是写贾氏末路底光景，甚至于赫赫扬扬百年鼎盛的大族，不能荫庇一女，反借助于乡村中的老妪。这类文情是何等的感慨！

我这段话，读者必诧异极了，以为这无非全是空想；却说得有声有色，仿佛苏州话"像煞有介事"，未免与前边所申明的态度不合了。其实我所说的，自然有些空想的分子，但证据也是有的。容我慢慢地说。读者没有看见第一回《好了歌注》吗？中间有一句可以注意。

择膏粱，谁承望流落在烟花巷。

这说的是谁？谁落在烟花巷呢？不但八十回中没有，即高本四十回中也是没有的。这原不容易解释。意思虽一览可尽，但指的是谁，却不好说。依我底揣摩，是指巧姐。"择膏粱"之"择"字，当读如"择对"之择。这句如译成白话，便是"富贵家的子弟来说亲事，当时尚且要选择，谁知道后来她竟流落在烟花巷呢！"。这个口气，明指的是巧姐。因她流落在烟花巷里，所以有遇救的必要，所以叫做"死里逃生"。若从高氏说，巧姐将卖与外藩为妾，邢夫人不过一时被蒙，决不愿意把孙女儿作人婢妾，这事的挽回，何必刘姥姥？高氏所以定要如此写，其意无非想勉强照应前文，在文情决非必要。可知作者原意不是如此的。而且，关于巧姐事，八十回中屡明点"巧"字，则巧姐必在极危险的境遇中，而巧被刘姥姥救去。高本所写，似对于"巧"字颇少关合，我底揣想如此。

（丙）可疑的——湘云。湘云的结局本很可疑。我在旧本《红楼梦辨》曾列举四说：

（一）湘云嫁后（非宝玉，亦不关合金麒麟），丈夫早卒，守寡。（高鹗本）

（二）湘云嫁宝玉，流落为乞丐，在贫贱中偕老。（所谓旧时真本）

（三）湘云嫁后结果不明。（非宝玉，关合金麒麟）（后三十回）

（四）湘云嫁后夭卒。（非宝玉，不关合金麒麟）（顾颉刚说）

后来知道后三十回即曹雪芹底原稿，又知道湘云嫁了卫若兰，串合了金麒麟，自当以第三说为正，可以说大体已解决了，所以本来有些话尽可删去。

湘云从八十回里看原来是不嫁宝玉的。顾颉刚说：

　　史湘云的亲事，三十一回，王夫人道："前日有人家来相看，眼见有婆婆家了。"三十二回，袭人说："大姑娘，我听前日你大喜呀。"可见湘云自有去处。

引证极明，不烦再说，可怪的是第五回十二钗册子《红楼梦》曲子跟第三十一回回目底冲突。册子上说："展眼吊斜晖，湘江水逝楚云飞。"曲子上说："厮配得才貌仙郎，博得个地久天长……终久是云散高唐，水涸湘江。"第三十一回回目却作"因麒麟伏白首双星"。这有两个暗示：（1）因金麒麟而伏有姻缘，这因发现作者未完的书而解决了。（2）是白头偕老的姻缘，这不但不合册子曲文的预见，况且当真如此，史湘云根本不当入薄命司了。所以顾颉刚说，无论湘云早卒或守寡，总是个不终的夫妇，怎么能说白首双星。只能假定为原作底自己矛盾，或者回目的措语失检了，至于第三十一回的目另有一个很特别的解释，但我们亦不能深信①。

---

① 第三十一回之目后来我受他人底启示，方得到一个新解释，虽然我也不知道是不是。现在姑且写下，供读者参考。依他说，此回系暗示贾母与张道士之隐事，事在前而不在后。所谓"白首双星"即是指此两老；所谓"因""伏""麒麟"，即是说麒麟本是成对的，本都是史家之物，一个始终在史家，后为湘云所佩，一个则由贾母送与张道士，后入宝玉手中。因此事不可明言，故曰"伏"也。此说颇奇，观之本书，亦似有其线索，试引如下：

　　张道士……是当日荣国公的替身，……他又常往两府里去的，凡夫人小姐都是见的。

　　张道士……说着，两眼流下泪来。贾母听了，也由不得满脸泪痕。

　　贾母因看见有个赤金点翠的麒麟，便伸手拿起来笑道："这件东西好像是我看见谁家的孩子也带着一个的。"

（以上均见第二十九回）

　　翠缕与湘云论阴阳之后，湘云瞧麒麟时，伸手擎在掌上，只默默不语，正自出神。

（第三十一回）

　　湘云见物默默出神，史太君与张道士说话下泪，这空气似乎有些可怪，不像平常的叙述法。如依此说解释第三十一回之目，则湘云之结局，既不必嫁宝玉，亦不必关合金麒麟，大约是嫁后早卒，一面应合册子、曲子底暗示，一面不妨碍回目之文。于是我们两人念念不忘的问题，"湘云底结局总是个不终的夫妇，怎么能白首双星？"简直是不成问题了。但这全是一面之词，未为定论。颉刚也说："新解似乎有些附会，不敢一定赞成。"

（四）杂说众人——本书最重要的事实，已在上三部中约略包举。现在说到一些零碎的事情。现在把宝玉、十二钗以外的众人底事情，我以为须更正高本底错误的，分为两项：（甲）贾氏诸人，（乙）又副册中底人物。

贾氏诸人可以略说的——因为略有些关系——只有邢夫人、贾环、赵姨娘。以外那些不相干的，自然不应当浪费笔墨。我们先说邢夫人与凤姐底关系。我以为贾母死后，邢夫人与凤姐必发生很大的冲突，其结果凤姐被休还家。这也是八十回后应有的文章。

从书中我们知道凤姐是邢夫人之媳，而王夫人之内侄女。因贾母在堂，所以两房合并，王夫人与凤姐掌握家政，而邢夫人反落了后。贾母死后，凤姐当然得叶落归根，回到贾赦这一房去，并不能终始依附王夫人。书中曾明说过应有这么一回事。

> 平儿道："何苦来操这心！……依我说，纵在这屋里（王夫人处）操上一百分心，终久是回那边屋里去的（邢夫人处）。……"（第六十一回）

这已无可疑了。但凤姐回到那边屋里以后，又怎么样呢？以我揣想，应和邢夫人发生大冲突。怎么知道呢？从八十回中推出来的。我们看，凤姐平素作威作福，得罪了多少奴仆，而邢夫人又是禀性愚弱、多疑的人（第四十六、第五十五、第七十一回）；两方面凑合，那些奴仆岂有不去在邢夫人面前搬弄是非的理？贾氏那些奴仆底恶习，凤姐说得最明白："坐山看虎斗，借刀杀人，引风吹火，站干岸儿，推倒油瓶不扶，都是全挂子的武艺。"（第十六回）在这样空气下边，贾母死后，凤姐失势，自然必当有恶剧才是。而且，邢夫人和凤姐底冲突，贾母在时，八十回中已见端倪了。

嫌隙人有心生嫌隙（第七十一回目录）

邢夫人自为要鸳鸯讨了没意思，贾母冷淡了他……自己心内，早已怨忿；又有在侧一干小人，心内嫉妒，挟怨凤姐，便挑唆得邢夫人着实憎恶凤姐。

鸳鸯说："……那边大太太，当着人给二奶奶没脸。"（均第七十一回）

这三节话，简直就是我上边所说的证据。邢夫人果然是因小人底挑唆，着实憎恶凤姐，果然是故意与凤姐为难。贾母在日，凤姐得势之时尚且如此，则贾母身后，凤姐无权之时，又将如何？其必不会有好结果，亦可想而知的。且贾琏因尤二姐之死，本有报仇底意思（第六十九回），再重之以婆媳交哄，岂有不和凤姐翻脸的？凤姐既身受两重的压迫，又结怨于家中上下人等（如赵姨娘、贾环等），贾母死了，王夫人分开了，则被休弃返金陵，不但是可能，简直是必有的事情。册子上一座冰山，是活画出墙倒众人推的光景。而与邢夫人交恶一事，是冰山骤倒底主因之一。

我们再说贾环、赵姨娘与宝玉之事。我也以为八十回后必不能没有这一场恶剧。颉刚也曾经有这见解。他说：

我疑心曹雪芹的穷苦，是给他弟兄所害，看《红楼梦》上，个个都欢喜宝玉，惟贾环母子乃是他的冤家。雪芹写贾环，也写得卑琐猥鄙得很。可见他们俩有彼此不相容的样子，应当有一个恶果。但在末四十回里，也便不提起了。

宝玉那时，不相容的弟兄握了势可以欺他了，庇护他的祖母也死了，他又是不懂世故人情，不会处世，于是他的一房就穷下来了。（一九二一，五，十信。）

颉刚已代我说了许多话，我只引几节八十回中底话来作证就完了。凡一部有价值的文学书籍，必不会有闲笔，必不肯敷衍成篇。以《红楼梦》这样的精细，岂有随便下笔，前后无着落之理？我们只看八十回中写贾环母子与宝玉生恶感这类事情，写得怎样地出力，便知道必有一种关照在后面。若不如此，这数节文章，便失了意义，成为无归的游骑了。我觉得一部好的文学，便是一队训练完备布置妥贴的兵，决不许露出一点破绽，在敌军底面前。

宝玉与贾环母子底仇怨，八十回中屡见；如第二十回贾环说宝玉撵他；第二十五回，贾环将蜡烛向宝玉脸上推；第三十三回，贾环在贾政前揭发宝玉底阴私，使他挨打。但最明显，一看便知道必有后文的，是第二十五回："魇魔法叔嫂逢五鬼。"这回底色彩在八十回最为奇特，决非随意点缀的闲文可比。我引几节最清楚的话：

> 赵姨娘听了答道："罢！罢！再别提起！如今就是榜样儿。我们娘儿们跟得上这屋里哪一个儿？"
>
> 怎么暗里算计？我倒有个心，只是没这样的能干人。
>
> ……难道就眼睁睁的看人家来摆布死了我们娘儿两个不成？
>
> 果然法子灵验，把他两人绝了，这家私还怕不是我们的？

这四节赵姨娘底话，表现他们所以要害宝玉底缘故，十分明白。（凤姐将来被休时，从这里看，也应当受贾环母子底害。）（1）因自己不如人，而生嫉妒。（2）我不害人，人将害我，不能相容。（3）如害了宝玉，俺大家产便归于贾环之手。有这三个因，于是贾环母子时时想去算计宝玉。赵姨娘幸灾乐祸的心理也在第二十五回里表出。

> 赵姨娘在旁劝道："……哥儿已是不中用了，不如把哥儿的

衣服穿好，让他早些回去，也免得他受些苦；……"

以这种"祸起萧墙"的空气，等贾母死后，自无不爆发之理。可见颉刚底悬揣，是大半可信的。我在这里，又联想到贾氏底败，其原因不止一桩；约略计来，已有大别的三项：（1）渐渐枯干——上文颉刚所举示的各证。（2）抄家——我所举示的各证，及上文底情理推测，曹家事实底比较。（3）自杀自灭——如这儿所说的便是。而第七十四回探春语尤为铁证。

> 可知这样大族人家，若从外头杀来，一时是杀不死的！这可是古人说的，百足之虫死而不僵，必须先从家里，自杀自灭起，才能一败涂地呢！

这是很明显的话。她上面说"抄家"，下面接着说"自杀自灭"，上面说"先从"，下面说"才能"；可见贾氏底衰败，原因系复合的，不是单纯的。我以为应如下列这表，方才妥善符合原意。

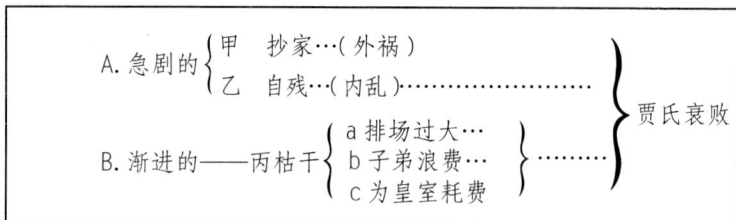

```
        ┌ 甲  抄家…（外祸）
A.急剧的 ┤
        └ 乙  自残…（内乱）…………………┐
                                          ├ 贾氏衰败
            ┌ a 排场过大…   ┐            │
B.渐进的——丙枯干┤ b 子弟浪费…   ├………┘
            └ c 为皇室耗费   ┘
```

从上表看，像高氏所补的四十回，实在太简单了。这些话原应该列入第一项中说，在这儿是题外的文章；但我因从贾环母子与宝玉冲突一事，又想到这一段意思，便拉杂地写下来。好在只在一文中间，前后尽可以参看的。

贾氏诸人底结局中贾兰是很分明的，在李纨底册子、曲子上面，明写他大富大贵。我以为贾兰将来应是文武双全的，不应仅仅中举人。不但是第五回所暗示的如此；即第二十六回，宝玉看见他射鹿，问他做什么，贾兰回说，演习骑射，也是一证。本来满洲是尚弓箭的，贾兰将来文武双全，也是意中的事。但这一点，如原本果真这么写去，却没有什么好；因为太富贵气了。这倒很像高氏底笔墨；但高鹗在这里偏又不这么写，不知又为了什么？

以外又副册中人物，我所知道的离完全竟很远，现在只挑些可说的说。因为不关重要，所以也简单地说。

（1）香菱是应被夏金桂磨折死的。第五回的"十二钗又副册"上写香菱结局道："根并荷花一茎香，平生遭际实堪伤。自从两地生孤木，致使芳魂返故乡。"①两地生孤木，合成"桂"字。此明明说香菱死于夏金桂之手，故第八十回说香菱"血分中有病，加以气怨伤肝，内外挫折不堪，竟酿成干血之症，日渐羸瘦，饮食懒进，请医服药无效"。可见八十回的作者明明要香菱被金桂磨折死的。

（2）小红应当和贾芸有一个结局。顾颉刚说：

> 小红事，我从"遗帕惹相思"数回看来，似乎应和贾芸有些瓜葛，但后来竟不说起。似乎是一漏洞。（一九二一，五，二十六信。）

小红在后四十回中虽屡见（第八十八、九十二、一百一、一百十三各回），但只和丰儿当了凤姐底小丫头，毫不重要。即第八十八回，和贾芸捣了一回鬼，以后也毫无结局，可见高鹗确是没注意到她。且所

---

① 现在一般的本子，香菱在副册，我据脂本，知道她应在又副册，详见下卷。

以遗漏了她底结局，或者他因为不知道应当怎样写法？即我们现在对于这点也是不知道的。颉刚只说，应有些瓜葛。究竟瓜葛是什么？他没有说，我也说不出来。只好请雪芹自己说罢。

（3）鸳鸯不必定是缢死，这是消极的话。我并不知道她底结局，究竟是的确怎样（虽然大概可以知道），只觉得高氏补这节文字，不免有些武断，虽不一定就是错误。鸳鸯底结果底暗示，如下：

> 鸳鸯冷笑道："……纵到了至急为难，我剪了头发，做姑子去。不然，还有一死！……"
>
> 我也不跟着我老子娘哥哥去，或是寻死，或是剪了头发，当姑子去。（均第四十六回）

她明是出家与自尽双提，在第一节中，似以当姑子为正文，而自尽是不得已的办法。即后来当着贾母剪发，也是出家底一种表示。不知高氏何以会知道她定是缢死的？这明是一种武断。我们作八十回后底揣测，便应当排斥这种武断，而使鸳鸯底结局悬着，庶不失作者底本意。

（4）麝月是跟随宝玉最后的一人。这层意思，现在只把明证写下来。

> 麝月便掣了一根出来，大家看时，上面一枝荼蘼花，题着"韶华胜极"四字；那边写着一句旧诗，道是："开到荼蘼花事了。"注云："在席各饮三杯送春。"（第六十三回）

麝月将为群芳之殿，于此可见。我疑心敦诚所谓"新妇飘零"或就是指的她。（原诗见《四松堂集》，《努力》第一期所引）但这亦是瞎猜，只供读者底谈助而已。

（5）袭人应是个负心人，她嫁蒋玉菡应为宝玉所及见。这也在后文尚有论到的。现在举证列下，而分论之。

（甲）这袭人有些痴处：伏侍贾母时，心中眼中只有一个贾母；今跟了宝玉，心中眼中又只有一个宝玉。（第三回）

这可谓绝妙的形容。换句话说，便是"见一样爱一样"，"得新忘旧"的脾气。这就是将来作负心人底张本。这儿把她底性格写得如此轻薄，反说是"有些痴处"，可谓蕴藉之至。我想，这文还没有完全，应当补上一句："将来跟了蒋玉菡，心中眼中只有一个蒋玉菡。"但如此暴露，恐非作者所许的。

（乙）袭人底册词是："枉自温柔和顺，空云似桂如兰。堪羡优伶有福，谁知公子无缘？"（第五回）

这几个挈合词，已把袭人的负心，完全地写出了。

（丙）自晴雯被逐，宝玉渐渐厌弃袭人，有好几处，而最清楚的是：

> 宝玉笑道："你是头一个出了名的至善至贤的人，……焉得有什么该罚之处？只是芳官尚小，过于伶俐，未免倚强压倒了人，惹人厌。四儿是我误了他。还是那年我和你拌嘴的那日起，叫上来做细活的，众人见我待他好，未免夺了地位，也是有的，故有今日。只是晴雯，也和你们一样，从小在老太太房里过来的。虽生得比人强，也没什么妨碍着谁的去处。就是他性情爽利，口角锋芒；究竟也没得罪哪一个。可是你说的——想是他过于生得好了，反被这个好带累了！"说毕，复又哭起来。袭人细揣此话，直是宝玉有疑他之意，竟不好再劝，因叹道："天知道罢了！此时也查不出人来了，白哭一会子，也无益了！"（第

七十七回）

执料鸠鸩恶其高，鹰鸷翻遭罦罭，蒺藜妒其臭，茝兰竟被
芟锄。花原自怯，岂奈狂飙？柳本多愁，何禁骤雨？偶遭蛊
蛊之谗，遂抱膏肓之疾。……诼谣謑诟，出自屏帷；荆棘蓬
榛，蔓延户牖。既怀幽沉于不尽，复含罔屈于无穷。高标见
嫉，闺闱恨比长沙；贞烈遭危，巾帼惨于雁塞……呜呼！固
鬼蜮之为灾，岂神灵之有妒？毁诐奴之口，讨岂从宽？剖悍
妇之心，忿犹未释！……"（第七十八回，宝玉祭晴雯，作的
《芙蓉女儿诔》）

这两节话是何等的感慨！对袭人这节话，简直是字字挟风霜之势，说
得声泪俱下，把袭人底假面具揭得不留丝毫余地。所以袭人也无可再
辩，只付之于"天"作为遁词。如袭人这种伎俩，又岂可以瞒过聪明
绝顶的贾宝玉？

从上三项，归纳起来，袭人底改嫁有两个原因：（1）她底负心，
因宝玉底贫穷。（2）宝玉厌恶袭人。但她底改嫁，是在宝玉出家之
前，或在其后？以我说，应在其前。因如高本所写，宝玉失踪以后，
袭人再去改嫁，似亦不得谓之负心。（高氏是抱狭义贞操观念的，所
以在书末深贬斥她。）必宝玉落薄之后，未走以前，袭人即孑然远去，
另觅高枝，这才合淋漓尽致的文情。高氏所以不能如此写，正因为不
写宝玉贫穷之故；我们知道后三十回，一方写宝玉贫穷，一方即写袭
人嫁在宝玉出走之先；这可以见这两事底相关。

本书八十回后底事实，我底猜测已在这四项中包举，作者本来还
有些遗文可见的，均详另文中。

本论已将终了，却还有些零碎的顽意，现在也写下来，作为收
场。第五回，《红楼梦曲》，最后的一支是《飞鸟各投林》，世人对于

这曲底解释往往错了。我把我底意见申说一番。现在先把原文录下，即依我底解释作句读。

> 《飞鸟各投林》——为官的，家业雕零；富贵的，金银散尽；有恩的，死里逃生；无情的，分明报应；欠命的，命已还；欠泪的，泪已尽；冤冤相报实非轻；分离聚合皆前定；欲知命短问前生；老来富贵也真侥幸；看破的，遁入空门；痴迷的，枉送了性命；好一似食尽鸟投林，落了片白茫茫大地真干净！

我说明之如下（一九二一年五月十三给颉刚的信）：

> 《十二钗曲》末支是总结；但宜注意的，是每句分结一人，不是泛指，不可不知。除掉"好一似"以下两读是总结本折之词，以外恰恰十二句分配十二钗。我姑且列一表给你看看。你颇以为不谬否？（表之排列，依原文次序。）
>
> （1）为官的家业雕零——湘云
>
> （2）富贵的金银散尽——宝钗
>
> （3）有恩的死里逃生——巧姐
>
> （4）无情的分明报应——妙玉
>
> （5）欠命的命已还——迎春
>
> （6）欠泪的泪已尽——黛玉
>
> （7）冤冤相报实非轻——可卿
>
> （8）分离聚合皆前定——探春
>
> （9）欲知命短问前生——元春
>
> （10）老来富贵也真侥幸——李纨
>
> （11）看破的遁入空门——惜春

（12）痴迷的枉送了性命——凤姐

这个分配似乎也还确当。不过我很失望，因为我们很想知道宝钗和湘云底结局，但这里却给了她们不关痛痒这两句话，就算了事。但句句分指，文字却如此流利，真是不容易。我们平常读的时候总当他是一气呵成，哪道这是"百衲天衣"啊①！

这虽非八十回后之事，但却于十二钗底结局有关，所以列入本篇。《红楼梦》除此以外还有一节很重要的预示，便是甄士隐做的《好了歌注》。《好了歌》是泛指一般人的，而歌注却专指贾氏一家之事。可惜现在我们不能把这个解析分明，有些是盲昧的揣想，有些连揣想底径路也没有，只觉得八十回后，对于此点应有个关照而已。关照是什么？我们当然是不知道。

　　陋室空堂，当年笏满床；衰草枯杨，曾为歌舞场。蛛丝儿结满雕梁，绿纱今又糊在蓬窗上。（宝玉之由富贵而贫贱。）说甚么脂正浓，粉正香，如何两鬓又成霜？（宝玉之由盛年而衰老。）昨日黄土陇头堆白骨，今宵红绡帐里卧鸳鸯。（似指宝玉娶亲事，应该黛玉先死，宝钗后嫁。）金满箱，银满箱，转眼乞丐人皆谤。（谁？旧时真本以为是湘云。）正叹他人命不长，哪知自己归来丧！（谁？什么？）训有方，保不定日后作强梁；（谁？高鹗大概以为是薛蟠。）择膏粱，谁承望流落在烟花巷。（我以为是巧姐。）因嫌纱帽小，致使锁枷扛；（谁？什么？）昨怜破袄寒，今嫌紫

_____

① 这曲文分配十二钗虽然很巧，却未必很对，特别开首两句，一指湘云，一指宝钗，未免牵强。所以说"我很失望"。脂甲戌本评把"为官的""富贵的"二句先总宁荣；把其他十句将通部女子一总，不穿凿而又能包括，比我这说妥当。

蟒长。（我以为是贾兰。）乱哄哄你才唱罢我登场，反认他乡是故
乡。甚荒唐，到头来都是为他人作嫁衣裳！

可疑的、可盲揣的，都在括弧中表现。我觉得这决不是泛指，在
八十回都应有收梢。我觉得高鹗本中只照应了一小部分，以外便都
抛撇了；因为他也没有懂得，正和我们一样。我看了这个，觉得现
在我们所可揣测的，即使全对了，至多只有二分之一。歌注中这些
暗示，都是八十回后底主要节目，而我们竟完全不知，不但不知，
有些连盲想都还没有。这可见八十回后底光景，是怎样的黑暗；而
我们从微明中所照见的，是怎样的稀少。因此，这文中所罗列的，
是怎样的不完备呵。

论秦可卿之死

　　十二钗底结局，八十回中都没有写到，已有上篇这样的揣测。独
秦氏死于第十三回，尚在八十回之上半部，所以不能加入篇中去说
明。她底结局既被作者明白地写出，似乎没有再申说底必要。但本书
写秦氏之死，最为隐曲，最可疑惑，须得细细解析一下方才明白。若
没有这层解析工夫，第十三至第十五这三回书便很不容易读。因为有
这个需要，所以我把这题列为专篇，作为前文底附录。

　　这个题目，我曾和颉刚详细论过。现在把几次来往的信札，择有
关系的录出，使读者一览了然。问答本是议论文底一种体裁，我们既
有很好的实际问答，便无须改头换面，反增添许多麻烦。平常的论文
总是平铺实叙的，问答体是反复追求的，最便于充分表现全部的意
想。所以我写这篇文的方法，虽然是躲懒，却也并非全无意义的。

我对于秦可卿之死本有意见，平空却想不起去作有系统的讨论。恰好颉刚于一九二一年六月二十四日来信，对于此事表示很深的疑惑。他说：

> 《晶报》上《红楼佚话》，说有人见书中的焙茗，据他说，秦可卿是与贾珍私通，被婢撞见，羞愤自缢死的。我当时以为是想象的话，日前看册子，始知此说有因。册子上画一座高楼，上有美人悬梁自尽，其判云："情天情海幻情身，……"历来评者也都不能解说，只说："第十一幅是秦氏，鸳鸯其替身也。"（护花主人评）又："词是秦氏，画是鸳鸯，此幅不解其命意之所在。"（眉批）然鸳鸯自缢，是出于高鹗底续作。高鹗所以写鸳鸯寻死时，秦氏作缢鬼状领导上吊的缘故，正是要圆满册子上的一诗一画。后来的人读了高氏续作，便说此幅是二人拼合而成。其实册子以"又副"属婢，"副"属妾，"正"属小姐奶奶，是很明白的，鸳鸯决不会入正册。（平按：又副属婢妾；至于副属妾却不确，书中不甚重要的女子，如李纹、李绮、宝琴都应入此册中。）若说可卿果是自缢的罢，原文中写可卿的死状，又最是明白。作者若要点明此事，何必把他的病症这等详写？这真是一桩疑案。

他这怀疑的态度，却大可以启发我讨论这问题的兴趣。我在同月三十日复他一信上面说：

> 从册子看，可卿确是自缢，毫无疑义。我最初看《红楼梦》也中了批语底毒，相信是秦鸳二人合册。后来在欧游途中，友人说，就是秦氏，何关鸳鸯。我才因此恍然大悟，自悔其谬。这段趣事想你尚不知道。高鹗所以写鸳鸯缢死由秦氏引导的缘故，即

因为他看原文太晦了，所以更明点一下，提醒读者，知可卿确是吊死而非病死。即因此可以知道兰墅所见之本，亦是与我们所看一样。我们觉得疑暗的地方，高君也正如此。我现在可以断定秦氏确是缢死。至于你底疑惑，我试试去解说：

（一）本书写可卿之死，并不定是病死。她虽有病，但不必死于病。这是最宜注意。秦氏之死不由于病，有数据焉。

（甲）死时在夜分，且但从荣府中闻丧写起，未有一笔明写死者如何光景，如何死法？可疑一。

（乙）第十三回说："彼时合家皆知，无不纳闷，都有些疑心。"下夹注云："久病之人，后事已备，其死乃在意中，有何闷可纳？又有何疑？一本作'都有些伤心'，非是。"此段夹注颇为精当。"纳闷""疑心"皆是线索。现新本（亚东本）却作"伤心"。我家本有一部《金玉缘》本的书，我记得是作"疑心"，今天要写这信时，查那本时正作"疑心"。要晓得"有些疑心"正与"纳闷"成文；若说"有些伤心"，不但文理不贯，且下文说"莫不悲号痛哭"，而此曰"有些伤心"，岂非驴唇不对马嘴？此等文章岂复成为文理？真所谓"失之毫厘谬以千里"。

（丙）第十回张先生说："今年一冬是不相干的，过了春分便可望痊愈了。"第十一回秦氏说："好不好，春天就知道了。"而现在可卿却又早过了春夏，直到又一年底晚冬才死，可见她底死根本与病无关。细写病情乃是作者故弄狡狯耳①。

---

① 书中叙可卿之病、之死，中间夹了贾瑞一段事。第十二回说，贾瑞底病"不上一年都添全了"，是贾瑞病了将近一年，又说，"倏又腊尽春回，这病更加沉重"，是到了次年的春天（秦氏生病第三年）。回末叙林如海底病，说"谁知这年冬底"，第十三回开始即叙可卿之死。是可卿之死在冬春之交，距书中说她底病实有了两个足年还多。这叙述原非常奇怪的，但可以明白秦氏之死与病无关。原信这一节文字亦略有修订。

（丁）秦氏死后种种光景，皆可取作她自缢而死底旁证。今姑略举数事：

（1）"宝玉听秦氏死，只觉心中似戳了一刀，不觉哇的一声，直奔出一口血来。"若秦氏久病待死，宝玉应当渐渐伤心，决不致于急火攻心，骤然吐血。宝玉所以如此，正因秦氏暴死，惊哀疑三者兼之：惊因于骤死，哀缘于情重，疑则疑其死之故，或缘与己合而毕其命。故一则曰"心中似戳了一刀"，二则曰"哇的一声"，三则曰"痛哭一番"。此等写法，似隐而亦显。（同回写凤姐听到消息，吓的一身冷汗，出了一回神，亦是一种暗写法。）

（2）写贾珍之哀毁愈恒，如丧考妣，又写贾珍备办丧礼之隆重奢华，皆是冷笔峭笔侧笔，非同他小说喜铺排热闹比也。贾珍如此，宝玉如此，秦氏之为人可知，而其致死之因与其死法亦可知。（有人说，《红楼梦》写那扶着拐杖的贾珍，简直是个杖期夫。此言亦颇有趣。）

（3）秦氏死时，尤氏正犯胃痛旧症睡在床上，是一线索。似可卿未死之前或方死之后，贾珍与尤氏必有口角勃谿之事。且前数回写尤氏甚爱可卿，而此回可卿死后独无一笔写尤氏之悲伤，专描摹贾珍一人，则其间必有秘事焉，特故意隐而不发，使吾人纳闷耳。

（4）我从你来信引《红楼佚话》底说话，在本书寻着一个大线索，而愈了然于秦氏决不得其死。第十三回（前所引的话都见于此回）有一段最奇怪而又不通的文章，我平常看来看去，不知命意所在，只觉其可怪可笑而已。到今天才恍然有悟。今全引如下：

"忽又听见秦氏之丫环，名唤瑞珠的，见秦氏死了，也触柱而亡。此事可罕，合族都称叹。（夹注云，称叹绝倒。）贾珍遂以孙女之礼殡殓之，一并停灵于会芳园之登仙阁。又有小丫环名宝珠的，因秦氏无出，愿为义女，……贾珍甚喜，……从此皆呼宝珠为小姐。"

这段文字怪便怪到极处，不通也不通到极处，但现在考校去，实是细密深刻到极处。从前人说《春秋》是断烂朝报，因为不知《春秋》笔削之故。《红楼梦》若一眼看去，何尝有些地方不是断而且烂。所以《红楼梦》底叙事法，亦为读是书之锁钥，特凭空悬揣，颇难得其条贯耳。

《红楼佚话》上说："秦可卿与贾珍私通，被婢撞见，羞愤自缢死的。"此话甚确。何以确？由本书证之。所谓婢者，即是宝珠和瑞珠两个人。瑞珠之死想因是闯了大祸，恐不得了，故触柱而死。且原文云"也触柱而亡"，似上文若有人曾触柱而亡者然，此真怪事。其实悬梁、触柱皆不得其死，故曰"也"也。宝珠似亦是闯祸之人，特她没死，故愿为可卿义女，以明其心迹，以取媚求容于贾珍；珍本怀鬼胎，惧其泄言而露丑，故因而奖许之，使人呼之曰小姐云尔。且下文凡写宝珠之事莫不与此相通。第十四回说："宝珠自行未嫁女之礼，引丧驾灵，十分哀苦。"第十五回说："宝珠执意不肯回家，贾珍只得另派妇女相伴。"按上文绝无宝珠与秦氏主仆如何相得，何以可卿死而宝珠十分哀苦？一可怪也。贾氏名门大族，即秦氏无出，何可以婢为义女？宝珠何得而请之；贾珍又何爱于此，何乐于此，而遽行许之？勉强许之已不通，乃曰"甚喜"，何喜之有？二可怪也。秦氏停灵于寺，即令宝珠为其亲女，亦卒哭而返为已足，何以执意不肯回家？观贾珍许其留寺，则知宝珠不肯回家，乃自明其不泄，希贾珍之优容也。秦氏二婢一死一去，而中菁之羞于是得掩。我以前颇怪宝珠留寺之后杳无结果，似为费笔。

不知其事在上文，不在下文。宝珠留寺不返，而秦氏致死之因已定，再行写去，直词费耳。

（二）依弟愚见，从各方面推较，可卿是自缢无疑。现尚有一问题待决，即何以用笔如是隐微幽曲？此颇难说，姑综观前后以说明之。

可卿之在十二钗，占重要之位置；故首以钗黛，而终之以可卿。第五回太虚幻境中之可卿，"鲜艳妩媚有似乎宝钗，风流袅娜则又如黛玉"，则可卿直兼二人之长矣，故乳名"兼美"。宝玉之意中人是黛，而其配为钗，至可卿则兼之；故曰"许配与汝"，"即可成姻"，"未免有儿女之事"，"柔情缱绻，软语温存，与可卿难解难分"。此等写法，明为钗黛作一合影。

但虽如此，秦氏实贾蓉之妻而宝玉之侄媳妇；若依事直写，不太芜秽笔墨乎？且此书所写既系作者家事，尤不能无所讳隐。故既托之以梦，使若虚设然；又在第六回题曰"贾宝玉初试云雨情"，以掩其迹。其实当日已是再试。初者何？讳词也。故护花主人评曰："秦氏房中是宝玉初试云雨，与袭人偷试却是重演，读者勿被瞒过。"

即宝玉与秦氏之事须如此暗写，推之贾珍、可卿事亦然。若明写缢死，自不得不写其因；写其因，不得不暴其丑，而此则非作者所愿。但完全改易事迹致失其真，亦非作者之意。故处处旁敲侧击以明之，使作者虽不明言而读者于言外得求其微音。全书最明白之处则在册子中画出可卿自缢，以后影影绰绰之处，得此关键无不毕解。吾兄致疑于其病，不知秦氏系暴卒，而其死与病无关。细写病情，正以明秦氏之非由病死。况以下线索尚历历可寻乎？

从这里我因此推想高鹗所见之本和现在我们所见的是差不

多。他从册子上晓得秦氏自缢，但他亦颇以为书中写秦氏之死太晦了，所以鸳鸯死时重提可卿使作引导。可卿并不得与鸳鸯合传，而可卿缢死则以鸳鸯之死而更显。我们现在很信可卿是缢死，亦未始不是以前不分别读《红楼梦》时，由鸳鸯之死推出的。兰墅于此点显明雪芹之意，亦颇有功。特苟细细读去，不藉续书亦正可了了。为我辈中人以下说法，则高作颇有用处。

第十三、十四、十五三回书，最多怪笔，我以前很读不通，现在却豁然了。我很感谢你，因为你若不把《红楼佚话》告诉我，宝珠和瑞珠底事一时决想不起，而这个问题总没有完全解决。

从这信里，我总算约略把颉刚底策问对上了。秦氏是怎样死的？大体上已无问题了。但颉刚于七月二十日来信中，说他检商务本的《石头记》第十三回，也作"都有些伤心"。这又把我底依据稍摇动了一点，虽然结论还没有推翻。他在那信中另有一节复我的话，现在也引在下边。

我上次告你《晶报》的话，只是括个大略。你就因我的"被婢撞见"一言，推测这婢是瑞珠宝珠。原来《红楼佚话》上正是说这两个。他的全文是：

又有人谓秦可卿之死，实以与贾珍私通，为二婢窥破，故羞愤自缢。书中言可卿死后，一婢殉之，一婢披麻作孝女，即此二婢也。又言鸳鸯死时，见可卿作缢鬼状，亦其一证。

这明明是你一篇文章的缩影。但他们所以没有好成绩的缘故：（1）虽有见到，不肯研究下去，更不能详细发表出来。（2）他们的说话总带些神秘的性质，不肯实说他是由书上研究得来的，必得说那时事实是如此。此节上数语更说："濮君某言，其祖少时居京师，曾亲见书中所谓焙茗者，时年已八十许，白发满颊，与人谈旧日兴废事，犹泣下如雨。"其实他们倘使真遇到了焙茗，岂有不深知曹家事实之理，而百余年来竟没有人痛痛快快说这书是曹雪芹底自传，可见一班读《红楼梦》的与做批评的人竟全不知曹家底情状。

他把前人这类装腔作势的习气，指斥得痛快淋漓，我自然极表同意。但"疑心""伤心"这个问题，还是悬着。我在七月二十三日复书上，曾表示我底态度。

　　你说我论证可卿之死确极，最初我也颇自信。现在有一点证据并且还是极重要的既有摇动，则非再加一番考查方成铁案：就是究竟是"疑心"或是"伤心"的问题。我依文理文情推测当然是"疑心"，但仅仅凭借这一点主观的臆想，根据是很薄弱的。我们必须在版本上有凭据方可。我这部《金玉缘》本确是作"疑心"的，并且下边还有夹评说，"一本作伤心，非"，则似乎决非印错。但我所以怀疑不决，因为我这部书并非《金玉缘》底原本，是用石印翻刻的，印得却很精致，至于我们依赖着它有危险没有，我却不敢担保。我查有正抄本也是作"伤心"，这虽也不足证明谁是谁非，因为抄本错而刻本是也最为常事，抄写是最容易有误的；但这至少已使我们怀疑了。我这部石印书如竟成了孤本，这个证据便很薄弱可疑了。虽不足推翻可卿缢死的断案，但却少了一个有力底证据。我们最要紧的，是不杂偏见，细细估量那些立论底证据……总之，主观上的我见是深信原本应作"疑心"两字，但在没有找着一部旧本《红楼梦》做我那书底傍证以前，那我就愿意暂时阙疑。

后来果然发现两个脂砚斋评本，虽系传抄的，而其底本年代均在雪芹生前，均作"疑心"，即高鹗、程伟元的初本（程甲本）亦作"疑心"，于是这问题完全解决了。在这两脂本中又说到"淫丧天香楼"一段文字删去底因缘，现在不能多引。

所谓"旧时真本《红楼梦》"

《红楼梦》八十回后，续书原不止一种，只是现存的只有高本这一种罢了。现在所要说的，又是另一个补本。这补本底存在、事迹，只见于上海《晶报》《瞕蝀笔记》里底《红楼佚话》上面。原文节录如下：

> 《红楼梦》八十回以后，皆经人窜易，世多知之。某笔记言，有人曾见旧时真本，后数十回文字，皆与今本绝异。荣宁籍没以后，备极萧条。宝钗已早卒。宝玉无以为家，至沦为击柝之役。史湘云则为乞丐，后乃与宝玉为婚。……

可惜他没有说出所征引的书名，只以某笔记了之。在蒋瑞藻底《小说考证》里亦有相类似的一段文字，他却是从《续阅微草堂笔记》转录下来的，或者就是《瞕蝀笔记》所本。现在亦引如下：

> 《红楼梦》……自百回以后，脱枝失节，终非一人手笔。戴君诚甫曾见一旧时真本，八十回之后皆不与今同，荣宁籍没后均

极萧条；宝钗亦早卒；宝玉无以为家，至沦为击柝之流；史湘云则为乞丐，后乃与宝玉仍成夫妇；故书中回目有"因麒麟伏白首双星"之言也。闻吴润生中丞家尚藏有其本，惜在京邸时未曾谈及，俟再踏软红，定当假而阅之，以扩所未见也。

这条文字较《脂螺笔记》似较确实有根据些。（1）所谓旧时真本确有人见过且能举出其人之姓名。（2）他确说自八十回起不与今本同，可证其为另一补本。（3）他明言这书写宝湘成婚事系依据于第三十一回之目。（4）这种本子不但有人见过，且有人收藏。而且收藏这书的人，并不是名声湮没的寒儒，却是一个巡抚。

这实在可以证明，以前确有这一种旧时真本，不是凭空造谣可比，所以使我觉得有考证一下底必要。就两书所叙述的事迹看，大都不和高本相同。（1）荣宁后来备极萧条的景况，不见于高本。高本虽然亦写籍没，但却有那些"沐天恩"，"延世泽"，"封文妙真人"，"兰桂齐芳"这类傻话。（2）宝钗早卒；高本却写她出闺守寡抚孤成名。（3）宝玉击柝；高本却写他随双真仙去，受真人之号。（4）湘云为丐，配宝玉，高本只写她嫁一不知名的人后守寡，没有一笔叙到她底贫苦。

可考的只有四项，而几乎全与高本不同。究竟是哪一本好些，姑且留到后面再说。我们先要试问这本底年代问题，再讨求他所依据的——在八十回内的——是什么。

顾颉刚以为这书也是个补本，这大概不错，因为前人——距雪芹年代极近的——如张船山、高兰墅、程伟元、戚蓼生，都说原本《红楼梦》只有八十回。（张说见于《船山诗抄》，高说见程排本《红楼梦》底《引言》，程说见于同书底《序》，戚说见于戚本《红楼梦序》）他们底说话，即使非可全信，也决不是全不可信。他们又何至于联络起来造谣生事呢？

这补本底取材，颉刚曾加以说明，现在引录如下。凡我另有意见的，加上案语。

（1）荣宁籍没——第十三回，王熙凤梦中秦可卿的话。

〔按〕第七十四回，探春明言抄家事，暗示尤为显明，不仅如这回所说。

（2）宝钗早卒——第二十二回制灯谜，宝钗的是："梧桐叶落分离别，恩爱虽浓不到冬。"

〔按〕颉刚所据，当是商务印书馆底《石头记》本。戚脂两本宝钗谜即今本黛玉底，而黛玉无谜。"梧桐叶落"云云也没有。此谜系咏竹夫人，故程甲本乙本道光壬辰王雪香评本并作"恩爱夫妻不到冬"，以暗示钗玉成婚之不终，似不宜作早卒之依据。又顾引作"恩爱虽浓"，亦不如"恩爱夫妻"之贴切也。参看本书上文六十页。宝钗底薄命底预示，在八十回中还有数节，如第十七回、第四十回，惟都不能够确说是早卒。

（3）宝玉沦为击柝之役——第三回，宝玉赞："贫穷难耐凄凉。"

〔按〕这是最显明的一例，以外在第一回中暗示尤多。

（4）史湘云为乞丐——第一回，甄士隐注解《好了歌》："金满箱，银满箱，转眼乞丐人皆谤。"

（5）宝钗死而湘云继——同回，同节："昨日黄土陇头堆白骨，今宵红绡帐里卧鸳鸯。"又第二十九回，张道士送宝玉金麒麟，恰好湘云也有这个。（以上均见一九二一，六，十信。）

至于这本，比高本孰优孰劣，这自然可随各人底主观而下判断，没有一致底必要。照颉刚底意见，以为高本好些。他底大意如下：

（1）写宝玉贫穷太尽致，且不容易补得好。

（2）书中写宝钗，处处说他厚福，无早死之意。

（3）第三十一回及第三十二回，屡点明湘云将嫁；且白首双星，也不合册子、曲子底暗示。他以为补作的人泥了金麒麟一物，不恤翻了成案，这是他底不善续。

（4）史湘云为乞丐，太没来由。（一九二一，六，十信。）

关于第一点，我和他底眼光不同。诚然，要写宝玉怎样的贫穷，是极不容易，但作者原意确是要如此写的。高鹗略而不写，一方是他底取巧，一方是他没有能力底铁证。这补本已佚，所写的这一节文字如何，原不可知。

第二节所说，我在大体上能承认。但八十回书中，写宝钗虽比黛玉端厚凝重些，但很有冷肃之气，所谓秋气；可见她也未必不是薄命人（十二钗原都归入薄命司，见第五回），颉刚说她厚福，似无根据。但守寡亦是薄命，不必定是早卒。即八十回内所暗示，亦偏向于这一面；故颉刚说她不该早死，我并不反对。（只有一条，似乎有宝钗早卒之意，或为这补本作者所依据。第二十八回说："如宝钗……等，亦可以到无可寻觅之时矣。宝钗等终归无可寻觅之时，则自己又安在哉？"）至于若高鹗所补的，宝钗有子，后来"兰桂齐芳"，我却不敢赞一词了。

第三节的话我也大体赞成。高鹗宁可据第五回，却抛弃第三十一回之目不管他。这本底作者却和兰墅意思相反，专注重第三十一回之目，成就宝玉、湘云底姻缘。这其实也不过是哥哥弟弟，不必作十分的抑扬。

第四节，我完全同意。但颉刚在另一信上说（一九二一,六,十四），《好了歌注》只是泛讲，我却不以为然。所谓"乞丐人皆谤"，必是确有所指，只未必便是指湘云。可惜这书没有做完全，使我们无从去悬揣。至于颉刚说"没来由"却甚是；因为在八十回中，湘云并不是金满箱银满箱的富家小姐。史家在上代虽然和贾、王、薛三姓齐名，但当湘云之时，早已成了破落户。我们且看：

> 他们家嫌费用大，竟不用那些针线上的人，差不多的东西都是他们娘儿们动手。……我再问他家常过日子的话，他就连眼圈儿都红了。……（第三十二回，宝钗语。）
> 一个月通共那几串钱，你还不够使；……（第二十七回，同。）

一个月只有几串钱的月费，且家中连个做活计的婆子都没有，像这种生活，难道是可以说"金满箱银满箱"吗？这可以证明作者底原意，虽然必有个书中人将来做乞丐的，但却不定是史湘云。

在这四点以外，还有一点，我觉得这本要比高本好的，便是实写贾家底萧条，并无复兴这件事。这和原本相合，自非高本所及。我的理由，已在上章中详举了。

这个某补本，可考的很少，真是我们底不幸。他和高本，只有抄家一点相同，抄家以后的景象且不尽同，以外便全不相合。就事迹论，这本写宝玉底结局有一点——贫穷——胜于高本。写宝玉、宝钗、湘云三人底关系，则又不如高本。就风格论，这本病在太杀风景，高本病在太肠肥饱满了；一个必说宝玉打史，湘云乞食，那一个却又说，宝玉升天，宝钗得子，都犯过火的毛病。

惟这本写宝玉终于贫穷而不出家，似又不如高本。因为一则书中暗示宝玉出家之处极多——贫穷之后出家——不能没有呼应；二则不如此写，这部百余回大书颇难煞尾。只有出家一举，可以神龙见首不见尾，一束全书，最为干净。颉刚也说："但是贫穷之后，也许真是出家。因为甄士隐似即是贾宝玉底影子。……甄士隐随着跛足道人飘飘去了，贾宝玉未必不随一僧一道而去。要是不这样，全书很难煞住，且起结亦不一致。"（一九二一，五，十七信。）高鹗见到这些地方，正是他底聪明处。这本不如此收梢，想其结尾处不能如高本底完密。高本误在没写宝玉底贫穷，这本又误在没写他底出家；其实贫穷和出家，是非但不相妨而且相成的。

这某补本底存在，除掉《红楼佚话》《小说考证》所引外，还有一证，颉刚说："介泉（潘家洵君）曾看见一部下俗不堪的《红楼续梦》一类的书，起头便是湘云乞丐。可见介泉所见一本，便是接某补本而作的。（我所谓乙类续书。）"（一九二一，六，二十四信。）这真是极好的事例，可以证实以前曾有这么一种补书底存在了。

所谓"旧时真本"，我所知道的不过如此。我因为这也是一种散佚的续书，且和高本互有短长，可以参较，故写了这一篇文字。

前八十回《红楼梦》原稿残缺的情形

我们都知道《红楼梦》前八十回是曹雪芹底原稿，算是已完成之作，不过所谓"完成"，仅仅大体而已，并不曾细磨细琢。照我们现今所知，最显明的残缺，至少有如下面所举的各点：

（一）本文底残缺。（甲）整回的缺少。在程伟元、高鹗底《引言》上已说，"即如第六十七回，此有彼无，题同文异，燕石莫辨"，可见高鹗所见诸抄本中有缺第六十七回的。即今所见燕京藏脂本（原题庚辰秋定本，以下简称脂庚）亦缺了两回（第六十四，第六十七）

便是明证。(乙)回末有缺文。最习见的是第三十五回之末那是抄本、刻本都缺的，已见本书上卷《论续书底不可能》一文中，兹不赘述。较有兴味的是第二十二回，见于脂庚本中。引近人底话(《跋脂庚本》)以代叙述。

> "又第三册二十二回只到惜春的谜诗为止(平按，戚本亦有此谜高本无之)，其下全阙，上有朱批云：'此后破失俟再补。'其下为空一页，次页上有些记录：'暂记宝钗制谜云"朝罢谁携两袖烟……"(按戚本同，高本以为黛玉谜。)此回未成而芹逝矣，叹叹。丁亥夏，畸笏叟。'"

看这个记录，知道第二十二回没有写完，雪芹就死了，无论戚本、高本都是补作而非原书，不过戚本稍近真，高本尤远而已。尤可注意的，有第三种的情形，(丙)回中有缺文。见于脂庚本第十九回中。原来这十九回，在脂庚上根本没有回目的。写到宝玉在宁国府看戏，各本都有这一节文字，兹引戚本为例。

> 宝玉见一个人没有，因想这里素日有个小书房内，曾挂着一幅美人，极画的得神，今日这般热闹，想那里那美人自然是寂寞的，须得我去望慰他一回。(卷二)

这好像没有缺文，殊不知却大缺而特缺。脂庚本这段文字如下：

> 宝玉见一个人没有，因想这里素日有个小书房，名("名"字点去)□□□□□(缺五字，原系直线，现改用方框示之，下同。)内曾挂着一轴美人，极画的得神，今日这般热闹，想那里自然

（"自然"二字点去）□□□□□□□□□□□□□□□□□□□□□□□
（缺二十字）那美人也（"也"字点去）自然是寂寞的，得我去望慰
他一回。（第二册）

这是非常重要的痕迹，可证脂庚本虽是传抄，却是用薄纸蒙着原稿写
的，所以仅次于原稿一等。这里点去的四个字原是原稿上有的，而且
本应该有的。因雪芹未写完而死，有了缺文既无法补，后人只好点去
这四个字，不避烦琐分两组说明之。

第一组点去"名"字。原文本当作"有个小书房名曰什么斋（或
轩），斋内曾挂着一轴美人"，作者一时想不出叫什么斋名，写了一个
"名"字，下边空着待补，这个孤另另的"名"字自宜作为衍文看，
所以后人把它点去。第二组上面点去"自然"，下面点去"也"。本当
作"想那里（书房里）自然怎么样怎么样（想必是清清冷冷的光景）
那美人也自然是寂寞的"。因为上文有了个"自然"，所以下文曰"也
自然"，"也"者承上之词。现在上面缺文既不能补，那"自然"二字
不成说话只好点掉了；既去掉上文的"自然"，那下文的"自然"即
无所谓"也"，因之这"也"字亦只好点去。这原是合理的。不过从
这里我们能够知道作者原稿是什么样子的。

还有一处也是回中缺文待补而始终没补的，在脂庚本上留着痕
迹。如第七十五回前有一空页，上面记着两行字："乾隆二十一年五
月初七日对清。""缺中秋诗俟雪芹。"二十一年是丙子，庚辰定本前
四年。所谓中秋诗指本回内宝玉、贾兰各赋一诗，但均无文。原来应
该有文的都没有做，所以要等雪芹来。庚辰本在本回赋诗底地方留了
很小的一点空格，表示这儿原有缺文，但戚本、程甲、乙本便都毫无
痕迹了。丙子年距雪芹之死还有八年，不为不久，却到底没补上，这
事实也很值得我们注意的。

更有一回书里缺一大段的。如第二十八回脂庚本在云儿唱曲"我不开了你怎么钻"下面，整缺了五行，即今戚本"唱毕饮了门杯，便拈起一个桃来，说道桃之夭夭"以下至"你说的是，快说来"，共少去一百四十三字；依程甲本，计少去一百四十六字。下均接"薛蟠瞪了一瞪眼"云云。脂庚为什么缺半页，理由不明。岂原文固全，抄者漏写，抑系原本不全而后来补完，亦均不可知。

（二）每回的起迄并不曾完整。（甲）每回的开始，有些有诗，有些没有诗，我想本来都应该有的，却不曾补全。如第一回胡藏甲戌脂本，有七律一首，各本均无。第二回有七绝一首。脂庚、戚本都有。第五回戚本有七绝一首，脂庚缺。第六回戚本有五绝一首，脂庚缺。第七回戚本有七绝一首，脂庚缺。第三十二回录汤若士七绝一首，脂庚戚本均有。以外各回之首各本俱无诗的，当然很多，不能列举。我假定作者本想每回开首各题一诗，但陆续写的，有的写得出，有的暂时想不起只好搁着。（乙）每回结尾也不一致，从脂庚本看，也有下列几个情形：（1）兀然而止，如第一回作"封肃听了唬得目瞪痴呆，不知有何祸事"。第二回更别致，作"雨村忙回头看时"，下面便没有了。戚本这两回结末各有"且听下回分解"，我想或系后人所补。（2）有两句诗，如第五回结尾曰："正是，一场幽梦同谁近，千古情人独我痴。"（戚本"一场"作"一枕"，"近"作"诉"）第六回曰："正是，得意浓时是接济，受恩深处胜亲朋。"第八回曰："正是，早知日后闲争气，岂肯今朝错读书。"（戚本均同）（3）只有"正是"二字，两句诗缺了。如第七回结尾只有"这正是"三字，戚本却完全了，作"止是，不因俊俏难为友，正为风流始读书"。这两句做得很好，我想这或是作者之笔。（4）也有作"且听下回分解"或"下回分解"的。如第九回、第十回。（5）有作"且听下回分解"，更附两句诗的。如第十三回末曰："不知凤姐如何处治，且听下回分解。正是：金紫万千谁治国，裙钗一二可齐家。"（戚本同）这五个格式繁简不同，全缺互异，可证结尾也没有修饰完善。大概每回都该有两句诗的，以诗起，以诗结也。

（三）回目各本互异，都不很妥善，表示作者未能定稿。举第七回为例，脂甲、脂庚、戚本是一个系统，都出于原稿本。但这回之目三本不同，却没有一个很妥当的。先举回目如下：

> 送宫花周瑞叹英莲，谈肄业秦钟结宝玉。（脂甲本）
> 送宫花贾琏戏熙凤，宴宁府宝玉会秦钟。（脂庚本）
> 尤氏女独请王熙凤，贾宝玉初会秦鲸卿。（戚本）

先从文字方面看，两个脂本都不妥当。是周瑞底老婆（周瑞家的）叹英莲，不得说周瑞叹英莲。果真一个男仆名叫周瑞的去叹英莲，那岂不可笑。脂庚所作与程高刻本今本同，文义上也不妥。送宫花是一事，琏凤好合又是一事，周瑞家的去送宫花偶遇此事而已，并非两事有任何因缘。我们若只看回目，便有因送宫花而琏凤云云，或者贾琏以送宫花的手段去戏熙凤这类的错觉。这完全不合实际的。戚本文字虽没有毛病，却不能包举事实。原来这回书有四桩事：（1）周瑞家的到薛姨妈那里，见了宝钗，大谈宝钗底病和冷香丸底来源制作。（2）周瑞家的有叹英莲的事，又到各房去送宫花，恰值贾琏在熙凤处。（3）尤氏单请凤姐吃饭。（4）宝玉同去，在宁府初遇秦钟。（4）很重要，所以各本都入回目。至回目上一句，应在（1）（2）两项上指明，戚本却指（3），未免与（4）重复，且偏枯不得要领。所以严格的批评，三本都不见佳，我以前曾说过，言贾琏戏熙凤者乃作者初稿（可能文字和今本不同，因为《红楼梦》本由《风月宝鉴》改写，文字是相当猥亵的），犹第十三回本作"秦可卿淫丧天香楼"也；言周瑞叹英莲者乃是作者改稿，犹十三回之改作"秦可卿死封龙禁尉"也。其有语病亦相若，周瑞的老婆固不能省文作周瑞，秦可卿的丈夫捐得龙禁尉，似乎也不该就说秦可卿死封龙禁尉呵。这可见有些回目，都是未定之稿，作者也在改来改去之中。

（四）除回目的文字做得不太妥当以外，还有一种情形，就是缺失回目。即上记第七十五回前的空页，除掉那两行题记所谓"缺中秋诗俟雪芹"以外，更有很古怪的痕迹。七十五回之目本是完全的，那另外空页上却记载着：

□□□	开夜宴	发悲音
□□□	赏中秋	得佳谶

大概也是本不完全要待雪芹的。雪芹究竟待着否，待了八年，缺的诗既不曾补上，恐怕原稿的回目正像上边这个样子，而现存的完整之目"开夜宴异兆发悲音，赏中秋新词得佳谶"，乃系后来补缀的，亦不能定其出于何人之手。这上面的六个方框，亦不得其解。

此外便是整个的没有回目。依脂庚本看，六十四、六十七两回没书，当然没有回目。十九回、八十回虽有书，亦无回目。又十七、十八合并，只有一个回目，所以名为八十回本，在脂庚本上共只有七十五个回目。第八十回的回目，我在旧书《红楼梦辨》里说过高戚两本均不妥当，现在知道原本本来没有回目的。

（五）分回底不定。这有一个主要的情形必须先了解：初稿底回大，故回数少；改稿则回底本身缩小了，于是回数增多。换句话说，现存的八十回，在作者底初稿里并不到八十回。在脂庚本第四十二回前面有总批云："今书至三十八回时，已过三分之一而有余。"照这总批说，脂庚本底第四十二回，在初稿为三十八回，相差四回之多。

依此推算，则八十回在初稿不过七十二三回也。现在脂庚本，十七、十八合回，十九回无目，三回合一，便是这个痕迹的遗留。他又说，三十八回已过三分之一而有余，可见原来计划，全书是一百回，但这一百回却是大回，若改成小回，便须百十回余。此所以有后三十回的《红楼梦》也，详《后三十回的〈红楼梦〉》一文中。

我们既知道有这五项情形，所以八十回并不如一般人心目中那样完整，至于这完整之感却非无来历，也非完全错误。大概雪芹身后，全书已经他亲友整理过，如脂砚松斋畸笏叟之徒，现存的戚本，至少已是完整的八十回了。后来又经过程伟元、高鹗底加工，变为刻本行世。这就是咱们对这书有完全之感底来源。话虽如此，本文底脱枝失节对不拢来的地方还是很多的，屡见于后来的评论中，不能详举了。又这些疏漏舛误，有意抑或无心，这又有关于《红楼梦》的"微言"，这儿亦不能详辨了。

一九五〇年十月二十四日

后三十回的《红楼梦》

我在《红楼梦辨》卷下有这一篇，现在因为改动太多，不得不重写。当一九二二年四月，我在杭州，因披阅有正书局印行的戚蓼生序本，想去参较它和高鹗本底异同得失，却无意中在这书评注里发现一种"佚本"，所叙述的是八十回后情节，真是一种意外的喜悦，当时以为这是一种续书，不过比高鹗续得早了一些。忽忽过了二十多年，发现了两个脂砚斋评本，一个是胡适藏的十六回残本，一个是昔年徐星曙姻丈所藏，今归燕京大学的七十八回本（即八十回本缺了两回）。

从这两书里，知道戚本底评注也是"脂评"，所谓佚本乃是曹雪芹未完而迷失了的残稿，这可说是"意表之外"的喜悦了。

八十回书雪芹虽未整理得十分完全（见另文），但他的确写了后半部，所谓后三十回是也。这件事我在当初没有料到，误认原作为他人所续，但所辑有正本底评注至今日仍不失其重要，所以我把它拆散加入本文中，再稍加以补充。补充材料底来源即在上述两个脂评本中，跟戚本底评原是一回事。脂砚斋究系何人，疑莫能明。或以为雪芹底族兄弟，后来又以为即作者。或以为是书中的史湘云，鄙人未敢信以为然。在《红楼梦辨》里曾抄录"戚本脂评"数条，兹选存，以明批书人底身份。

八字便是作者一生惭恨。（第一回。脂甲戌本同，胡曰："这样的话当然是作者自己说的。"）

盖作者自云，所历不过红楼一梦耳。（第五回。脂甲本"盖"上有"点题"二字。）

非作者为谁？余曰，亦非作者，乃石头也。（同回。脂甲本作"余又曰"。又另外一人用墨笔批"石头即作者耳"。）

作者一生为此所误，批者一生亦为此所误。（第二十一回）

还有一条，可约略表示评书底年代。

余历梨园子弟广矣，各各皆然，亦曾与惯养梨园诸世家兄弟谈议及此，众皆知其事而皆不能言。今阅《石头记》载"原非本脚之戏执意不作"二语，便见其能压众，乔酸姣妒，淋漓满纸矣。复至"情悟梨香院"一回更将和盘托出，与余三十年前目睹身亲之人现形于纸上，便言《石头记》之为书，情之至极，言之

> 至确（脂庚作恰），然非领略过乃事，迷陷过乃情，即观此茫然
> 嚼蜡，亦不知其神妙也。（第十八回。脂庚辰本同。）

这个人三十年前已曾养过梨园子弟，跟诸世家子弟议论此等事，起码
已有二十岁左右。到了三十年后看了《石头记》再来评书，起码已有
五十岁。但雪芹只活了四十岁。可见所谓脂砚斋大概与作者同时，辈
份还早些。脂砚就是作者之说似未可信。

那所谓"三十年"，脂甲、脂庚本还有好几条，却不知是脂砚斋
所题否。或者是"畸笏叟"罢。畸笏跟脂砚是否一人，亦不得而知。

> "树倒猢狲散"之语全犹在耳，曲指三十五年矣，伤哉，宁
> 不恸杀！（第三十回，脂甲本眉评。脂庚本朱笔眉评同，惟
> "全"字用墨笔点去，改作今。曲作屈。三十作卅。恸作痛。）
> 旧族后辈受此五病者颇多，余家更甚，三十年前事，见书于
> 三十年后……（同回之末，脂甲本眉评。）
> 读五件事未完，余不禁失声大哭，三十年前作书人在何处
> 耶。（同回之末，脂庚本眉评。）

这是一个人底口气。脂庚这一条乃雪芹死后所题。其他批语中每自称
"老朽""朽物"，脂甲本载删去秦可卿死事，有"命芹溪删去"之文，
芹溪可以命令得，这儿又称人为后辈，可见他底辈行是很尊的。他曾
看见作者底原稿，告诉我们后半部佚稿情形和许多事迹。

这后半部到底有多少回呢？在戚本第二十一回开首总评上有明
文。脂庚本也有的，且多了一首怪诗，原应在二十一回前的，却附在
二十回之后，这是装订底错误。兹改引脂庚本之文。因这怪诗也很有
意思。

有客题《红楼梦》一律，失其姓氏，惟见其诗意骇警，故录于斯：

"自执金矛又执戈，自相戕戮自张罗。茜纱公子情无限，脂砚先生恨几多。是幻是真空历遍，闲风闲月枉吟哦。情机转得情天破，情不情兮奈我何。"

凡是书题者，不可此为绝调，诗句警拔，且深知拟书底里，惜乎失石矣。（平按，此文稍有脱误，以上戚本缺。）按此回（第二十一回）之文固妙，然未见后三十回（戚本作'后之三十回'）犹不见此之妙。（脂庚本第二册末）

这是后半部一共三十回的明证，其他评中或称"后数十回"。这些都是不连八十回算的。连算的戚本也有一条。（不见于脂庚本，因脂庚本第一册一至十回并无脂评，疑是抄配的本子。）

以百回之大文，先以此回作两大笔以冒之，诚是大观。（第二回开首，总评。）

八十加三十，应是百十回，怎说一百回呢？说是举成数，也不见得对。这个问题，我在另一文中已解答了。因为回目有多少，分回有大小。作者初稿分回分得大，所以计划着一百回；后来分回较细，便成了百十回。所以这百十回事实等于一百回。列表以明之：

四十二回＝初稿三十八回（脂庚本第四十二回总评）依比例推算之：

八十回＝初稿约七十三回

三十回＝初稿约二十七回

故订正本百十回＝初稿百回（即三十八回当于百回三分之一
而有余；语亦见第四十二回总评。）

这无须申说了。作《红楼梦辨》时，尚未知这些事实，却说"或者虽
回目只有三十，而每回篇幅极长，也未可知"，（下卷一二页）这总算
被我蒙对了。

后部底回数已经明白，而且回目也已有了。《红楼梦辨》里《原
本回目只有八十》标题虽错，但意思注重在今本后四十回之目非真，
并不曾很错。现在我们知道了一些后三十回底回目，更可证明高本
回目底捏造了，这犹之清儒引了真古文《尚书》底佚文来驳斥伪古
文《尚书》。可惜剩得不多了，两句完全的只有一回，一句完全的只
有一处。

　　一句完全的："花袭人有始有终。"（脂庚本第二十回朱评）
　　一回完全的："薛宝钗借词含讽谏，王熙凤知命强英雄。"
（脂庚本、戚本第二十一回总评）

不知标着第几回，不过"花袭人有始有终"应在"薛宝钗借词含讽
谏"以前，因二十一回总评下文说"而袭人安在哉"，可见宝钗讽谏
宝玉，袭人已去了。

　　其他回目，零零碎碎还有三条：（1）狱神庙红玉、茜雪一大回文
字（脂庚本第二十六回畸笏叟墨笔眉批）。回目全文无考，但有"狱
神庙"三字，因脂甲本第二十七回夹缝朱评说"狱神庙回内方见"，
可见"狱神庙"三字也是回目上有的。（2）记宝玉为僧，有"悬崖撒
手"一回，这四个字当然是回目（脂庚本、戚本第二十四回评）。原
书到此已快完，却还非最后。（3）末回是"警幻情榜"。（脂庚本第

十七、十八合回畸笏评）。

这儿要稍说明，作者当时写书次序很乱，有书的不一定有回目，现在八十回中还有这痕迹可证。同样，有回目不一定有书，即如"悬崖撒手"一回可能亦有目无书，所以畸笏叟说："叹不能得见玉兄悬崖撒手文字为恨。"（脂庚本第二十五回眉评朱笔，署"丁亥夏"，其时雪芹已死了四五年。脂甲本亦有此批，原文未见。）究竟是写了迷失呢，还是原本没写，事在两可之间。

至于佚文，评注中称引得极少，只有三条，真成吉光片羽了。

（1）故袭人出嫁后云："好歹留着麝月。"（脂庚、戚本第二十回评，详见下）

（2）"落叶萧萧，寒烟漠漠。"（脂庚、戚本第二十六回）"只见凤尾森森龙吟细细"下评曰"与后文落叶萧萧，寒烟漠漠一对，可伤可叹"。

（3）"宝玉情不情，黛玉情情。"（脂庚、戚本第十九回评引"情榜评"，并详下）

所叙情事，可考的比较多些，仍依旧作按贾氏、宝玉、十二钗底次第，分别说之。

（1）贾氏抄家后破败。

第二十七回脂庚本朱批："此系未见抄没狱神庙诸事，故有是批。"

贾氏败落底原因很多，详《八十回后的〈红楼梦〉》一文中，但最大、最直接的原因是"抄没"。第二个原因便是自残，第七十四回，探春说"自杀自戕"，又本篇前引怪客题诗云"自执金矛又执戈，自相戕戮自张罗"，评者认为"深知拟书底里"，尤其明显。其结果非常凄惨迥和高本不同，所以说："从此放胆，必破家灭族不已，哀哉！"（戚本第四回评）"使此人（探春）不远去，将来事败，诸子孙不致流散也，悲哉，伤哉！"（脂庚、戚本第二十二回评。）因为这个原故，所以宝玉大约也被一度关在牢狱里，后来很贫穷。（宝玉狱神庙事，见下红玉、茜雪条。）

（2）宝玉很贫穷。

第十九回脂庚本、戚本评："补明宝玉何等娇贵，以此一句（袭人见总无可吃之物）留与下部后数十回'寒冬噎酸齑，雪夜围破毡'等处对看。"

这和敦诚赠雪芹诗"满径蓬蒿老不华，举家食粥酒常赊"来对照，也很有趣味的。"寒冬"十字可能也是本书底佚文。

（3）宝玉做和尚。

第二十一回脂庚、戚本评："故后文方有'悬崖撒手'一回，若他人得宝钗之妻，麝月之婢，岂能弃而为僧哉。玉一生偏僻处。"①

宝玉为什么做和尚呢？在这上文说因有"情极之毒"，但也不很明白。

---

① 周汝昌君近在《燕京学报》第三十七期发表一篇论文，以为宝钗嫁宝玉而早卒，湘云后嫁宝玉（一四〇页）。从这条脂评看来，此说甚误。周君所说，与所谓"旧时真本"合，亦足证明所谓"真本"，并非作者原书。

　　同书同回评："然宝玉有情极之毒，亦世人莫忍为者，看至后半部则洞明矣。"

我们看不到后半部，故无法洞明。"情极之毒"即末回情榜所谓"情不情"也。

　　（4）这块玉也曾经丢了，后来不知怎样回来的。

　　脂甲本第八回，袭人摘下通灵玉来，用手帕包好塞在褥下，评曰："交代清楚，塞玉一段又为'误窃'一回伏线。"

通灵玉底遗失，乃被误窃了去，跟今高本写得十分神秘不同。怎样回来的呢？这可能有两说：（1）凤姐拾玉。（2）甄宝玉送玉。我想凤姐拾玉，或者对些。在大观园失窃，怎么会到甄宝玉手里去呢？

　　脂庚本、戚本第二十三回"刚至穿堂门前"句下评："这便是凤姐扫雪拾玉之处。"
　　同书第十八回《仙缘》戏目下评："伏甄宝玉送玉。"

今高本第一百十五回和尚来送通灵玉，这儿却改用甄宝玉送，想必也和宝玉出家有关，却不知是怎么一回事。

　　（5）黛玉泪尽夭卒。

　　脂庚本、戚本第二十一回评："以及宝玉砸玉，颦儿之泪枯，种种孽障种种忧忿皆情之所陷，更何辩哉。"
　　同书第二十二回评："若能如此，将来泪尽夭亡已化乌有，世间亦无此一部《红楼梦》矣。"

一说泪枯，再说泪尽，又和宝玉砸玉作对文，可见在后半部有另一段大文章；而且说明黛玉之所以死，由于还泪而泪尽，似乎不和宝钗出闺成礼有何关连。我尝疑原本应是黛玉先死，宝钗后嫁。又钗黛两人底关系，不完全是敌对的，详下宝钗条。描写潇湘馆底凄凉光景，已见上引。

（6）宝钗嫁宝玉后有下列三件事：①讽谏宝玉而宝玉不听，其时袭人已嫁。②与宝玉谈旧事。③宝钗追怀黛玉。

> 脂庚本、戚本第二十一回总评："后回'薛宝钗借词含讽谏，王熙凤知命强英雄'。今日从二婢说起，后文则直指其主。然今日之袭人之宝玉，亦他日之袭人之宝玉也。……何今日之玉犹可箴，他日之玉已不可箴耶。……箴与谏无异也，而袭人安在哉，宁不悲乎！"
>
> 又曰："文是一样情理，景况光阴事却天壤矣。多少眼泪洒与此两回书中。"
>
> 第二十七回评："杜绝后文成其夫妇时，无可谈旧之情。"
>
> 脂庚本第四十二回总评："钗玉名虽二人，人却一身，此幻笔也。……故写是回使二人合而为一，请看黛玉逝后宝钗之文字，便知余言不谬也。"

这最后一条四十二回底总评，戚本是没有的，却特别重要。这对于读《红楼梦》的是个新观点。钗黛在二百年来成为情场著名的冤家，众口一词牢不可破，却不料作者要把两美合而为一，脂砚先生引后文作证，想必黛玉逝后，宝钗伤感得了不得。他说"便知余言之不谬"，可见确是作者之意。咱们当然没缘法看见这后半部，但即在前半部书中也未尝没有痕迹。第五回写一女子"其鲜妍妩媚有似宝钗，其袅娜风流则又如黛玉"。又警幻说："再将吾妹一人乳名兼美，字可卿者许配与汝。"这就是评书人两美合一之说底根据，也就是三美合一。

（7）湘云嫁卫若兰，卫也佩着金麒麟。

脂甲本第二十六回总评："前回倪二、紫英、湘莲、玉菡四样侠文皆各得传真写照之笔。惜卫若兰射圃文字迷失无稿，叹叹！"（按：侠者豪侠之意。脂庚本亦有此文，却分作两段，墨笔眉批，两条下各署"丁亥夏畸笏叟"。）

脂庚、戚本第三十一回起首总评："金玉姻缘已定，又写一金麒麟，是间色法也，何颦儿为其所惑？"脂庚同回回末评："后数十回若兰在射圃所佩之麒麟，正此麒麟也。提纲伏于此回中，所谓草蛇灰线在千里之外。"

这三条文字里，第一条告诉我们，卫若兰射圃文字也是"侠文"。豪侠之文对于描写闺阁本来是间色法。（此说据二十六回脂庚本另条眉批）作者也已经写了出来，只是迷失了。第二条说，金麒麟对于通灵玉金锁又是间色法。所谓间色法者就是配搭颜色而已，并非正文，"何颦儿为其所惑？"。不料后来补红楼的，要使宝湘结婚，皆为其所惑也。第三条写在回末，很可注意。戚本亦有，却写明"总评"，其实不是的，看脂庚本是没头没脑附在回末的，此评专为湘云找着了宝玉底金麒麟而发，故曰"正此麒麟也"，非总评甚明。我在《红楼梦辨》有一段话是对的。今略修节抄录之。

湘云夫名若兰，也有个金麒麟，即是宝玉所失湘云拾得的那个麒麟，在射圃里佩着。我揣想起来，似乎宝玉底麒麟，辗转到了若兰底手中，或者宝玉送他的，仿佛袭人底汗巾会到了蒋琪官底腰里。所以回目上说"因""伏"，评语说："草蛇灰线在千里之外"。

现在只剩得这"白首双星"了，依然费解。湘云嫁后如何，今无可考。虽评中曾说"湘云为自爱所误"，也不知作何解。既曰自误，何白首双星之有？湘云既入薄命司，结果总自己早卒或守寡之类。这是册文曲子里底预言，跟回目底文字冲突，不易解决。我宁认为这回目有语病，八十回的回目本来不尽妥善的。

（8）凤姐结局很凄惨，令人悲感。曾因"头发"事件，跟贾琏口角。

脂甲本、戚本第五回"一从二令三人木"下注："拆字法"。脂庚本、戚本第十六回评："回首时无怪乎其惨痛之态。"

同书第二十一回起首总评："后回……'王熙凤知命强英雄'……但此日阿凤英气何如是也，他日之身微运蹇，亦何如是耶？人世之变迁，倏尔如此。"（此与宝钗谏宝玉连说，参看（6）宝钗项下所引两条。）

"拆字法"当然不懂，我看连高鹗也不懂，所以后四十回中毫未照应，评书人看见了原作后半，他当然懂了，所以说"拆字法"。我记得有一晚近的评本，猜作"冷来"二字，或者是的。但冷来亦不可解。"知命强英雄"很好的回目，也应该有很好的文章写出她末路的悲哀，所以令人洒泪也。《红楼梦辨》里以为琏凤夫妻决裂，凤姐被休弃返金陵，亦想当然耳，今不具论。此外更有"头发"事件。第二十一

回，写贾琏密藏情人底头发被平儿发现了，她庇着贾琏瞒住凤姐，贾
琏认为放在平儿手里，"终是祸患，不如我烧了它"，便抢了过来。

> 脂庚本、戚本第二十一回评："妙。设使平儿收了，再不致
> 泄漏，故仍用贾琏抢回，后文遗失，方能穿插过脉也。"

原来贾琏明说要烧，并不舍得烧，却收着，结果又丢了，被凤姐发
现，想必夫妻因此大闹，或竟致于反目。
（9）探春远嫁。惜春为尼。

> 脂庚本、戚本第二十二回灯谜，探春底是风筝，评曰：
> "此探春远适之谶也，使此人不远去，将来事败，诸子孙不至
> 流散也。"

她似乎一去不归的样子。惜春底谜是海灯。

> 同书同回评曰："此惜春为尼之谶也，公府千金至缁衣乞食，
> 宁不悲夫！"

所谓缁衣乞食可作比丘底词藻看。她是正式出家为尼，与册子上画的
大庙正合。还有两条均见第七回，惜春跟水月庵的小姑子说话一段。

> 脂甲本朱评："闲闲笔，却将后半部线索提动。"戚本评：
> "总是得空便入。百忙中又带出王夫人喜施舍事，一笔能令千百
> 笔用。又伏后文。"

是惜春底结局，作者已有成书了。

（10）袭人在宝玉贫穷时出家前，嫁蒋玉菡。他们夫妇还供奉宝玉、宝钗，得同终始。

　　脂庚本、戚本第二十回评："故袭人出嫁后云'好歹留着麝月'一语，宝玉便依从此语，可见袭人虽去实未去也。"

　　同书第二十一回起首总评："箴与谏无异也，而袭人安在哉，宁不悲乎！"

　　脂庚本第二十回眉批朱笔："袭人正文标昌（疑明字或曰字之误）花袭人有始有终。"

　　脂甲本、戚本第二十八回总评："茜香罗红麝串写于一回，盖琪官（脂甲作棋）虽系优人，后回与袭人供奉玉兄宝卿得同终始，非泛泛之文也。"

看这四条袭人大约得了宝玉底许可，嫁给蒋玉菡的，出嫁以后仍和宝玉、宝钗来往，所以回目说她"有始有终"，评注说她"得同终始"；这又和传统的红学评家观念绝对相反。即我在前书里亦深责袭人，不很赞成像这样的写法。现在知道，这是我们的一种偏见而已。不过却有一层，本篇为后半部辑佚，材料悉本"脂评"，而脂评与作者之意，中间是否仍有若干距离？评者话虽如此，作者仍可能有微词含蓄不露而被忽略了，亦未可知。因为在八十回中作者对袭人一向褒贬互用，难道到了后三十回叙她嫁琪官，便一味的褒吗？按之情理殆有不然。我们固应当重视"脂评"，但若径以它代作者之意，亦未免失之过于重视了。

（11）麝月始终跟着宝玉，直到他出家。这有两条评注：一条在第二十一回，已见本文（3）"宝玉做和尚"项下引；另一条即前引袭人说"好歹留着麝月"底上文，兹引如下：

> 脂庚本、戚本第二十回评："闲闲一段儿女口舌，却写麝月
> 一人。袭人出嫁之后，宝玉、宝钗身边还有一人，虽不及袭人周
> 到，亦可免微嫌小弊等患，方不负宝钗之为人也。"

这当然合于第六十三回"开到荼蘼花事了"底暗示的。揣袭人"好歹
留着麝月"一语底口气，大约宝玉要把所有丫环一起遣去，袭人、麝
月一并在内，袭人不得已自去，又不放心宝玉，故说留下麝月也。

（12）红玉（即小红）、茜雪在狱神庙慰宝玉。这段故事很重要，
在今本后四十回是毫无影响的，在残稿里却有一大回书。未引证以
前，先得谈谈茜雪。这个人在后文出现，成为一个重要脚色，是非常
奇怪的。因为在八十回里，茜雪已被撵了，事见第八回、第十九回、
第二十回、第四十六回。第八回宝玉喝醉了摔茶钟，为大家所习知。
今引十九、二十、四十六回之文以明茜雪的确已去了。

> 李嬷嬷道："你也不必装狐媚子哄我，打量上次为茶撵茜雪
> 的事我不知道呢。"（第十九回）
> 李嬷嬷见他二人来了便诉委屈，将前日吃茶茜雪出去和昨日
> 酥酪等事，唠唠叨叨说个不了。（第二十回）
> 鸳鸯红了脸向平儿冷笑道："这是咱们好。比如袭人、琥珀、
> 素云和紫鹃、彩霞、玉钏儿、麝月、翠墨，跟了史姑娘去的翠
> 缕，死了的可人和金钏儿，去了的茜雪……"（第四十六回）

可见茜雪之去，远在宝玉诸人移居大观园以前，怎么在后三十回里又
大显身手呢？莫非又把她叫了回来吗？还是她自动回来呢？这总是

308

奇怪的。评书人当然知道，所以这样说："茜雪在狱神庙方呈正文。"（脂庚本第二十回）大概这是作者有意的安排，暂隐于前，活跃于后；换句话说，在第八回里所以要撵茜雪，正为将来出场底张本，眼光直注到结尾，真所谓"草蛇灰线在千里之外"了。以下更引脂评又关于红玉的三条。

> 脂甲本第二十七回总评："且红玉后有宝玉大得力处，此于千里外伏线也。"
>
> 同书第二十六回朱评："狱神庙红玉、茜雪一大回文字惜迷失无稿。"
>
> 同书第二十七回叙红玉愿跟凤姐去，夹缝朱评："且系本心本意，狱神庙回内方见。"

所谓于宝玉有大得力处即狱神庙也。看这第三条似乎狱神庙事并牵连凤姐，她亦曾得红玉之力。脂庚本评更有自己打架的两条：

> 脂庚本第二十七回眉评朱笔："奸邪婢，岂是怡红应答者，故即逐之，前良儿，后篆儿，便是却（确之误）证，作者又不得可也。己卯（一七五九）冬夜。"
>
> 同前："此系未见抄没狱神庙诸事故有是批。丁亥（一七六七）夏畸笏叟。"

相隔有十二年之久，殆系一人所批，而前后所见不同。红玉也是早先离开怡红院，后来大得其力，和茜雪的生平正相类，作者底章法固如此。评书人最初亦不解，必俟看了后文始恍然耳。在此又将抄没跟狱神庙连文，可见抄没以后，贾氏诸人关进监牢，宝玉、凤姐都在内。

其时奴仆星散，却有昔年被逐之丫环犹知慰主，文情悽惋可想而知。（"慰宝玉"明文在脂庚本二十回，见下引。）

（13）末回情榜备载正副十二钗名字共六十人，却以宝玉领首。每个名字下大约均有考语，现在只宝玉、黛玉底评语可知。

> 脂庚本第十七、十八合回初叙妙玉下有长注，眉评朱笔："树（误字）处引十二钗总未的确，皆系漫拟也。至末回警幻情榜方知'正''副''再副'及'三''四副'芳讳。壬午季春畸笏。"

有人说："壬午季春雪芹尚生存。他所拟的末回有警幻的情榜。这个结局大似《水浒传》的石碣，又似《儒林外史》的幽榜。这回迷失了，似乎于原书价值无大损失。"（《跋脂庚本》）我底意见和他不很相同，如此固落套，不如此亦结束不住这部大书；所以这回底迷失，依然是个大损失呵。

十二钗底"正""副""再""三""四"，共计六十人。正册早有明文不成问题，副册以下，问题很多，值得注意的即上文所谓那段长注，兹节抄如下：

> 脂庚本（戚本）第十七、十八合回注："……后宝琴、岫烟、李纹、李绮皆陪客也，《红楼梦》中所谓副十二钗是也。又有又副册三断词乃晴雯、袭人、香菱三人而已，余未多及，想为金钏、玉钏、鸳鸯、茜雪（脂庚原作苗云，两字均系抄写形误，戚本作素云乃后人不解妄改，以致大误。）平儿等人无疑矣。观者不待言可知，故不必多费笔墨。"

这儿提出一个很重要的事情，原来香菱不在副册，却在又副册里。我以为这个分法是对的，其理由在此且不能详说。那末，第五回宝玉看香菱底册子是怎样叙述的呢？这问题是必须回答的。兹引程甲本、戚本、脂庚本之文（脂甲本不在，不能检查），在宝玉看了又副册晴雯、袭人以后。

> 宝玉看了不解，遂掷下这个，去开了副册橱门，拿起一本册来，揭开看时，（程甲本）

从这书看，香菱在副册上甚明，但再看下引：

> 宝玉看了不解，遂掷下这个，又去开了一副册橱门，拿起一本册来，揭开看时，（戚本）

> 宝玉看了不解，遂掷下这个，又去开了副册，拿起一本册来，揭开看时，（脂庚本）

脂庚本有脱落，如"橱门"两字是不能少的，而"副册"上又落了一个很重要的字。戚本最好。"一"字虽系误字，但却保存了"副册"上还有一个字底痕迹，如把这"一"字校改成"又"字，便完全对了。程伟元、高鹗不解此事，或者看了抄本作"一副册"而不可解，便删去"一"字，又或者他所据本根本没有这"一"字，如今脂庚本；他们以为宝玉先开又副橱门，后开副册橱门，即无所谓"又"，于是把"又去开了"底"又"字一并删去；香菱从此安安稳稳归入副册，而且高居第一位，实在她是又副册里第三名呵。这段公案现在总算明白了，却因此未免多费笔墨哩。"情榜"既不可见，上引脂本底评注，因评书人既亲见这榜，自然不会错的。

"情榜"六十名都是女子，却以宝玉领头，似乎也很奇怪，第十七回起首戚本总评，"宝玉为诸艳之冠"是也。（脂庚本作贯。）而且各人都有评语。现在剩得宝黛底两个了。观下引文，知宝玉列名情榜为无可疑者。

> 脂庚本、戚本第十九回评："后观情榜评曰'宝玉情不情，黛玉情情'，此二评自在评痴之上，亦属囫囵不解，妙甚。"
>
> 同书第三十一回总评："撕扇子是以不知情之物，供娇嗔不知情时之人一笑，所谓情不情。金玉姻缘已定，又写金麒麟是间色法也，何颦儿为其所惑？故颦儿谓情情。"

别处还偶然说到，今不具引，最重要的只这两条，情榜评得真很特别，自非作者不能为也。

上举凡十三项，我们现今所知后三十回底情形，大概不过如此，真所谓"存什一于千百"，此外便都消沉了。当时究竟写了多少，写成怎样一个光景也很难说。回目确是有的，是否三十回都有回目呢？假如都有，便是结构完全了；假如不都有，便还只有片段。揣其情理，既曰"后三十回"，似目录已全，不然评书人怎么知道这个数目字呢？不过话也难定，也许作者口头表示过，我还有三十回书如何如何。这总之都是空想。至于本文如何，更不好决定了。我想没有完全写出，至少没有完全整理好。这个揣想不会大错。因若果有成书，便可和八十回先后流传，或竟合成一部付诸抄写，不会有亡佚之恨了。即在前半部中且尚有未完文字，如第二十二回崎岁叟即叹其未成而芹逝矣，岂但悬崖撒手文字不能得见已也。所以本书底未完，不成问题，不过已完成的确也不太少，东鳞西爪有好几大段，不幸中之不幸，一起迷失了。

312

　　评文屡称"迷失"，这儿我又来这一套"迷失迷失"，究竟怎样会迷失了呢？我想，在读者是必有的问题。我引脂庚本朱批一段，有一部分上已分引，因为重要，不避重复再引之。

　　　　脂庚本第二十回眉评："茜雪在狱神庙方呈正文。袭人正文标昌'花袭人有始有终'。余只见有一次誊清时，与狱神庙慰宝玉等五六稿，被阅者迷失，叹叹！丁亥夏畸笏叟。"

看这段批评，我所提出两个问题都已解答了。原来雪芹生前，后三十回书有五六段的誊清稿子（可能这五六稿并连接不起来），却被一个人借看轻轻把它丢了。这位先生眼福真奇绝，却无端成为千古罪人！
　　这样丛残零星的稿子，因雪芹死的时候景况非常萧条，所以很快的就散失了。到高鹗续书时（一七九一）不到三十年，残迹全消，即后回之目录也不见人提起，所以程高二子才敢漫天撒谎，说什么"原本目录一百二十卷"，在故纸堆中找到二十余卷，又在鼓儿担上凑足了十余卷，非但狗尾续貂，而且鱼目混珠自夸自赞；虽然清代也有几人点破这个（如张问陶诗），可是大家总不大去理会，只囫囵地读了下去，评家又竭力赞美这后四十回，光阴易过，不觉一混就一百多年，直到今日接连发现了几个脂砚斋评本，方始把这公案全翻了过来。我这文虽然写得很不完全，却也把有些零星的材料汇合整理一番，使读者了解作者底意思比较容易一些；能够这样，在我又是意外的喜悦了。

　　　　　　　　　　　　　　　　一九五〇，十，二十八。

"寿怡红群芳开夜宴"图说

事见《红楼梦》第六十三回，它的叙述很详细并有行令的点数，依次推之，可得大凡。丙子年八月尝为之图，历十有二载，弃置尘箧，近废纸矣。顷检得之重加校订，就正于世之好谈"红学"者。

先得知道是晚席上的总人数，不然则无从计算，幸而本书上这点颇为分明：

> 袭人笑道："你放心，我和晴雯、麝月、秋纹四人，每人五钱银子，共是二两；芳官、碧痕、春燕、四儿四个人，每人三钱银子；他们告假的不算，共是三两二钱银子，……我们八个人单替你做生日。"

连宝玉为九人，后来邀请的客人，依本书叙述的次第，为宝钗、湘云、黛玉、探春、李纨、宝琴、香菱七人，共十六人。

这八个主人都坐在炕沿下，"袭人等都端了椅子在炕沿下陪着"可证。炕上八个人围坐，黛玉的位置最先见记，靠着板壁。

> 宝玉忙说："林妹妹怕冷，过这边靠板壁坐。"又拿了个靠背垫着些。

在炕的横头，观北地房屋的构造易明。但宝玉所谓"这边"，到底哪一边呢？却稍费思索。想情理，他怕不会一来就高高的坐在上首罢，当是下首。假定室南向，黛玉应靠西板壁而坐，离桌又较远，实系孤另另的躲在一边，记言"黛玉却离桌远远的靠着靠背"是也。

黛玉不依东壁坐这一点，仅依人情礼貌揣测或者还不够明确，仍须借重本书所记的酒令点数。依据这点数及其他叙述，知居黛玉左者尚有五人。若黛靠东壁，即左壁，这五个就没处坐，得坐在炕沿下去，而炕上反空空如也，显然于情事不合。

黛玉的位置既定，次有湘云宝玉。记上于湘云掣签后说，"恰好黛玉是上家，宝玉是下家"，是黛下湘云，湘下宝玉之证。宝玉坐位已到西首炕边，在炕上的末位。这个位置分明合于咱们的想象。这晚他名为特客，实是主人哩。我们决不能想象他坐在姊妹们的上首，或杂在她们之间的坐位上。

黛玉的上首有李纨。她抽的签上说："自饮一杯，下家掷骰。"就将骰递给黛玉，可证。故在炕桌上的右翼四人的位置均有明文。左四人和炕下的八个侍儿须用骰点推得之，未掷骰而有别的事情的记载可以想象得之，二者俱无，只好从缺，好在所缺的并不多。

当先知行令的方法，顺手右行与现今习惯同，换言之其上家下家如打麻将，不如打桥牌或扑克也。计算骰点，向有离位与不离位之别。离位的本人不算，不离位的连本人算。究竟那晚上行的令离位算或不离位算呢？似乎是个难题，然而并不难，书上把这桩事记得很好。于李纨将骰递给黛玉后，"黛玉一掷，十八点，便该湘云掣。"这几个字是很清楚的。故图注《金玉缘》本于此下夹评："十八点到湘云，坐次分明。"按总人数为十六，湘云在黛玉下首，黛玉十八点至湘云，可证行令数点子不离位算。从黛玉本人数起，转一圈回到自己，再加一点到湘云，恰合十八点之数。倘若离位算，该到宝玉，不该到湘云。

至于用几颗骰子，也很难说，假定为四颗。从下列的表上看，顶大是二十点，其不能少于四颗甚明；顶小的是六点，大约也不会是六颗。若用六粒骰子，晴雯开首一摇便得全幺，似乎有点儿古怪。自以四颗骰子之说为较合理也。兹依本书次序，以行令的点子列表如下：

晴雯六点至宝钗（六疑为五之误）
宝钗十六点至探春
探春十九点至李纨（李纨不掷顺递给黛玉）
黛玉十八点至湘云
湘云九点至麝月
麝月十九点至香菱
香菱六点至黛玉
黛玉二十点至袭人

这表和下席次图都经过修正，我感谢周衡先生的远道指正。原来认为有误的湘麝两条，现在知道本没有错。湘云九点，各本均同。麝月十九点，正据脂庚本，有正本之文。但晴雯至宝钗应作五点，非六点。这样校勘比较合理。一字之误，平常事；但接连错了两处便不大近情理。本文所以致误，今亦不得知。可能是笔误。也可能由于"离位""不离位"偶然算错了。我想，后一说的可能性还要大一些。

十六人中行令者九人。此九人中炕上占了六位。宝玉未行令，位置已定，见上。此外只有宝琴未行令，并无甚特别的事可说，但炕上只剩一空位，自非伊莫属。炕上八位加炕下的三个，可知者共得十一人，其不可知者五人。芳官疑在袭人的肩下，其说详后。现在只有四位不确定，碧纹、秋痕、春燕、四儿，却都不是怡红的重要脚色，遂漫事填补之。春燕、四儿最幼，在未并桌子以前原在炕沿下坐着的，兹仍屈她两未坐，想没有什么不妥罢。

上表所列行令之序不必都有什么暗示，但也有和"红学"的传统观念有关而值得提出来的。以晴雯起，以袭人结，是章法之一；由晴雯传到宝钗起令，由黛玉传到袭人收令，是章法之二；我们对这些不必有太多的兴味，但既为作者有意的安排，某一着棋子有他的作用，自非泛泛笔也。请参看下回，若与原文仔细对照自更分明了。

《红楼梦》第六十三回《寿怡红群芳开夜宴》席次图

丙子八月秋荔亭戏拟

癸巳正月槐屋重订

晴麝秋春四碧芳袭

雯月纹燕儿痕官人

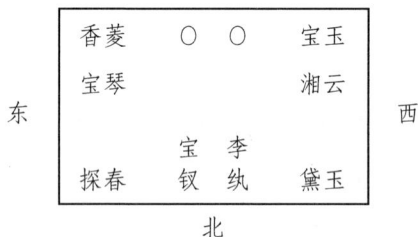

香菱	○ ○		宝玉
宝琴			湘云
	宝 李		
探春	钗 纨		黛玉

东　　　　　　　　　　　　　西

北

　　先说炕上布置的情形，客来之先，袭人说："不用高桌，咱们把那张花梨圆炕桌子放在炕上坐，又宽绰又便宜。"所谓宽绰指有余地而言，而炕之大又可知，即为下文"并一张"的张本。炕桌原不甚大，此花梨圆桌虽可摆得四十个碟子，但书上说明每一个都"不过小茶碟大"，又从座位的多少可以傍证。记曰："春燕、四儿因炕沿坐不下，便端了两个绒套绣墩，近炕沿放下。"一席九人。已有两个坐不下，然则此桌至多能容七人。而这七个人或者坐得很挤——这当然有点想象。后来又添了七位客，宝玉又必须上炕，自须另行改组扩展席面，"炕上又并了一张桌子"是也。

　　如何并法？炕既系扁方形，两张圆桌，横列为宜。若纵列，无论炕多大，总不应该有那么深，一也；黛玉靠着西头板壁，虽说"离桌远远的"，但亦不至过远与合座隔离，二也；炕下列八侍儿，横排犹可勉强，纵列只一桌地位，只一小圆桌地位，如何挨挤得下，三也。横排如今图原不成问题的，我从前却几乎弄错了，故虽废话不嫌多说也。

诠明图中的席次以后，再讲这回书。图出于书，图方可信，以书合图，书乃更明。从黛玉说起，她一进门，宝玉忙说："林妹妹怕冷，过这边靠板壁坐。"空里传神之笔。宝玉原在主位，以"怕冷"为由，叫黛玉亦坐在他那边去，所以有"过这边"之说。这边者西边也。嘘寒送暖情有独钟，然而终不遂者，岂非"莫怨东风当自嗟"乎。

书上接着说：

> 黛玉却离桌远远的靠着靠背，因笑向宝钗、李纨、探春道："你们日日说人家聚赌，今日我们也如此，以后怎么说人？"李纨笑道："有何妨碍，一年之中不过生日节间如此，并没夜夜如此，这倒也不怕。"

看书到这里，总不过为钗、纨、探是管家的人所以对她们说这话。现在我们并晓得三个人一溜儿坐在黛玉的上首，竟是黛玉脸冲着她们，却并不是一大堆人中特意儿挑出三位管家的来说话。即使要说，向着三人中之任何一人也就够，本无须乎把人找齐全了再言语的，然而今并叙三人者只是巧得很，自然得妙。依图观之，光景分明。

细辨之还有一小点，图上黛玉左首李纨，再过来宝钗、探春，应说李纨、宝钗、探春才对，现在为什么叙作"宝钗、李纨、探春"呢？若非信笔，当有所为，可以有两说：那晚的席次，宝钗首坐，李纨二，探春三，黛玉四，然后宝琴、湘云、香菱、宝玉。其叙三人依席次，一说也。书中黛发嘲讽，每对宝钗，今首提宝钗，岂非黛意有所偏注乎？下文跳过宝钗，仍用李氏作答，岂非宝钗不语或付之一笑乎？以文意之重轻为先后，此其二也。

起令用晴雯，方法很特别。（一）谁都抓签，但晴雯不抓签。

（二）行令掷色，下文屡见，"湘云拿着他（探春）的手，强掷了个十九点出来"，尤为手掷之明文，但晴雯却把骰子盛在盒内摇了一摇。是否起令之法该当如此？抑另有别情。但晴雯的签实在无法抓的。她要抓，一定是芙蓉。那么，叫黛玉抓什么呢①？并详下。

递到宝钗，得牡丹花，题着"艳冠群芳"，又注着"此为群芳之冠"。《红楼》一书中，薛林雅调称为双绝，虽作者才高殊难分其高下，公子情多亦曰"还要斟酌"，岂以独钟之情遂移并秀之实乎。故叙述之际，每每移步换形，忽彼忽此，都令兰菊竞芬，燕环角艳，殆从盲左晋楚争长脱化出来。或疑为臆测，试以本书疏证之。

从大处看，第五回太虚幻境的册子，名为十二钗正册，却只有十一幅图，十一首诗，黛钗合为一图，合咏为一诗。这两个人难道不够重要，不该每人独占一幅画儿一首诗么？然而不然者，作者的意思非常显明，就是想回避这先后的问题。或者有困难，或者故弄狡猾，总之他是不说哩。至于新制《红楼梦曲》除首尾各一支不算，十二钗恰好得十二支，那总应该分了先后罢。不然。它的安排也很有趣味的，始终被他逃避过了这先后的问题。因为第一支《终身误》钗黛合写；第二支《枉凝眉》独咏潇湘，在分量上黛玉是重了一点，但次序

---

① 周衡先生于一九五二年十月二十七日给我的信上说，晴雯非起令，只是定庄。他说："怡红院人物中晴袭二人常相提并论的，如果他二人，一个安排在东边第一，一个排在西边第一，岂不适当。酒令从晴雯开始，是因为她坐在东边炕沿下第一位的缘故，她取来骰子和签筒，也很自然。晴雯也不是起令而是定庄（看该谁先掷的意思），所以她并不掷，只把骰子盛在盒内摇了一摇。"我想他说得都很对。他赞同我的骰子用四颗之说；却又说："定庄时可能是用两颗，甚至一颗。"据他所知，各种游戏用骰子定庄时，一般都只用两颗。周君这些话，亦可备考。

上伊并不曾先了一步，可见作者匠心，所以非泛泛笔也。①

以后的叙述，这先后的问题当然常常要触着的，而且有时必须分出谁是第一，谁是第二来。上文表过，那就照抄《左传》晋楚迭为盟主的老调。第三十七回，白海棠首社，钗第一，黛第二，怡红公子抗议亦复无效。到第三十八回目录曰，"林潇湘魁夺菊花诗"，对上一句"薛蘅芜讽和螃蟹咏"。其文则曰，"今日公评，咏菊第一，问菊第二，菊梦第三"，元眼花由黛玉一人包办，难怪宝玉喜的拍手叫道"极是，极公"。宝钗诗呢却考列第七、第八。本回之末，宝钗作了一首咏螃蟹的诗，众人看毕，都说："这方才是食蟹的绝唱，这些小题目原要寓些大意思，才算大才。"那时黛玉所作早已一把撕了，命人烧去，固当有崔颢题诗之感。巧为斡旋，痕迹过于刻露，不得谓为佳胜，但作意非凡显明。

自此以往，清响寂寥，惟芦雪梅英堪称胜会，而联吟分咏，殿最无闻焉。至第七十回《林黛玉重建桃花社》，虚有其说旋又中阁，黛玉却有《桃花行》之作，书中有这么一节，兹全录之。

宝玉看了，并不称赞，痴痴呆呆，竟要滚下泪来，又怕众人看见，忙自己拭了，因问："你们怎么得来？"宝琴笑道："你猜是谁做的？"宝玉笑道："自然是潇湘子的稿子了。"宝琴笑道："现在是我做的呢。"宝玉笑道："我不信，这声调口气迥乎不像。"宝琴笑道："所以你不通，难道杜工部首首都作'丛菊两开他日泪'不成？一般的也有'红绽雨肥梅'，'水荇牵风翠带长'

① 此外还有一说当时却没有想到的，即第四十二回脂砚斋评所谓"钗黛合而为一"之说。这似乎很奇不可信，但从十二钗正因钗黛画在一幅上，所以只有十一个图这个暗示看来，此说也有它的道理。况且脂斋他看过后部《红楼》，至少也看过一大部分，自然要比咱们知道得清楚了。

等语。"宝玉笑道:"固然如此,但我知道姐姐断不许妹妹有此伤悼之句,妹妹本有此才,却也断不肯做的,比不得林妹妹曾经离丧,作此哀音。"

此固事实,亦世情语。妹妹在此当然只是姐姐的替身。宝玉不信宝琴会做,难道当着面说你不会做,或你做不出不成?但他心里固以为此诗断不许第二人作也。故语虽微婉,旨甚坚决,尊林抑薛,意在弦外。可是本回接着写填《柳絮词》,宝钗的《临江仙》,众人拍案叫绝,都说:"果然翻的好!自然这首为尊。缠绵悲戚让潇湘子。"原来又回到咏白秋海棠这上来了。

今按《寿怡红群芳开夜宴》这一回书目自以宝玉为主而特尊宝钗,又与第三十六回《绣鸳鸯梦兆绛芸轩》同义,言钗终将入主怡红也,故抽得花王之签,而居第一座。黛玉却离桌远远的,躲在一畸角上,前记宝玉云云,似乎特致殷勤,《金玉缘》本评曰"过这边,自然宝黛同坐"是也。然而钗居上席,黛独隅坐,此种非常的布置已在暗中完成,若非绘而出之,读者或不易觉得。又众人都笑说,"巧得很,你也原配牡丹花",与下文众人笑说,"这个好极,除了他别人不配做芙蓉",遥遥相对,此文家一定之法也。

宝钗叫芳官唱曲,先唱《上寿》后来改唱《扫花》,似为平常的记述,从度曲的情形想去亦有别趣,书上说:

芳官便唱:"寿筵开处风光好。"众人都道:"快打回去,这会子很不用你来上寿。拣你极好的唱来。"芳官只得细细的唱了一支《赏花时》,"翠凤毛翎扎帚叉,闲踏天门扫落花"才罢。

《上寿》虽系应节，却是粗曲，所以都说"快打回去"。可有一层，大凡唱曲的情形，开口只两三个字便可知其何曲，所以许多曲子虽有牌名，而伶工或曲友毫不理会它，只以曲文首三字代之，如唱惨睹倾杯芙蓉，只说"唱收拾起"，如唱《弹词一枝花》，只说"唱不提防"，所以有"家家收拾起，户户不提防"之说也。

既然大家不乐意听，又说"快打回去"，芳官为什么已唱完一句呢？必对照旁谱方知其神情之妙肖。这是照例的开场戏，牌名为《山花子》，只有四板合八个拍子，节奏非常急遽，所以一面自唱，一面连喝打住，而已唱了一句也。至于改唱的《邯郸记》扫花曲子，有含意否不得而知。但那晚芳官是主要的脚色，伊没抽签，大约以唱曲代之。高氏续书补出芳官入道，谅与作意不违。《金玉缘》本夹评曰："才赏花，已扫花。却尘缘，归离恨，归水月，一齐都到。"却似求之过深，大意或不误耳。

然后说到宝玉。宝玉却只管拿着那签，口内颠来倒去"任是无情也动人"，听了这曲子，眼看着芳官不语。此双管齐下写法，神情表里俱到。签上那句诗，宝玉颠来倒去的念，特致郑重之意，实暗暗关合第二十八回《薛宝钗羞笼红麝串》之文。按这段书在八十回内为太虚幻境以后最重要的全书人物的提纲，而为群芳与宝玉关系及其身世之总结。所以借重李氏口中说："好极！你们瞧这行子竟有些意思。"是的，有些意思。

有远应前者，如宝钗掣签与二十八回或三十六回"绣鸳鸯梦兆绛芸轩"相应是也。亦有近应前者，如湘云之签应"憨湘云醉眠芍药裀"；香菱之签应"呆香菱情解石榴裙"是也。（俱六十三回）亦有应后者，如黛玉的芙蓉签应后七十八回"痴公子杜撰芙蓉诔"，《金玉缘》评曰"已到芙蓉诔"是也；亦有应后，虽后文不可见而可见其极重要的，如袭人改嫁别有天地固无论已，麝月签诗为"开到荼蘼花事了"直到全书的最后。所以麝月问："怎么讲？"宝玉皱皱眉儿，忙将签藏了，说："咱们且喝酒罢。"结尾境界之萧飒，其文虽不可读，而犹堪想象见之也。

再看这一段，也很有趣味。

> 说着，大家来敬探春。探春哪里肯饮，却被湘云、香菱、李纨等三四个人强死强活，灌了一盅才罢。探春只叫镯了这个，再行别的，众人断不肯依。湘云拿着他的手，强掷了十九点出来，便该李氏掷。

按图，探春的左右邻为薛氏姊妹，而书中只言湘、菱、纨三四个人。不言宝钗者，可能在内，不大起哄，故略之。不然，三个有了明文，第四个谁呢？不该宝玉，也不会是黛玉罢。不言宝琴者，想见伊人之温文腼腆，固一字不提而神情宛在，此所谓不言之言，无文字处有文字也。湘云把着探春的手掷骰，看图，中间隔了两位似乎稍远了些，但此写湘云之豪迈，炕桌本不大，或者无妨罢。

描写湘云一段必须与上回合看，与香菱这一段相同。《金玉缘》第六十二回夹评及护花主人大某山民总评有"此书造孽处""描写意淫""媟昵之痕西江不能濯"，我们不必完全同意。但《红楼》之脱胎于《金瓶梅》，自无庸讳言。即在本回借探春评这酒令"这原是外头男人们行的令，许多混帐话在上头"，岂非作者之微词乎？所以不必完全否认这个。

湘云掣的签，该宝黛喝酒，两个人都没有喝多少。书上说："宝玉先饮了半杯，瞅人不见递与芳官，芳官即便端起来，一仰脖喝了。"这亦须与图合看，芳官不曾行令原不知她的位置，借此可以晓得必和宝玉坐得很近。原来二人之间，只隔袭人，所以宝玉可顺便请伊代酒。但"瞅人不见",宝玉以为如此,在作者云云则未免英雄欺人之谈。别人或者不见,其实见不见也难说。袭人何容不见?想必装作不曾见罢。席上风光,莺娇燕妒,极旖旎之文情矣。

现在只剩黛玉了,她掣的签是芙蓉,诗曰"莫怨东风当自嗟",再明白没有。可注意的,她和晴雯的纠缠。自来评书的人都说晴为黛影,从这回书看确乎不错。晴雯为芙蓉无疑,而黛玉又是芙蓉。已在上文表过,晴雯不抽签者,实无签可抽也。那么谁是芙蓉呢?严格说起来晴雯并不配芙蓉,其证如下:

> 宝玉忙道:"你不认得字所以不知道,这是原有的。不但花有一花神,还有总花神。但他不知做总花神去了,还是单管一样花神?"这丫头听了,一时讵不来。恰好这是八月时节园中池上芙蓉正开,这丫头便见景生情,忙答道,"我已曾问他,是管什么花的神?告诉我们,日后也好供养的。他说,你只可告诉宝玉一人,除他之外不可泄了天机,就告诉我说,他就是专管芙蓉花的。"(第七十八回)

根据只是小丫头一时讵不来的胡讵,痴公子信以为实,遂大做其《芙蓉诔》,所以回目说"杜撰芙蓉诔"。细想也很不通,文章出于创作,创作即是杜撰,何杜撰之有?杜撰者本非芙蓉,而楞说他是芙蓉也。

配芙蓉的是黛玉,亦只有黛玉才配,所以在第七十九回中流传的名句"茜纱窗下,我本无缘,黄土陇中,卿何薄命",明把这《芙蓉诔》归之黛玉,而她听了自己的挽歌"陡然变色,无限狐疑"也。以诔晴雯,未免拟不于伦,小题大作,岂真的杜撰耶?本回则曰:"黛玉默默的想道,不知还有什么好的,被我掣着方好。"可见特别郑重丁宁。她掣签以后,众人笑说:"这个好极,除了他,别人不配做芙蓉。"此乃论定之词。"黛玉也自笑了",她自己亦承认了。

我平素于"红学"不喜欢说某为某的影子,但从上述之点看,晴黛为二而一者殆不成问题。袭之于钗固当别论,类推之法未足凭也。袭人掣的签,桃花轻薄,别抱琵琶,评者辄以为暗骂宝钗,又读"武陵别景"之景为影字,景者影也。这我不大赞成。至少,袭人并不与宝钗合抽一签如晴黛之例;故纵有关合亦不必如是之密切。但评家总好右黛左钗,故不恤深文周内也。至于袭人之应否受贬,作者主意如何,这是另外的问题,今且不谈。

正书完了,余文则有平儿明晨过来,晴雯笑道:"可惜昨夜没他。"平儿忙问:"你们夜里做什么来?"袭人便说:"告诉不得你。昨日夜里热闹非常,连往日老太太、太太带着众人玩,也不及昨儿这一玩。"则此会之重要可知,而平儿之补出决非偶然笔。宝玉后来又看见砚台下压着一张纸写着"槛外人妙玉恭肃遥叩芳辰"。看毕,直跳了起来,忙问:"是谁接了来的,也不告诉。"名说为题外闲文,实系本篇的特笔也。

盖怡红庆宴,极盛难再,虽似芳菲繁会,却已奻尾余香。那牡丹虽好,他春归怎占的光,岂必待风露清愁始悲晼晚耶。正册之妙,副册之平,并为姝艳眉目,云罗虽宽,宁漏吞舟之鱼。众人听了道:"我当是谁,大惊小怪,这也不值的。"槛外即局中人,斯其证也。必须都到者文外之真情,不必都到者书中之实事,故言不尽意,笔不到而意到也。文章极离合之致澹㳠之神,如藕断丝牵波摇云影然。按《红楼》一书今只残篇,续作庸音难传神理,凡情谬赏芳华,多情或伤憔悴,而良工苦心埋没多矣,真人间一大缺陷也,如上所陈皆为形迹,聊资谈助而已,作者之心夫岂然耶。

一九四八,五,二一写。一九五三改定。

《红楼梦》正名

《红楼梦》究竟该叫什么名字呢？这是很有兴味的问题。似乎正式的名字是《石头记》，但是大家自来都叫它作《红楼梦》。是否弄错了还是合于作者的原意，好像不见有人正式表示意见。况且所谓红楼究竟是什么楼，在书中宁荣二府那一部分，亦不见有人谈过。若说虚拟，他又为什么要虚拟呢？这些都是问题，需要回答的。

这书最早的刻本，即清乾隆时程伟元排本，程序上说："《红楼梦》小说本名《石头记》。"[①] 但程伟元为什么不用这本名，却用《红楼梦》做书名呢？他不曾有所说明。高鹗序上便说"予闻《红楼梦》脍炙人口者几二十余年"，照兰墅的意思，当时流传人口的名字确是《红楼梦》。程、高根据了这个事实，所以叫他《红楼梦》的。他们要迎合群众的心理，就不管作者的原名了。事实好像如此的。究竟是不是呢，看下面自明。

在比刻本更早的抄本这一个系列里，大都是用《石头记》作书名的。我们先看通行的有正书局石印本，有吾乡戚蓼生的序，简称戚本。戚序云"竟得之《石头记》一书"，他呼这书为《石头记》。有正老板印这书，里面还写《石头记》，不过首页大标题及书签却已改题《红楼梦》，这是积重难返，他怕改用古名会妨碍书的销行，不足深论。现存的两个脂砚斋本都写作《石头记》，不成问题。这样看来，《石头记》是此书本名原名毫无问题的了。我却以为不尽然。这个问

① "《红楼梦》小说本名《石头记》"一语，我检程甲、程乙本、道光壬辰本都如此，程伟元序确是这样写着的。但一九二七年的亚东本，标明翻印程乙本，却作"《石头记》是此书原名"，这意思没有太大的出进，文字却不同，我不知他根据什么本子有这样的异文。就是胡适的《考证》引程序，亦是这样的文字，不知什么原故。

题很复杂，并不能如此简单地解决的。我不但确认清乾隆时人都称它为《红楼梦》，我甚而至于进一步假设作者自己当日也叫它为《红楼梦》的。所以我们现在用《红楼梦》来作书名，一点也不曾错。下边即说明这个见解。

谁都知道《红楼梦》是一套曲子的名称，见本书第五回，拿它来做全书的名，似乎不合。仔细研究并不如此。《红楼梦》这个名词可以有三个不同的解释，由狭而广，有小名、中名、大名的分别。

小名即曲子名，如上所说。程本第五回目云《警幻仙曲演红楼梦》。脂砚斋甲戌本云《开生面梦演红楼梦》。脂砚斋庚辰本云《饮仙醪曲演红楼梦》。脂甲戌本凡例上说"如宝玉作梦，梦中有曲，名曰《红楼梦》十二支，此则《红楼梦》之点睛"，此言是也。

为什么说此外还有一个中名，一个大名呢？原来这小说跟别的小说不同，名号繁多，除掉若《金玉缘》为后人所起的名以外，在本书上就有一大堆。现在引通行的程伟元甲本之文为例：

> 空空道人……遂改名情僧，改《石头记》为《情僧录》。东鲁孔梅溪题曰《风月宝鉴》。后因曹雪芹于悼红轩中披阅十载，增删五次，纂成目录，分出章回，又题曰《金陵十二钗》，并题一绝，即此便是《石头记》的缘起。诗云……《石头记》缘起既明。(第一回)

这里面名目繁多，却看不见"红楼梦"三字。但最早的脂砚斋甲戌本文字跟这个不同，在"改《石头记》为《情僧录》"下面多了这样的九个字：

> 至吴玉峰题曰《红楼梦》(下文同程本)

这样说起来,《红楼梦》虽是曲名(小名),同时也是书名,跟《情僧录》《风月宝鉴》《金陵十二钗》站在一排上(中名)。为什么不能算大名呢?因为最后还归到《石头记》这个名目上去。程本之文已见上引。再看脂本,脂本在"诗云"以下有这样的文字:

"至脂砚斋甲戌抄阅再评,仍用《石头记》。出则既明。"所以无论脂评本,程刻本,都是始于"石头",终于"石头",《石头记》才是书的正名(大名),而现存的各抄本又均以《石头记》为名。这还不够证明这个吗?

但我为什么偏要说《红楼梦》是大名呢?假如《石头记》是大名,则《红楼梦》便是更大的大名。这话说起来相当的曲折。我们知道这书的发展,依年代来排列版本,大概是这样的:

脂甲戌本——脂庚辰本——戚本——程排甲本

(一七五四)(一七六○)(?)　(一七九一)

所以甲戌本最早,最近于作者初稿,那末,为什么初稿有"吴玉峰题曰《红楼梦》",而以后的各本都没有了呢?这不是旁人所删,乃是作者自己删去的。因脂庚辰本评于乾隆庚辰,离曹雪芹之死尚有三四年,但脂庚辰本已没有这一句。

作者为什么要删去呢?这我们当然不好回答。答语总未免有些揣测。作者不愿意把《红楼梦》当作书名吗?不是的。他大概不愿把它当作中名用,不愿把它排列在"情僧""风月""十二钗"这个系列里,因为这些名字都非正式之名。试问您,能在任何书店买到一部《情僧录》么?一部《风月宝鉴》么?一部《金陵十二钗》么?这些假想中的名字只用来表示本书某种的涵义因素,本不是书名。但《红楼梦》却与此不同,它不但是书名,而且是人人口头的、真实的书名。若排在一起,便混而不清。我想为了这个原故,所以作者要删。删却之后,《红楼梦》即非中名,只剩了一个小名跟一个大名。下面申说它应该是包括了《石头记》，为全书之总称。

我先从事理方面推测，然后再提证据，《石头记》的解释为"石头"上所记。如本书第一回说：

> 《石头记》缘起既明，正不知那石头上面记着何人何事。看官，请听。按那石头上书云：当日地陷东南……（程本）
>
> 出则既明，且看石上是何故事。按那石上书云：（夹评，"以下系石头上所记之文。"）当日地陷东南……（戚本）

"当日地陷东南"以下方才是《石头记》的文字，戚本夹评（即是脂评）说得很明白的，那么在这上面的一千六百字（我没有细数，大概如此）叙石头的来历，不在石上所记的范围，算他什么呢？再说本书没有写完，假如写完了，必有这石头的收成结果，也不该在《石头记》的范围里甚明。所以我说《石头记》这名字还不能包括全书。

看脂砚斋甲戌本评，也可以明白这个。在本书初用《石头记》这三个字时，评曰，"本名。"（第一回）在本书初用《红楼梦》这三个字时，评曰："点题，盖作者自云所历不过红楼一梦耳。"（第五回）这最能表示《石头记》和《红楼梦》的区别，便也牵连到石头和作者的区别。石头和作者是一是二，固不易分辨，但的确有广狭之分。譬如我们尽不妨说，书中的一切人物都是作者的化身，但却不能说都是石头的化身，所以在《红楼梦引子》"开辟鸿蒙，谁为情种"下脂评曰："非作者为谁。余曰，亦非作者，乃石头耳。"（甲戌本，戚本同）可见作者跟石头是多少有点区别的。

但最明白的证据，却在脂甲本的凡例上。《红楼梦》各本皆无凡例。脂甲本开卷便有"凡例"，又称《红楼梦》旨义，其中颇有可注意的话。

> 凡例——《红楼梦》旨义——是书题名极多。□□《红楼
> 梦》是总其全部之名也；又曰《风月宝鉴》，是戒妄动风月之情；
> 又曰《石头记》，是自譬石头所记之事也。

凡例上说《红楼梦》"总其全部之名"，这话可谓再明白没有了。这也
有两个解释：（一）它包括本书一切的内容。（二）它统一了本书的许
多异名；正因异名太多，所以必须有一个名字来统一他们。《红楼梦》
跟《风月宝鉴》《石头记》有大小广狭之分，在这凡例上亦说明白了。
可见其他种种异名只是局部的书中的名目。《红楼梦》才是包括一切
的大名，是人世间、社会上流传的称呼。我们现时人叫这部书为《红
楼梦》，乾隆时候的人、乾隆以后的人皆已呼它为《红楼梦》[①]，就是曹
雪芹本人也叫它《红楼梦》呵。我想这应该是没有问题的。

> 一九五〇年　九月二十一日。

《红楼梦》第一回校勘的一些材料

现存的《红楼梦》各本，所谓善本，略依年月分列如下：

（一）过录甲戌（一七五四）脂砚斋重评本（胡适藏。凡十六回，

---

① 张问陶（船山）送高鹗的诗，有"艳情人自说红楼"之句，事在嘉庆六
年，可见嘉庆时人呼这书为《红楼梦》。清同治年间梦痴学人所著《梦痴
说梦》引京师《竹枝词》，"开口不谈《红楼梦》，此公缺典定糊涂"之句，
可见咸同年间人也呼它为《红楼梦》的。

第一至第八，十三至十六，二十五至二十八）。

（二）过录庚辰秋（一七六〇）脂砚斋四阅评本（燕京大学藏，凡七十八回，缺第六十四、六十七两回）。

（三）有正书局石印戚蓼生序本（八十回。有正书局重写付印，有大字小字之别，原本未见，亦一脂砚斋评本，时期要比庚辰本晚些）。

（四）乾隆辛亥（一七九一）程伟元活字本（百二十回"程甲本"，后来坊间各本皆从此翻出，在清代最流行）。

（五）乾隆壬午（一七九二）程伟元活字本（百二十回"程乙本"，流传甚少，一九二七亚东书局本自称根据这个排印的，却又不很精密）。

（一）、（二）、（三）是抄本，（四）、（五）是刻本。假如采用近真的观点，抄本当然比较对；用完美的观点呢，话就很难说了，各人有主观的不同，但我们也不妨说大体抄好些。现存的三个抄本哪个最好，也很难说，假如都是作者的底稿，那我们就不能说愈早愈好。不过有正本颇有窜改的嫌疑，找不着底本，使人不很放心。但我们今日所存的完整的抄本要推这本为第一。

至于高鹗、程伟元的两个排本也很难处理。所谓程乙本充分发扬了续者的意见，即离作者的真面目更远，或者可暂时丢开。这个为一切坊刻的祖本"程甲本"，情形却又不同。我觉得这是校勘《红楼》的困难之一。它跟现存三抄本的不同，可以有两个解释：（一）是高、程改的，（二）他所根据是三抄本以外的另一种或另几种的抄本，也即是作者另外的稿本。高、程成书时距曹氏之死不过二十七年，那时抄本一定很多。程乙本引言所谓"书中前八十回，抄本各家互异"，"沿传既久，坊间缮本及诸家秘稿，繁简歧出前后错见"，我想这是事实。他又说"广集核勘"我想也是有的；另一面看，亦未尝不大改而特改。这两个可能的解释既都是事实，所以我们要从这里来分别哪些是曹雪芹的手笔，哪些是出于高程二位改的，却办不到了。

这儿从第一回选出一段材料来表现校勘上的问题。这在最初通而噜苏，后来改得简要而欠通，最后改得简要而又通，似乎很好，但已到了程甲本的阶段上，我们能信这是曹雪芹的手笔否？依上边各本的次序先举甲戌本，书不在此间，依《胡适文存》三集页五九二、五九三所引。

俄见一僧一道远远而来，生得骨格不凡，丰神迥别，说说笑笑，来至峰下，坐于石边，高谈快论。先是说些云山雾海神仙玄幻之事，后便说到红尘中荣华富贵。此石听了不觉打动凡心，也想要到人间去享一享这荣华富贵，但自恨粗蠢，不得已便口吐人言，向那僧道说道："大师，弟子蠢物不能见礼了。适闻二位谈那人世间荣耀繁华，心切慕之。弟子质虽粗蠢，性却稍通。况见二师仙形道体，定非凡品，必有补天济世之材，利物济人之德，如蒙发一点慈心，携带弟子得入红尘，在那富贵场中温柔乡里受享几年，自当永佩洪恩，万劫不忘也。"二仙师听毕，齐憨笑道："善哉善哉！那红尘中有却有些乐事，但不能永远依恃，况又有美中不足好事多磨八个字紧相连属，瞬息间则又乐极悲生人非物换，究竟是到头一梦万境归空。倒不如不去的好。"这石凡心已炽，哪里听得进这话去，乃复苦求再四，二仙知不可强制，乃叹道："此亦静极思动，无中生有之数也。既如此，我们便携你去受享受享。只是到不得意时，切莫后悔。"石道："自然，自然。"那僧又道："若说你性灵，却又如此质蠢，并更无奇贵之处，如此也只好踮脚而已。也罢，我如今大施佛法，助你一助，待劫终之日复还本质，以了此案，你道好否？"石头听了，感谢不尽。那僧便念咒书符，

　　大展幻术，将一块大石登时变成一块鲜明莹洁的美玉，且又缩成扇坠大小的可佩可拿。（脂砚斋甲戌评本，简称脂甲）

　　这一段长近五百字，各本均无，到庚辰评本相隔不过六年已把它删了，所以这删却，可能作者所为。这一段虽长，却不见得精采，不过通却是通的。顽石既补天所用自然大得非常，却依和尚的法力把它缩成扇坠一般。（注意，并非它自己会变，像孙行者一般）六年以后便改成下列的文字。

　　谁知此石自经煅炼之后，灵性已通，因见众石俱得补天，独自无材不堪入选，遂自怨自叹，日夜悲号（戚本作啼）惭愧。一日正当嗟悼之际，俄见一僧一道远远而来，生得骨格不凡丰神迥异，来至石下，席地而坐，长谈，见一块鲜明莹洁的（戚本无的字）美玉，且又缩成扇坠大小可佩可拿。（脂砚斋庚辰评本，简称脂庚，有正戚本同）

　　有人把五百字缩成五十字，简化得很利害，不过不很通。所以有人说："上面明说是顽石，怎么忽已变成宝玉了？"所谓"来至石下"当然还是大石，若那时已经变小，此文即不通。到了下文，忽已变小，而且也不提谁叫它变的，要说出于僧道，则二仙并未作法，要说石头自变，上文未曾说明。脂庚及戚本既同，可见这改本也通行。但有人说，"各本大体皆如此"，却不然，至少从程甲本以后又改换了。

　　谁知此石自经煅炼之后，灵性已通，自去自来，可大可小，因见众石俱得补天，独自己无才不得入选，遂自怨自愧，日夜悲哀。一日正当嗟悼之际，俄见一僧一道远远而来，生得骨格不凡

丰神迥异，来到这青埂峰下，席地坐谈，见着这块鲜莹明洁的石头，且又缩成扇坠一般，甚属可爱。（程甲、乙本同）

这就完全通顺了。第一，他说来到青埂峰下，不说"来至石下"，就无形中减少了一个麻烦。第二，石头既不由僧道作法变化，那它必须自个儿会变化才行，所以在上文添了"自去自来，可大可小"八个字，这是脂庚本、戚本都没有的，添得都很有理。所以脂甲本是通的，石头本身不会变，叫僧道来帮它变；程甲乙本也是通的，反正石头自己会变，自无须乞灵于僧道。只有脂庚本及戚本不大通，就这一点上原不妨如此说的。不过就全体看，庚辰脂评本及戚本乃是现在我们所有最完整的抄本，除却这个，即无从窥见曹雪芹《红楼梦》的真面目了。

即从这一点看，脂甲本虽然好，但由脂甲而脂庚，是曹雪芹知道的，而且许是他的改笔。庚辰评本还在雪芹的死四年以前呵。假如同出作者之手，我们并不能抱这愈早愈好的观念，因为最早的东西也许还没成熟哩，所谓"未是草"。我们努力在作者字籙里去搜寻，也犯了一些偏差。脂庚本在这里原是不很通，却并非很不通。因为顽石补天本是荒唐言。石变玉，玉变石，大变小，小又大，也都是荒唐神怪无稽之谈，读者得其大意可也，何必过于认真。叫和尚去变化那石头，或叫石头的确自己会变，也不见得很通呵。严格的唯理看法在此本来用不上，所以很难当作文章优劣的标准。至于程本即有优点，是高兰墅的，是程伟元的，还是曹雪芹的，却不得而知，大约程高二氏之力为多，我们自不便都算在曹雪芹的账上。究竟的短长优劣又非综观全书不可，亦不能从一点两点去推论得之也。

一九五〇，八，三十一，北京。

《红楼梦》脂本（甲戌）戚本程乙本文字上的一点比较

现存的《红楼梦》各种版本大别为两个系统：一个是抄本的系统，一个是刻本。原来当曹雪芹未死的时候（乾隆二七年壬午，一七六二），《红楼梦》大概已流行着了，当然只是抄本八十回。程本引言上说"前八十回藏书家抄录传阅几三十年"，可为明证。当时流传的抄本一定很多，现在我们所看见的，不过"存十一于千百"罢了。

最近真的当然是脂砚斋评本（脂砚斋是雪芹同时人），民国初年有正书局印行的戚蓼生序本，也属于这一个系统。话虽如此说，也并不完全一样，程本引言所谓"书中前八十回，抄本各家互异"是也。为什么互异？这原故说不上来。可能的解释：（一）抄者随便改，（二）作者稿本不同。这第一个情形果然普遍地存在着，但这第二个情形，可能性也十分大，在原书上已明说"披阅十载增删五次"。

增删五次，便至少有了五个不同的稿本呵。

刻本却完全另一回事。后四十回全出程高二氏之手，引言所谓"更无他本可考"，便是分明的自白，姑置勿论。即前八十回，改动得亦非常之大。引言所谓"今广集核勘，准情酌理，补遗订讹"，这是说折衷各抄本成一全本；但他又说："其间或有增损数字处，意在便于披阅，非敢争胜前人也。"简直明言他们自己动笔来改了。"增损数字"只是把话说得格外漂亮客气而已。

现在拿抄本、刻本来比较一下，就可以看得很清楚，从前借阅过脂砚斋甲戌评残本十六回，曾抄录出一小部分，即据这材料，举出几条作为例证，在浩瀚的八十回大书中，不过沧海一粟，但亦可以看见抄本、刻本优劣短长的大凡了。

第二回叙述元春、宝玉的出生，三本互异。

> 不想次年又生了一位公子。（脂本）
> 不想后来又生了一位公子。（戚本）
> 不想隔了十几年又生了一位公子。（程乙本）

元春是宝玉的姊姊，第十八回上说"有如母子"，年龄应该比宝玉大得多才对，所以从推理的观点看，从后到前，一个比一个合理。事实上恰恰相反，一个比一个远于真实。原来《红楼梦》有许多前后文冲突的地方（故意，还是失检，不得而知），假如要存其真，便不该瞎改。再严格地说改得完全合式吗？也不见得。再多引一点原文看看，便可明白：

> 第二胎生了一位小姐，生在大年初一就奇了，不想次年又生了一位公子说来更奇，一落胞胎，嘴里便衔下一块五彩晶莹的玉

来，还有许多字迹。

这文理很通顺，一点没有什么错，上用"不想"二字，下边自非"次年"不可。用"后来"勉强还可以，不过文字已经有点软弱无力了。若作"不想隔了十几年"简直可算不通。大年初一添了一个女孩子本来没啥稀奇，所以觉得稀奇者，乃是第二年生下一个衔玉的哥儿也。若果真隔了十几年，这两件事便联合不起来了，又何"不想"之有？（程甲本亦作"次年"，可见程甲本有比乙本近真的地方，程高二氏改《红楼梦》，愈改愈高兴了。并参看亚东本《红楼梦》胡序，页三至六。）

第三回描写贾政房内的陈设，脂戚本都对，程乙本误。"一边是金蜼彝，一边是玻璃盒"（脂本、戚本），脂本旁注云，"蜼音垒，周器也。盒音海，盛酒之大器也"，较戚本尤为详明。程乙本盒字却改作盆字，变成了玻璃盆，岂非大误。

第六回"刘姥姥一进荣国府"，三本互异。

（刘姥姥）然后偵到角门前。（脂）

然后蹭到角门前。（戚）

然后溜到角门前。（程乙）

"偵"本京语，并无正字，所以脂本造了、或采用了一个俗字来表示有音无字，这很对的。戚本写作蹭字，声音虽同，却差了些。因为蹭字即蹭蹬之蹭，有这个字的，如说"宦途蹭蹬""功名蹭蹬"，反而会引起误会，不如脂本之善，却还不算很错。程乙本改作"溜到"则大误矣。坊本或作"蹲在角门前"，简直不像话。

（第八回）黛玉已摇摇摆摆的进来。（程乙本）

黛玉已走了进来。（戚本）

有正本（即戚本）眉评深诋这"摇摇摆摆"的描写，以为"唐突潇湘"。比较起来，戚本自优，不过毫无描写语，亦不很妥。再看脂本却作：

黛玉已摇摇的进来。

我想这大概近乎原本。"摇摇"自可，下加"摆摆"，即成恶札矣。
同回，宝玉看袭人和衣睡着说：

好，太渥早了些。（脂）

好，好，太早了些。（戚）

好啊，这么早就睡了。（程乙）

三本互异，亦以脂本为胜。"渥"亦京里语，借用"颜如渥丹"之渥，非本字。戚本删却此字，意亦可通，却不如有这俗字的能够传神。程乙本即改作通常的国语了。（程乙本每把地道的京话改成通常语，在这儿不过举一个例子。）

第十三回，记秦氏之死。

彼时合家皆知，无不纳罕，都有些疑心。（脂本）

这很不错，因为秦氏原不是好死的，所以说："无不纳罕，有些疑心。"若作伤心，便该说很伤心才对，并且上文亦不应说纳罕也。

戚本、程乙本并作"伤心"，均误；戚本作"纳叹"，殆因纳罕或纳闷跟伤心不连贯，所以改了，亦误。这一例子充分表示脂本的优良。可是坊本亦有作"疑心"的，如我有一部石印本的《金玉缘》，便作疑心，这又是什么原故呢？假如一切坊本俱从程乙本来，即不会有这现象。它是根据程甲本的。程甲本作"纳闷""疑心"，即是甲本有优于乙本的又一个证据。

书中文字略举了这几条，可见大凡。再拿回目看，有三本互异的亦颇有趣味。如第三回：

> 金陵城起复贾雨村，荣国府收养林黛玉。（脂）
> 托内兄如海酬训教，接外孙贾母惜孤女。（戚）
> 托内兄如海荐西宾，接外孙贾母惜孤女。（程乙）

我们觉得没多大优劣，不过脂本却有评语说，"二字（收养）触目凄凉之至"，似乎原本是该如此的。又如第五回：

> 开生面梦演红楼梦，立新场情传幻境情。（脂）
> 灵石迷性难解仙机，警幻多情秘垂淫训。（戚）
> 贾宝玉神游太虚境，警幻仙曲演红楼梦。（程乙）

这似乎有些好坏。
又如第八回：

> 薛宝钗小恙梨香院，贾宝玉大醉绛芸轩。（脂）
> 拦酒兴李奶母讨厌，掷茶杯贾公子生嗔。（戚）
> 贾宝玉奇缘识金锁，薛宝钗巧合认通灵。（程乙）

　　这一回，三本差别非常之大。有正眉评："然作者本意原来点明金玉；特不欲标入，明明道破耳。"这话有点道理，脂戚二本虽不同，其不欲在回目上道破金玉姻缘却一样，所以我说比较近真。似乎脂本最妥当。戚本用两句话专说宝玉跟他们奶妈呕气，不见很好；称宝玉为贾公子，全书仅见，亦不甚妥。在《红楼梦辨》有一句话现在不妨重复地说："《红楼梦》既是未曾完稿的书，回目想是极草率的。"流传的抄本实在是稿本，不过稍稍经过整理罢了。这当然是极伟大的著作，却并非尽善尽美的，这话我也早已说过了。

一九五〇，八，一。

读《红楼梦》随笔二则

　　《石头记》虽系小说史上未有之杰作，但其因袭前人之处亦复甚多。如相传结尾有所谓"情榜"，备列十二钗正、副、又副、三四副之名，约得六十人，大观园群芳罗致殆尽，此实与《水浒》石碣罢煞名次无异也。叙可卿丧仪买棺一节文字全袭《金瓶梅》，阚铎《红楼梦抉微》已备引之。又第二十八回冯紫英请酒行令一段，脂砚斋本评曰："此段与《金瓶梅》内西门庆、应伯爵在李桂姐家饮酒一回对看，未知孰家生动活泼？"是《红楼》初行，当时人已如此说。又如甄、贾宝玉一式无二，即西游之真假悟空也。

　　长夏偶阅《坚瓠集》，见《红楼》之本于故记者又两条，虽不甚重要，而沿袭之迹甚明。《石头记》第七十回，宝钗的咏柳絮《临江仙》词曰：

白玉堂前春解舞，东风卷得均匀。蜂围蝶阵乱纷纷，几曾随逝水，岂必委芳尘。

万缕千丝终不改，任他随聚随分。韶华休笑本无根，好风凭借力，送我上青云。

大家都说：“果然翻的好，自然这首为尊！”其实却套了侯蒙的咏纸鸢的《临江仙》。《坚瓠甲集》卷三"题纸鸢"条曰：

> 宋侯元功（蒙）少游场屋，年三十一始得乡贡，人以其年长忽不加敬，轻薄者画其形于纸鸢上，引线放之。元功见而大笑，作《临江仙》词曰："未遇行藏谁肯信，如今方表名踪。无端良匠画形容，当风轻借力，一举入高空。才得吹嘘身渐稳，只疑远赴蟾宫。雨余时候夕阳红，几人平地上，看我碧霄中。"

此未注明出处，殆本于《夷坚志》。侯词两段煞尾意颇重复，不如《红楼梦》薛词熨贴；同用《临江仙》调而一咏纸鸢，一咏柳絮，又稍不同。但作《石头记》时确受了这故事的影响，有书为证。做完《柳絮词》即有这么一大段的描写，引第一节以明之。

> 一语未了，只听窗外竹子上一声响，恰似窗屉子倒了一般，众人吓了一跳。丫环们出去瞧时，帘外丫头子们回道："一个大蝴蝶风筝挂在竹梢上了。"众丫环笑道："好一个齐整风筝，不知是谁家放的，断了线，咱们拿下它来。"……

回目是柳絮，咏的也是柳絮，但小说的描写却是风筝，自非偶然。若不先有了宋人风筝词的影像，我想他不会得这么写的。所以不能解释为偶合。

其另一事见于小说第二十六回，薛蟠请宝玉吃酒。

薛蟠笑道："你提画儿，我才想起来了。昨儿我看人家一本春宫儿，画的很好，上头还有许多的字，我也没细看，只看落的款，原来是什么庚黄的，真好的了不得！"宝玉听说，心下猜疑道："古今字画也都见过些，哪里有个庚黄？"想了半天，不觉笑将起来，命人取过笔来，在手心里写了两个字，又问薛蟠道："你看真了是庚黄么？"薛蟠道："怎么没看真！"宝玉将手一撒给他看，道："可是这两个字罢？其实和庚黄相去不远。"众人都看时，原来是唐寅两个字，都笑道："想必是这两个字，大爷一时眼花了也未可知。"薛蟠自觉没趣，笑道："谁知他是糖银是果银的！"

《坚瓠丙集》卷四"衡山图记"一条，其文如下：

文衡山生年与灵均同，因取"唯庚寅吾以降"句为图画。有一守自北方来，闻知衡山善画，因问人曰："文先生前更有善画过之者乎？"或以唐伯虎对。又问："伯虎何名？"曰："唐寅。"守即跃起曰："文先生屈己尊人如此！"人问何故。曰："吾见文先生图画，曰，唯唐寅吾以降。"闻者喷饭。

那太守不识画儿上图章的篆文，把庚寅误为唐寅；薛蟠却并不识画儿上的款字，反把唐寅误为庚黄；不敢说《红楼梦》的作者一定用这典故，或只是碰巧偶合，但比较起来很有趣，假定二者之间有一种关连也不算鲁莽罢。

一九四七年七月二十五日